DIE EWIGE LIEBE DES COWGIRLS

DIE COLEMANS AUS HEART FALLS
BUCH 1

VIVIAN AREND

Die ewige Liebe des Cowgirls 1: Die Colemans aus Heart Falls

Originaltitel: The Cowgirl's Forever Love © 2019 by Arend Publishing Inc.

Copyright für die deutsche Übersetzung: Die ewige Liebe des Cowgirls 1: Die Colemans aus Heart Falls

© 2022 Helena Tamis

Lektorat: Nadine Manz

Cover-Desig: © Damonza

Lektorat Original: Anne Scott

Korrektorat Original: Angie Ramey, Manuela Velasco & Linda Levy

ISBN: 9781990674402

Deutsche Erstausgabe Dezember 2022

1

Ein Schrei hallte von den Wänden der Scheune wider, wand sich von einem tiefen Stöhnen aufwärts zu einem Kreischen, bei dem einem das Blut gefror, und ihr lief eine Gänsehaut über den ganzen Körper. Hätte Lisa Coleman an Geister geglaubt, wäre sie schon über alle Berge gewesen. Stattdessen zog sie die Neugier nach vorne, während sie dem Geräusch tiefer in das warme Gebäude folgte.

Das hatte sie sich nicht so ausgemalt, als sie sich aus dem Haus geschlichen hatte, in dem Versuch, ihrer Schwester und ihrem Schwager einen Augenblick Privatsphäre zu verschaffen. Etwas Stille und Zeit für sich waren etwas Gutes.

Zeit für sich – vielleicht. Lisa sah keine Menschenseele um sich herum, aber das mit der Stille würde schwierig werden. Es schien, als hätten die Geister der vergangenen Winter sich bemerkbar gemacht und täten ihr Bestes, um den Staub von den Deckenbalken zu rütteln.

Lisa machte sich auf die Suche nach dem unheimlichen Geräusch.

Seit Mitte Dezember war sie schon in Heart Falls, um ihrer Schwester Tamara durch ihre schwierige erste Schwangerschaft zu helfen. Was bedeutete, dass Lisa kochte und aufräumte und sich um Tamaras zwei Adoptivtöchter kümmerte, die acht und fast schon elf waren, während sie die ganzen Aufgaben jonglierte, die den täglichen Betrieb eines Ranchhauses ausmachten.

Dazu kam noch, dass auf der Silver Stone Ranch am Vortag eine Familienhochzeit stattgefunden hatte – eine leise zwar, aber trotzdem –, damit waren Lisas Tage randvoll gewesen.

Sie eilte an zwei langen Reihen mit Boxen vorbei. Die Pferde darin hoben die Köpfe, die Mäuler nach Süden gewandt. Ihre Ohren bewegten sich, und ihre Haut zuckte, als würden sie Fliegen vertreiben. Das war das Pferde-Äquivalent der Frage: *Was zum Geier?*

Zum Glück schien keines der Tiere verstört. Lisa hoffte, das lag nicht daran, dass dieser Spuk eine regelmäßige Erscheinung auf der Silver Stone Ranch war.

Sie rückte langsam, aber stetig vor, während das Geräusch sich in Höhe und Lautstärke veränderte und nicht mehr der heftige Lärm war, den sie anfangs gehört hatte, als sie das Gebäude betreten hatte.

Ihre Suche nach der Quelle des Geräusches brachte sie vor die Tür, die zum ältesten noch bestehenden Gebäude der Ranch führte. Die riesige Pferdescheune, in der sie stand, war einer von zwei Anbauten, die auf jeder Seite des historischen Gebäudes hinzugefügt worden waren.

Das Holz vor ihr war dunkel, mit der Zeit verwittert, und die Bodendielen wölbten sich unter ihren Füßen, wo Millionen von Schritten in Stiefeln über die Jahre ihre Abdrücke hinterlassen hatten.

Die Stimme, die von den Wänden hallte – denn es war auf jeden Fall eine Stimme, und zwar eine männliche – wurde schwächer und rauer. Als wäre sie am Ende der Fahnenstange angelangt.

Schließlich erkannte sie den Verursacher des Geräusches, und Lisa entriegelte vorsichtig die Tür und spähte in die Düsternis des fensterlosen Ganges, nicht ganz sicher, was sie zu erwarten hatte.

Nicht nur wegen des seltsamen Versteckspiels dieses Abends, sondern weil der Besitzer der Stimme, Josiah Ryder, der Tierarzt vom Ort, sich als das größte Rätsel erwiesen hatte, dem sie jemals begegnet war.

Sie war dem Mann im Vorjahr ein paarmal über den Weg gelaufen, während sie Tamara besucht hatte, und in den letzten paar Monaten mindestens ein dutzendmal mehr, aber sie konnte ihn schlicht nicht einschätzen. Es war absolut nervig. Lisa stand nicht oft im Dunkeln, wenn es darum ging, Leute einzuschätzen.

Oder mit Leuten umzugehen, wenn sie ehrlich war.

Lisa schob die Tür vor sich auf, das schwere Holz schwang von ihr weg. Sie legte eine Hand auf die Wand, weil sie hoffte, ein wenig Licht auf die Situation werfen zu können, aber selbst die Betätigung des Lichtschalters änderte nichts an der Tatsache, dass der schmalen Gang zwischen zwei gut beleuchteten Räumen in Düsternis getaucht war.

„Josiah?“ Sie sprach in die Finsternis.

„Hey.“ Seine Stimme war tief, kratzig, sexy wie die Sünde, verdammt. Als hätte er sich gerade aus dem Bett gerollt und noch keine Gelegenheit gehabt, mehr zu tun, als einmal in ihre Richtung zu blinzeln, nachdem sie sich die ganze Nacht um die

Ohren geschlagen hatten und beide zufrieden eingeschlafen waren.

Himmel, Lis, deine Vorstellungskraft scheint zu funktionieren, ganz gleich, was du sonst alles nicht auf die Reihe kriegst.

Josiah war eindeutig irgendwo im Raum, aber sie konnte ihn nicht sehen. Oder zumindest nicht gleich.

Auf den ersten Blick schien es, als würde eine mit Fleece gesäumte Jacke von einem hohen Haken an der Wand hängen. Einen Augenblick später wurde offensichtlich, dass die Jacke nicht leer war, sondern einen Körper enthielt. Josiahs Beine in den Jeans hingen herab, sodass seine abgetragenen Stiefel etwa einen halben Meter über dem Boden waren.

Sie ging auf ihn zu. „Was zum Geier?"

Die Finger seiner Hand zuckten zu einem Gruß vor. „Lisa. Wie läuft denn dein Abend?"

Sie war dicht genug bei ihm, um zu sehen, dass seine Jacke seltsam verdreht war, ihn unter seinem Kinn nach oben zerrte und seine Arme zur Seite hin streckte, als wäre er wie eine Vogelscheuche an einen Pfosten gebunden. Sein attraktives Gesicht schien eine dunklere Färbung zu haben, als gesund war.

Lisa antwortete so beiläufig, wie er gefragt hatte. „Gut. Die Kinder sind im Bett, und Tamara und Caleb haben ein wenig Zeit für sich, darum wollte ich einen Spaziergang machen. Du?"

„Ich hänge nur so rum."

Sie kämpfte das ungebremste Lachen nieder, das sich lösen wollte. „Kann ich dir zur Hand gehen?"

„Bitte. Meine Arme sind schon vor fünf Minuten taub geworden. Ich habe keinen Blutfluss mehr in den Beinen."

Lisa sah sich in dem kleinen Raum um, doch es gab nichts, was ihr helfen könnte. Sie trat über ein paar zerbrochene

Holzleisten, die auf dem Boden lagen, und begab sich zurück in den Pferdestall.

„Geh nicht weg", warf sie ihm über die Schulter zu.

Er schnaubte.

In der Pferdescheune fand sie ein hohes Fass, rollte es herein und stellte es unter seine Füße. Sie musste seine Füße auf die Fläche stellen, dann neben ihm hochklettern, um hinter ihn zu greifen und ihn von dem Haken zu lösen, der sich durch seine Jacke geschnitten hatte, bevor ihn der dicke Kragen aufgehalten hatte.

„Du hattest Glück, dass du nicht aufgespießt worden bist", sagte sie besorgt, während sie auf den festen Boden stiegen.

„Ich hatte großes Glück. Ich habe Dankesworte gemurmelt, die ganze Zeit, während ich dort hing." Josiah zuckte mit den Schultern, verzog schmerzvoll das Gesicht, während er den Bizeps anspannte, damit der Blutfluss wieder in Gang kam. „Keine Ahnung, wie lange ich da festsaß."

Der Mann hatte vermutlich Schmerzen von Kopf bis Fuß. „Nimm deine Jacke ab", befahl sie. „Ich reib dich mal ab."

Sie erwartete, dass er das Angebot ausschlagen würde. Sich vermutlich entschuldigen und dann auf männliche Art wegstapfen, als hätte er das Ganze so geplant.

Stattdessen wackelte er mit den Schultern, erst auf einer Seite, dann der anderen, und knurrte vor Schmerz, während seine Jacke nach unten rutschte. „Ich habe überhaupt keine Einwände, aber zuerst ... Mich juckt es zwischen den Schulterblättern, und obwohl alles andere taub wurde, hat sich diese Stelle geweigert, irgendwas zu tun, außer, noch stärker zu jucken."

Lisa lachte, setzte die Nägel mitten auf seinem Rücken an und kratzte fest, höher, dann tiefer, bis sie die Stelle fand, bei der er stöhnte. „Irgendein besonderer Grund, warum du dich zu einem Wandschmuck gemacht hast? Ich habe überhaupt keine Ahnung, wie du da hochgekommen bist."

„Eine Slapstickkomödie" Josiah nahm einen Arm vor die Brust, um die Schultern zu dehnen, während sie sich auf eine Massage verlegte. „Scheunenkatzen haben einen schrecklichen Sinn für Humor."

„Scheunenkatzen. Ach, ja. Das erklärt so viel. Ich nehme an, du bist auf irgendwas hochgeklettert, weil du eine erwischen wolltest?"

„Diese Leisten hingen an der Wand, als ich angefangen habe. Alles lief perfekt, bis ..."

Er hielt abrupt inne, dann räusperte er sich und wechselte den Arm. Die Bewegung sorgte dafür, dass sich seine Schultern anspannten, die bereits festen Muskelbündel wurden dicker und steinhart unter ihren Fingern.

Josiah Ryder war gut gebaut. Es ließ sich nicht leugnen, dass der Mann hervorragend in Form war, von oben bis unten. Nicht nur war sein Körper nett anzuschauen, sein Gesicht war auch eines, bei dem man einen zweiten Blick riskierte. Mit hohen Wangenknochen und einem starken Kinn war der Knochenbau attraktiv, und die Bartstoppeln auf seinen Wangen, seinem Kinn und der Oberlippe erledigten für Lisa den Rest.

Das, und seine durchdringend blauen Augen, die direkt in ihre schauten, während sie nach vorne kam und ihre Daumen in seinen rechten Bizeps drückte, um die Verspannungen zu bearbeiten, die er entwickelt hatte, während er sich nicht hatte bewegen können.

Sein Körper war heiß, aber es war nicht nur die körperliche Anziehungskraft, die bei ihr alle interessanten Knöpfe drückte. Es war das träge, verstohlene Lächeln, das sich auf seinem hübschen Gesicht ausbreitete. Der schelmische Ausdruck, den sie während ihrer Besuche gesehen hatte, hatte ihre Neugier und ihr Interesse angefacht, besonders wenn er hin und wieder einen ironischen Kommentar oder eine aus dem Nichts kommende Anekdote mit perfektem komödiantischem Timing abgegeben hatte.

Faszinierend. Sexy. Für den Mann sprach so einiges, doch jedes Mal, wenn sie auch nur einen winzigen Fuß in die Tür bekommen und versucht hatte, mit ihm zu flirten, hatte er sie ausgeschlossen.

Sie schob dieses Rätsel zur Seite, denn er wurde ausweichend, was bedeutete, dass sie einfach nach Einzelheiten stochern *musste*.

„Die Dinge liefen perfekt, bis … *was* passiert ist?", drängte Lisa und senkte den Blick, während sie an seinem Ellbogen vorbei und zu seinem Handgelenk hin rieb. Schmale, muskulöse Arme, die genau mit der richtigen Menge drahtiger Haare übersät waren.

Verdammt sei dieser Mann. Er hatte sogar sexy Unterarme.

„Vielleicht will ich dir das nicht erzählen." Diese Worte hatten eine unerwartete Trägheit an sich. „Du würdest eine Möglichkeit finden, mich damit von jetzt an bis in alle Ewigkeit zu quälen."

„Mein Lieber, ich habe dich gefunden, als zu dich als Pelz ausgegeben hast, den jemand zum Trocknen aufgehängt hat. Ich *werde* dich bereits aufziehen." Lisa verlegte sich auf seinen linken Arm, fing an der Schulter an und arbeitete sich nach unten vor. „Außerdem bin ich nur noch ein paar Monate hier, also ist es ja nicht so, als würdest du mir mein Leben lang Munition geben."

Seine lockere Trägheit verflog, und er sprach mit geschärfter Stimme. Sehr viel intensiver. „So bald gehst du schon? Ich dachte, du wärst hier, um Tamara zu helfen."

„Nur, bis das Baby kommt, und Tamara wieder auf den Beinen ist", erklärte Lisa. „Der Termin ist Ende April. Ich bin seit Dezember hier. Ich schätze, sechs Monate sind lang genug, um sie in ihrem Keller zu verbringen. Bis es Mai wird, bin ich dann schon mal bereit, den nächsten Schritt zu tun."

„Wie wird der nächste Schritt aussehen?"

Sie zuckte mit den Schultern. „Das weiß ich noch nicht. Es ist vermutlich schrecklich, das zuzugeben, aber ich habe mich letztlich entschieden, dass ich nicht zurück nach Rocky Mountain House gehe. Die restlichen Einzelheiten sind noch unklar, aber ich kriege das schon raus."

„Du könntest in der Gegend von Heart Falls bleiben", erklärte Josiah. „Es gibt noch weitere Orte, an denen man wohnen kann, nicht nur unter dem Dach deiner Schwester."

„Vielleicht. Ich habe diesen wilden Drang, in ein Flugzeug zu steigen und irgendwohin zu fliegen, an einen Ort, von dem ich bisher nur in einem Buch gelesen habe. Aber ich habe noch etwas Zeit, mich festzulegen. Ich habe meiner Familie vor ein paar Tagen meine Entscheidung mitgeteilt."

„Das ist eine große Veränderung."

„Es ist eine *spannende* Veränderung", sagte Lisa überzeugt, bevor sie ihn beäugte. „Hübscher Versuch, mich abzulenken, übrigens. Ich lasse dich aber nicht vom Haken, bis du mir erzählst, wie du *auf* den Haken gekommen bist."

„Du bist ja witzig." Er trat ein Stück zurück, hob seine Jacke auf und steckte einen Finger durch das Loch. Er beäugte es, schaute sie absichtlich nicht an, während er beichtete: „Die Katze war nicht das Problem, aber da war diese Spinne ..."

Als seine Stimme verklang, kniff Lisa die Lippen zusammen. Sie verwarf die neunmalklugen Kommentare, die sie abgeben wollte.

Sie würde sich *nicht* über jemandes Ängste lustig machen. Ganz gleich, wie amüsant es war, sich erst so ein wunderbares Exemplar von Männlichkeit vorzustellen, das dann eine

Heidenangst vor etwas bekam, das so groß war wie ein Fingernagel.

„Es wird keine Neckereien geben, außer über die Tatsache, dass ich dich vorgefunden habe, wie du dich als Vogelscheuche probierst", versicherte sie ihm leise.

Dieser atemberaubende blaue Blick ging über ihr Gesicht, als würde er abschätzen, wie ernst sie es meinte. Er nickte, zog seine Jacke wieder an. „Das weiß ich zu schätzen."

Der dicke Stoff fiel über seine breiten Schultern. Es war nicht richtig, wie sehr sich ihre Finger danach sehnten, ihn noch einmal zu berühren.

Andererseits aber war das, was hier wirklich nicht richtig war, dass sie es nicht schaffte, eine perfekte Gelegenheit zu nutzen, um etwas weiterzutreiben, über das sie schon ziemlich tief nachgedacht hatte.

Eher früher als später würde sie die Stadt verlassen, aber es war ja nicht so, als könnten sie und Josiah nicht etwas Spaß haben, so lange sie noch da war.

Lisa griff nach oben, um seinen Kragen zu richten, glättete den Stoff, bevor sie die Hände auf seiner Brust ruhen ließ und über das warme Lammfell seiner Jacke strich, während sie sich auf sein Gesicht konzentrierte. „Ich bin froh, dass du dich nicht verletzt hast."

Josiah schaute auf sie herab, als würde er sie verzehren wollen – was, hey, für sie ganz in Ordnung war – das helle Blau seiner Augen war heiß und bedürftig. Sein Blick fiel auf ihren Mund und hielt inne, als würde er sich seinen nächsten Schritt überlegen.

Die Bewegung war vielleicht banal, aber unmöglich zu verhindern – Lisa leckte sich über die Lippen, und seine Augen wurden noch etwas größer.

Erwartung lag in der Luft. Ein Gefühl von nicht *was*, sondern *wann*, und sie stellte fest, dass sie sich nach vorne beugte, ihrer Berührung mehr Druck hinzufügte. Die Lücke zwischen ihnen schloss sich.

Josiah regte sich ein wenig, seine Atmung wurde abgehackt, und dann ...

Ging er.

Er machte auf dem Absatz kehrt und schlüpfte an ihr vorbei, glitt in den Gang wie ein Revolverheld aus dem Wilden Westen, dann an der Reihe von Pferden vorbei. Sein perfekter Hintern bewegte sich weg von ihr, während er einen gemessenen, doch hastigen Rückzug antrat.

Das Loch in seiner Jacke franste bereits aus, die Fasern quollen als sichtliches Zeichen dafür, dass etwas schiefgelaufen war, daraus hervor.

Ein Schlamassel, genauso wie die Tatsache, dass sie schon wieder abgewiesen wurde, denn wenn sie ihm nicht nachlaufen wollte, hatte Lisa wenig Wahl, außer zuzusehen, wie Josiah in der Ferne verschwand.

Sie *verabscheute* es, nicht zu wissen, was ein Mensch als nächstes tun würde. Besonders jemand wie Josiah Ryder, der faszinierend und sexy war, und ein Mann, den sie sehr gerne während ihres verbleibenden Zwischenspiels in Heart Falls besser kennenlernen würde.

Es schien, als wäre ihr Liebesleben auf dem Abstellgleis, genauso wie der Rest ihres Lebens nur langsam vorankam ...

Nichts. Sie hatte keine Ahnung, wie die Zukunft aussehen könnte. Traurigerweise schien es, als würde sie sich allein herumdrücken, bis sie es herausfand.

Lisa holte tief Luft und versetzte sich einen Tritt. Genug lamentiert.

Während ihre Zukunft irgendwo da draußen war, wartete ihre Gegenwart im Haus. Dort, wo ihre Schwester Hilfe brauchte. Und wenn Lisa in den letzten Jahren etwas gelernt hatte, dann, wie man sich um seine Schwestern kümmerte.

Sie tätschelte dem nächstbesten Pferd die Nase, dann begab sie sich durch die schneereiche Winternacht zurück zum Ranchhaus. Nun stand für den Rest des Abends auf dem Plan, sich im Gästezimmer im Keller zu verstecken, um ihrer Schwester und ihrem Schwager etwas Privatsphäre zu gönnen.

Die traurige Wahrheit war, ganz gleich, wo sie am Ende landete, sie würde Tagträume von Josiah Ryder haben. Darüber, wie sie sich wünschte, sie beide wären zusammen in der Scheune. Vielleicht auf dem Heuschober, wo sie Hitze generierten und einander sehr viel intimer kennenlernten.

Von der Verführung wegzugehen, die Lisa Coleman war, war höllisch schwierig gewesen.

Josiah schloss das letzte Tor hinter sich und fuhr auf die lange Zufahrt zu seinem Grundstück, das über die Alberta Rocky Mountains hinaus schaute. Er wohnte weit genug außerhalb des Städtchens, um etwas Privatsphäre zu haben. Dicht genug, um die paar Annehmlichkeiten nutzen zu können, die die kleine Stadt bieten konnte.

Sein Handy läutete, und er stellte es auf Lautsprecher, noch während er seinen Truck in die Dunkelheit abbiegen ließ. „Josiah hier. Was für einen Notfall hast du denn?“

„Was für einen hast du denn?“ Caleb Stones tiefe, gedehnte Stimme kam durch die Leitung, und obwohl in seinem Bauch leichter Ärger zuckte, musste Josiah lächeln.

„Ich dachte, du würdest einen ruhigen Abend mit deiner Frau verbringen.“

„Das *warst* also du, den ich vor der Scheune parken sehen habe. Warum bist du nicht im Haus vorbeigekommen?“

Josiah gab ein unflätiges Geräusch von sich. „Was für ein Freund wäre ich denn, wenn ich ein Date unterbreche?

Besonders, da es Tamara derzeit oft nicht hundertprozentig gut geht. Wo wir schon dabei sind – warum zum Teufel telefonierst du mit mir?"

„Hör auf, dir Sorgen zu machen. Ich habe vor, meinen Abend zu genießen, aber ich wollte wissen, wie dein Wochenende gelaufen ist."

Jedem sonst hätte Josiah vorgeworfen, die schmutzigen Details aus reiner Neugier zu wollen, aber Caleb war ein guter Freund, und das schon seit einigen Jahren. Er wusste, was los war.

Was bedeutete, dass er es sofort wissen würde, wenn Josiah zu lügen anfing.

Er versuchte es trotzdem. Oder zumindest versuchte er, die Einzelheiten zu überspringen. „Es war gut. Ich genieße es immer, zurück nach Rosebud zu kommen und meine Eltern zu besuchen. Sie produzieren gerade *Oliver* für den Sommer, und ich durfte Vorschläge zum Bühnen-Design einbringen."

„Und ...?"

Josiah seufzte. „Die Hochzeit war toll. Darlene und ihr Mann sind total verliebt. Er wirkt wie ein anständiger Kerl."

Caleb gab ein leises Grollen von sich, etwas zwischen Mitgefühl und Verärgerung. „Ich kann nicht glauben, dass deine Ex-Freundin dich gebeten hat, sie in die Kirche zu führen."

„Hey, was soll ich sagen? Ich bin ein toller Kerl. Jeder mag mich."

„Klar, schon. Sie hätte es trotzdem nicht machen sollen", beschwerte sich Caleb.

„Ist schon okay. Wir haben es vor guten zwei Jahren im gegenseitigen Einvernehmen beendet. Es ist ja nicht so, als hätte ich noch mit gebrochenem Herzen von ihr geschwärmt." Josiah lachte leise. „Mein Ego ist nicht kaputt. Obwohl ich allmählich diesen Spruch ,*Immer Brautjungfer, niemals Braut*‘ sehr viel besser verstehen kann.“

Denn *das* machte es ja so ärgerlich. Das war das dritte Mal. Nicht unbedingt die Tatsache, dass er die Braut in die Kirche geführt hatte – die Hochzeit war, was diese Merkwürdigkeit anbetraf, sein erstes Mal gewesen.

Mit Josiahs Freundin am College war ihnen beiden ganz klar gewesen, wonach sie suchten. Gesellschaft, ein wenig Spaß. Im Grunde eine tolle Zeit.

Als sie es beendet hatte, war das bei Weitem nicht das Ende der Welt gewesen. Sie waren Freunde und mochten einander, aber es führte einfach nirgendwohin, blablabla. Josiah war nicht verletzt gewesen, nicht einmal, als sie am Ende der Woche schon mit jemand Neuem zusammen gewesen war.

Innerhalb eines Monats waren seine Ex und ihr neuer Lover verlobt gewesen.

Josiah hatte gelacht. Er freute sich für sie – denn selbst wenn er in Erwägung gezogen hätte, es ernster werden zu lassen, was er nicht hatte, wäre er auf keinen Fall *so* rasch für eine Hochzeit bereit gewesen. Er war auf ihrer Hochzeit gewesen und hatte lustige Geschichten erzählt, und es war überhaupt nicht seltsam gewesen.

Nicht, bis es genauso mit seiner nächsten Freundin lief.

Beim dritten Mal? Ja, es war nicht mehr witzig.

„Josiah?“

Verdammt. Er war so beschäftigt mit seinen Gedanken gewesen, dass er die Frage seines Freundes nicht gehört hatte. „Tut mir leid. Ich habe vor mich hin geträumt. Was ist los?“

„Ich wollte wissen, ob du Interesse an einem Pokerabend hast. Tamara beharrt darauf, dass ich die Gelegenheit nutzen soll, bevor das Baby kommt. Natürlich heißt das, dass ich dein Haus als freiwilligen Veranstaltungsort dafür anbiete.“

Caleb klang, als würde er sich entschuldigen, was einfach nur falsch war.

„Ja zum Poker. Natürlich können wir mein Haus nehmen. Hör auf, so zu klingen, als würdest du dich aufdrängen. Ich weiß, dass du deine Familie liebst, aber Tamara hat recht. Besonders, wenn sie ein Mädchen bekommt. Du wirst einen Extraschuss Testosteron brauchen, um einen Ausgleich herzustellen."

„Wie mir schon oft dargelegt wurde, gibt es mit meinen vier Brüdern, den ganzen Ranchhelfern und so oft, wie du vorbeikommst, einen entschiedenen Testosteronüberschuss in der Gegend von Silver Stone."

Josiah war sich nicht sicher, ob er das so sah. „Du hast zwei kleine Mädchen, deine Frau und die Frauen deiner Brüder — ich glaube, jede von ihnen ist mindestens vier von uns wert. Was heißt, dass du am Dienstagabend rüberkommst, ja?"

„Ja", antwortete Caleb entschieden. „Willst du, dass ich diese Einladung auf meine Brüder ausdehne?"

„Auf jeden Fall."

„Moment mal — woher wusstest du, dass ich mit Tamara rumhänge?"

Es war der Zeit, etwas zu beichten. Obwohl sich Josiah nicht sicher war, wie viel er zugeben wollte. „Ich habe mit Lisa in der Scheune geplaudert."

„Aahh. Hat sie mit dir gewettet? Ich schwöre, die Frau hat mehr Spaß damit, Unfug zu planen, als jeder andere, den ich kenne."

Das war nicht das, was Josiah hören wollte. Er hätte es geliebt, mit Lisa Unfug zu treiben. Heißen, verschwitzten, schmutzigen Unfug.

Kein Kommentar, den er vor ihrem Schwager abgeben sollte, ganz gleich, ob Caleb sein bester Freund war.

Er hatte wohl wieder zu lange gezögert, denn Caleb

meldete sich zu Wort. „Verdammt, Josiah. Irgendwas ist doch los. Das Wochenende hat dich wohl stärker getroffen, als du zugibst", schätzte Caleb.

„Nein, ich meine, ja – es gibt mir eine Menge zum Nachdenken", gab Josiah zu. „Aber ich bin nicht verstört. Weshalb sollte ich das sein? Sowohl Darlene als auch ich sind weitergezogen und völlig glücklich. Es ist gut, wenn Leute wachsen und den nächsten Schritt machen."

„Schätze schon. Nur dass manchmal Leute den nächsten Schritt machen, weil sie nicht wissen, wie gut das ist, was sie bereits haben."

Diese Anmerkung war viel zu kryptisch für diese Zeit des Abends.

Josiah nahm die letzte Kurve in seine Zufahrt und stellte schockiert fest, dass zwei Dually Trucks mit Pferdeanhängern dahinter bereits da waren. „Sieht aus, als wären meine neuen Mitbewohner einen Tag früher aufgetaucht."

„Zwei weitere Leute, denen man das Geld aus der Tasche ziehen kann. Das ist doch schön."

„Wollen wir hoffen, dass sie nicht mogeln."

„Ich bin froh, dass sie da sind. Es wird dir guttun, in diesem riesigen Haus nicht ganz allein herumzustreifen. Und nächstes Mal komm rein, du Idiot", murmelte Caleb voller Zuneigung.

„Mache ich", versprach Josiah, bevor er auflegte.

Er parkte vor dem Ranchhaus und zog die Jacke wegen der eisigen Nachtluft hoch, während er über den verschneiten Boden zur Scheune ging.

Der Anruf seines Freundes war eine gute Ablenkung gewesen, aber änderte nichts an dem Ärger in seinem Bauch.

Er hatte Caleb nicht angelogen. Das letzte Wochenende hatte ihn mit ein paar grundlegenden Wahrheiten getroffen, und die Heimfahrt von Rosebud war lange genug gewesen, um intensiv zu brüten und zu einer Entscheidung zu kommen.

Es war an der Zeit, aufzuhören, sich herumzutreiben. Er war bereit, den nächsten Schritt zu gehen. Er war bereit, sich niederzulassen und Wurzeln zu schlagen und all die Dinge zu tun, die Heim und Herd umschlossen.

Er hatte sogar die perfekte Frau im Sinn. Lisa Coleman.

Josiah hatte die ganze Zeit, in der er an der Wand festgesessen hatte, damit verbracht, einen Plan zu schmieden, um Lisa zu überzeugen, mit ihm auszugehen. Aber das erste, was sie ihm mitgeteilt hatte, war, dass sie wegging.

Ihre Anmerkung hatte ihm die Sprache verschlagen.

Nicht mehr. Er würde nicht mehr schnell und locker rangehen, und nur mit Frauen zusammen sein, um eine gute Zeit zu haben – obwohl Lisa aus so vielen Gründen sowieso niemals auf der Liste für einen One-Night-Stand gestanden hatte.

Trotzdem war nichts Falsches an seinem vorherigen Sexleben – und er hatte offensichtlich keine Reihe von gebrochenen Herzen hinter sich gelassen.

Aber welche Chance hatte er auf die Ewigkeit mit jemandem, der bereits plante, wegzugehen?

Außer ...

Lisa hatte nicht direkt gesagt, *was* sie tun wollte, und er bedauerte es, so rasch abgehauen zu sein. Er war niemals gut darin gewesen, mit Änderungen in letzter Minute klar zukommen, und diesmal trat ihn diese Unfähigkeit gehörig in den Hintern.

Kein Leben von einem Tag in den anderen mehr, nur für kurzzeitiges Vergnügen. Er wollte alles. Er wollte eine Zukunft mit jemandem, der ihn als wertvoll genug erachtete, um bei ihm zu bleiben, und er wollte tun, was immer nötig war, damit es dazu kam.

Wenn er genau herausfinden konnte, weshalb Lisa plante, Heart Falls zu verlassen, konnte er ihr vielleicht überzeugende

Gründe liefern, damit sie blieb. Denn es schien, als wisse sie nicht, wonach sie suchte, und das konnte zu einer perfekten Gelegenheit werden, aus der sie eine solide Beziehung aufbauen konnten.

Es war eine geniale Idee. Es war eine Idee, die auf jeden Fall funktionieren würde. Nun musste er nur noch Lisa überzeugen, dabei mitzumachen.

2

———

*J*osiah betrat die Wärme der Scheune. Sein Blick glitt nach links, wo ein gelbes Leuchten über die Heuballen fiel, die an der inneren Wand aufgereiht standen.

Zwei Männer erhoben sich von dort, wo sie es sich gemütlich gemacht hatten, und kamen auf die Beine, während er sich näherte.

„Ich bin Josiah. Tut mir leid, dass ich nicht zu Hause war, als ihr angekommen seid."

„Wir lagen besser in der Zeit, als wir erwartet haben. Wir dachten, dir würde es nichts ausmachen, wenn wir unsere Tiere unterstellen." Der erste Mann schüttelte ihm fest die Hand. Sein rötliches Haar war kurz geschnitten, und sein ordentlich gestutzter Bart rahmte eine ernste Miene. „Finn Marlette, und das ist Zachary Sorenson."

„Nenn mich doch Zach." Der dunkelhaarige Mann trat vor, sein strahlendes Lächeln ging bis über beide Ohren. Obwohl es schon so spät war, wirkte er, als hätte er seinen Tag gerade erst begonnen. „Wir haben unsere Pferde angebunden, damit wir nicht in deinen Ausbildungsbereich eindringen. Wo können wir sie denn unterstellen?"

„Hier drüben." Josiah führte sie zum Ende der Scheune und den Boxen, die er vorbereitet hatte. „Ich stelle oft weitere Pferde unter, vor allem im Sommer für Besucher im Ort. Diese Boxen sind gerade leer."

„Die werden es auf jeden Fall tun."

Josiah schloss sich ihnen auf dem Reitplatz an, wo ein halbes Dutzend Tiere geduldig warteten. Finn führte einen schönen schwarzen Hengst vor und blieb stehen, um über die Schulter zu schauen, als ein weiteres Tier ein verstörtes Geräusch von sich gab.

Josiah eilte vor, um zu helfen, bekam den Führstrick des Hengstes zu fassen.

Das Tier stampfte unbehaglich mit dem Fuß auf, bevor es Josiah genauer in Augenschein nahm. Es legte den Kopf schief, beinahe wie ein Welpe, seine Nüstern blähten sich.

Das versetzte Josiah immer in Aufregung. Er ging langsam vor, sein Blick wanderte über den Widerrist des Tieres. Er hielt den Körper auf eine Seite gewandt, völlig entspannt. Mit tiefen Atemzügen konzentrierte er sich innerlich auf absolute Ruhe.

Im nächsten Augenblick schnüffelte der Hengst an ihm, seine Schnauze hob sich, bis er mit dem Kopf an die Seite von Josiahs Gesicht stoßen konnte.

Josiah bewegte sich langsam, aber er tätschelte dem Tier fest den Hals. „Schön, dich kennenzulernen."

Er schob die Finger in das Geschirr des Tieres und drehte sich um, um festzustellen, dass Finn und Zach ihn anstarrten.

Zach stand der Mund offen. „Wie hast du das gemacht? Mywaye ist bei jedem außer Finn mies drauf."

Josiah zuckte mit den Schultern. „Wir haben alle unsere Talente. Tiere mögen mich. Ich dachte, wir könnten ihn in die erste Box stellen. Es ist eine der größeren, darum sollte er nicht das Gefühl haben, als würden wir ihn kränken."

Er deutete zur Seite.

Finn fand schließlich seine Sprache wieder. „Das ist toll."

Zusammen arbeiteten sie mühelos, während Josiah ihnen die Scheune zeigte, sie zum Futter und dem Ort wies, wo sie ihr Sattelzeug ablegen konnten. Alle drei Männer waren es gewöhnt, mit Pferden zu arbeiten, und, bis die Tiere alle untergestellt waren, hatte Josiah das Gefühl, er hätte eine wunderbare Einführung in seine neuen Mitbewohner bekommen.

Finn war der ernstere der beiden, aber das hieß nicht, dass er keinen Sinn für Humor hatte. Zach lieferte eine perfekt trockene Ansage, und Finn schickte sich stets an, eine tolle Antwort fallenzulassen. Josiah wusste die Teamarbeit zu schätzen, die dazu gehörte, und die tiefe Zuneigung zwischen den beiden Männern war eindeutig zu sehen.

Sie schlossen die Tür der Scheune hinter sich, plauderten weiter, während Josiah sie zum Haus führte. „Ich erkenne, dass ihr schon lange befreundet seid."

„Wir? Freunde?" Zach stutzte. „Ach, stimmt. Finn hat bis zum Ende des Monats vorausbezahlt, also ist bis dahin alles in Butter."

Finn schnaubte, dann ignorierte er Zach und konzentrierte sich auf Josiah, während er sie zum warmen Haus führte. „Du bist Tierarzt?"

„Ja."

Finn ließ sich auf der Bank an der Tür nieder, um seine Stiefel auszuziehen. „Gut. Das heißt, du erkennst Scheiße, wenn du sie siehst."

Ein leises Lachen kam von Zach, während er seinen Freund angrinste. „Übrigens, vielen Dank noch mal für die

Unterkunft. Finn hat ein Haus gekauft, aber es wird eine Menge Arbeit nötig sein, bis man darin wohnen kann."

„Das habt ihr schon gesagt. Aber ihr habt mir nie erzählt, was ihr gekauft habt", erklärte Josiah.

„Die örtliche Gerüchteküche hat es dich noch nicht wissen lassen?" Ein Lächeln, schwach aber intensiv, spielte um Finns Lippen.

„Das beantwortet meine zweite Frage. Ihr versteht offensichtlich, was es heißt, in einer Kleinstadt zu leben. Nein, ich habe keine Gerüchte über euch gehört. Ihr könnt damit rechnen, dass das aus und vorbei ist, und zwar um sieben Uhr früh oder eher, wenn ihr im Café auftaucht. *Buns und Roses* ist der beste Laden der Stadt, und sie öffnen um sechs."

„Wir haben keinen Grund, unsere Anwesenheit hier geheim zu halten, oder, Finn?" So, wie Zach das sagte, legte er das genaue Gegenteil nahe.

„Überhaupt keinen Grund", erwiderte Finn gedehnt. „Vielleicht können wir das beim Essen besprechen. Wenn es dir nichts ausmacht, dass wir uns in der Küche breitmachen."

„Ich hole das Essen aus dem Truck", bot Zach an.

Letztlich halfen sie alle drei, die Vorräte zu holen, dann bot Josiah ihnen einen raschen Rundgang an, um ihn zu zeigen, wo die ganzen wichtigen Geräte standen, wie die Kaffeemaschine und die Pfanne.

Sie brachten in knapp dreißig Minuten ein einfaches Abendessen auf den Tisch. Sie beluden ihre Teller, dann verfielen sie in Schweigen, konzentrierten sich eher darauf, Essen reinzuschaufeln, als auf das Plaudern.

Josiah war nicht klar gewesen, was für ein großes Loch er im Magen gehabt hatte. Er hatte das Abendessen bis nach seinem Halt bei Silver Stone verschoben, aber als er an der Wand festgesessen hatte, hatte sein Verstand alles andere losgelassen.

Etwa zur selben Zeit wurden sie alle fertig, ließen sich in ihre Stühle zurücksinken und füllten ihre Becher wieder auf, während sie sich zu einer weiteren Unterhaltung anschickten.

„Ich weiß, du hast gesagt, du hättest ein Grundstück gekauft, aber ich bin mir nicht ganz sicher, was du hier in Heart Falls vorhast. Es ist ein ziemlich kleiner Ort, um ein neues Unternehmen in die Gänge zu bringen." Josiah konzentrierte sich auf Finn. „Und ich kann nicht ganz rausbringen, weshalb dein Name so vertraut klingt."

„Ich habe Land an der Nordgrenze der Stadt gekauft. Darauf gibt es ein paar alte Gebäude und ein Ranchhaus, das eigentlich schon auseinanderfällt, aber die Aussicht ist großartig, um mir macht es nichts aus, Geld in ein neues Gebäude zu stecken", sagte Finn.

„Finn ist der Mann mit dem Geld", erklärte Zach. „Er investiert in alle möglichen Dinge und sieht sich dann an, woraus etwas wird. Grundstücke, Touristenranchen, Öl und Gas ..."

Das war es. „Du *bist* derjenige, der die Ölprobebohrung auf der Ranch eines Freundes vornimmt. Jetzt weiß ich es wieder."

Finn schaute von seinem Platz auf, wo er immer wieder die Gabel auf dem Tisch drehte. „Es war enttäuschend, dass ich Caleb keine besseren Neuigkeiten liefern konnte, aber manchmal läuft es eben so. Wenn du Interesse hast, können wir hier bei dir auch mal testen, aber du bist nicht in der richtigen geologischen Zone."

Josiah winkte bei diesem Vorschlag ab. „Als ich das hier gekauft habe, wusste ich, dass es keine Mineralienrechte gab, aus denen ich was rausholen kann. Aber es ist interessant, dass du beschlossen hast, hier herauszukommen. Nach Heart Falls, meine ich. Es scheint, als hättest du die Wahl, an welchem Ort du dich niederlässt."

„Ich lasse mich nicht wirklich nieder", sagte Finn. „Es ist immer gut, mehr als nur einen Pott auf dem Ofen zu haben. So hat man eine Menge Möglichkeiten."

Ein Stuhl kratzte über den gekachelten Boden, als Zach ihn vom Tisch zurückschob, um sich die Kaffeekanne zu schnappen, die er fragend hochhob.

Josiah schüttelte den Kopf. Zach füllte Finns Becher und seinen auf, dann setzte er sich hin. „Wo wir schon von Möglichkeiten reden, was kannst du mir denn über das Stadtzentrum erzählen? Mir ist klar, dass es klein ist, aber weißt du irgendwas über das alte Brewster-Gebäude?"

„Die alte Bank? Ich schätze, die ist nur einen Schritt davon entfernt, ein Denkmal zu werden. Steht leer, solange ich schon in der Gegend wohne."

Aus irgendeinem Grund brachte diese Antwort ein zufriedenes Lächeln auf Zachs Gesicht. „Weißt du, wem sie gehört?"

Josiah dachte einen Augenblick lang nach. „Ich könnte mich mal umhören. Wozu braucht ihr ein Gebäude im Zentrum?"

„Zach ist der Mann mit den Ideen", erklärte Finn leise. „Natürlich scheinen all seine Ideen mein Geld zu erfordern ..."

„Du musst ja an keiner davon teilnehmen. Du erkennst nur eine gute Investition, wenn du davon hörst", warf Zach zurück.

Josiah lachte. Es würde guttun, diese beiden in der nächsten Zeit um sich zu haben. Caleb hatte recht gehabt – es war ein zu großes Haus, um ganz allein darin herumzustreifen. Während er sich bemühte, herauszubringen, was er wegen der Situation mit Lisa unternehmen wollte, würde es ihm helfen, sich die Zeit zu vertreiben, wenn er diese beiden kennenlernte.

„Was für eine Idee hast du denn?", fragte er Zach.

„Eine Kleinbrauerei. Ich habe ein wenig recherchiert, und in der unmittelbaren Umgebung gibt es keine. Ganz davon abhängig, wie wir es vermarkten, könnte so was wie *Heart Falls Hopfentrunk* am Ende eine Menge Spaß machen."

„Und Spaß ist sein zweiter Vorname", sagte Finn gedehnt.

„Daran ist nichts falsch", erwiderte Josiah mit einem Nicken. „Es könnte ganz gut laufen, wenn ihr eine Brauerei aufzieht. Ganz ehrlich, das einzige Geschäft, das ich nicht vorschlagen würde, wäre ein weiteres Café, denn die Unterstützer der Familie Fields würden eine Möglichkeit finden, euch unter die Erde zu bringen."

Einen Augenblick lang wirkte Zachary, als würde ihm eine Herausforderung nichts ausmachen. Dann zuckte er mit den Schultern. Er sammelte ihre Teller auf und ging zur Anrichte, um mit dem Abwasch zu beginnen. „Ich bin nicht auf der Suche nach Ärger. Zumindest nicht jetzt gleich. Ich brauche ein wenig Zeit, um herauszufinden, wie die Dinge stehen, und zu erkennen, was genau ich tun möchte. In der Zwischenzeit werde ich den Hammer schwingen und ein Brecheisen ansetzen, dort drüben bei der Geldsenke, die Finn gekauft hat."

„Du brauchst Zeit, in der du einen Hammer schwingst, um dir einen besseren Namen einfallen zu lassen als *Heart Falls Hopfentrunk*. Das klingt nach Ökotante." Finn erhob sich und grinste Josiah kurz an. „Zach hat seine übliche Rund-um-die-Uhr-Energie, aber ich muss mich aufs Ohr hauen, bevor ich umfalle. Vielen Dank, dass du uns bei dir unterkommen lässt."

„Das Vergnügen liegt ganz bei mir."

Während Josiah ihnen beim Aufräumen und sauber machen half und ihnen dann ihre Zimmer zeigte, wurde ihm klar, dass es stimmte.

Er hatte gerne Leute um sich. Er war in einer großen Familie aufgewachsen, und allein zu sein, war nicht mehr das, was er wollte. Es war sehr viel besser, eine Unterhaltung zu haben, um seine Gedanken zu beschäftigen, anstelle der kalten, leeren Wände, die nur Unsinn zurückwarfen, wenn er laut redete.

Als er am Morgen aus einem Traum von Frauenhänden erwachte, die über seinen Oberkörper strichen, sollte er doch verdammt sein, wenn diese Illusion nicht einen weiteren Grund aufbrachte, weshalb er es satthatte, allein zu sein.

Lisa Coleman war klug und sexy, und beide Qualitäten törnten ihn an.

In dem ruhelosen Bereich zwischen Schlafen und Wachen stellte er sie sich perfekt vor, ihre dunklen Haare ringelten sich weich um ihre Schultern. Er hatte sie nur ein paar Mal offen gesehen, anstatt zu einem Pferdeschwanz zusammengenommen, als sie ihren Nichten nachgelaufen war, um ihrer erweiterten Familie bei Aufgaben in der Scheune zu helfen.

Schlanker Körper, oben schmaler, aber mit mehr als ausreichend Kurven. Er wäre begeistert, jede davon verteufelt ausgiebig zu erkunden.

Er hatte eine viel zu gute Vorstellungskraft, was sowohl seine Schwäche als auch seine Stärke war. Josiah zwang sich zu seiner Morgenroutine, anstatt im Bett herumzuhängen und sich um seinen Ständer zu kümmern.

Dieser Impuls, dass er Lisa an die nächstbeste Wand drücken und ihr dieses Grinsen vom Gesicht küssen musste, bis sie vor Lust seinen Namen brüllte – das war nur ein Teil davon.

Obwohl das ein Detail war, von dem er mit größter Regelmäßigkeit geträumt hatte.

Es reichte. Der Tag war noch jung. Irgendwie würde er weitermachen und mehr herausfinden. Herausfinden, was passieren musste, damit ihrer beider Träume wahr wurden.

Wenn er ein wenig *vorausplanen* musste, um

sicherzustellen, dass er nicht wieder unverhofft erwischt wurde
...

O.

O *ja*. Josiah stellte fest, dass er grinste, als eine Idee von
einer Saat zu einer Handlungsanweisung wuchs. Er hatte
genug Erfahrung aus der Vergangenheit, um einem Drehbuch
zu folgen.

Vielleicht war es an der Zeit, dass er eines für sich schrieb.

LISA STAND auf der hinteren Veranda und bewunderte die
verschneite Morgenlandschaft. Der kürzliche Wärmeeinbruch
war vorbei, und die riesige Ladung Schnee aus der letzten
Nacht hatte alles wieder sauber und rein gewaschen.
Blendendes Weiß bedeckte all die Stellen, an denen sich der
Schmutz durch die ausgelatschten Wege zur Oberfläche
gearbeitet hatte.

Die Welt war ein Winterwunderland, in der Luft knisterte
ein frischer, reiner Geruch. Ein perfekter Beginn für den Tag,
doch Lisa drängte es nach mehr.

Ein Truck kam die lange Zufahrt herauf, wurde langsamer,
als Caleb Stone und seine zwei kleinen Mädchen sich
näherten, unterwegs zur Haltestelle des Schulbusses.

Josiah Ryder ließ ein Fenster herunter und plauderte einen
Augenblick lang mit Caleb. Sasha und Emma liefen im Kreis,
traten nach dem Schnee, während der große, zottige Hund
Demon sich um Kopf und Kragen bellte. Weiße Wolken
wurden sichtbar, als die Mädchen riefen und lachten, die ganze
Szene war von Leben und Glück erfüllt.

Und Ärger, als Lisa bemerkte, dass sie Josiahs starkes Kinn
anstarrte, sich vorstellte, wie sich dieser Dreitagebart an ihrer
nackten Haut anfühlen würde.

Er hob den Blick zu ihr, seine Augen legten sich an den Winkeln in Falten, während er noch breiter grinste.

Als er sich an seinen Hut tippte und ihr zuzwinkerte, wurden ihre Wangen heiß. Er konnte doch auf gar keinen Fall ihre Gedanken gelesen haben, doch wenn man die zufriedene Miene bedachte, die er aufhatte? Da hätte sie schwören können, das hatte er getan.

Sie schob den Gedanken weg und wandte sich vom blauen Himmel Albertas und dem Sonnenlicht ab, das sich auf der gefrorenen Fläche des Sees spiegelte.

Als sie in das gemütliche Heim schlüpfte, das Tamara sich mit Caleb Stone geschaffen hatte, ging eine Woge von anderen Gefühlen durch sie hindurch. Zuallererst allerdings tiefe Zufriedenheit. Lisa freute sich so sehr für ihre Schwester.

Im Haus hatte immer etwas gefehlt, während sie aufgewachsen waren, oder zumindest hatte es sich für Lisa so angefühlt. Ihre Mom war gestorben, kurz nachdem Lisa geboren worden war, und auch wenn sie ihrem Dad nicht vorwerfen konnten, sich nicht um ihre körperlichen Bedürfnisse gekümmert zu haben, hatten im Heim ihrer Kindheit die Kleinigkeiten gefehlt.

Ihr Blick wanderte zum Wohnzimmer. Zu den weichen Kissen und Decken. Den Bildern an der Wand, und allem anderen, das nach Familie aussah …

Nein, das war ganz unfair ihrem Dad gegenüber, denn sie *hatten* Bilder an der Wand gehabt. Sie *hatten* Kunstwerke aus der Schule am Kühlschrank gehabt, und dabei hatten die drei Schwestern von der Whiskey Creek Ranch ein tiefes Gefühl von Familie und Freundschaft entwickelt. Eine sehr viel tiefere Verbindung, als sie eine Vielzahl anderer Geschwister erfuhren.

Aber etwas hatte gefehlt. Als ihr Blick auf das Porträt von Tamara und Caleb mit ihren zwei kleinen Mädchen fiel, war das Einzige, woran Lisa denken konnte, *bedingungslose Akzeptanz*.

George Coleman war ein Mann gewesen, der allein drei Mädchen aufziehen musste. Die erweiterte Familie war dazugekommen, um zu helfen, aber am Ende eines jeden Tages waren es sie vier gewesen. Dad war nicht der gefühlvolle Typ, und er hatte auf jeden Fall eine Meinung dazu, welche Berufe für eine Frau angemessen waren.

Der letzte Punkt war eine große Blockade für drei aktive junge Mädchen gewesen, die einen eigenen Verstand hatten und Träume, die allem völlig zu widersprechen schienen, von dem er wollte, dass sie es taten.

Caleb Stone schuf mit Tamaras Hilfe eine ganz andere Welt für seine beiden Töchter, in der sie aufwachsen konnten. Lisa war enorm froh und entschlossen, nicht auf ihr großes Glück neidisch zu sein.

Als sie ihre Jacke fertig aufhängte und ihre Sachen wegräumte, schaute Tamara, die hochschwanger und die meiste Zeit über von Übelkeit geplagt war, von ihrem Platz auf der Kücheninsel auf. Ihr Bauch wirkte merklich größer als am Vortag, und ihre Hand lag über dem oberen Bereich der Ausbuchtung.

„Bist du schon fertig?", fragte Tamara, die auf den Platz neben ihr wies. „Karen kann reden, wenn du Zeit hast."

„Natürlich habe ich Zeit." Lisa hatte zu viel Zeit. Das war Teil des Problems.

Sie kam dazu und beugte sich vor, richtete den Laptop aus, damit sie beide im Bild waren, bevor sie auf Anrufen drückte.

Einen Augenblick später erschien Karen Coleman, ihre dunklen Haare zurückgenommen, eine Tasse Kaffee auf dem Tisch vor ihr. „Man sehe sich euch beiden Faulpelze an. Ich schätze, so bringt eine Lady-Rancherin ihren Tag rum."

Tamara machte ein unflätiges Geräusch. „Wenn du von

mir erwartest, dass ich mich entschuldige, weil ich lange geschlafen hab, netter Versuch. Ich baue schon mal vor, für die Zeit, wenn ich ein Neugeborenes habe."

„Warst du heute Vormittag schon mal draußen?", fragte Lisa Karen. „Ich habe das Gefühl, dass ich schon eine halbe Ewigkeit weg bin. Ich habe völlig den Bezug dazu verloren, was auf der Ranch vorgeht."

„Onkel Randy hat mich gebeten, zu kommen, um nach ihren Pferden zu sehen, und die beste Uhrzeit war ganz früh, bevor sie sie brauchen." Karen warf einen Blick auf Tamara, die Sorge brachte eine Falte zwischen ihren Augen hervor. „Lisa soll dir doch das Leben erleichtern. Du siehst müde aus, T."

„Ich würde schon in ein Loch im Boden fallen, wenn Lisa nicht wäre", beharrte Tamara. „Frauen, die während der Schwangerschaft strahlen, haben wohl einen Pakt mit dem Teufel geschlossen."

Lisa neigte den Kopf, als würde sie Tamara aus der Unterhaltung ausschließen. Sie senkte die Stimme zu einem gespielten Flüstern. „Du hättest sie letzte Woche sehen sollen. Heute sieht sie sehr viel besser aus. *Autsch ...*"

Sie rieb sich die Schulter, grinste ihre hochschwangere Schwester fröhlich an.

„Genug klugscheißerische Kommentare. Karen und ich haben etwas Ernstes, worüber wir mit dir reden müssen." Tamara warf einen Blick auf den Computer, dann zurück zu Lisa. „Und wir haben etwas für dich."

Lisa richtete sich überrascht auf. „Ich hab's nicht getan. Ich war es nicht. Ich schwöre, diese Hühner wurden pink geboren. Ich habe keine Ahnung, wie die Schneebälle einfach so oben auf dem Türrahmen zum Liegen kamen."

Auf dem Monitor vor ihnen stand Karen der Mund offen. „Lisa Marjorie Coleman. Du *hast* diesen armen Küken etwas angetan."

Ups. Sie hatte nichts zugeben wollen, wofür sie ehrlich verantwortlich war. „Ihr habt gesagt, ihr hättet etwas Ernstes mit mir zu besprechen?"

Neben ihr bebte Tamara leicht vor Lachen. „Du hast Glück, dass wir dich lieben. Dad war so angepisst, als er herausfand, dass das ganze Gelege rot gefärbt war. Er war bereit, uns für alle Ewigkeit Hausarrest zu erteilen."

„Zu meiner Verteidigung habe ich eine natürliche Farbe benutzt. Es war nur Rote-Beete-Saft." Lisa tippte mit der Hand auf den Küchentresen und versuchte, das Gespräch wieder in seine Bahn zu leiten. „Was ist los, meine Damen? Spuckt es aus, bevor ich am Ende alle Sünden aus meiner Kindheit beichte."

Karen stützte sich auf die Ellbogen. „Gleich als du angekündigt hast, dass du nicht nach Whiskey Creek zurückkommst, nachdem du bei Tamara warst, war ich genervt. Jetzt, da ich die Gelegenheit hatte, darüber nachzudenken, hast du recht. Es ist Zeit, den nächsten Schritt zu unternehmen, und für dich bedeutet das, dass du nicht in den Norden zurückkehrst. Ich bin traurig, dass du nicht da sein wirst, aber ich bin froh, dass du den nächsten Schritt gehst. Ich hoffe, du findest heraus, was dich glücklich macht."

„Aber ich bin dankbar, dass du noch warten willst, bis das Baby kommt", fügte Tamara an. „Ich hätte nie gedacht, dass ich die Art Mensch sein würde, die so viel Hilfe braucht. Es ist ernüchternd, darum bitten zu müssen, aber es ist sehr viel einfacher, weil du es bist. Also, danke."

Lisa lächelte Tamara an. „Das mache ich doch gerne. Ich schiebe keine Pläne zur Seite, ich verschiebe sie nur. Und wer weiß, Karen? Vielleicht komme ich eines Tages zurück nach Whiskey Creek."

„Trotzdem, wir wissen es beide zu schätzen. Während du also noch ein paar Monate warten musst, bevor du losziehst, dachten wir uns, wir machen etwas, das dir hilft, eine glänzende Zukunft zu planen." Karen deutete auf Tamara.

An ihrer Seite griff Tamara unter einen Stapel Bücher und zog ein kleines Päckchen heraus, das in eine Weltkarte eingewickelt war.

„Ich liebe es." Lisa ließ einen Nagel unter das Klebeband gleiten und öffnete die Verpackung, legte die Karte zur Seite und holte ein Hardcover-Notizbuch heraus.

Auf der ersten Seite hatte Tamara ein Bild von Lisa als junges Mädchen eingeklebt. Sie war an diesem Tag wie eine Abenteurerin angezogen, mit einem Seil an der Hüfte und einem der alten Hüte ihres Dads auf dem Kopf, sodass sie wie ein kleiner Indiana Jones aussah.

„Hört doch auf." Lisa drehte sich um und legte die Arme um Tamara, umarmte sie ganz vorsichtig. Sie wandte sich zum Computerbildschirm, um Karen einen Luftkuss zuzuwerfen. „Es ist perfekt. Ich werde mir Notizen über all die Orte machen, an die ich reisen will, und all die interessanten Jobs, die ich vielleicht versuchen will. Und wenn ich gehe, kann ich es als Tagebuch benutzen. Ich werde Geschichten aufschreiben, die ich euch erzählen kann, wenn ich zurück bin."

„Es freut mich, dass es dir gefällt", sagte Karen. „Und das nehme ich als Versprechen – dass du zurückkommen wirst."

„Nach Rocky Mountain House oder Heart Falls", fügte Tamara an.

„Genau." Karen nickte. Sie wirkte, als wolle sie noch etwas sagen, dann zwang sie ihr Lächeln dazu, größer zu werden. „Tut mir leid, dass ich das kurz halte, aber ich muss los. Ein gewisser Jemand wird annehmen, dass ich langsam bin, weil ich eine Frau bin, wenn ich das Vieh nicht vor dem Abendessen reingetrieben habe."

Sie seufzten alle drei ausgelassen. Eine synchronisierte, wortlose Beschwerde über ihren Vater.

„Pass auf dich auf", trug ihr Tamara auf und schob ihre Brille hoch, bevor sie dem Bildschirm zuwinkte. „Ich muss auch los."

„Na ja, nicht unbedingt *los*." Lisa sagte es so laut, dass es hörbar war, noch während sie Karen zuzwinkerte und sich dann verabschiedete und den Anruf abbrach.

„Noch ein Kommentar, dass ich nur noch watschle, und du startest deine Weltreise in einer Ganzkörperschiene", warnte Tamara sie, während sie aus dem Zimmer ging.

Lisa kicherte und kümmerte sich um das Geschirr vom Frühstück und winkte kurz, als Caleb zurück ins Haus kam.

Tamara kam wieder ins Zimmer und ließ sich auf dem Sofa nieder. Caleb schloss sich ihr an, tätschelte ihr den Rücken. Er drückte ihr einen Kuss oben auf den Kopf, während sie sich an seine Brust lehnte, ihm völlig vertraute. Ihre Augen waren geschlossen, und ihre Atmung beruhigte sich.

Obwohl es kaum einmal acht Uhr morgens war, schlief sie auf der Stelle ein.

Caleb schaute Lisa in die Augen. „Danke noch mal für all deine Hilfe", sagte ihr Schwager, sein leises Grollen gedämpft, sodass es noch weicher wurde, damit er Tamara nicht aufweckte.

„Ich bin froh, dass ich hier bin", sagte Lisa ehrlich.

„Du hast angeboten, Tamara bei ihrer Schwangerschaft zu helfen, nicht, unsere Dienerin bei allem anderen zu sein. Und ich habe niemals beabsichtigt, dass du rund um die Uhr im Haus festsitzt." Calebs ernstes Gesicht hellte sich auf, als seine Lippen sich zu einem Lächeln verzogen. „Aber ich werde nicht leugnen, wie sehr ich es zu schätzen weiß, dass du alles übernommen hast. Auf gar keinen Fall hätten wir sie sonst dazu gebracht, mal langsamer zu machen. Sie muss es diese letzten paar Monate locker angehen lassen."

Alles in Lisa spannte sich an. „Sie hat mir nicht erzählt, dass etwas nicht stimmt."

Caleb bedeutete ihr, die Stimme zu senken. „Es ist nichts Konkretes, worum man sich Sorgen machen muss. Aber da ihr während ihrer ganzen Schwangerschaft so schlecht war, hat die Ärztin angemahnt, dass sie es nicht übertreiben soll. Also, danke. Nicht nur für heute, aber für dein Versprechen, zu bleiben."

„Sie ist meine Schwester." Es war die einzige Erklärung, die nötig war.

Lisa hätte alles für ihre Schwestern getan, und hatte es immer getan.

Sie schaute noch einmal auf Tamaras Gesicht, auf die dunklen Ringe unter ihren Augen und die Erschöpfung, die sogar im Schlaf an der Brust ihres Mannes sichtbar war.

Es war zu leicht, sich Sorgen zu machen.

„Ich habe den Tag frei", erinnerte Caleb Lisa. „Los. Nimm dir etwas Zeit für dich und lade deine Batterien. Und wenn es andere Zeiten gibt, wo du mal wegmusst, dann frag auf jeden Fall. Wir werden alles Wichtige hier erledigt kriegen, so oder so. Du musst auch selbst Spaß haben."

Sie erwartete nicht, dass ihre Zeit in Heart Falls ein Urlaub war, aber Lisa machte sich nicht die Mühe, etwas einzuwenden, denn erstens war ein Streit mit Caleb so, als würde man es mit einer Ziegelwand aufnehmen. Und zweitens hatte er teilweise schon recht. Sie musste mal eine Weile aus dem Haus raus.

Sie schob sich ein Mittagessen und ihr neues Tagebuch in einen Rucksack und ging nach draußen. Während sie die Versuchung verdrängte, nach Josiah zu suchen, marschierte sie durch die Scheune, bis sie den Vorarbeiter Ashton Stewart fand.

Der ältere Mann nickte, als sie nach einem Reittier fragte. Er deutete auf das Ende des langen Ganges. „Ich sattle dir Licorice."

„Das schaffe ich schon", bot Lisa an. „Ich bin schon ein paar Monate hier, und ich weiß, wo alles ist. Du musst nicht den Babysitter für mich spielen."

„Einer Lady einen Gefallen zu tun, ist kein Babysitten", sagte Ashton völlig trocken, aber dann lächelte er. „Mach schon. Hab einen schönen Ausritt."

Lisa lächelte noch immer, während sie zurück in die Sattelkammer ging. Sie nahm den Sattel, den sie schon einmal benutzt hatte, das Gewicht schwer in ihren Armen, während sie sich umdrehte ...

Und direkt in Josiah hineinlief.

3

———

Josiah fing den Sattel, drehte sich zur Seite, während er das volle Gewicht vor sich herabsacken ließ. Mit der anderen Hand nahm er Lisas Schultern und stabilisierte sie, damit sie beide nicht auf dem Hintern landeten.

Ihre Miene wandelte sich von Schock zu Erheiterung. „Wie talentiert. Er kann nicht nur als Dr. Dolittle auftreten, sondern auch jonglieren. Tut mir leid, dass ich in dich reingelaufen bin."

„Ich freue mich darüber." Ihr Gesicht verzog sich verwirrt, bis er leise lachte. „Na ja, mir wäre es lieber, wenn keine Lederwaren an dem Zusammenprall beteiligt wären, aber ist schon gut."

Lisa erholte sich rasch. „Du stehst nicht auf Kink?"

Das Aufflammen von Hitze, das ihr Kommentar auslöste, war völlig übertrieben. Einen Augenblick lang konnte er sich nicht zu einer Erwiderung aufraffen.

Ihre Augen wurden groß, und selbst in dem nicht gerade optimalen Licht trat eine süße Röte auf ihre Wangen.

Es galt, keinen Augenblick zu verlieren. „Unterwegs zu einem Austritt?"

„Caleb hat heute frei, darum habe ich auch frei."

„Toll. Kann ich dich zum Abendessen ausführen?"

Lisa hob eine Augenbraue. Langsam. Betont. Nur die rechte, ohne dass sich ein anderer Teil ihres Gesichts bewegt hätte.

Beeindruckend. „Wow. Kannst du das noch einmal machen? Mein Bruder kann sein Gesicht total beherrschen, aber ich glaube, du bist besser."

„Ich bin nur schockiert von der Einladung. Ich dachte, dass du jeden Augenblick über alle sieben Berge davonläufst." Lisa verschränkte die Arme vor der Brust. „Du scheinst so eine Selbstzerstörungs-Sequenz zu haben, die in dem Augenblick anspringt, in dem wir anfangen, zu plaudern."

Josiah dachte darüber nach. „Nö. Ich weiß nicht, wovon du da redest."

„Die Tatsache, dass du jedes Mal abgehauen bist, wenn wir in den letzten paar Monaten was miteinander zu tun hatten, ist bei dir nie angekommen?"

Eher schon hatte er gehofft, dass sie bei ihr nie angekommen wäre, aber das würde er nicht zugeben. Er musste erklären, dass sein neuer Weg kein Weglaufen beinhaltete.

Er ließ den Sattel zu seinen Füßen sinken, damit er seinen Beweis herausholen konnte. „Ich lege Wert darauf, nicht mit der Frau zu streiten, mit der ich hoffe, mehr Zeit zu verbringen."

Die Skepsis auf ihrem Gesicht wurde immer größer. Sie trat von einem Fuß auf den anderen, als würde sie hinter ihn schauen. „Ist das so eine Situation, in der du von Aliens entführt wurdest? Denn du verwirrst mich ganz heftig, was auch schon ein Talent ist, um ehrlich zu sein."

Josiah fischte schließlich die Karteikarten, die er vorbereitet hatte, aus seiner hinteren Hosentasche. „Moment mal, das wird helfen." Er reichte ihr eine der Karten. „Du legst los."

Lisa beäugte ihn, beäugte die Karte, dann warf sie einen Blick zurück auf ihn, ihr Gesicht war verzogen. „Ernsthaft?"

„Du musst das Setting nicht vorlesen", schlug er vor. „Fang einfach mit der Dialogzeile an."

„Ach, ich verabscheue es, deine harte Arbeit vor die Hunde gehen zu lassen. Ich fange ganz oben auf dem Blatt an und arbeite ich mich nach unten vor." Lisa räusperte sich, bevor sie loslegte. „Setting: das Innere einer Scheune." Sie schaute sich um, zuckte leicht die Schultern. „Okay, ziemlich gut, dass du das schon vorab geahnt hast."

„Ich habe eine zweite Reihe Karten für das Haus", gab er zu. „Ich war vorbereitet."

Ihre Lippen zuckten, bevor sie fortfuhr. „Figuren. Weibliche Hauptrolle: eine junge Frau, die am Ort ist, um der Familie zu helfen. Hart arbeitend, treu, sexy wie die Sünde." Lisas Tonfall wurde dramatischer, während sie weiterlas, als wäre sie die Ansagerin einer Radioshow. „Nach Monaten harter Arbeit will sie unbedingt etwas Ruhe und Erholung."

Sie hielt inne, schaute zu ihm auf. Diese einzelne Braue, die sich perfekt nach oben zog.

Er wartete.

Zum Glück wurde ihre Erheiterung größer. „Ich habe keine Ahnung, was du da machst, Josiah, aber ich spiele mit." Sie hob wieder die Karte. „Männliche Hauptrolle: der Tierarzt vom Ort. Ein Mann mit der Gabe, sich um Tiere zu kümmern, aber auch jemand, der weiß, wie man eine Frau glücklich macht."

Ein heftiges Kichern entschlüpfte ihr.

„Hey, das ist doch nicht der Witz", beschwerte sich Josiah.

Lisa hob eine Hand, nahm die Karte hoch, um zu zeigen, dass sie nun die Figur spielte. „Josiah. Ist eine Weile her."

Er richtete seinen Cowboyhut, schaute sie sich an und genoss sehr, was er sah. „Für mich fühlt es sich wie gestern an."

„Nicht gestern oder vorgestern. Es ist *Wochen* her, seit du mal vorbeigekommen bist. Ich habe mich nach deiner Gesellschaft gesehnt."

Es schien ihr schwerzufallen, zu entscheiden, ob sie lächeln wollte, grinsen oder direkt loslachen.

„Wir waren beide in unsere Arbeit vertieft. Wir müssen Zeit für uns schaffen." Josiah schaute ihr in die Augen. „Heute Abend zum Essen. Ich akzeptiere kein Nein als Antwort."

Lisa öffnete den Mund, ihr Blick fiel auf die Worte, die er geschrieben hatte. „Okay. Dein Haus. Wir können zusammen Abendessen machen."

Er ignorierte die Versuchung, sich vorzubeugen und auf das zu spähen, was sie vorlas, denn er wusste verdammt gut, dass das nicht das war, was auf ihrer Karte stand. „Du improvisiert."

„Ja. Weil ich mich nicht schick machen und ausgehen will. Es ist mein erster freier Tag seit langer Zeit, und ich will ihn in gemütlicher Kleidung verbringen, während ich mir Komfortessen reinziehe." Lisa wedelte mit der Karte vor ihm. „Und wenn ich diese Zeile vorlese, dass wir ins Longhorns Steakhouse gehen, dann heißt das, dass ich keine gemütlichen Klamotten trage und kein Komfortessen kriege. Obwohl ich Steak schon mag, versteh mich da nicht falsch."

Er gab sich geschlagen. „Komfortessen, gemütliche Klamotten. Bei mir zu Hause – klingt wie ein Date für mich. Ich nehme deine Änderungsvorschläge an."

„Du hast immer noch nicht gesagt, warum du es dir plötzlich anders überlegt hast", stellte Lisa klar.

„Ich dachte mir schon, dass ich das klarstellen muss." Josiah deutete auf die Karte und wies sie an, sie umzudrehen. „Geh zurück zum Skript."

Lisa drehte die Karte um, und ihre Augen wurden größer, während sie die Zeile las. „Soll ich dieses Date vor meinem Schwager geheim halten? Denn der Gedanke ist mir nicht ganz geheuer."

„Es ist kein Geheimnis", versicherte Josiah ihr. „Auch wenn ich wahrscheinlich irgendwann mal schnell reden muss, um sicherzustellen, dass niemand in deiner erweiterten Familie glaubt, ich hätte vor, dich auszunutzen."

Lisa schaute ihn von oben bis unten an, ihr Blick wanderte ganz langsam an ihm herab. Eine langsame, ausgedehnte Musterung, während ihre starken Finger die Karteikarte nahmen und sie sie entschieden in der Mitte falteten. „Den Rest davon lese ich nicht. Hast du deswegen nicht mitgezogen? Weil du dir Sorgen gemacht hast, was Caleb tun könnte?"

„Es geht nicht darum, sich Sorgen zu machen wegen irgendeiner männlichen Besitztumssache. Ich wollte mich nicht auf dich als One Night Stand einlassen, oder nur, um einen Drang zu befriedigen. Ich dachte, dass das nicht gut bei jemandem ankommt, der mit dir verwandt ist. Um ehrlich zu sein, habe ich vor Tamara mehr Angst als vor allen anderen, ganz gleich, wie übel ihr ist."

„Meine Familie organisiert nicht mein Leben", stellte Lisa klar.

„Das freut mich, aber es sind trotzdem noch meine Freunde. Enge Freunde, die mir eine Menge bedeuten. Ihre Meinung und ihre Freundschaft sind wichtig für mich. Ganz gleich, wie sehr du und ich uns einig sind, dass wir Erwachsene sind und dass das, was wir tun, unsere Entscheidung ist, es wird nicht gut bei deiner Familie ankommen, wenn wir beide miteinander herummachen."

„Warum bittest du mich dann jetzt um ein Date?" Lisa schüttelte den Kopf. „Nichts hat sich geändert. Du bist immer noch der Tierarzt vom Ort, und ich bin immer nur noch die Frau, die eine Weile zu Besuch ist.“

„Aber vor ein paar Tagen warst du noch unterwegs zurück nach Rocky Mountain House.“ Er konnte nicht zugeben, dass es bis vor ein paar Tagen nicht in seinen dicken Schädel gegangen war, dass er bereit war, etwas anzufangen, das mehr war als etwas Lockeres.

„Gehen ist gehen.“

„Nö. Nach Hause Gehen ist das eine. Entscheiden, dass du eine Veränderung willst, ist etwas ganz anderes. Ich will eine Chance, dir zu zeigen, wie perfekt eine langfristige Veränderung in Richtung Heart Falls für dich sein könnte.“ Das war vermutlich das Dümmste, was er je getan hatte, aber es schien, als wäre der einzige Weg, mit beiden Füßen voran reinzuspringen. Josiah nahm sich ihre Hand. „Teufel, vielleicht passen wir überhaupt nicht zusammen. Vielleicht wird nichts davon funktionieren, weil zwischen uns irgendwas nicht stimmt, wie etwa, dass du eine von denen bist, die vergessen, den Deckel auf die Zahnpasta zu schrauben. Aber ich hätte gern, dass wir was anfangen und sehen, was passiert.“

„Aber ich bin insgesamt nur sechs Monate hier“, rief sie ihm in Erinnerung. „Danach gehe ich.“

„Vielleicht tust du das nicht. Du hast gesagt, du wolltest nach sechs Monaten aus dem Haus deiner Schwester ausziehen. Aber du hast nicht wirklich was anderes auf dem Plan, oder etwas, das schon ewig auf deiner Liste mit Dingen steht, die du im Leben tun willst. Oder zumindest hat es für mich nicht so geklungen, als wir gestern gesprochen haben.“

„Ich weiß nicht, was ich tun möchte“, gab sie zu. „Aber es könnte dazugehören, dass ich Heart Falls verlasse.“

„Oder auch nicht. Da du dir nicht sicher bist, scheint es dumm, die Chance nicht zu ergreifen.“ Er hatte ihre Hand in seiner, rieb mit dem Daumen über die Knöchel, eine langsame, kreisförmige Bewegung. „Im Drehbuch klang mein ganzes Argument um einiges besser, aber können wir es nicht mal probieren? Ich meine, im allerschlimmsten Fall genießen wir tolles Komfortessen und lernen uns ein wenig besser kennen, auf eine Art, aus der vielleicht etwas Gutes in unserem Leben erwächst."

Er weigerte sich, daran zu denken, wie sehr es schmerzen würde, wenn noch eine Frau beschloss, dass er kein ausreichender Grund war, um zu bleiben.

Lisa schüttelte den Kopf von rechts nach links, aber die Worte, die sie äußerte, waren positiv. „Irgendwas ist dran, wenn man nicht weiß, was zum Teufel ein Typ als nächstes tun wird. Josiah Ryder, du faszinierst mich. Du hast recht. Es wird kurzfristig nicht schaden, deinen Bluff hier auffliegen zu lassen."

Ein Anflug von Wärme, den man nur Glück nennen konnte, blubberte aus seinem Innersten herauf. Er war auch schockiert, dass seine verrückte Idee funktioniert hatte. „Verdammt. Das ist toll. Ich sollte da irgendwie Geld drauf wetten."

Ein leises Lachen entwich ihr. „Hundert Mäuse, wenn ich im Frühling noch da bin?"

Alles, um sie auf den Gedanken zu bringen, dass sie bleiben könnte. „Abgemacht."

„Zu welcher Zeit willst du denn, dass ich zum Essen rüberkomme? Ich kann beim Kochen helfen."

Er dachte seinen Terminplan durch. „Jederzeit nach den Geschäftszeiten, und wenn deine Komfortmahlzeiten nicht echt speziell sind, glaube ich, ich kriege das hin."

Lisa spulte ihre drei Lieblingsspeisen ab und stahl ihre Finger zurück, überall an ihr machte sich Erheiterung bemerkbar. „Darf ich meinen Sattel zurückhaben? Bitte?"

Josiah hob ihn auf seine Schulterhöhe. „Da ich dich

überhaupt erst unterbrochen habe, ist es nur richtig, wenn ich dir helfe, dich fertigzumachen."

Er geleitete sie zu Licorice, wobei er das robuste Reittier zu schätzen wusste, dass Ashton ihr zugewiesen hatte. Sie machten alles fertig: Decke, Sattel, Geschirr. Er bot ihr seine Hand an, die sie hielt, während sie den Fuß in den Steigbügel setzte und dann in einer flüssigen, glatten Bewegung aufstieg.

Lisa richtete ihren Hut, schloss die Jacke, während sie nach unten schaute, ihr Gesicht strahlte, als sie ihn noch einmal musterte.

Sie schüttelte den Kopf. „Auf jeden Fall unterhaltsam."

„Wir sehen uns bei mir", sagte er, ließ die Finger über ihren Oberschenkel gleiten, während er vortrat. Er schnappte sich den Führstrick von Licorice, dann schob er die Tür auf, um sie nach draußen zu lassen.

Er sah ihnen nach, dem Pferd und der Reiterin.

Lisa warf einen Blick über die Schulter, ein äußerst merkwürdiger Ausdruck auf ihrem Gesicht. Als ob sie nicht sicher wäre, ob sie lachen oder entsetzt von ihm fortlaufen sollte.

Das war das erste Mal, dass er in eine Beziehung ging, in der er sofort zugab, dass er auf etwas mehr hoffte als nur eine gute Zeit. Vielleicht würde das reichen, um sein Pech abzuwehren.

Vielleicht, wenn er sich der Wahrheit direkt stellte, würde es das sein, was ihm half, an der Tatsache vorbeizukommen, dass er nicht gut genug für die Ewigkeit war.

LISA LACHTE NOCH IMMER, als Licorice auf den Weg lief, der vorbei an den namensgebenden Wasserfällen des Städtchens führte.

Sie hatte eine Begegnung mit Josiah überhaupt nicht auf dem Schirm gehabt. Die ganze Unterhaltung war unbehaglich gewesen, doch gleichzeitig seltsam vergnüglich. Solange er sich an sein Versprechen hielt und sie nicht drängte, irgendwelche festen Zusagen zu machen, konnte sie keine Nachteile an seinem Angebot erkennen.

Sie wollte etwas mit ihm anfangen, und es schien, als würde es passieren. In ein paar Stunden.

Vorerst hatte sie einen anderen Plan. Lisa holte tief Luft und schaute sich in der weißen Reinheit um, saugte die Neuigkeit des Geländes in sich auf.

Das Land, in dem sie aufgewachsen war, mehrere Stunden weiter oben im Norden, war ausgiebig erkundet worden. An einige Lieblingsorte ging sie, um Einsamkeit zu finden, andere Stellen inspirierten sie mit ihrer Schönheit.

Hier drüben an der Silver Stone Ranch war es faszinierend, wie sie sich innerlich fühlte.

Dieses ruhelose Gefühl, nicht zu wissen, wohin sie unterwegs war, ließ nach und wurde zu etwas Befriedigenderem. Eher schon wie der Abenteuergeist, von dem sie hoffte, er würde sie schließlich durch alle Schritte führen, die als nächstes kamen. Der gleiche Geist war da, als Licorice sich unter ihr bewegte.

Nachdem sie die graue Stute in die Ausläufer der Rocky Mountains gelenkt hatte, erlaubte Lisa dem Tier, sein eigenes Tempo zu gehen. Das Pferd mäanderte über Pfade, die es besser kannte als Lisa. Die Sonne spielte Verstecken zwischen den winzigen weißen Wolken, dünnen Schlieren wie Kondensstreifen vor dem blauen Himmel.

Es dauerte nicht lang, bis die ganze Anspannung in ihr völlig verschwunden war. Es war unmöglich, im Angesicht einer so unnachgiebigen Schönheit angespannt zu bleiben.

Die Stute wandte sich in den Wald, sodass Lisa sich in

einem gemütlichen Rhythmus wiegen konnte. Muster aus Sonnenlicht kamen durch die Bäume, und weiter vorne schien die Sonne blendend auf schimmerndem Eis. Lisa atmete tief durch, ihre Hände in den Handschuhen packten den Sattelknauf, während sie kalte Luft einatmete, so beißend, dass sie in ihrem Hals kitzelte.

Licorice wandte den Kopf, einen Augenblick, bevor ein Ast knackte. Lisa warf einen Blick nach rechts, als eine cremefarbene Stute durch die Bäume kam.

Sonora Fallen saß locker im Sattel. Ihr grauweißer Pferdeschwanz lag über der Schulter, der Rest des Kopfes war von einem abgetragenen schwarzen Cowboyhut bedeckt. Als sie nach vorne ritt, wurden schwache Falten an ihren Mundwinkeln und den Augen sichtbar. Auch Lachfalten, als sich ihre Lippen grüßend nach oben wölbten.

„Ach, hallo noch mal", sagte die ältere Frau. „Hast du dich von dem Heirats-Schabernack erholt?"

Calebs mittlerer Bruder hatte vor zwei Tagen den ewigen Bund mit Sonoras Enkeltochter geschlossen.

„Es war ein ziemlich entspanntes Ereignis", erklärte Lisa. Walker und Ivy waren von Ivys Vater in einer privaten Zeremonie an den Heart Falls getraut worden, gefolgt von Kaffee und Kuchen mit den beiden Familien im Haus von Silver Stone. Das Paar war noch nicht in die Flitterwochen gefahren, denn Ivy arbeitete. „Trotzdem war es etwas Besonderes, dass ich diesen Tag mit ihnen teilen konnte."

„Das sehe ich auch so." Sonora musterte sie sorgfältig. „Auf den ersten Blick dachte ich, du wärst Tamara, und ich konnte mir nicht vorstellen, wie du dich an Caleb vorbeigeschlichen und auf ein Pferd geschmuggelt hast."

Lisa lachte. „Oje. Ja, dass Tamara jetzt reitet – dazu wird es nicht kommen."

Die ältere Frau zwinkerte. „Ihr seid nicht dieselben, aber

all ihr Colemans seht aus, als kämt ihr aus derselben Gussform."

Lisa lachte. „Im Lauf der Jahre hat es darüber ein paar Witze gegeben, aber du hast recht. Ich glaube, die einzigen echt identischen sind meine Zwillingscousinen in der Six-Pack-Familie. Aber lass es dir gesagt sein, sie haben sich nicht immer gleich benommen."

Sonora nickte. „Deine Familie ist nur ein Teil dessen, wer du bist. Die Entscheidungen, die du fällst, tragen den Rest zu dem bei, was dich einzigartig macht."

Lisa hatte es noch nie so gesehen. „Das ist perfekt."

Sonora zupfte an den Zügeln auf einer Seite und machte eine Geste den Pfad entlang. „Wenn du Gesellschaft möchtest, würde ich mich dir gerne anschließen."

Es war immer besser, mit jemandem zu reiten, besonders im Winter. Sie war ganz kompetent, aber Lisa dachte mehr an Sonoras Sicherheit. „Gibt es irgendwas Interessantes, was du mir zeigen willst?"

„Hängt davon ab. Wie lange hast du denn?"

„Den ganzen Tag." Dann fiel es ihr wieder ein. „Moment. Ich habe eine Verabredung zum Essen um vier." Sie hatte das wohl mit größerer Begeisterung gesagt, als erwartet, denn Sonora lachte und schnalzte mit der Zunge ihrem Pferd Rainbow zu. Sie lenkte die Stute zurück auf den Weg und deutete nach Süden. „Dann kenne ich genau den richtigen Ort."

Und so fand Lisa eine neue Freundin. Es spielte keine Rolle, dass Sonora doppelt so alt war wie sie, sie konnten sich locker und gemütlich unterhalten, und zwar vom ersten Augenblick an. Sie hatten auf der Hochzeit nicht viel Zeit gehabt, sich einfach nur mal hinzusetzen und zu reden, aber Lisa stellte fest, dass Sonora auf jeden Fall genau ihr Typ Mensch war.

„Also, meine Enkelin ist mit dem Schwager deiner Schwester verheiratet." Sie ritten Seite an Seite auf einem verlassenen Eisenbahngleis, während Sonora es entwirrte. „Das bedeutet, dass wir auf irgendeine irre Art verwandt sind."

Es dauerte einen Augenblick, da durchzusteigen, bevor Lisa nickte. „Am allereinfachsten stelle ich mir dich als Ivys Oma vor. Und die von Rose und Tansy."

In den letzten paar Monaten hatte sie Zeit mit allen drei Frauen verbracht.

„Und Fern. Obwohl ich nicht weiß, ob ich die Schuld an Tansy auf mich nehmen möchte." Es war klar, dass Sonoras Worte neckend gemeint waren. „Alle meine Enkelinnen sind wunderbar."

„Deine Enkelinnen haben dafür gesorgt, dass ich mich in Heart Falls sehr willkommen fühle", erklärte ihr Lisa.

„Gut. Es ist schön, hin und wieder was richtig zu machen."

„Dass Tansy bei *Buns and Roses* bäckt, hat dazu geführt, dass ich seit meiner Ankunft hier im Dezember mindestens fünf Kilo zugelegt habe." Lisa dachte einen Augenblick lang nach. „Eines gibt es, das habe ich noch nicht getan. Ich war nicht in der örtlichen Buchhandlung. Die ist nach dir benannt, oder?"

Sonora strahlte. „Fallen Books. Das klingt doch zu gut, um es auszulassen."

„Das verstehe ich. Aber du arbeitest nicht selbst im Laden? Oder nicht mehr?"

„Ich helfe von Zeit zu Zeit aus, aber die Verantwortung tragen meine Tochter und mein Schwiegersohn." Sonora verzog das Gesicht.

„Stimmt irgendwas nicht?", fragte Lisa.

Die ältere Frau riss sich zusammen. „Nein. Alles in Ordnung."

Lisa beäugte sie neugierig.

Sonora zuckte mit den Schultern. „Um ehrlich zu sein, der Ruhestand ist eine Herausforderung. Es ist gut, dass ich zulasse, dass sie sich um den Laden kümmern, aber manchmal vermisse ich es, einen Arbeitsplatz zu haben."

Bisher hatte es keinen angemessenen Augenblick gegeben, um den Kommentar abzugeben. „Du wirkst zu jung, um im Ruhestand zu sein. Oder um Enkelinnen zu haben, die so alt sind wie ich, wenn es dir nichts ausmacht, dass ich das sage."

Sonora grinste. „Glaubst du wirklich, ich beschwere mich, weil du findest, dass ich ganz anständig altere?"

„Ich schätze nicht, aber ich bin ziemlich sicher, es ist mehr als das." Lisa hielt inne. „Außer, du hast einen magischen Teich auf deinem Grundstück, der ewige Jugend gewährt."

Sie lachte über die Andeutung. „Ivy schätzt, dass ich wilde Magie nutze, aber nein, es ist sehr viel einfacher. Ich bin sechzig, und meine Tochter ist einundfünfzig. Großartige Dinge passieren, wenn man achtzehn ist und sich in einen Mann mit einer neunjährigen Tochter verliebt."

„Das erklärt einiges." Lisa lächelte. „Du bist trotzdem noch eine sehr junge Sechzigjährige."

Sonora strahlte einen Augenblick lang, dann deutete sie auf eine niedrige Reihe von Gebäuden, die nicht allzu weit entfernt standen. „Hier wohne ich. Kann ich dir eine Tasse Kaffee und ein paar von meinen Brownies anbieten? Diejenigen, bei denen ich mich weigere, Tansy das Rezept zu geben?"

„Du bietest mir einen Schokohappen nach Geheimrezept an? Dann nehme ich an."

Sie stellten ihre Pferde in die warme Scheune. Lisa half dabei, Sonoras Sattel abzunehmen, und fragte sich, wie die Frau mit der schweren Ausrüstung klar kam, wenn sie allein war.

Sie nahm den Sattel von Licorice ab und deckte das Tier

mit einer Decke ab, bevor sie Sonora in das gemütliche Häuschen folgte.

Zehn Minuten später hatte Lisa die Finger um eine dampfend heiße Tasse Kaffee geschlossen, und ein Schoko-Brownie schmolz in ihrem Mund. „O mein Gott, was muss ich tun, um dich zu überzeugen, dass du mich adoptierst?"

Sonora lachte. „Meine Liebe, genau auf diese Art kommen alle in die Familie Fields. Du bist willkommen, dich uns anzuschließen, obwohl ich glaube, dass es vermutlich ein paar Leute gibt, die traurig wären, wenn du keine Coleman mehr bist."

„Dann werde ich eine Fields ehrenhalber." Lisa biss noch einmal ab und kämpfte gegen das Gefühl an, vor Begeisterung zu stöhnen. „Du musst Tansy das Rezept dafür geben. Die Verkäufe im Café werden sich verdreifachen."

„Im Leben geht es nicht nur um Geld", neckte Sonora. Ihr Blick wurde weicher. „Aber du verstehst das schon, wenn man bedenkt, dass du hier bist, um deiner Schwester zu helfen, anstatt irgendwo anders, wo du dir Geld in die Taschen schaufelst."

Lisa zögerte.

„Ach, du versuchst nur, eine Art zu finden, um nicht anzugeben, aber offensichtlich habe ich recht. Du bist hier."

„Caleb hat angeboten, mich zu bezahlen", sagte Lisa. „Aber darum geht es doch bei Familie nicht, oder?"

Sonora nippte an ihrem Kaffee, senkte rasch das Kinn wie ein Vogel, der sich über die Ankunft des Frühlings freute. „Also sag mir, was für Pläne hast du, nachdem das Baby kommt? Willst du dir einen Job in Heart Falls suchen?"

Lisa dachte an das Tagebuch, das in ihrem Rucksack auf sie wartete. Sie dachte an das Date, das sie an diesem Abend mit Josiah angesetzt hatte.

Sie dachte an all die unbeantworteten Fragen, die sie hatte, und es ließ sich auf eine Wahrheit eindampfen. „Ich bin nicht sicher, was ich will. Ich weiß nur, was ich nicht will, und das ist schon mal nicht schlecht zum Anfang. Außerdem habe ich ein paar Dinge auf einer Liste, die mit *vielleicht klingt das interessant* überschrieben ist."

„Erzähl mir doch ein paar von denen", ermutigte sie Sonora. „Selbst wenn du sie nie machst, ist es witzig, deine Vorstellungskraft loslaufen zu lassen."

„Ich glaube, ich würde gern reisen", sagte Lisa. „Ich will auf jeden Fall weiter weg als vier Stunden von dem Ort, an dem ich geboren wurde. Ich habe Geld gespart, wenn ich mich dafür entscheide. Nicht genug, um irgendwas Schickes zu machen, aber genug für eine Rucksackreise. Vielleicht bekomme ich unterwegs sogar Arbeit."

„Das wäre ein großes Abenteuer." Sonora nickte zustimmend. „Beim Reisen kommt eine Menge Gutes heraus. Ich habe selbst Freiwilligenarbeit beim Friedenskorps geleistet."

Nun war es an Lisa, überrascht zu sein. „Wirklich? Wohin bist du denn gereist?"

„Uganda. Dort habe ich Mr. Fallen und meine Tochter Sophia getroffen." Sonora blickte aus dem Fenster, als würde sie durch die Zeit zurückschauen. „Sich in einem fremden Land zu verlieben, war überhaupt nicht, was ich mir für meine Zeit im Ausland vorgestellt hatte, aber letztlich war es das Richtige."

Als Freiwillige zu reisen, war bis zu diesem Augenblick nicht mal auf Lisas Radar gewesen, und als Sonora weitere Geschichten über ihre Jahre in Afrika erzählte, wirbelten die Ideen durch Lisas Verstand.

Ein Pieper ertönte.

Sonora hielt mitten im Satz inne, blinzelte überrascht, ehe sie die Augen verdrehte und angewidert den Kopf schüttelte.

„Wie gut, dass ich einen Wecker gestellt habe. Es tut mir leid, aber ich muss in die Stadt. Ich habe versprochen, jemanden zu treffen, und wenn ich nicht auftauchte, schickt er vermutlich eine Suchmannschaft los."

„Das ist doch guter Ärger, dem man aus dem Weg gehen kann." Lisa beäugte Sonora und war versucht, nach weiteren Details zu fragen, wer *er* war, wenn man bedachte, dass die Wangen der älteren Frau plötzlich rot wurden.

Sie musste nicht lange warten, um ihre Neugier zu befriedigen. Während sie und Sonora den Tisch abräumten, schnaubte die Frau empört bei der Arbeit.

„Dieser Mann muss es mal in seinen Kopf kriegen, dass ich nicht hilflos bin", beschwerte sich Sonora, bevor sie zu Lisa herumwirbelte, die Hände in die Hüften gestemmt. „Ich schätze, zum Teil gibt es ihm wohl das Gefühl, wichtig zu sein. Eine Frau herumzukommandieren, die bereits weiß, was sie tut."

„Manchmal", sagte Lisa und dachte an ihren Vater. Dann bot ihr Josiahs Aufrichtigkeit, was die Tatsache anging, dass er mit seinen Freunden die Dinge nicht auf den Kopf stellen wollte, eine andere Erklärung. „Manchmal sind Männer aus anderen Gründen, außer dass sie mit dem Kopf durch die Wand wollen, beschützerisch. Vielleicht mag er dich?"

Die Frau sprudelte los, ihr Mund öffnete und schloss sich, während sie nach Worten rang. „Ashton Stewart mag mich *nicht*. Wir sind doch keine Zwölfjährigen, die einander einen Knuff geben, weil ... Na, einfach nur *weil*."

Lisa bemühte sich, ihre Miene ausdruckslos zu halten. Der Vorarbeiter auf Tamaras Ranch hatte stahlgraue Augen, silbergraues Haar und war ein sehr fitter und attraktiver Dreiundsechzigjähriger.

Er war auch so stur, dass er Caleb damit noch übertraf.

„Oh, du redest von Ashton. Nein, du hast recht. Er kommandiert dich nur herum."

„Genau." Sonora bekam sich rasch wieder unter Kontrolle, doch es war eindeutig gespielt, während sie sich aufgeräumt hinsetzte. „Aber wir sind Nachbarn, darum versuche ich mein Bestes, um mit ihm klarzukommen."

„Wie es sich auch gehört", lobte Lisa Sonora, hielt ihre Erheiterung versteckt, während sie zur Tür ging. „Danke für die Leckereien, und für die Gesellschaft auf dem Ausritt zu heute. Es hat mir gefallen, Zeit mit dir zu verbringen."

„Mir auch. Ich hoffe, wir können das bald wiederholen." Einen Augenblick lang wirkte sie verschüchtert, dann reichte sie Lisa ihr Handy. „Gib deine Nummer ein. Ich schicke dir eine Nachricht, damit wir in Zukunft in Kontakt bleiben können."

Lisa tat, wie angewiesen. „Ich will mehr über deine Zeit in Afrika wissen."

Aber Sonora passte nicht auf. Stattdessen starrte die ältere Frau in den Spiegel und fummelte an ihren Haaren herum. Das kommende Treffen lenkte sie offensichtlich mehr ab, als sie zugeben wollte.

Lisa schlurfte nach draußen und ging in die Scheune, durch und durch erheitert.

Die Pause hatte ihr gutgetan, genauso wie Caleb es vorgeschlagen hatte. Sie aß ihr Mittagessen im Sattel, während Licorice träge herumlief, sie beide genossen den Wintertag. Aber da die grauen Wolken sich am Horizont sammelten, beschloss Lisa, ihr Glück nicht zu strapazieren. Sie machte sich auf den Weg zurück nach Silver Stone in die Wärme der Scheune.

Sie kümmerte sich um die Stute und tätschelte ihr liebevoll die Nase, bevor sie ins Haus zurückkehrte.

Eine rasche Dusche später holte Lisa die vorgeschriebenen gemütlichen Klamotten heraus – eine abgetragene Jeans, die weich und ausgeblichen war, und ein Lieblingsoberteil, bei dem sie es nicht ertragen konnte, es wegzuwerfen, obwohl es in jüngster Zeit ein Loch im Ellbogen entwickelt hatte. Sie fuhr sich mit der Bürste durch die Haare, dann nutzte sie den Fön, bis die langen, dunklen Strähnen glatt über ihren Schultern lagen.

Lisa legte eine Schicht Lippenbalsam auf, als sie sich schließlich eingestand, dass sie genauso ein Gewese wie Sonora machte.

Daran war nichts falsch. Es war nichts falsch daran, Josiah zu mögen, und als Lisa die Stufen aus ihrem temporären Zimmer hinauf und in den Keller ihrer Schwester ging, war das die Wahrheit, auf die sie sich konzentrierte.

Denn Josiahs kleines Drehbuch, in dem er gefragt hatte, was sie Caleb und Tamara sagen würde, summte durch ihre Gedanken. Wollte sie zugeben, wo heute Abend ihr Ziel lag?

Die Frage löste sich von selbst, als sie die Küche betrat und eine Nachricht fand, die auf dem Tresen auf sie wartete.

Lisa, heute Abend fühle ich mich auf einer Skala von eins bis zehn zum ersten Mal seit Tagen wie eine Acht, also sind wir unterwegs zu Brad und Hanna zum Abendessen. Die Mädchen sind hin und weg, dass sie die kleine Crissy und die Kätzchen sehen dürfen. Es wird nicht spät werden, aber Caleb sagt, du hast bis morgen Vormittag frei, ganz gleich, was passiert.

Ich tue nicht mehr so, als hätte ich eine Ahnung, was im Kühlschrank zum Abendessen liegt, denn du hast dich um alles gekümmert. (Ich liebe dich. Ich sage das nicht häufig genug!) Hier ist allerdings etwas Bargeld, falls du in die Stadt gehen willst, das geht auf uns.

Genieße deine Ruhe und deinen Frieden.
Tamara

Lisa steckte die Nachricht ein, dann schob sie den Großteil des Geldes zurück in Tamaras Börse. Sie behielt nur genug, um beim Supermarkt vorbeizuschauen und ihren Beitrag zu dem Komfort-Buffet zu holen, das Josiah versprochen hatte.

Um genau vier Uhr stand sie auf den Eingangsstufen von Josiahs Haus, die Einkaufstasche in der Hand, und ein aufgeregtes Flattern im Bauch.

4

———————

Er hatte den Großteil seines Tages eilig erledigt, erpicht darauf, dass dieser Augenblick eintraf. Josiah öffnete die Tür vor der verführerischsten Ansicht, die er seit Ewigkeiten gesehen hatte.

Lisas dunkle Augen begegneten seinem Blick, Erheiterung und Glück leuchtete auf ihrem hübschen Gesicht. Ein Hauch blasses Rot war auf ihren Lippen und eine hellere Farbe auf ihren Wangen, weil die Temperatur draußen abkühlte. Ihre dunklen Haare lagen über ihren Schultern, jeder Zentimeter davon ordentlich, glatt und schön.

Sie hielt einen Stoff-Einkaufsbeutel vor. „Ich habe Nachtisch dabei.“

Josiah trat weit genug zur Seite, um sie hereinzulassen, dann schloss er hinter ihr die Tür. Er nahm sie an der Hand, nahm ihr die Tasche ab, dann ging er näher, um ihr einen Kuss auf die Handknöchel zu drücken. Er schaute ihr ins Gesicht, als seine Lippen ihre Haut berührten.

Sie kicherte los. Er drückte ihre Finger, bevor er sich

aufrichtete und ihr bedeutete, weiter ins Haus zu gehen. „Komm rein und fühl dich wie zu Hause."

Lisa pausierte, um ihre Schuhe abzunehmen. „Diese Tasche solltest du ins Gefrierfach stecken", warnte sie ihn.

Josiah warf einen Blick in den Beutel. „Eis. Drei Becher?"

„Ich wusste nicht, was du am liebsten magst, darum habe ich ein wenig geraten. Nicht nachschauen."

„Würde mir nicht im Traum einfallen." Er ging in die Küche und schob die ganze Tasche in das Gefrierfach, ohne sie auszupacken. Dann drehte er sich um, um zu sehen, wie Lisa das Haus erkundete.

Es war interessant, zu beobachten, wie jemand anderes einen Ort zum ersten Mal wahrnahm, der für ihn vertraut war. Die offene Neugier in ihrer Miene und die eindeutige Freude über das gemütliche Heim, das er geschaffen hatte, machten ihn glücklich.

Sein Haus war mit offenen Räumen gestaltet. Die Ecke des großen Zimmers enthielt einen abgedichteten Kamin, gerahmt von Fenstern, die bis zum Boden gingen und nach Südwesten schauten. Der Gang zu den Schlafzimmern war am Nordende des Gebäudes, dazwischen befanden sich die Küche und das Esszimmer.

Während er sich zurück an die Anrichte lehnte, beobachtete Josiah, wie sie an seinem Sofa und den gemütlichen Sesseln vorbeimarschierte, mit den Fingern über das weiche Leder strich, während sie sich umschaute.

Ihr Blick landete auf seinem Lieblingsbild, und ihre Augen wurden groß. Es war eine Ranch-Szene, die nach einem Schnappschuss von ihm bei der Arbeit gemalt war. Die Sonne war an jenem Tag brütend heiß gewesen, und sich das Bild einfach nur anzuschauen, war genug, um die Erinnerungen zurückzuholen. Den Schweiß auf seiner Stirn und das Schmerzen seiner Muskeln, nachdem er einen ganzen Tag lang

Kälber geimpft hatte. Ein massiver Holzzaun rund um einen Reitplatz enthielt die Tiere, die noch seine Aufmerksamkeit brauchten, aber auf dem Bild hatten sie das Tor gerade geöffnet, um die Kälber herauszulassen, die schon fertig waren.

Die kleinen Tiere waren sofort zu ihren Müttern gelaufen, hatten die ganze Zeit über geblökt. Die Kühe hatten die Luft ebenfalls mit besorgten Geräuschen erfüllt, aber irgendwie hatten sich inmitten all dieser Verwirrung die Tiere wieder gefunden. Ein verrücktes Wunder, jedes Mal, wenn es passierte.

Die Luft war von Staub erfüllt gewesen, einem großen Lärm und dem rauschhaften Geruch des Lebens.

„Sehr süß." Sie warf einen Blick zu ihm herüber. „Ich bin beeindruckt."

„Die Künstlerin ist eine Freundin der Familie", gab er zu. „Als Bezahlung dafür, dass ich als Model diente, hat sie mir einen der limitierten Drucke geschenkt."

Lisa krümmte den Finger in seine Richtung, und er kam bereitwillig an ihre Seite. Sie schaute ein paarmal zwischen ihm und dem Gemälde hin und her. „Mir gefällt es."

„Mir auch."

„Du wirkst sehr kompetent und sehr glücklich."

„Das ist gut, denn ich bin beides", neckte er mit einem Zwinkern. „Ich bin gerne Tierarzt. Es ist harte Arbeit, aber die Tiere mögen mich, und letztlich ist die Tatsache, dass ich ihnen helfen kann, sich wohl und gesund zu fühlen – ich schätze, das lohnt sich schon."

„Ich habe eine verschwägerte Cousine, der Tierärztin ist. Sie sagt so ziemlich das gleiche." Lisa holte tief Luft, und ihre Augen waren kurz geschlossen, ihr Lächeln wurde größer. „Im Haus riecht es übrigens herrlich."

„Komfortessen riecht immer gut." Zum Glück reichten seine Fähigkeiten in der Küche aus, um ihren Wünschen nachzukommen. „Das ist das Hackbraten-Rezept meines Bruders. Oder genauer gesagt, das Rezept seiner Frau, wenn man bedenkt, dass sie in New York ein Restaurant mit Michelin-Sternen betreibt, darum sollte es sich deine Gunst verdienen."

„Darf ich mir Ketchup drüberschütten?", fragte Lisa. „Das könnte falsch sein, weißt du. Etwas Schreckliches, um es einem Hackerbraten aus New York anzutun."

„Dann können wir ja zusammen falschliegen. Ich habe eine Flasche in Gastro-Größe", gab er zu.

Sie lächelte, lehnte sich locker an seine Seite, während sie sich wieder im Raum umblickte. Die Wärme ihres Körpers ließ Aufregung überall auf seiner Haut prickeln. Teufel, es fiel ihm schwer, seine Atmung unter Kontrolle zu halten, wenn sie so nahe war. Der Geruch ihres Shampoos, etwas Fruchtiges, legte sich fest um ihn wie ein Seil, und ermutigte ihn, sich zu nähern.

„Wo ist ...?" Sie unterbrach sich, drehte sich auf der Stelle und legte den Kopf schief, um zu ihm aufzulächeln. „Ach, du bist verschlagen."

Er griff sich die Fernbedienung neben seinem Sessel, warf kurz einen Blick auf die Knöpfe, bevor er damit auf die Decke über dem Gemälde zielte. Der versteckte Bildschirm rollte herab, und Lisa grinste glücklich, weil sie eines seiner Geheimnisse enthüllt hatte.

„Die Familienregel, dass es im Wohnzimmer keinen Fernseher gibt, ist irgendwie dämlich für einen Single-Typen, der allein lebt. Das war ein Kompromiss, mit dem mein Verstand leben konnte. Außerdem kann ich, wenn meine Mom vorbeikommt, alle Beweise verstecken, dass ich ein Heide geworden bin und zu Abend esse, während ich eine Serie schaue."

Lisa machte es sich gemütlich, ließ sich auf der Couch nieder und zog die Beine hoch. „Mir gefällt es. Mir gefällt, dass du noch den Ausblick nach draußen hast. Du musst keine Stühle rücken, wenn du sie benutzen willst, oder deine Möbel in eine seltsame Richtung ausrichten."

Josiah ignorierte seinen Sessel und setzte sich neben sie. Nur weit genug entfernt, um etwas Platz zwischen ihnen zu lassen, doch als er den Arm an der Rückseite des Sofas ausstreckte, konnte er die Finger in ihren Haaren vergraben, wenn er das wollte.

Er widerstand. Vorerst.

„Wohnst du schon lange hier?", fragte Lisa.

„Ich bin gute fünf Jahre in Heart Falls. Ich habe das Haus ein Jahr, nachdem ich eingetroffen bin, einem Paar abgekauft, das sich in Calgary zur Ruhe setzte. Ein paar Veränderungen wie diese Leinwand habe ich vorgenommen, aber es ist so ziemlich ihr Entwurf."

„Es ist schön. Und gemütlich." Sie lehnte sich zurück an die hohe Armlehne, sodass sie weiter von ihm wegrutschte. Er war enttäuscht darüber, bis sie ihn höllisch schockierte und ihm ihre Füße in den Wollsocken auf den Schoß legte. „Erzähl mir von deiner Familie. Du hast einen Bruder erwähnt und deine Mom. Ich nehme an, sie sind irgendwo in der Gegend."

„Hier in der Gegend nur gelegentlich. Sie schaffen es allerdings, sich oft bei mir einzumischen, manche von ihnen aus dreihundert Kilometern Entfernung." Er nahm ihren Fuß und fing an, ihn zu massieren, bohrte die Finger in ihren Rist, denn das war es, was jeder kluge Mann tat, wenn eine Frau eindeutig nach einer Fußmassage Ausschau hielt. Er deutete kurz auf ein Foto auf dem Seitentisch. „Diese Chaostruppe nenne ich Familie. Mom und Dad wohnen in Rosebud, Alberta, wo ich aufgewachsen bin. Ich habe einen älteren Bruder und zwei ältere Schwestern. Sie sind in New York, Hollywood und vorübergehend in Großbritannien. Um genau zu sein, London."

Er wusste nicht genau, ob diese Miene auf ihrem Gesicht am Druck auf ihren Füßen lag, oder ob sie beeindruckt von der Liste der Wohnorte seiner Geschwister war.

„Das ist eine Menge Entfernung zwischen euch", sagte sie und schob ihrem Fuß näher. „Oh. Genau dort. Ja."

Josiah schluckte schwer, um seinen Schwanz dazu zu bewegen, sich zu benehmen. Denn dieser letzte Satz hatte viel zu sexuell geklungen. Alles in ihm war hart geworden, darum verlegte er seine Aufmerksamkeit nach unten, dorthin, wo er ihren Fußballen rieb.

Er musste sich konzentrieren, um wieder zu wissen, was der letzte vernünftige Kommentar war, den sie gemacht hatte.

Genau. Entfernung.

„Ich weiß nicht, ob du das schon gehört hast, aber Rosebud ist das heiße Pflaster für dramatische Umtriebe im ländlichen Alberta. Meine Eltern betreiben ein Internat und eine Schauspielschule, und alle meine Geschwister sind sehr erfolgreiche Absolventen des Programms."

„Ha." Sie zog den Fuß von ihm weg und bot ihm den anderen an, für den sie dieselbe Behandlung einforderte. „Da kommt dein Spiel mit dem Dialogkarten her. Du bist auch ein Absolvent der Schauspielschule."

„Eher schon ein Abbrecher", gab er zu. „Es ist ein wenig weit weg von der Bühne, Kälbern auf die Welt zu helfen. Als Teenager wurde mir klar, obwohl ich schon auch gerne im Scheinwerferlicht stehe, liebte ich es nicht so wie die anderen. Ich wollte mit Tieren arbeiten, darum bin ich in eine andere Richtung gegangen."

Sie verschränkte die Arme vor der Brust und schaute ihn nachdenklich an. „Das war sicher schwer umzusetzen, in einer Familie voller Menschen für die Bühne."

„So schlecht war es nicht."

Er konzentrierte sich wieder auf ihren Fuß, übte besonders

fest Druck aus, weil er hoffte, vielleicht das Thema wechseln zu können.

Jeder in seiner Familie hatte gewusst, dass es ihm an Talent fehlte. Das hatten sie ihm klargemacht. Nicht unbedingt auf grausame Art, aber es wurde auch nicht direkt um den heißen Brei geredet, wenn alle Rollen zu spielen hatten, nur er nicht.

Lisa beäugte das Foto noch einmal. „Verträgst du dich mit deiner Mom und deinem Dad? Ich meine, abgesehen davon, dass du die Sünde vertuschen musst, dass du einen unheiligen Junggesellen-Fernseher im Wohnzimmer besitzt?"

„Wir vertragen uns ganz gut. Es sind gute Leute. Sie verstehen nicht immer, was mich antreibt, aber ich verstehe auch nicht, weshalb sie die Dinge tun, die sie tun. Es funktioniert."

Die Zeitschaltuhr am Ofen ging los, und sie standen auf und machten sich auf den Weg zur Küche. Josiah hielt inne, um sich die Hände zu waschen, bevor sie zusammenarbeiteten und ein wenig umeinander tänzelten, während er alles aus dem Ofen auf die Kücheninsel packte.

Lisa folgte seiner Anweisung und nahm sich Sachen aus dem Kühlschrank, um Gläser mit kaltem Wasser zu füllen.

„Wir können uns aufs Sofa setzen", bot Josiah an. „Das ist eine bequeme Mahlzeit. Leg die Füße hoch, wenn du möchtest."

Lisa dachte darüber nach, ihre Nase war auf liebenswerte Weise gerümpft. „Ich will nichts jonglieren müssen. Das wäre mehr Arbeit."

Sie ließen sich an seinem massiven Eichentisch nieder, saßen um die Ecke nebeneinander, mit Tellern voller dampfend heißem Essen. Lisa sog tief die Luft ein und machte wieder so ein Geräusch, das seinen Körper in Flammen setzte.

„Du bist ein Prinz unter Männern", erklärte sie mutig.

„Hackbraten, Kartoffelpüree und Makkaroni mit Käse. Das ist die Dreieinigkeit der Vollkommenheit."

Josiah holte ein weiteres Gericht hervor, nahm den Deckel ab und schaufelte eine große Portion davon auf. „Zwei deiner Komfortmahlzeiten sind auch meine, aber du hast das Grünzeug vergessen. Sieh dir wahre Perfektion an – Mais mit Sahne."

Er ließ eine Portion auf den kleinen Platz fallen, den er zwischen seinem Hackbraten und dem Kartoffelpüree gelassen hatte, wackelte mit dem Löffel, damit alles genau in der richtigen Portionsgröße war.

Seine Gabel war bereits in der Luft, auf den Hackbraten gerichtet, während er innehielt und aufschaute.

Lisas Grinsen war breit. Ohne Worte nahm sie sich ebenfalls eine gute Portion Mais und gab sie direkt oben auf ihren Hackbraten.

Während sie damit weiter machte, die Scheibe klein zu hacken und mit ihrem Kartoffelpüree zu vermischen, wusste Josiah, dass er in großen Schwierigkeiten war. Das war die richtige Art, um diese Mahlzeit zu verdrücken, soweit es ihn betraf. Er hatte vorgehabt, es höflich anzugehen, aus Hochachtung gegenüber armen, nichts ahnenden Seelen.

Lisa schloss mit einer großen Geste ab, die Hälfte ihres Tellers war eine Mischung aus Hackbraten, Kartoffelpüree und Mais, die andere Hälfte Makkaroni mit Käse. Sie schnappte sich das Ketchup und fügte eine rote Spirale auf der ganzen Fläche ihres Tellers hinzu, und Josiah war nur einen Augenblick davon entfernt, ihr einen Heiratsantrag zu machen.

Nicht, dass diese Vorstellung extrem war, oder so was.

Stattdessen unterwarf er das Essen auf seinem Teller derselben Behandlung. „Meine Mom nennt das die kanadische Mischung. An den Tagen, an denen die Proben zu lange dauerten, standen unvermeidlich drei Töpfe auf dem Ofen.

Wir aßen, wann immer wir es nach Hause schafften. Ich nahm mir einen Löffel von allem und mischte es."

„Erinnerungen an Essen sind toll", stimmte Lisa zu.

„Schmeckt nach Glück." Josiah hob sein Wasser. „Auf Komfortessen."

„Auf Komfort*dates*", erwiderte Lisa, stieß mit ihrem Glas gegen seines.

Komfortabel, und doch nicht, denn er wollte noch mehr wissen. Nicht zuletzt zum Beispiel, wie weich ihre Haut war. Wie sie schmeckte, welche Geräusche sie sonst noch machte, außer denjenigen, die ihn gerade in den Wahnsinn trieben, als sie ganz locker Kartoffelpüree von ihrer Gabel leckte.

Es war an der Zeit, sich zu konzentrieren. „Du bist dran. Du kannst zu einem anderen Zeitpunkt mehr über meine Familie erfahren. Deine – ich kenne Tamara, weil sie das Beste ist, was Caleb in einer langen Zeit widerfahren ist. Und ich weiß, dass du noch eine Schwester hast, Karen, denn sie hat diese Höllenziegen auf die Silver Stone Ranch gebracht."

„Josiah Ryder. Diese Ziegen gehören praktisch zur Familie." Sie klang, als wäre das ein ordentlicher Skandal. „Für einen Mann, der angeblich Tiere liebt, bin ich nun wirklich enttäuscht."

„Teufelsziegen", wiederholte er. „Ich liebe Tiere, aber einer dieser Höllenbraten hat meinen Hut gefressen. Ich habe noch nicht raus, wem ich es vorwerfen soll, also gelten sie für mich alle als schlimme Jungs."

Lisa lachte. „Und ich dachte, meine Freundinnen und ich wären die einzigen, die eine Liste mit schlimmen Jungs führen."

～

DAS ESSEN und die Gesellschaft waren angenehmer, als sie geahnt hatte.

„Warum klingt das, als gäbe es auch eine gute Liste, auf der man stehen kann?" Er zwinkerte ihr zu. „Also, zwei Schwestern und eine ganze Menge Cousins und Cousinen. Nur dein Dad, oder?"

Lisa stocherte ein wenig fester nach ihren Makkaroni mit Käse, als nötig war. „Ja. Karen, Tamara und ich stehen uns ganz nahe. Dad? Nicht so sehr."

Seine Miene war überhaupt nicht amüsiert und wandelte sich zu Sorge. „Ich wollte kein problematisches Thema ansprechen."

„Ist schon in Ordnung – er ist nicht furchtbar, kein schrecklicher Mensch oder so was. Aber er ist auf jeden Fall ein Teil des Grundes, dass ich nicht zurück nach Rocky Mountain House möchte. Es ist nicht leicht, mit ihm zu arbeiten. Nicht als Frau."

Verständnis kam auf, und Josiah nickte plötzlich. „Oh. Ein altmodischer Rancher?"

„Von der ganz alten Schule. Außerdem in einer Kleinstadt, mit drei Töchtern." Sie spießte ein Stück Hackbraten wütend auf, bevor sie ihn trocken anlächelte. „Ich schätze, du kannst dich beglückwünschen, denn ich beschwere mich nicht bei vielen Leuten über ihn."

„Mal Dampf wegen einer beschissenen Situation abzulassen, ergibt doch total Sinn. Mach dir keine Sorgen deswegen." Er griff herüber und nahm ihre Finger in seine. „Und zu wissen, was du nicht willst, spielt eine große Rolle dabei, die Zukunft besser zu gestalten."

Was sie wollte? Sie hatte sich bestens damit angestellt, herauszufinden, was alle anderen brauchten. Teufel, das war alles, was sie Jahr um Jahr getan hatte. Worin sie mehr Übung brauchte, war die Abteilung für Entscheidungen, die *gut für Lisa* waren.

Sie warf einen kurzen Blick auf ihre verbundenen Hände. Josiah drückte sie sanft, dann ließ er los, und sie machten sich wieder über ihr Abendessen her.

Lisa erzählte ihm ein bisschen mehr über die Whiskey Creek Ranch, auf der sie aufgewachsen war, und wie sie sich in letzter Zeit mit dem Rest der Coleman-Familie verbunden hatten. Sie sagte nichts über ihren Beitrag zu dieser Abmachung, denn das war nicht nötig. Das Wichtige war, dass es zu der Veränderung gekommen war.

Josiah erzählte ein paar Geschichten darüber, wie es gewesen war, in der Welt des Theaters aufzuwachsen, was völlig außerhalb ihres Erfahrungshorizonts lag.

Sie verdrückten mühelos das Essen, während sich das Licht draußen zu verändern begann. Sonnenuntergangsstimmung schlich sich ein, als es nach sechs Uhr wurde.

Es war eine schwierige Entscheidung, was man sich anschauen sollte. Die scharfen, attraktiven Umrisse des Gesichts des Mannes neben ihr, oder die klaren Linien der Rocky Mountains, während Rot und Gold die zerklüfteten Gipfel in der Ferne umspielten.

Die Winkel von Josiahs Augen legten sich in Falten, während er sprach, seine Lippen wölbten sich zu einem Lächeln, als er eine weitere Geschichte erzählte. Sonnenlicht spielte in seinen Haaren, seine Augen glitzerten, als er ihr die Schüssel mit Makkaroni und Käse reichte, und sie sich einen weiteren Löffel genehmigte.

Schließlich konnte ihr Magen nicht mehr. „Ich bin fertig. Völlig fertig."

Josiah lehnte sich mit einem zufriedenen Seufzen zurück. „Vorerst."

Sie stöhnte. „O Gott. Gnade."

Er schnaubte. „Du bist diejenige, die Eis mitgebracht hat. Drei Sorten."

Sie stapelten das Geschirr in die Maschine, Josiah bewegte sich mühelos, während er die Dinge aufräumte. Er war offensichtlich ein Mann, der zufrieden in seiner Haut und an seinem Platz war.

Ein Platz, der sie immer wieder höllisch beeindruckte. „Ich weiß, dass du das von jemandem gekauft hast, aber das Haus ist umwerfend. Zeigst du mir den Rest?"

„Klar. Ich setze mir nur schnell mal meinen Tour-Guide-Hut auf."

Bevor sie weitere Fragen stellen konnte, nahm er ihre Finger und zog sie durch das Zimmer. Er ging hin und her, zeigte auf Krimskrams, der an den Wänden hing oder auf den Beistelltischen arrangiert war.

„Meine älteste Schwester Kelsey hat dieses Bild für mich aus England mitgebracht, als sie zum letzten Mal da war. Sie sagte, dabei musste sie an die Tierarzt-Geschichten denken, die wir damals an Regentagen gelesen haben, wenn wir im Haus festsaßen. Und Lenora hat mir diese Statue zum Geburtstag geschenkt. Sie und Micah wechseln sich ab, mir Pferde zu schenken. In diesem Tempo habe ich bald eine ganze Herde herumstehen."

„Das ist eine schöne neu begründete Tradition." Sie steckte den Kopf ins nächste Zimmer und fand ein Büro mit schicken Ledermöbeln und massiven Holzmöbeln überall. „Dieses Haus ist für einen Singletypen übertrieben."

„Darum habe ich ein paar Mitbewohner, die sich mir anschließen. Das habe ich im Lauf der Jahre immer gemacht, wenn wir Leute aus dem Veterinärstudium da hatten, die in der Klinik ein Praktikum machen. Ein paar Typen, die hier an den Ort ziehen, haben irgendwas gesucht, wo sie unterkommen können, und ich habe es ihnen angeboten." Er fluchte leise und blieb mitten im Gang stehen, um sich dicht an sie zu stellen. „Was gut ist, und auch wieder schlecht. Wir sind heute Abend allein, bis sie zurückkommen, was, wie sie dachten, etwa um neun sein würde."

„Genug Zeit für eine Privattour", sagte sie so ausdruckslos wie möglich.

Die Hitze in seinen Augen war nicht nur in ihrer Vorstellung. Sie war da, und zwar wirklich. Die gleiche brodelnde Neugier, die auch in ihr steckte. Köchelnd, doch bereit, jeden Moment zu etwas sehr viel Köstlicherem hochzukochen.

Josiah starrte ihre Lippen an. „Die nächsten zwei Türen sind die Zimmer, die ich den Jungs gegeben habe. Die Tür danach auf der rechten Seite ist ein Gästebad. Die Tür am Ende des Ganges führt zum großen Schlafzimmer."

„Ich möchte wetten, du hast von diesem Punkt aus eine tolle Aussicht." Wie sie es vermied, sich an ihn zu lehnen, wusste sie nicht. Die Anziehungskraft zwischen ihnen war felsenfest und nahm noch zu.

Falls er sie in das Schlafzimmer führte, wäre sie mehr als nur glücklich, eine gründliche Tour zu starten, wo immer sie sie hinführte.

Nur dass er sie erneut überraschte und den Kopf schief legte, um auf die einzige Tür zu weisen, die er noch nicht beschrieben hatte. „Wenn man eine tolle Aussicht möchte, habe ich genau das Richtige."

Die Tür öffnete sich zu einer Wendeltreppe, die in einem hohen, runden Gebäude nach oben führte. „Ist es das, wofür ich es halte?"

„Wenn du es für ein altes Getreidesilo hältst, dann ja. Dieses Haus war ursprünglich eine Scheune. Sie haben sie renoviert und die Küche und den Teil mit dem Wohnzimmer angefügt. Ich nenne diesen Teil die Burg."

„Prinz Josiah. Das ist ein Gerücht, mit dem ich nicht gerechnet habe."

Er lachte, deutete auf das steile Treppenhaus. „Ich dachte, Herzöge wären gerade groß im Kommen. Schnell, bevor das Licht weg ist."

Einen Augenblick später verstand sie, weshalb er sie zur Eile getrieben hatte. Das Treppenhaus öffnete sich zu einem großen, offenen Raum, und die ganze Gaube an der Wand war zu den Bergen ausgerichtet und verglast.

Das Zimmer wurde von tausenden roten, gelben und goldenen Lichtern beleuchtet, die auf den spiegelnden Oberflächen glänzten und den Raum in ein wahres Märchenland verwandelten.

„Wow." Lisa drehte sich langsam im Kreis, betrachtete das Zimmer und all die schimmernden Punkte an den Wänden, bevor sie das Hauptereignis erstarren ließ – der Blick nach Westen.

Jetzt waren sie sehr viel höher oben, und die Zäune und Felder, die aus dem Wohnzimmer wie ein ausgerollter Teppich gewirkt hatten, erstreckten sich meilenweit. Die Hügel in der Nähe wogten in einer Reihe asymmetrischer Erhebungen und Niederungen. Schnee, der im Tageslicht cremeweiß wirkte, wurde von der untergehenden Sonne beleuchtet, was alles in Pink- und Rottöne tauchte.

Lisa starrte fasziniert hin. Wieder sandte dieses Gefühl, an einem unbekannten Ort zu sein, Begeisterung durch sie hindurch. Sie hatte bereits wunderschöne Sonnenuntergänge gesehen. Sie hatte sich bemüht, sie zu genießen, aber dieser hier wirkte einfach wunderbarer.

Beeindruckender, besonders als Josiah an ihre Seite trat und ihr einen Arm um die Taille legte.

Die Gänsehaut, die sie gespürt hatte, als sie den Ausblick

gesehen hatte, breitete sich rasch aus, als seine starken Finger sich an ihren unteren Rücken drückten.

„Warte, bis die Sonne an dieser Einbuchtung ankommt." Josiahs Stimme war ein tiefes, sexy Grollen. Er sprach leise, und die Worte strichen über ihre Haut.

Lisa erbebte.

Als Reaktion darauf stellte er sich hinter sie, legte ihr die Arme um den Körper und zog sie sanft zueinander. Wärmte sie mit seiner Umarmung.

Auf keinen Fall würde sie ihm verraten, dass sie nicht fror. Tatsächlich war ihr heiß. Glühend heiß, auf dem Weg zu einer Kernschmelze, als ob die ganze Hitze der Sonne in ihr angereichert wäre. Druck baute sich auf, während die Farben eine Schattierung dunkler wurden.

Er lehnte sich vor, und seine Wangen streifte ihre. Er hob eine Hand, um in die Ferne zu deuten.

Die Versuchung erwischte sie. Sie drehte den Kopf weit genug, um das leichte Kitzeln seiner Bartstoppel an ihrer Haut zu spüren. „Wonach suchen wir denn?", flüsterte sie.

„Hast du schon mal gehört, dass man sagt, es gäbe einen grünen Blitz bei Sonnenuntergang, wenn man die Sonne über dem Meer untergehen sieht? Wenn man das sieht, soll man sich was wünschen."

„Diese Geschichte habe ich schon mal gehört." Ihre Lippen waren nur wenige Zentimeter von seinen entfernt. Seine Arme lagen wieder um sie, seine Hand strich leicht auf ihrem Bizeps nach oben und unten.

„Das Paar, von dem ich das Haus gekauft hatte, war felsenfest überzeugt, dass sie den grünen Blitz gesehen haben, und jedes Mal, wenn es so war, ist etwas Wunderbares passiert."

„Solche Geschichten gefallen mir." Lisa lehnte sich an ihn, und weg von der Verführung, um dem Weg seines deutenden

Fingers dorthin zu folgen, wo zwei Bergpässe sich trafen und ein scharfes V bildeten. Von ihrem Standpunkt im zweiten Stock sah es aus, als hätte eine riesige Hand ein perfektes Stück ausgemeißelt. Ein Lichtstrahl glitzerte unten, ein goldener Teich. „Haben sie gesagt, welche wunderbaren Dinge? Wie oft haben sie es gesehen?"

„Sie haben gesagt, sehr oft, aber keine weiteren Einzelheiten."

Die Sonne war fast hinter den Bergen, der glitzernde rote Ball nicht mal annähernd in der Nähe der Kerbe. „Wir sind nicht im richtigen Monat, in dem es passt", sagte Lisa traurig.

„Sonnenwende", erklärte ihr Josiah. „Aber das ist nur, um den Effekt wie bei einem Steinkreis zu sehen, wenn die Sonne perfekt in diese Kerbe gleitet. Der grüne Blitz kann zu jeder Zeit kommen. Das haben sie zumindest gesagt."

Die Hälfte der Sonne war verschwunden. Josiah trat auf eine Seite und drehte sie zu sich. Ihre Körper rieben aneinander, während sie sich bewegten, und Lisas Puls ging ein wenig nach oben.

Es blieb keine Zeit, voller Vorfreude zu warten. Josiah legte die Finger unter ihr Kinn, neigte ihren Kopf nach oben und brachte ihre Lippen zusammen.

Sie schloss die Augen, aber das Licht im Raum war hell genug, um ihre Welt leuchten zu lassen, als sein Mund ihren neckte. Anfangs sanft. Ein kurzer Kontakt, bevor er sich zurückzog. Er näherte sich ein zweites Mal, und ein drittes Mal, der Druck erhöhte sich, während die Dringlichkeit wuchs.

Die Hitze des Sonnenuntergangs entfachte ein Feuer zwischen ihnen.

Seine Zunge glitt an ihre Lippen, und Lisa öffnete sich ihm. Als ihre Zungen einander zum ersten Mal erkundeten, schob sie die Finger in seine Haare. Strich darüber, ging so nahe wie möglich. Josiahs Hände glitten ihren Rücken hinab, zogen ihre Oberkörper enger aneinander, weiter nach unten, bis seine Hände sich um ihren Hintern schlossen und ein gequältes Stöhnen von seinen Lippen kam.

Irgendwann bald würde sie Luft brauchen, was einfach schade war. Das Atmen wurde im Vergleich zu seinen Küssen überbewertet.

Josiah hob sie vom Boden. Instinktiv schlang sie die Beine um ihn. Sein dicker, langer Ständer drückte sich an sie.

Lisa brach den Kontakt zwischen ihren Mündern ab und glitt weit genug zurück, um in sein Gesicht zu schauen. „Wir haben den grünen Blitz verpasst."

Seine Lippen wölbten sich. „Wir werden nächstes Mal drauf warten müssen."

Es würde auf jeden Fall ein nächstes Mal geben. Aber sie war eher mit diesem Augenblick beschäftigt. „Küss mich noch mal", forderte sie.

Er lachte, wirbelte plötzlich herum, und im nächsten Augenblick flog sie hilflos durch die Luft.

5

———

*L*isa loszulassen war es wert, nur um den Ausdruck auf ihrem Gesicht zu sehen. Keine Panik, aber auf jeden Fall Überraschung. Sie prallte von der Matratze ab, auf die er gezielt hatte, rollte herum, um an einem Stapelkissen liegen zu bleiben. Er lief zu ihr, wartete auf ihre Reaktion.

Sie enttäuschte ihn nicht. Ein helles Lachen erklang, sofort gefolgt von einem Kissen.

Das Geschoss erwischte ihn voll im Gesicht, bevor es in seine Arme fiel.

„Du bist ein gefährlicher Mann, Josiah Ryder", sagte sie, während sie auf die Knie kam.

Er ließ sich ganz am Rand der Matratze neben ihr fallen, erfreut zu sehen, dass sie so entspannt aussah, obwohl er die Regeln geändert hatte. „Du hast den ersten Punkt gemacht", protestierte er.

Lisa schnappte sich an zweites Kissen vom Stapel, hielt es bereit. „Sind wir im Krieg?"

„Das hängt davon ab. Wenn es heute Nacht ganz um

Komfort und das geht, was uns glücklich macht, was ist dein Lieblingsspiel?"

Der Raum war immer noch in die Farben des Sonnenuntergangs getaucht, und sie setzte sich zurück auf die Fersen, während sie sich das Kissen an den Bauch presste. Alles an ihr wurde weich, ihr Kopf neigte sich nach unten, und in ihrem Blick stand Hitze. „Na ja, ich dachte irgendwie, dass wir damit vor ein paar Augenblicken angefangen haben."

Josiah lachte leise. „Dein liebstes *Kinderspiel*", klärte er sie auf.

Sie richtete sich neu aus, wirkte nachdenklich, während sie sich im Zimmer umschaute. „Wir haben nicht viele Brettspiele gemacht. Karten, oder vielleicht Yahtzee."

„Jünger", ermutigte sie Josiah. „Welche Spiele wolltest du immer wieder spielen und hast damit deine älteren Schwestern in den Wahnsinn getrieben?"

Da bekam er ihre Aufmerksamkeit. „Hippo Flipp. Affenalarm. Twister. Hast du irgendwas davon da?"

„Ob ich welche davon habe? Was für ein Komfortdate wäre das denn ohne eine erbauliche Runde Hippo Flipp?" Er stand auf und ging zu einem Schrank, der in die Seitenwand eingebaut war. Er öffnete beide Türen weit, dann drehte er sich um, um Lisa zu beobachten, während sie sich beide Hände ans Gesicht drückte, ihr stand der Mund offen.

„O mein Gott. Du meinst das ernst." Sie kletterte auf Händen und Knien über die Matratze, schwang die Beine herum und warf sich mehr oder weniger auf den Boden, damit sie aufstehen und seine Schatztruhe voller klassischer Kinderspiele genau unter die Lupe nehmen konnte. „Das ist unfassbar. Wo hast du die denn alle her?"

„Einige sind aus der Zeit, als ich aufgewachsen bin. Ein paar von Flohmarktverkäufen oder aus Secondhandläden. Jedes Mal, wenn ich ein Spiel sehe, nehme ich es mit."

Lisa strich mit der Hand über die Regale, warf voller Begeisterung einen Blick auf ihn zurück.

Ihre Reaktion war eine absolute Freude. Die Anspannung in seinen Schultern ließ nach.

Sich in den Sex zu stürzen, war eine Versuchung, besonders, nachdem ein einfacher Kuss schon so heiß gewesen war. Im richtigen Tempo weiterzumachen, würde brutal werden. Er hatte gern Spaß, und ihm gefiel es, einer Frau ein gutes Gefühl zu geben. Lisa schien ihr Leben auch nach dem Motto *Geben und Nehmen* zu führen.

Aber er hatte nicht gelogen, als er davon gesprochen hatte, dass es kompliziert wäre, wenn sie ein Paar wurden. Heute Abend ins Bett zu steigen, wäre das einfachste der Welt gewesen.

Er war auch überzeugt, dass es der größte Fehler aller Zeiten sein würde.

„Das hier. Ich habe schon ewig nicht mehr Doktor Bibber gespielt." Lisa drehte sich zu ihm, eine Schachtel in der Hand. „Tamara dachte immer, sie wäre die Beste, aber ich bin unschlagbar."

„Das werden wir ja sehen", erwiderte Josiah.

Sie kroch zurück auf die Matratze, öffnete die Schachtel und stellte das Spiel direkt in der Mitte auf. „Ein interessanter Ort für ein Bett, Joe."

Er setzte sich schräg ihr gegenüber hin und kämpfte den aufkeimenden Ärger nieder, der aus dem Nichts hereinströmte. „Dieser große Raum ist ein schöner Ort, um mal abzuhängen und zu lesen, oder für zusätzliche Gäste. Und ich bin nicht sonderlich begeistert von dem Namen Joe."

Er sagte es beiläufig, aber Lisas Kopf fuhr hoch. Sie musterte ihn genau, bevor sie nickte. „Kein Problem. Also, willst du anfangen?"

„In den Regeln steht, der Jüngste fängt an." Josiah warf ihr einen Blick zu. „Was bedeutet, dass ich, glaube ich, zum ersten Mal in meinem Leben nicht anfange."

„Wir spielen nach den Regeln? Was für ein Schock." Lisa entspannte sich auf die Ellbogen gestützt, lächelte zu ihm hoch. „Mein Geburtstag ist am 23. Juni, und ich werde siebenundzwanzig."

„Der 13. September, und ich bin vor über fünf Jahren an den dreißig vorbeigesegelt." Er konnte nicht widerstehen. Er beugte sich dicht genug heran, um mit seinen Lippen ihre zu streifen. Eine kurze, beinahe keusche Berührung. „Sieht aus, als würdest du anfangen."

Sie stieß einen langsamen, unregelmäßigen Atemzug auf. „Bist du sicher, dass das das Spiel ist, das du spielen willst?"

Nein, aber das Spiel, das sie beide wollten, stand heute Abend nicht zur Debatte. „Ich glaube, es ist sicherer, wenn wir etwas zwischen uns lassen", sagte er leise. „Hetzen wir uns nicht, obwohl ich zugeben muss, dass ich mich sehr auf unser nächstes Date freue."

Ihr Blick wanderte seinen Körper hinab, bevor er zu seinen Augen zurückkehrte. Sie nickte fest. „Du hast recht, mit beidem." Lisa zog eine Karte. „Lass mich mal sehen, ob du Wasser im Knie hast."

Sie beugte sich über das Spielbrett, ihre Haare fielen wie ein Vorhang über ihre Wangen. Als sie mit der Pinzette an die kleine Öffnung ging, strich er mit den Fingern über die lange, seidige Strähne.

Der Summer ertönte in dem Augenblick, als er sie berührte, und Lisa fluchte leise, bevor sie das Gesicht zu ihm hob. Er wurde von einem gespielten tadelnden Blick getroffen. „Du spielst mit schmutzigen Tricks."

„Das überrascht dich?"

Darauf kicherte sie. „Überhaupt nicht. Ich wollte es nur

klarstellen, damit du weißt, dass alles, was ich von hieran tue, einfach Vergeltung ist."

„Dann mal los", ermutigte er sie.

Sie reichte ihm die Pinzette. „Und auf deiner Karte steht ... Gebrochenes Herz."

Das passte ja. Er setzte sich ein Grinsen auf. „Nicht mein liebstes Körperteil."

„Dann raus damit", ermutigte sie ihn, völlige Unschuld in ihrem Tonfall, während sie darauf wartete, dass er seinen Zug machte.

Er hatte die Pinzette am Rand des Plastiks, konzentrierte sich schwer, damit seine Hand nicht zuckte, denn ...

Wie erwartet beugte sie sich vor, passte gut auf, damit die Matratze nicht zu sehr wackelte. Diese neue Haltung führte dazu, dass sie sich an ihn drückte. Ihre langen Haare strichen über seinen Unterarm, dann hinauf über seinen Bizeps. Ihre Wange glitt an seine, sie atmete langsam warme Luft an seiner Haut aus.

Er hob das Spielteil am Rand des Summers vorbei, sagte aber nichts, während er auf ihren nächsten Zug wartete. Von ihrem Platz aus konnte sie das Spielbrett nicht sehen. Sie wartete wohl auf einen Hinweis vom Summer, oder dass er seinen Erfolg verkündete.

Ihre Zunge stieß kurz an sein Ohrläppchen, ein leises, zustimmendes Murmeln auf ihren Lippen streifte sein Ohr. „Gut gemacht."

„Ich habe ruhige Hände", versicherte er ihr.

„Plagegeist." Lisa schwang sich zurück in eine Sitzposition, auf ihren Wangen leuchtete Farbe. Sie schnappte sich die nächste Karte, und in den darauf folgenden fünfzehn Minuten spielten sie abwechselnd ein Kinderspiel mit einem ziemlich erwachsenen Dreh.

Sanfte Berührungen, kaum spürbare Liebkosungen. Schmetterlingsküsse und langsame, verführerische Blicke.

Er ließ den Summer losgehen, als er versuchte, das Muskelzerrungs-Teil heraus zu holen. Er hatte die Kontrolle verloren, weil sie sich auf die Knie aufgerichtet hatte, um ihn zu erreichen, ihre Hand strich dabei über seinen Oberschenkel.

Lisa zog die Karte für das Schlüsselbein, und obwohl er über ihr war und zwei Knöpfe ihres Oberteils öffnete, während seine Finger die Haut streiften, die er bloßgelegt hatte, bekam sie das Teil ohne ein Problem heraus.

Sie hob es hoch, die Lippen feucht, weil sie sie gerade abgeleckt hatte. „Das bedeutet, ich darf mir was wünschen."

Er holte sich so viel Ärger ins Haus. „Ich schätze, das stimmt."

Sie schob die Schachtel zur Seite. „Du hattest recht damit, uns langsamer zu machen. Aber so viel Spaß es macht, Kinderspiele zu spielen, das andere Komfort-Ding, das ich heute Abend tun möchte, ist völlig erwachsen."

Sie legte ihm eine Hand auf die Brust und schob ihn auf die Matratze.

Seine ganze Willenskraft schien nach unten in seine Zehen gesunken zu sein, und in diesem Augenblick hätte er ihr nichts abschlagen können.

„Lisa?" Er wusste nicht, ob er wollte, dass sie noch ein paar Regeln brach oder ob er sie anflehte, sich zurückzuhalten.

Sie steckte sich neben ihm aus, ihre Körper berührten sich. Hitze zuckte durch ihn hindurch, ließ alle möglichen Warnlampen aufleuchten.

„Ich will kuscheln. Wir behalten unsere Klamotten an, aber ich will rummachen und dich küssen und einfach wissen, dass ..." Ihre Worte verklangen. „Vielleicht ist das doof."

„Überhaupt nicht doof." Teufel auch, das konnte er.

Das wollte er.

Er schlang einen Arm um ihre Schultern und zog sie dichter an sich, um an ihre Lippen zu kommen. Neckte sie, ihre Zungen rangen kurz. Heiß und bedürftig, doch unter Kontrolle. Als würden sie wissen, dass sie nicht zu sehr drängen durften. Wissen, dass sie irgendwann weiter gehen würden, und dann würde es gut sein.

Seine Finger waren wieder in ihren Haaren, streichelten sie. Seidige Glätte strich über sein Handgelenk. Sein Körper war schmerzhaft hart, und sein Herz hämmerte, aber darüber lag ein Gefühl des Friedens.

Lisa strich mit den Händen über seine Schultern, seine Arme hinab. Verschränkte kurz die Finger in seinen. Das gefiel ihm.

So sehr, dass er ihre Hand wieder nahm und dann ihre verbundenen Finger an die Matratze drückte, teilweise über sie rollte. Den Druck leicht genug hielt, aber doch genug davon aufbaute, dass sie sich seines Interesses äußerst bewusst sein musste. Oder dessen, was das Küssen mit seinem Körper anstellte.

Er löste sich, und sie holte abgehackt Luft. Ihr Blick wanderte zu seinem Gesicht, ihre Lippen zu einem Lächeln gewölbt, während sie eine Hand befreite, um über seine Wange zu streichen, dann zurück über sein Kinn und die Lippen. Ein einzelner Finger fuhr die Umrisse seines Mundes nach.

Sie kuschelte sich an ihn, und er ließ sich von ihr wieder auf die Matratze führen, und als sie ihm den Kopf an die Brust schmiegte, war es völlig natürlich, die Arme um sie zu legen und sie dicht an sich zu halten.

In stiller Reglosigkeit lagen sie da, während die Farben des Sonnenuntergangs zur Dunkelheit verblassten. Die kleinen Deckenlichter, die er angeschaltet hatte, drangen kaum durch die aufsteigende Nacht.

Ihre Atmung kam im Gleichklang, und obwohl er

Sehnsucht spürte, war etwas spektakulär Perfektes an diesem nicht-sexuellen Augenblick.

Komfort-Dates. Wer hätte das geahnt?

DAS MORGENDLICHE CHAOS im Ranchhaus der Familie Stone machte es leicht, keine Details darüber herauszulassen, wie sie ihren Abend verbracht hatte. Aber sobald die Kinder zur Schule unterwegs waren und sie sich um das Geschirr vom Frühstück gekümmert hatte, wusste Lisa, dass sie etwas sagen musste.

Obwohl sie nicht ganz sicher war, wie sie erklären sollte, was sie und Josiah machten.

Tamara saß aufrecht am Tisch, eine Tasse Tee neben sich, und ein Stapel Rechnungen und Papiere vor sich.

„Ich dachte, ihr hättet eine Buchhalterin, die sich für euch darum kümmert", sagte Lisa.

„Haben wir. Sie braucht mich, um ein paar Akten noch mal durchzusehen, die durcheinander sind, weil sie noch aus Calebs kreativen Buchhaltungstagen stammen." Tamara neigte den Kopf. „Hattest du einen schönen freien Tag?"

Oje. Da ging es los. „Es war ein sehr entspannender Tag und sehr interessant." Tamaras Augen wurden groß, und Lisa lachte. „O mein Gott, wir haben alle so eine ähnliche Miene. Ich schwöre, genauso hat Karen ausgesehen, als sie mich zum letzten Mal umbringen wollte."

„Das ist aber nicht meine *ich will dich umbringen*-Miene. Es ist meine *befriedige sofort meine Neugier*-Miene. Was um alle Welt war so interessant?"

Lisa öffnete den Mund, dann schloss sie ihn wieder.

Tamara wirkte nicht mehr erheitert. Sorge machte sich viel zu schnell breit. „Meine Liebe, was ist denn los? Denn ich glaube nicht, dass ich dich schon mal so sprachlos erlebt habe."

„Es ist nichts los. Nicht wirklich. Es ist nur schwer zu erklären." Gestern Abend hatte es noch ganz einfach gewirkt, als sie sich an Josiahs Brust gekuschelt hatte. Seinem Herzschlag gelauscht hatte, während um sie herum alles warm und behaglich gewesen war.

Es hätte durchaus Spaß gemacht, wenn dazu brüllend heißer Sex gekommen wäre. Eine Befriedigung, nach der sie müheloser hätte schlafen können ... doch gleichzeitig verstört gewesen wäre.

Was sie miteinander geteilt hatten, war so weit außerhalb ihres Erfahrungsschatzes, dass sie nicht sicher war, wie sie es einordnen sollte. Vielleicht als „kuscheln" und „Komfort" und „ziemlich toll".

Sie fing mit dem leichten Part an. „Ich bin reiten gegangen. Ich habe Sonora Fallen getroffen und die tollsten Schokoladen-Brownies bekommen. Ich glaube, Ashton steht vielleicht auf sie."

Tamara grinste. „Ich glaube, du hast recht. Das würde eine ganze Menge erklären." Sie beäugte Lisa. „Spuck es aus. Was ist denn die Sache, bei der du hier um den heißen Brei schleichst?"

„Josiah Ryder hat mich um ein Date gebeten", gab Lisa zu. „Ich bin gestern Abend zum Abendessen zu ihm gefahren. Er hat mir Hackbraten und Makkaroni mit Käse gemacht, dann haben wir Kinderspiele gespielt und geplaudert. Es war eine Menge Spaß, und ich freue mich darauf, ihn wieder zu treffen."

Es war nun an Tamara, den Mund zu öffnen und wieder zu schließen. Sie verzog das Gesicht. „Hmm."

„Schon, oder?" Lisa ließ sich im Sessel neben ihrer Schwester nieder. „Er sagte, er hätte mich nicht früher um ein Date gebeten, weil er angenommen hat, ich wäre zurück unterwegs nach Rocky, und er wollte nicht irgendwas Kurzfristiges anfangen, das potenziell zu Problemen führt."

„Aber du gehst doch in ein paar Monaten trotzdem. Damit fangt ihr doch was Kurzfristiges an, oder?" Tamara schüttelte den Kopf. „Ganz egal, das ist nicht wichtig. Ich hatte keine Ahnung, dass du an Josiah interessiert bist."

„Na ja, du warst ja auch nicht in den Scheunen unterwegs, die paar Mal, als ich ihm dort begegnet bin. Vertraue mir, du hättest gesehen, wie ich mit ihm flirte, denn ich war interessiert. Ich *bin* interessiert, aber geh mal noch einen Schritt zurück. Was meinst du denn damit, dass es nicht wichtig ist, dass das vielleicht was Kurzfristiges ist?"

Tamara zuckte mit den Schultern. „Laut Caleb ist Josiah ein Rohdiamant. Er hatte ein paar längerfristige Freundinnen, aber zum Großteil trifft er sich mit Frauen, mit denen er kurzzeitig Spaß haben kann. Dich habe ich nie viel länger als das mit jemandem zusammen gesehen. Ich werde nicht versuchen, dein Leben zu lenken, wenn ihr beiden Zeit miteinander verbringen wollt."

Was so ziemlich die Erwiderung war, die Lisa von ihrer Schwester erwartet hatte. „Ja, aber du bist auch toll, und du hängst nicht an der *richtigen Art, wie man die Dinge zu tun hat.* Josiah hat erwähnt, dass er sich Sorgen macht, Caleb würde das nicht gutheißen."

„Oh." Tamara rümpfte die Nase. „Ehrlich gesagt glaube ich, dass Caleb sich mehr Sorgen darum macht, dass du seinem Freund das Herz brichst, als alles andere."

„So ist es nicht", beharrte Lisa. „Ich meine, wir lernen einander besser kennen. Das ist alles."

„Das verstehe ich, und ich werde mich bei Caleb für dich einsetzen, so gut ich kann." Tamara stützte einen Ellbogen auf den Tisch, hielt ihren Kopf, als würde ihr die Energie ausgehen. „Also hattest du eine gute Zeit?"

Lisa grinste. „Ich habe ihn bei Doktor Bibber geschlagen. Er ist genauso schlecht mit dem verrenkten Fuß wie du damals.“

Ihre Schwester verdrehte die Augen. „Ich kann nicht glauben, dass du einen erwachsenen Mann dazu gebracht hast, mit dir auf einem Date Kinderspiele zu spielen.“

„Vielleicht waren ein paar Küsse beteiligt“, gab Lisa zu. „Er küsst gut.“

Tamara schob sich nach oben, bis sie die Hand über die von Lisa legen konnte, um sie zu drücken. „Ich bin froh, dass du jemanden hast, mit dem du Spaß haben kannst, aber pass auf dich auf, okay? Du hast in den letzten Jahren so viel für alle anderen getan, darunter mich. Aber da ist noch mehr. Wenn du hier fertig bist, will ich, dass du deine Flügel ausbreitest und alles erlebst, was du zur Seite geschoben hast.“

„Zeit mit Josiah verbringen bedeutet nicht, dass ich meine Träume aufgebe“, versicherte ihr Lisa. „Es macht Spaß mit ihm, und ... Er hat recht – er hat mir klargemacht, dass ich nicht genau weiß, was meine Träume sind. Damit muss ich im Lauf der nächsten paar Wochen Zeit verbringen. Das herausfinden.“

Tamara nickte, aber es war offensichtlich, dass sie am Ende ihrer Fahnenstange war. Sie war blass geworden, und Lisa half ihr zurück ins Schlafzimmer, um sich hinzulegen und auszuruhen.

Lisa plante die Dinge fürs Abendessen, füllte die Waschmaschine mit der unendlichen Wäsche, die die Familie produzierte, und setzte zum Mittagessen eine Suppe auf den Plan.

Dann holte sie das neue Notizbuch heraus, das ihre Schwestern ihr geschenkt hatten, und ging online, um ein wenig zu träumen. Sie schaute bei Pinterest und Instagram vorbei und surfte von einer Seite zur nächsten, schrieb dabei alle möglichen Ideen auf, die sie faszinierten und ihre

Aufmerksamkeit errangen. Orte, Gerichte auf Speisekarten, ungewöhnliche Jobs. Ein paar davon waren unmöglich, denn sie würde wohl keine Meeresbiologin werden, ganz gleich, wie sehr sie das Bild eines Mola mola vor dem kristallblauen Wasser und reinem weißem Sand faszinierte.

Immer wieder erwischte sie sich allerdings dabei, wie sie ins Licht starrte und Tagträume hatte, als sie sich an das Gefühl erinnerte, wie Josiahs starke Finger über ihre Haut strichen. Wie sie an seine Küsse dachte und die Hitze, die sie tief in ihr angefacht hatten.

Sie wollte den Grand Canyon sehen. Sie wollte Paris besuchen. Sie wollte nur einmal nach New York, und der Gedanke, eine Wanderung durch die Wüste zu unternehmen, faszinierte sie. Aber all diese Abenteuer waren undeutlich, was die Details anging. Sie waren irgendwo in der Zukunft verortet, weit genug weg, dass man sich nur schwer darauf konzentrieren konnte. Nicht wie die lebhafte Erinnerung an Josiahs Berührung. Seinen Geschmack. Sein Lachen und die heftige Hitze, die sie in seinen Augen gesehen hatte.

Sie wollte die Tour in seinem Haus abschließen und sein Schlafzimmer erkunden. O ja, das wollte sie sehr.

Lisa ließ ihre Recherche bleiben und beschloss, das Beste wäre es, sich ihren Problemen direkt zu stellen. Sie zog sich warm an und ging hinaus auf die Ranch, weil sie hoffte, ihren Schwager zu finden.

Das letzte, was sie in der Scheune zu sehen erwartete, war Josiah in einer Box, die Jacke ausgezogen und die Ärmel hochgerollt, während er einem trächtigen Pferd half.

Alle Brüder von Caleb drängten sich dicht daran. Luke Stone hielt den Kopf der Stute, während Walker Josiah unterstützte. Dustin stand neben Caleb, der jüngste und der älteste der Stone-Jungs versuchten, nicht im Weg zu sein, während sie offensichtlich nicht bereit waren, die anderen Männer ganz ihre Jobs erledigen zu lassen.

Keiner von ihnen sah sie, was ihr genug Gelegenheit verschaffte, die Vision der Vollkommenheit anzuglotzen, die sich vor ihr auftat. Auf Josiahs Schultern und Rücken wölbten sich Muskeln, während er sich bewegte und zwei perfekt geformte kleine Füße aus der Stute bugsierte. „Da haben wir es ja. Jetzt sollte es schnell gehen", versicherte Josiah ihnen.

Er war kaum fertig mit dem Sprechen, als die Stute wohl die Veränderung spürte, und die ganze Sache mit der Geburt auf die übliche Weise erledigte. Einen Augenblick später lag in Josiahs Armen ein schwarz-weißes Fohlen, feucht und langgliedrig, sein Kopf bewegte sich bebend.

„Verdammt. Das erstaunt mich immer wieder." Caleb trat mit einem Stück Stoff vor.

Josiah nahm es ihm ab, um das kleine Wesen sauber zu reiben. Lisa kam nach vorne, schaute voller Bewunderung den Mann und das Tier an. „Was für ein hübsches kleines Ding. Gut gemacht, Josiah."

Er schaute zu ihr auf, Überraschung im Blick, und eine leichte Röte breitete sich auf seinen Wangen aus. „Danke."

Sie löste den Blick von Josiahs Körper, zwang sich dazu, sich in Erinnerung zu rufen, dass sie nicht allein waren.

„Ist im Haus alles in Ordnung?", fragte Caleb.

„Tamara ruht sich aus", versicherte sie ihm.

Er schaute sie besorgt an, kam näher. „Brauchst du irgendwas?"

Hinter ihnen wurden die Dinge mit der Stute und dem Fohlen geregelt. Josiah hatte sich sauber gemacht und krempelte seine Ärmel herunter. Es war nicht das private Umfeld, auf das sie gehofft hatte.

Sie deutete ein paar Meter zur Seite, wo es ein wenig ruhiger sein würde. „Ich wollte kurz mit dir reden."

Caleb trat mit ihr zur Seite. „Was ist los?“

Sie würde nicht um den heißen Brei reden, wie sie es bei ihrer Schwester getan hatte. „Ich wollte dich nur wissen lassen …“

Josiah kam auf sie zu. In Luftlinie sogar, als wäre es unfassbar wichtig, an ihre Seite zu gelangen, bevor sie etwas sagte, nur dass seine Lippen erheitert gewölbt waren. „Lisa. Ich habe nicht erwartet, dich heute zu sehen.“

Caleb warf einen Blick über die Schulter, runzelte kurz die Stirn. „Alles in Ordnung mit dem Fohlen?“

„Alles gut. Luke hat es im Griff. Ich dachte, ich sollte bei dieser Sache dabei sein.“

Caleb wurde noch verwirrter. „Welcher Sache?“

Josiah kam herum, bis er neben Lisa stand. Er schaute auf sie herab. „Ich hatte vor, diese Unterhaltung früher zu führen, aber Cherry Blossom hat beschlossen, dem zuvorzukommen.“

Unsicher, ob sie die Augen verdrehen oder ihn genervt anschnauben sollte, hielt Lisa ihren Tonfall ruhig, während sie antwortete. „Ich glaube nicht, dass du dafür verantwortlich warst, das zu tun. Darum bin ich heraus in die Scheune gekommen.“

Ein leises genervtes Grollen entschlüpfte Caleb. „Macht es euch beiden was aus? Was zum Teufel geht vor?“

Josiah ließ einen Arm um Lisa gleiten, bevor er sich umdrehte, um sich seinem Freund direkt zu stellen. „Lisa und ich sind zusammen, das ist alles.“

Er hatte nicht lauter als üblich geredet, doch die Worte schienen in der unerwarteten Stille nachzuhallen, die sich über die Scheune gesenkt hatte.

Das war auf jeden Fall *nicht* die Art, wie Lisa Dinge erledigte. So viel zu ihrer ruhigen, kühlen und sehr viel mehr unter dem Radar fliegenden Methode.

Sie überlegte sich, ob sie Josiah einen Klaps auf den

Hintern geben konnte, verlegte sich aber darauf, stattdessen einen Finger in seine Gürtelschlaufe gleiten zu lassen, an der sie sanft zerrte, um ihn wissen zu lassen, dass sie zumindest einigermaßen genervt war.

Das bedeutete, dass sie dicht genug neben ihm stand, dass sie ihm auf die Füße treten konnte, falls es nötig wurde. Sie holte tief Luft und lächelte so strahlend wie möglich ihren Schwager an.

6

Es war etwa so, als würde man mit einem Improvisations-Stück plötzlich auf der Bühne stehen. Josiah hatte niemals erwartet, dass sein bester Freund ihn ansehen würde, als hätte er ihn verraten.

„Josiah?"

Bevor Josiah irgendeine Erklärung abgeben konnte, kam Kelli James nach vorne. Die Frau, deren nur knapp über ein Meter fünfzig große Gestalt von Kopf bis Fuß in Jeans gekleidet war, hatte eine eiskalte Miene auf. Nicht mal annähernd ihre typische Haltung, und mit ihrem schmalen Gesicht, das von ihren langen Zöpfen gerahmt war, wirkte sie wie eine angepisste Pippi Langstrumpf.

Sie war eine langfristige Angestellte bei Silver Stone, in jüngster Zeit mit Luke Stone verlobt, was Tamara zu ihrer zukünftigen Schwägerin machte. Noch wichtiger aber, in den Monaten, die Lisa in der Stadt verbracht hatte, schien es, als hätten die beiden Frauen sich prächtig verstanden.

Während die kleine Ranchhelferin an den schockierten

Männern vorbei stapfte, hielt Josiah den Blick auf Kelli gerichtet, falls er irgendwelche Körperteile schützen musste.

Nur dass sie ihn ignorierte, weil sie direkt zu Lisa marschierte. Kelli verschränkte die Arme, während sie ihre Freundin anfunkelte. „Du bist mit *ihm* zusammen?"

„So sieht es aus", sagte Lisa gedehnt.

Kelli verzog das Gesicht und schüttelte den Kopf, bevor sie die Schultern zuckte. „Gut." Sie grinste heftig und zückte eine Hand, die Handfläche nach oben gewandt. „Du schuldest mir zwanzig Mäuse."

Lisa verdrehte die Augen. „Du bist so doof."

„Hey, du bist diejenige, die gern Wetten eingeht. Wie der Zufall so will, habe ich nur dieses Mal gewonnen." Kelli grinste Josiah an. „Gut gemacht, Mann. Sie hat geschworen, dass sie mit niemandem zusammenkommen würde, während sie hier im Ort ist. Ich habe mir schon gedacht, ich müsste einen der Ranchhelfer bestechen, damit er sie ausführt, wenn ich gewinnen will."

„Ich habe es nur für dich getan", sagte Josiah so aufrichtig wie möglich.

Kelli kicherte, bevor sie ihre Aufmerksamkeit wieder Lisa zuwandte, mit einem warnenden Blick. „Wir sprechen uns später."

Josiah nahm an, das hieß, sie würde Lisa alle Einzelheiten ein andermal entlocken wollen.

„Schau bei mir vorbei, wenn du Pause hast. Ich mache Apfelecken", sagte Lisa.

„Steht dieses Angebot allen offen, oder nur Kelli? Denn verdammt, ich könnte eine Apfelecke gebrauchen", erklärte Dustin, während Kelli ihm die Hände auf den Rücken legte und ihren jüngsten zukünftigen Schwager zur Tür schob. „Ich sag ja nur."

„Deine Geschmacksknospen kommen auch mit gefrorenen

Snacks klar", neckte Kelli. „Komm schon, Kleiner. Ashton hat gesagt, er hat eine Aufgabe für uns. Hier herumstehen und wie alte Frauen tratschen – das überlassen wir den alten Männern."

„Wen nennst du hier einen Kleinen? Du bist doch kaum älter als ich." Aber Dustin kicherte, während die beiden durch die Tür verschwanden.

Josiah warf einen Blick zurück zu dem Fohlen und der Stute, aber Luke kümmerte sich um sie. Sein Freund schaute allerdings auf, eine Warnung im Blick, und Josiah gab ein bühnenreifes Seufzen zum Besten. „Wenn einer von euch drei was zu sagen hat, spart es euch."

Lisa schüttelte den Kopf. „Ich dachte, man sagt dir nach, du seist charmant", murmelte sie, Erheiterung in der Stimme.

„Er hat einen schlechten Tag", schlug Luke vor. „Lisa, du bist alt genug, um zu wissen, was du willst. Aber trotzdem ..."

„Ist das der Teil, in dem du ihn vor drohendem körperlichem Unheil warnst, wenn er sich danebenbenimmt?" Sie lehnte sich an Josiahs Seite, die Wärme seines Körpers wie eine gemütliche Decke. „Denn wenn du das machst, werfe ich dir einen richtig finsteren Blick zu."

„Es ist eine althergebrachte Tradition", sagte Walker als Entschuldigung. Er tätschelte der Stute die Nase, dann schob er sich an ihr vorbei. „Du hast keine eigenen Brüder, und all deine Cousins sind ein paar Stunden Fahrt entfernt." Er wandte sich zu Luke. „Was brauchst du?"

Luke antwortete, und die beiden stürzten sich in ihre eigene Unterhaltung, während sie sich weiter um das Neugeborene und seine Mutter kümmerten.

Womit nur noch Caleb blieb.

Er schaute Josiah an, sein Gesicht war nicht zu deuten.

Dann, der Schock war beinahe unvorstellbar, wandte sich Caleb an *Lisa*. „Behandle ihn gut."

Er machte auf dem Absatz kehrt und schloss sich seinen Brüdern wieder an. Sie alle drei machten mit ihren Aufgaben weiter, als würden Josiah und Lisa nicht da stehen.

Es dauerte einen Augenblick, bevor Lisa den Mund wieder zubrachte, und sie schaute zu Josiah auf, blinzelte heftig. „Na gut dann."

„Beste Freunde", erklärte er mit einem Schulterzucken, bevor er fortfuhr: „Ich habe keine Ahnung, was zum Teufel das sollte."

Ihre Lippen wölben sich. „Es scheint, als ob die Welt entschlossen wäre, dafür zu sorgen, dass alles, was dich betrifft, so wirr ist, dass ich aufmerksam bleiben muss."

„Wir wollen ja nicht, dass das Leben langweilig wird, oder?"

„Gott behüte."

Sie grinsten einander an. Josiah warf einen Blick dorthin, wo die anderen sich zu verschiedenen Aufgaben aufmachten. Er stahl sich einen weiteren Augenblick, zog Lisa zur Seite des Ganges und drehte sie, bis sein Körper die Sicht auf sie verdeckte. „Machst du genug Apfelecken, dass du mir eine aufheben kannst?"

„Vielleicht." Sie lehnte sich zur Seite, um einen Blick hinter seine Schulter zu werfen. Dann packte sie rasch seine Jackenaufschläge und zog ihn herab, während sie ihm ihre Lippen darbot.

Er musste wirklich zurück an die Arbeit, aber er musste auch *wirklich* noch länger diesen kleinen Augenblick des Vergnügens mitnehmen. Er ließ die Arme um sie gleiten und drückte seinen Mund zu einer kurzen, intensiven Verbindung auf ihren, sodass er schwer atmete, als sie sich ein paar Sekunden später lösten.

Lisa tätschelte sein Hemd, dann schob sie sich die Haare

hinters Ohr, während sie mit einem Winken aufbrach. „Ruf mich an."

„Mache ich."

Er beobachtete sie, bis sie die Scheune verließ, dann drehte er sich um, um festzustellen, dass Caleb nur ein paar Meter entfernt stand.

Sein Freund beäugte ihn wortlos.

„Ich weiß, ich weiß", sagte Josiah rasch. „Es sieht aus, als hätte ich dir etwas vorenthalten, aber die ganze Sache hat sich echt schnell entwickelt."

„Offensichtlich."

„War ja nicht so, als hätte ich es am Sonntag gewusst, denn ich wusste es nicht."

Caleb antwortete nicht. Er hatte wieder sein versteinertes Gesicht auf.

Toll. Mit so einem völlig unbestreitbaren Mangel an Worten, der in diesem Augenblick in seinem Verstand herrschte, hätte seine Familie, die Meister der Bühne, ihn ewig aufgezogen. Josiah *musste* eine Möglichkeit finden, das Richtige zu sagen. „Ich mag sie. Und sie braucht eine Gelegenheit, sich zu entspannen."

Nichts. Keine einzige Reaktion, nur dieser Todesblick.

„Komm schon", bettelte Josiah. „Sag was. Ich schwöre, ich habe nur das Beste für sie im Sinn."

Verdammt sollte Caleb sein, wenn seine Lippen nicht zuckten, bevor er sich mit der Hand übers Gesicht fuhr, wobei er sich wegdrehte, um seine Miene zu verbergen.

Flüche stiegen in Josiahs Gedanken auf, während ihm klar wurde, dass sein Freund nur einen Augenblick davon entfernt war, in große Erheiterung auszubrechen, wenn nicht sogar Gelächter.

„Du bist ein Bastard", murmelte Josiah.

Caleb schlug ihm mit einer Hand auf die Schulter und

drückte fest zu. „Ich kann dich ja nicht oft hinters Licht führen. Ich musste die Gelegenheit ergreifen, die sich bot. Ich bin nicht genervt. Du hast recht – Lisa braucht Zeit, um sich zu entspannen, und du bist mein bester Freund. Wenn du nicht gut genug für sie bist, dann ist es niemand."

Er zögerte, ging an Josiahs Seite zu der Stute.

„Aber ...?", drängte Josiah. Denn offensichtlich war noch mehr an dieser Unterhaltung dran.

Caleb zuckte mit den Schultern. „Ich meine es ernst. Du bist mein Freund, und ich will das Beste für dich. Ich will nicht sehen, dass du verletzt wirst. Das letzte, was ich gehört habe, war, dass es keine Garantie gibt, dass Lisa vorhat, hierzubleiben."

„In ihrer Tasche ist aber auch noch keine Fahrkarte, die sagt, dass sie geht", erklärte Josiah.

„Ich weiß. Ich mache mir trotzdem Sorgen" Sie blieben vor der Box stehen, und bevor Josiah sich wieder an die Arbeit machen konnte, sah ihm Caleb direkt in die Augen. „Pass auf dich auf."

Josiah konnte sich kaum beschweren, dass sein Freund ihm den Rücken stärkte. „Das mache ich, und ich werde auch auf sie aufpassen. Das siehst du schon." Denn zu viel Potenzial steckte in dieser Situation, um sich zurückzuziehen, ohne sich hundertprozentig darauf eingelassen zu haben.

Er glitt in die Box und machte sich wieder an die Arbeit, Gedanken an Dates und Freunde und Zukunft vermischten sich miteinander.

Das Leben war schön. Es konnte sogar noch schöner werden.

～

Natürlich wurde die Woche nun, da sie und Josiah ihre Beziehung öffentlich gemacht hatten, kompliziert. Ein Notruf führte ihn fort in die Wildnis des Highwood Pass.

Lisa stellte fest, dass ihre Zeit in Arbeit und Besorgungen aufging, erst recht, als die Familie herausfand, dass Sasha und Emma über das Wochenende Dinge geplant hatten, die erforderten, dass sie in völlig unterschiedliche Richtungen loszogen.

Die Lösung für diese seltsame Ausgangslage wurde komplett von der kleinen Emma gestellt.

„Du musst nah an zu Hause bleiben, damit das Baby in Sicherheit ist", erklärte Emma Tamara. Sie erwischte Lisa und Tamara in der Küche, während Sasha nirgends zu sehen war. Emma beugte sich vor, ihre blonden Locken wippten, während ihre hellblauen Augen ernst wurden. „Sasha will, dass Papa mitkommt, um ihr Stück zu sehen. Kannst du mich zur Jugendfreizeit bringen, Tante Lisa? Damit Mama und Papa bei Sasha bleiben können?"

Tamara nickte Lisa bestätigend zu, und Lisa stimmte rasch zu. „Du bist eine sehr gute Schwester", erklärte Lisa leise, drückte dem kleinen Mädchen einen Kuss auf die Wange. „Ich würde nur zu gern mit dir kommen."

Anstatt also Zeit zu finden, sich mit Josiah zu treffen, brachte Lisa ihre jüngere Nichte zur Jugendfreizeit, die übers Wochenende im Crowsnest Pass stattfand, während Caleb und Tamara näher zu Hause bei Sasha blieben.

Was bedeutete, dass es wieder Montag war, bevor sie über ein Treffen mit Josiah auch nur andenken konnte. Oh, sie hatten sich ein paarmal geschrieben, aber die Unterhaltung blieb sehr allgemein und sehr an der Oberfläche, und sehr weit weg von einem Stil, den Lisa sich wünschte.

Leute zu finden, mit denen man online plaudern konnte,

war sehr viel einfacher, als Verbindungen im echten Leben zu haben, die man genoss.

Die Mädchen waren in der Schule, und sie stürzte sich in Haushaltsaufgaben, als Caleb zurück ins Haus marschiert kam und sie überrascht anschaute. „Was machst du denn?"

Ihre Hände steckten in einer Spüle voller schaumigem Geschirr. „Ist das eine Fangfrage?"

Caleb schaute sich im Zimmer um. „Tamara hat es dir nicht gesagt? Ach, egal. Du hast heute wieder frei."

Sie lehnte die Hüfte an die Anrichte, während sie ihn verwirrt anschaute. „Ich brauche dieses Buch über *Modernes Denken als Rancher*, das du gelesen hast, um meinem Vater eine Kopie schicken. Ein freier Tag, zwei Wochen hintereinander? Ich glaube, das ist nicht legal."

Endlich entlockte sie ihm ein Lachen.

„Ich habe viel zu viele Jahre damit verbracht, rund um die Uhr zu arbeiten. Die Arbeit geht niemals weg – das weißt du doch. Da die Dinge auf Silver Stone sehr viel glatter laufen, haben wir uns alle entschlossen, ein paar Veränderungen vorzunehmen." Er stellte die Stiefel auf das Regal neben der Tür und hängte seinen Hut auf. Ein verstohlenes Lächeln breitete sich auf seinem Gesicht aus. „Hier geht's nicht darum, dass du einen Tag frei kriegst, wenn ich ehrlich bin. Es geht darum, dass ich Zeit mit meiner Frau und meiner Familie kriege."

„Meine Freizeit ist ein Bonus? Toll." Sie zwinkerte ihm zu. „Ich freue mich, dass du Zeit mit den Leuten verbringst, die dir wichtig sind."

Was sie nicht über die Lippen brachte, war, wie sehr sie sich gewünscht hätte, dass das auch so gewesen wäre, als sie aufgewachsen war, aber sie schätzte, das wusste er. Tamara hatte ihm bestimmt erzählt, wie es im Lauf der Jahre gewesen war, wenn man George Coleman zum Vater gehabt hatte.

Niemals schrecklich, niemals gut. Dieser seltsame, schwammige Mittelweg, auf dem sie sich schlecht fühlte, wenn sie sich beschwerte, denn der Mann hatte ihnen niemals wehgetan oder sie direkt vernachlässigt, aber sie wünschte sich, sie wäre zu ihm durchgedrungen, um zu sagen, wie viel mehr sie brauchten.

„Ich werde meine Aufgaben beenden, und dann bist du mich los", sagte Lisa, die sich wieder an die Arbeit machte.

„Josiah ist zurück im Ort", bemerkte Caleb.

Sie sah in das Spülwasser, während sie wild eine Bratpfanne schrubbte. „Das ist schön."

„Für den Fall, dass du dich bei ihm melden willst."

Lisa bemühte sich sehr, ihre Erheiterung nicht zeigen. „Ich glaube, ich reite mal aus."

„Vielleicht will er mit dir kommen."

Lisa verdrehte die Augen, stellte aber sicher, dass ihr Gesicht unschuldig wirkte, als sich zu ihm umdrehte. Sie trocknete sich die Hände mit einem Geschirrtuch, während sie ihn betrachtete. „Weißt du eigentlich, was du willst? Ich meine, kürzlich hast du noch geklungen, als würdest du mich davor warnen, mit deinem Freund zusammenzukommen, aber nun wirkt es so, als würdest du uns gern zusammenbringen wollen. Was soll es denn sein?"

„Ich habe dich davor gewarnt, ihm *wehzutun*, aber mir würde es gefallen, wenn ihr beiden zusammen kommt."

Das war eine wirklich unerwartete Wendung nach seinem Kommentar kürzlich in der Scheune. „Echt?"

Caleb zuckte mit den Schultern. „Wenn er gut genug ist, um die ganzen Jahre lang ein Freund zu sein, ist er gut genug, um mit dir zusammen zu sein."

Sie wusste nicht, was sie dazu sagen sollte. „Vielen Dank. Glaube ich."

Er hob sein Handy hoch. „Willst du, dass ich ihn anrufe?"

Ein Lachen drang durch das Zimmer, als Tamara vortrat und sich auf einem der Küchenstühle niederließ. Über der Rundung ihres Bauches lag ein hellrosa Pulli, der zu ihrem Brillengestell passte. „Caleb? Willst du ein Date für meine Schwester klarmachen?"

„Allein scheint sie es ja nicht auf die Reihe zu kriegen", grollte er.

„Sie hat doch gerade erst die Hände aus dem schmutzigen Spülwasser genommen", stellte Tamara fest. Sie warf einen Blick auf Lisa. „Natürlich könnte ich ihn stattdessen anrufen."

Lisa schnaubte. Das war höllisch komisch. „Wisst ihr was? Ich will euch ja nur ungern euren Spaß nehmen, warum schreiben ihm also nicht *alle*? Sehen wir doch mal, wer schneller eine Antwort bekommt. Zehn Dollar für denjenigen, der ..."

Tamara hatte bereits ihr Handy herausgeholt. Caleb tastete sich die Taschen ab, auf der Suche nach seinem, was wirklich witzig war, bis Lisa klar wurde, dass sie ihr Handy unten gelassen hatte.

Sie raste los, nahm zwei Stufen auf einmal, lauschte ihrem Lachen.

Ihr Handy lag neben dem Bett, und sie setzte sich auf die Matratze, während sie eine rasche Nachricht tippte.

Lisa: *Ich habe den Tag frei. Was hast du vor?*

Sie war unterwegs nach oben, verkündete ihre Rückkehr mit einem gackernden Lachen, als ihr Handy vibrierte, bevor sie oben an den Stufen ankam.

„Nehmt das, ihr lahmen Enten", rief sie erfreut.

Nur als sie auf das Handy hinabschaute, war die Nachricht nicht von Josiah.

Sonora: *Ich muss mit dir reden.*

Lisa kam vor, tippte eine Antwort: *Rufst du mich an?*

Sonora: *Ich habe keinen guten Empfang. Weißt du noch den großen Ahornbaum? Wie schnell könntest du da sein?*

Lisa war ehrlich neugierig und ein wenig besorgt. Ihr Telefon summte, als eine Nachricht von Josiah kam, aber sie ignorierte sie und betrat die Küche, um feststellen, dass sowohl Caleb als auch Tamara ihre Handys vor ihr in die Luft hielten. „Merkt euch das mal, ihr beiden. Ich habe ein weiteres heißes Date dran."

Sie tippte eine rasche Nachricht an Sonora: *Dreißig Minuten, wenn ich mir ein Pferd schnappe. Fünfzehn mit dem Quad.*

Sonora: *Ich glaube, du solltest das Pferd nehmen. Hetz dich nicht, aber bitte komm, so schnell du kannst, hierher.*

Na, das war ja mal ein Widerspruch. Lisa schickte eine abschließende Bestätigung, dann hob sie das Gesicht zu Tamara und Caleb. „Ich muss los."

„Stimmt was nicht?", fragte Tamara, die Erheiterung auf ihrem Gesicht entglitt ihr.

Lisa zuckte unbehaglich die Schultern. „Ich weiß es nicht. Sonora Fallen hat mich gebeten, mich mit ihr zu treffen, und es klingt, als wäre sie draußen unterwegs. Irgendwas stimmt nicht."

Caleb ging zur Tür. „Willst du, dass ich mit dir komme?"

„Ich glaube nicht. Es könnte einfach nur sein, dass sie in Textnachrichten sehr viel ernster wirkt als persönlich, wenn ihr wisst, was ich meine? Ich würde es verabscheuen, wenn wir alle auftauchen, und sie dann denkt, wir hätten überreagiert."

Caleb zog trotzdem seine Jacke an. „Ich sag dir was. Schnapp dir, was du brauchst. Ich sattle Licorice für dich."

„Danke."

Sie machte auf dem Absatz kehrt und ging wieder nach unten, zog sich rasch wärmere Kleidung an. Während sie durch die Küche lief, reichte ihr Tamara einen Beutel. „Gibt nicht viel mehr als Müsliriegel. Tut mir leid."

Lisa umarmte sie rasch und gab ihr einen Kuss. „Erzähl mir später, wem ich zehn Mäuse schulde. Aber kannst du in der Zwischenzeit Josiah eine Nachricht schicken? Ich treffe mich mit Sonora am Ahornbaum entlang der Südgrenze. Dem, der neben dem Weg ist, der sich in drei Wege gabelt. Ich melde mich bei ihm, sobald ich kann."

„Kein Problem."

Sie ging hinaus zur Scheune und fand Caleb, der ihr Licorice entgegenführte. Er hielt das Pferd ruhig, während sie aufstieg, reichte ihr die Zügel und nickte zustimmend. „Übereil es nicht. Sonora kommt ganz gut klar. Ich schätze, dass sie nur auf ein wenig Gesellschaft aus ist."

„Ich hoffe, du hast recht. Wenn das der Fall ist, dann mache ich weiter und genieße meinen freien Tag. Du und Tamara, habt eine gute Zeit. Ich schreibe, sobald ich mehr weiß."

Das Gefühl, das sich auf sie legte, war nicht dasselbe wie vor einer Woche. Der Himmel war nicht ganz so klar, und die Temperatur war etwas kühler. Die Kälte des Winters klammerte sich fest, ohne eine Chance auf einen Wärmeeinbruch irgendwo in der Wettervorhersage. Dazu kam noch, dass sie nicht zu einer nebensächlichen Erkundung ausritt, sondern plötzlich wirkte der Tag, als hätte sich Gefahr eingeschlichen.

Lisa bewegte Licorice stetig vorwärts. Nicht zu schnell und immer auf sicheren Tritt auf den ausgetretenen Pfaden bedacht.

Es war beinahe fünfundzwanzig Minuten seit Sonoras erster Nachricht, als Lisa Rainbow an einen Baum neben dem Weg gebunden sah. Sie stieg ab und band Licorice am Boden fest, dann folgte sie den Fußstapfen, die tiefer unter die Bäume führten.

„Mrs. Fallen? Ich bin da."

Ein leises Zischen lag in der Luft, und Lisa eilte weiter, um festzustellen, dass Sonora über einen Holzstapel schaute, den Kopf schüttelte, und einen Finger an die Lippen gedrückt hielt. „Sei leise, meine Liebe."

Sie winkte Lisa näher.

Nur an einem Stapel umgefallener Bäume vorbei war eine kleine Lichtung. Ein extra großer Arbeitsschuppen mit zwei Seitenflügeln stand an der Westgrenze. Ein Lieferauto fuhr die holprige Straße entlang, verschwand beinahe sofort zwischen den Bäumen.

„Was ist da los?", fragte Lisa flüsternd.

„Ich dachte, ich hätte gestern was gesehen, und kam zurück, weil ich neugierig war." Sonora deutete mit dem Finger auf den Schuppen. „Der sollte leer sein. Es hat mal zu Doc Carters Grundstück gehört, und seine Kinder streiten sich schon seit Jahren um die Erbschaft. Irgendjemand hat das Haupthaus gemietet, aber keines der Außengebäude wurde benutzt, oder zumindest nicht beim letzten Mal, als ich mit jemandem darüber geredet habe. Es gibt keinen Grund, dass ein solches Fahrzeug hier draußen sein sollte. Nicht mitten im Winter."

Lisa schaute sich um, aber es waren keine anderen Menschen oder Fahrzeuge irgendwo in Sicht. „Glaubst du, jemand verstaut etwas in der Scheune?"

„Genau das glaube ich", sagte Sonora. „Ich habe das Fahrzeug nicht erkannt, und ich kann mir keinen einzigen Grund vorstellen, weshalb jemand überhaupt ein Lieferauto hier rausfahren sollte."

Lisas Gedanken gingen sofort zu Hehlerware. Es war ein wenig zu weit auf dem Land, um für Diebe zu passen, aber das bedeutete auch, dass das Versteck grundsätzlich sehr viel schwerer zu finden war.

Einen Augenblick später änderte sich alles.

Sie hörten es beide. In der Stille, die sich herabsenkte, nachdem das laute Brummen des Motors verhallte, drang ein Geräusch, das viel zu vertraut klang, durch die eisige Reglosigkeit.

Ein lautes Bellen. Ein schrilles Jaulen. Ein trauriges Heulen.

Lisa und Sonora schauten einander an, Bestürzung machte sich breit, während sie gleichzeitig sprachen. „Hunde."

7

Was für eine missliche Lage. Lisa musste Sonora überzeugen, in der Sicherheit der Bäume zu bleiben, bevor sie nach vorne lief, um genau herauszufinden, was vorging.

Die ältere Frau schien ihre Gedanken zu lesen, denn sie runzelte die Stirn und wackelte vor Lisas Gesicht mit dem Finger. „Wage es bloß nicht, zu glauben, dass du allein losziehen kannst. Keine Heldentaten."

Sich allein dort hineinzuschleichen war etwas ganz anderes, als jemandes Großmutter in eine mögliche Gefahr zu schleppen. „Ich will doch nur mal kurz ins Fenster schauen", versprach Lisa.

„Dann komme ich mit dir und heb dich hoch."

Das war nicht die Antwort, nach der Lisa gesucht hatte. „Ich will nur mal schauen. Wenn etwas Illegales vorgeht, stochern wir da nicht drin rum, ohne Unterstützung zu holen."

Sonora rümpfte die Nase. „Wen sollen wir denn anrufen? Ich meine, wir wissen doch nicht einmal, ob es dort etwas gibt, mit dem man die Polizei behelligen sollte."

Lisa hob eine Hand, als ihr Handy vibrierte. Sie schaute nach, um eine Nachricht von Josiah zu entdecken.

Josiah: *Ich sehe eure Pferde. Wo seid ihr?*

Ein großes Gefühl der Erleichterung strömte in sie hinein. „Ich weiß nicht, wie er es so schnell geschafft hat, aber wir haben Hilfe. Josiah Ryder ist gleich um die Ecke." Sie hob vor Sonoras Gesicht einen Finger und rächte sich mit einer eigenen warnenden Geste. „Bleib hier. Keine Heldentaten."

Sie sagte es sehr betont. Die Lippen der älteren Frau zuckten, dann lächelte sie und nickte zustimmend. „Josiah ist ein guter Mann."

Lisa stapfte zurück durch den tiefen Schnee, weil sie dachte, das wäre leichter, als eine Antwort zu geben.

Sie war kurz davor, unter den Bäumen hervor zu treten, als sie ihn erreichte, die Sorge auf seinem Gesicht wurde milder, als er sie sah. „Ist ein wenig kalt für ein Versteckspiel, oder?"

„Es ist so was wie eine Schatzsuche, aber nicht unbedingt die gute Art. Sonora hat was gefunden", erklärte sie, deutete mit dem Kopf dorthin, wo die ältere Frau wartete. „Sie schwört, dass die Scheune dort vorne leer sein sollte, aber wir haben vor knapp fünf Minuten einen Truck wegfahren sehen."

Eine Falte bildete sich zwischen seinen Augenbrauen. „Sie hat recht. Komm schon, sehen wir mal, was da vorgeht."

Sie drangen langsam durch den Schnee vor, ganz am Rand des Waldsaums, hinterließen auf dem offen sichtbaren Schnee keine Spuren, bis sie einem Wildwechsel zu den zusammengepressten Reifenspuren des Lieferwagens folgen konnten.

Die Gegend war eindeutig verlassen. Die ruhige Reglosigkeit der abgelegenen Wildnis im Winter wurde nur vom Geräusch der bellenden Hunde durchbrochen.

Im ersten Moment blieben Lisa und Sonora zurück, während Josiah durch das Fenster schaute.

Er schüttelte angewidert den Kopf und bedeutete ihnen, vorzutreten. „Man wird nicht auf uns schießen, aber es ist eine unangenehme Überraschung."

Er nahm ein Stück Metall, das an einer Wand lehnte, und nutzte es, um das Schloss aufzustemmen. Als sich die Tür öffnete und Licht hineinströmte, wurden sowohl das Bellen als auch das Wimmern lauter.

Lisa folgte Josiah vorsichtig in das Gebäude, eine Woge ungesunder Gerüche traf sie wie eine Ladung Schlamm im Gesicht.

Das Bellen wurde verzweifelter.

Sonora gab ein verstörtes Geräusch von sich, während sie neben Lisa trat. „Du liebe Zeit, wie viele Hunde? Ach, die Armen."

Hölzerne Verschläge waren zu groben Rechtecken zusammengenagelt worden. Zusätzlich gab es Boxen und Spielbereiche für die Kleinen, die in engen Reihen aneinander gepackt waren, mit kaum genug Platz, dass man dazwischen durchgehen konnte. Jeder dieser Verschläge enthielt drei oder mehr Welpen, manche mit Hündinnen, die ihre Zähne zeigten, aber nicht die Energie hatten, um mehr zu tun, als bedrohlich zu knurren, während sie vorbeigingen.

„Das ist ein Massenzuchtbetrieb", sagte Josiah leise. „Ein schlecht aufgezogener, furchtbar geregelter, verdammter Massenzuchtbetrieb, in dem Hunde misshandelt werden."

Er blieb neben dem ersten Verschlag stehen. Die Hundemutter lag auf der Seite und säugte ein paar Welpen, die mitleiderregend wimmerten. Die Hündin regte sich nicht, als Josiah seine Hand auf die Hinterseite ihres Kopfes legte, um sie vorsichtig zu streicheln.

„Sie ist so dehydriert, dass sie keine Milch mehr geben kann." Seine Stimme war ein wütendes Grollen.

Sonora hatte ihr Handy herausgeholt. „Wen rufe ich an?", fragte sie Josiah. „Die Polizei?"

„Ja. Ich rufe in der Klinik an." Josiah erhob sich, wütende Anspannung lag auf seinem Körper, während er sich in dem Gebäude umsah. „Was für ein Schlamassel."

Lisa trat an seine Seite und nahm ihn am Arm. „Wie kann ich denn helfen?"

Das Wimmern um sie herum brach ihr das Herz, aber sie stählte ihr Rückgrat und suchte nach Kraft, bis sie ihm in die Augen schauen konnte, so gleichmütig wie möglich.

Er warf rasch einen Blick auf Sonora, bevor er sich umdrehte, und zog Lisa an sich, damit er leise mit ihr reden konnte. „Es gibt eine Menge Dinge, bei denen du helfen kannst, aber wenn es Zeit ist, kannst du dafür sorgen, dass Sonora geht? Sie muss nicht dabei sein, wenn ..."

Der Griff um ihre Arme verfestigte sich, und Lisa schluckte schwer. „Einige von ihnen werden es nicht schaffen, oder?"

Josiah zögerte, dann schüttelte er den Kopf. „Die Sache ist die, wenn man so viele Tiere auf einmal findet, ist das immer eine Situation aus der Hölle."

Er entschuldigte sich, um bei der Tierklinik von Heart Falls anzurufen. Er drehte ihr den Rücken zu und redete leise.

Lisa wollte ihn nicht dazu bringen, es zu sagen, aber sie hatte bereits erkannt, was das Problem war. Sie hatte sich oft genug damit herumgeschlagen, wenn eine der Katzen oder Hunde auf der Whiskey Creek Ranch unerwartet geworfen hatte. Vier oder fünf Tieren ein neues Zuhause verschaffen, wenn man wusste, woher sie stammten, war eine Sache.

Das hier war ein ganzes Gebäude voller Welpen, mit unbestimmten Rassen, keiner davon geimpft oder entwurmt ...

Es gab nicht viele Leute, die das Risiko eingehen würden,

unbekannte Tiere ihren eigenen gut gepflegten Haustieren an die Seite zu stellen.

Sonora war fertig damit, der Polizei Richtungsanweisungen zu geben. Sie steckte ihr Handy weg und ging direkt dorthin, wo Lisa stand. Der ganze Ort stank nach nassem Hund, Kacke und Pisse. Irgendwo faulte etwas vor sich hin.

Es war schwer, den heulenden Lärm der Beschwerden um sie herum zu ignorieren. Er ließ nie nach, sickerte in ihre Ohren und vibrierte durch ihren Körper.

In der Zukunft, wann immer Lisa an Hoffnungslosigkeit dachte, war es dieses Geräusch, an das sie sich erinnerte.

„Komm schon", sagte Lisa. „Sehen wir mal, ob es hier irgendwo einen Wasseranschluss gibt."

Es dauerte über eine Stunde, bis jemand auftauchte, um zu helfen, aber schließlich war eine ganze Schar Leute in dem Gebäude. Lisa hatte Caleb angerufen, und er hatte ihren Vorarbeiter kontaktiert.

Ashton kam durch die Tür, nur Augenblicke, nachdem Josiahs Mitarbeiter eingetroffen waren.

Josiah gab knappe Befehle. „Alle Hunde, die hier rauskommen, müssen in die Quarantäne. Wir haben Platz in den Zwingern in der Klinik und bei mir zu Hause, aber dort bringe ich nicht mehr als ein Dutzend unter."

Ashton wirkte bedauernd, als er etwas sagte. „Die Männer und ich können dir zur Hand gehen, wenn die Tiere weggebracht werden müssen, aber wir können keine von ihnen auf Silver Stone mitnehmen. Es tut mir leid."

„Kein Grund, sich zu entschuldigen", versicherte Josiah ihm. „Wir müssen nur ..."

„Ihr könnt sie alle zu mir bringen." Die Erklärung kam mit schockierender Klarheit, drang durch das heulende Chaos.

Alle drehten sich um, um Sonora anzuschauen. Sie sah

ausgerechnet Ashton trotzig an. Als würde sie ihn dazu herausfordern, ihr zu widersprechen.

Josiah warf rasch einen Blick auf Lisa, bevor er tief Luft holte. „Sonora, das ist ein großzügiges Angebot, und du hast zwar den Platz, aber es gibt keine Möglichkeit, dass du dich um so viele Tiere kümmern kannst. Nicht ohne Hilfe."

„Dann heuere ich eben jemanden an", sagte sie. „Ich bin doch kein blauäugiges Kind. Ich weiß, was mit diesen Tieren passieren wird, wenn ich sie nicht nehme."

„Das wird Geld kosten, und auch Zeit", warnte er. „Ich bin äußerst dankbar, dass du etwas beitragen willst, aber du musst wissen, worauf du dich da einlässt."

„Es ist zu viel", grollte Ashton. „Du arbeitest dich noch in ein frühes Grab."

Sonora richtete sich auf. „Ich glaube, ich kann am besten beurteilen, wie ich meine Zeit und Energie einsetze. Es wird mir guttun. Und mir macht es nichts aus, dass es Geld kostet." Der letzte Kommentar war an Josiah gerichtet. „Tatsächlich habe ich schon darüber nachgedacht, wie ich mein Grundstück sinnvoller nutzen könnte. Ich will kein richtiges Vieh mehr, aber ohne weitere Tiere um mich herum ist es irgendwie schon einsam. Ich habe darüber nachgedacht, eine Tierrettung aufzubauen."

„Eine Tierrettung ...?"

Ashtons Widerworte wurden heftig abgeschnitten, als Sonora ihm einen eisigen Blick zuwarf.

Lisa trat vor, um einen Arm um die Frau zu legen. „Ich kann mich nicht langfristig einbringen, aber wenn du das machen möchtest, werde ich dir helfen, wie immer ich kann, während ich hier bin."

Die Anspannung, die aus Sonoras Körper wich, machte deutlich, dass Lisas Unterstützung wertgeschätzt wurde, so unerwartet sie auch gekommen war.

Sonora hob trotzig das Kinn zu Ashton. „Also."

Er sagte nichts, doch er nickte.

Sie wandte sich an Josiah. „Es liegt an deinen Leuten, zu entscheiden, welche Tiere gut genug in Form sind, damit du glaubst, sie schaffen es. Ich neide dir deine Aufgabe nicht, darum lasse ich dich damit weitermachen, und ich setze mich an meine. Ich breche nach Hause auf und bereite alles vor."

„Danke dir", sagte Josiah leise. Er schaute sich in der Scheune um, deutete auf eine der Mitarbeiterinnen aus der Klinik, damit sie zu ihnen kam. „Pam wird mit dir gehen. Mit ihrer Hilfe, und vielleicht ein paar der Helfer von Silver Stone, sollte es möglich sein, alles für die ersten Neuankömmlinge herzurichten."

Lisa drückte Sonora den Arm. „Ich will bleiben, um Josiah zu helfen, also wird jemand anders Licorice zurück nach Silver Stone reiten müssen. Ich wüsste es zu schätzen, wenn du mit ihnen gehst."

Denn auf gar keinen Fall wollte sie, dass Sonora allein aufbrach. Aber sie konnte auch auf gar keinen Fall Josiah zurücklassen. Der Mann sah aus, als würde er sich in Stein verwandeln.

Sonora nickte, dann schnaubte sie genervt. „Dann kann ich ja auch gleich die größte Nervensäge mitnehmen. Ashton Stewart", rief sie laut. „Du bringst mich nach Hause. Komm in die Gänge, Freundchen. Ich habe nicht den ganzen Tag."

Sie tätschelte Lisa fest den Arm, schaute sich einmal mehr in der Scheune um und schüttelte traurig den Kopf. Sie richtete sich den Hut und ging zur Tür, sodass Ashton nur durch die Verschläge hasten konnte, bis er aufholte.

Lisa wandte sich an Josiah. „Gib mir was zu tun."

～

Es war die schlimmste aller Höllen. Während sie mitten in der Scheune standen, fielen Josiah all die Gründe ein, weshalb er die Ausbildung zum Tierarzt gemacht hatte. Es war gut, sich bücken zu können und einen gesunden kleinen Welpen zu finden, der sich begeistert wand, um mit der Zunge seine Finger abzuschlabbern.

Josiahs Aufgabe war es, dafür zu sorgen, dass es Tieren besser ging. Nicht, sie von Schmerzen zu erlösen, zu denen es überhaupt nicht hätte kommen sollen.

Am Ende arbeiteten sie in zwei unterschiedlichen Teams in unterschiedlichen Bereichen der Scheune. Die gesunden Welpen gab es in jeder Altersstufe, von neugeboren bis ein paar Wochen alt und bereits entwöhnt. Bei den Hündinnen, die gut genug in Form waren, passte Josiah auf, dass er sich vorsichtig bewegte, sie erst mal schnüffeln und seine sanfte Berührung spüren ließ, bevor er sie oder ihre Welpen wegbrachte.

Etwa fünfzig Prozent der Zeit konnte er sie in eine der mit Decken ausgelegten Hundeboxen legen, die hergebracht worden waren. Lisa gab ihnen einige der Packungen mit hoch konzentrierter Flüssigkeit – so eine Art Energy Drink für Hunde. In der Zwischenzeit konzentrierte Josiah sich auf die Welpen, trennte diejenigen, die zu schwach waren, um zu überleben, von denen ab, die noch eine Chance hatten.

Die gesunden reichte er weiter, arbeitete Seite an Seite mit Lisa. Ihre leise Stimme war überall um ihn herum, während sie ruhig mit den Tieren sprach, ihren Stress senkte, bevor sie sie neben ihre Mütter legte.

Die Sanftheit in ihrem Tonfall half ihm, ruhig und kontrolliert zu bleiben, während er sich um die elende Aufgabe kümmerte, den sterbenden Welpen einen angenehmen Tod zu bereiten.

Innerlich jedoch fluchte er, wütend auf die Menschen, die

diese schreckliche Situation herbeigeführt hatten. Das war nicht, weshalb er Tierarzt geworden war. Er hasste es, Tiere einzuschläfern, aber es war besser, als sie leiden zu lassen.

Jedes Mal, wenn er die Spritze verabreichen musste, war es, als würde sich ein weiteres Seil um ihn legen. Es wurde kälter, und es war schwer, zu atmen. So viele unschuldige Wesen litten, weil jemand gierig und dumm gewesen war.

Der chaotische Lärm in der Scheune ließ nach, als die gesunden Tiere durch die Tür gebracht und zu Sonoras Ranch gefahren wurden.

Die Helfer von Silver Stone hatten einen Truck dabei, die hintere Ladefläche war mit einer schweren Plane ausgelegt. Sie würden die armen Tiere, die es nicht geschafft hatten, dort begraben, wo sie einen Bagger einsetzen konnten, um ein Loch in den gefrorenen Boden zu graben.

Lisa kehrte zurück vom Abgeben der letzten Welpen, die nie wieder bellen würden. Das Gebäude war schließlich leer.

Sie ließ sich neben ihm nieder, und Josiah stutzte, beugte sich zu ihr, damit ihre Körper sich berührten. „Du hättest nicht bleiben müssen", sagte er leise. „Ich weiß, dass es schwierig ist."

„Das musste ich schon früher tun", sagte sie, Traurigkeit haftete an ihren Worten wie Eiszapfen. „Nicht in diesen Ausmaßen, aber jeder, der auf dem Land aufwächst, hat irgendwann mal mit dem Tod zu tun."

Er legte einen Arm um sie und zog sie an sich. Sie schwankten beide, ihre Körper waren angespannt vor Wut und Traurigkeit, aber es war alles leichter gewesen, weil sie da gewesen war. „Vielen Dank."

Sie schaute auf, ihre Wimpern waren feucht von zurückgehaltenen Tränen. Sie sagte nichts. Neigte nur kurz das Kinn, schluckte schwer.

Einen Augenblick lang saßen sie da, hielten einander, nutzten die Wand an ihrem Rücken, um aufrecht zu bleiben.

Plötzlich durchbrach ein Kratzgeräusch hinter ihnen die fast vollkommene Stille. Und dann noch eins, gefolgt von einem leisen Wimmern.

Lisa blinzelte. „Irgendwo da drin ist noch ein Hund."

Sie kam auf die Knie und schob an der Holzfläche an ihrem Rücken. Sie quietschte, gab aber nicht nach.

Josiah begann sich auch umzusehen. Es dauerte nicht lang. „Hier. Scharniere."

„Das sieht nicht aus wie eine Tür", beschwerte sich Lisa, aber ihr Blick huschte rasch über die Oberfläche. „Dort. Jemand hat diese Käfige vor dem Türknauf aufgestapelt."

Sie bewegten alles so rasch wie möglich aus dem Weg. Da alle Tiere weg waren, erklärten das Schnüffeln und die leisen Jaulgeräusche eindeutig: *Vergesst mich nicht.*

Josiah schnappte sich ein Brett, das er vor die Unterseite die Tür stellte, damit er sie vorsichtig öffnen konnte, ohne dass das Tier entkam.

Es stellte sich heraus, dass er sich keine Sorgen hätte machen müssen, denn obwohl das Kratzen und Bellen sich fortsetzte, raste nichts heraus, um sie zu begrüßen.

Lisa steckte den Kopf um die Ecke. „O mein Gott."

Sie schob sich an ihm vorbei, bevor er etwas sagen konnte. Josiah nahm sie am Arm, um sie zu verlangsamen, was bedeutete, dass sie beide im gleichen Augenblick vor der Quelle des Geräuschs ankamen.

Es war ein cremefarbener Terrier mit leuchtenden Augen und aufgerichteten Ohren. Auf jeden Fall keines der Tiere aus der Massenzucht. Das Tier hatte ein Halsband um den Hals.

Während Lisa sich hinkniete und eine Hand ausstreckte, setzte sich das kleine Wesen auf die Hinterbeine und neigte den Kopf. Schaute zwischen ihnen beiden hin und her, als würde es warten.

Ein scharfes Bellen erklang, dann Stille. Als ob es sagte:

Hallo, könntet ihr mich hier ein bisschen schneller rausbringen, bitte?

Der Hund kam allerdings nicht nach vorne, und dann sah Josiah es. „Das Hinterbein. Es sitzt irgendwie fest." Er legte einen Arm auf Lisas Schulter, um sicherzugehen, dass sie sich nicht bewegte, während er näher rückte. „Es wirkt wie ein sanftes Wesen, aber wenn es Schmerzen hat, lässt sich nicht sagen, wie es reagiert. Gib mir mal kurz."

Er zog ein Paar dicke Lederhandschuhe an und ging in die Hocke, während er dem Wesen in die Augen schaute. Er musterte seinen Körper. Die Rippen traten ein wenig mehr hervor, als gesund gewesen wäre, aber das Tier war in einer sehr viel besseren Verfassung als die ganze Schar, mit der sie sich gerade erst befasst hatten.

„Er oder sie?", fragte Lisa von ihrem Platz an seinem Rücken aus.

„Sieht aus wie eine sie", erklärte ihr Josiah. „Hey, meine Liebe. Lass mich dir mal helfen."

Er griff mit einer Hand vor, und der Terrier schnüffelte daran. Der Stummelschwanz wackelte ein paar Mal, bevor er sich umdrehte und mit den Zähnen nach seinem Knöchel griff und auf dem herumkaute, was immer ihn festhielt.

Josiah ging näher ran, bewegte sich vorsichtig, aber als der Hund nichts tat, außer ihn anzuschauen und dann wieder an die Arbeit zu gehen, um sich zu befreien, entspannte er sich.

Er strich mit der Hand über seinen Kopf und nahm ihn am Nackenfell. „Jetzt bin ich mal dran, um dir das abzunehmen." Er untersuchte es kurz, der Terrier beäugte ihn, blieb aber erstaunlich reglos. „Lisa, komm her. Ich brauche zwei weitere Hände."

Sie beugte sich um ihn herum, machte leise Geräusche. „Hey, meine Schöne. Wo bist du denn da hineingeraten?"

„Sieht wie ein dummer Unfall aus. Das ist eine Maulwurfsfalle."

Lisa zog sich ihre Handschuhe an. „Wie hast du dich in einen solchen Schlamassel verwickeln lassen?", gurrte sie zu dem Hund hin, bevor sie einen raschen Blick auf Josiah warf. „Hältst du sie gut fest? Denn vermutlich gefällt es ihr nicht, wenn ich das losmache."

Josiah legte einen Arm über den Terrier, sodass er ihn an sich festhielt, damit er sich nicht wehren konnte, während Lisa sich an die Arbeit machte. „Ich hab dich, meine Kleine. Ein Moment nur. Lisa wird dir helfen."

Es dauerte nur einen Augenblick, bis Lisa die Falle löste und zur Seite legte. „Ihr Bein sieht nicht gebrochen aus, aber ich bin kein Tierarzt."

Er löste seinen Griff und hielt den Hund dann so, dass er die Pfote untersuchen konnte. Lisa übernahm es, dem Hund die Ohren zu kraulen und ihn für Josiahs Untersuchung festzuhalten.

„Nichts gebrochen, aber sie ist schon eine Weile in der Falle. Sie hat versucht, sich loszubeißen." Josiah drehte das Namensschild auf dem Halsband um. „Ollie. Okay."

Der Hund wand sich, und Lisa löste den Griff so weit, dass Ollie sich anders hinsetzen und ihre Hinterpfote lecken konnte.

„Sie ist nicht wie die anderen", bemerkte Lisa.

„Nein. Sie sieht aus wie ein reinrassiger Terrier, und sie war auf jeden Fall nicht zur Zucht hier drin. Gott sei es gedankt, denn ich glaube nicht, dass sie älter ist als ein Jahr."

„Sie sieht für einen so jungen Hund gut erzogen aus. Sie gehört doch bestimmt jemandem." Lisa strich mit der Hand über Ollies Kopf. Sie setzte sich auf, rückte näher, bis sie beinahe auf Lisa und Josiah drauf saß. Ihr Schwanz wackelte, während sie zwischen ihnen beiden hin und her schaute.

„Das ist eine kluge Rasse, aber ja. Sie ist auf jeden Fall das Haustier von jemandem.“

Er nahm Ollie hoch, stand auf und zog Lisa mit sich. „Komm schon. Es ist Zeit, hier rauszukommen.“

„Willst du Ollie auch zu Sonora schicken?“, fragte Lisa.

Das war vermutlich das klügste, aber während er den Hund an sich zog und dieser den Kopf auf seinen Bizeps legte, war es zu leicht, der Versuchung nachzugeben. „Ich glaube, ich sollte sie zu mir nach Hause mitnehmen. Ich werde ein paar Erkundigungen einholen, um herauszufinden, wer einen reinrassigen Terrier vermisst. Sie sieht aus wie ein Hund, der schon mal auf Hundeschauen aufgetreten ist. Ich habe sie vermutlich nur eine Woche oder so, bevor die Besitzer auftauchen.“

Lisa fluchte leise, während sie zurück zur Hauptscheune gingen, der Geruch hatte kaum nachgelassen, obwohl alle Tiere weggebracht waren. „Ich glaube, wir waren in einem Büro. Ich hoffe, da drin gibt es etwas, mit dem sich feststellen lässt, wer das getan hat. Ich hoffe, man erwischt und bestraft sie.“

Ihm ging es genauso, doch darauf musste er seine Energie nicht mehr konzentrieren. „Machen wir, was wir können, um Sonora zu helfen. Ich glaube, sie hat ein wenig mehr abgebissen, als sie schlucken kann. Wenn sie die Tierrettung allerdings in die Realität umsetzen kann, wird es nicht nur für diese Tiere alles bedeuten, sondern auch für die ganze Gemeinschaft.“

Sie waren fast schon an der Tür, als Lisa sich die Hand an die Stirn schlug. „Ich habe das nicht richtig durchdacht.“ Sie drehte sich um und verzog das Gesicht, während sie ihm die Augen schaute. „Ich habe Ashton mit Sonora auf meinem Pferd nach Hause geschickt. Ich dachte mir, ich würde mit dir nach Hause fahren, aber du bist ja auch her geritten. Und wir müssen uns um Ollie kümmern.“

Er schnappte sich eine übrige Decke, die einer der Ranchhelfer von Silver Stone da gelassen hatte, dann wickelte er Ollie fest ein. „Wir schaffen das. Mach deine Jacke zu", befahl er. „Draußen wird es kalt sein."

Er wartete, bis sie eingepackt war, dann reichte er ihr den eingewickelten Hund. Ollie nutzte die Situation völlig aus und ließ die Zunge über Lisas Gesicht fahren, vom Kinn bis zur Stirn.

Lisa wandte das Gesicht ab und lachte, während sie ein angeekeltes Geräusch machte. „Nein. Keine Küsse", sagte sie betont.

„Verdammt. Das wollte ich nicht hören." Josiah legte einen Arm um ihre Schultern und führte sie nach draußen.

„Ich hätte nicht erwartet, dass dir nach Scherzen zumute ist", sagte Lisa.

„Es gibt Augenblicke, da weint man, wenn man nicht lachen kann", gab Josiah zu. „Komm schon. Wir können alle auf mein Pferd."

8

———

Lisa stieg in den Sattel. Josiah reichte ihr Ollie, dann stieg er hinter ihr auf.

Während des ersten Teils des Ritts zu ihm nach Hause redeten sie nicht viel. Beide waren mit ihren eigenen Gedanken beschäftigt, schätzte sie. Die schreckliche Situation, mit der sie sich hatten befassen müssen, war auch nichts, worüber sie noch lange reden wollte.

In ihren Armen wand sich Ollie, bis die Decke von ihrem Kopf gerutscht war, und der kleine Hund schaute sich neugierig um, bevor er das Kinn auf Lisas Arm legte. So, wie sie da saß, schuf sie einen perfekten Aussichtspunkt, damit Ollie sowohl sie als auch Josiah anschauen konnte.

Ollie holte tief Luft, dann stieß sie sie aus. Ein perfekter Hundeseufzer.

Josiah lachte leise, eine Hand löste sich von den Zügeln, um den Hund mit einem Finger zwischen den Ohren zu streicheln. „Sie ist eine Süße."

„Auch eine gute Seele", erklärte Lisa. „Das Hinterbein tut sicher weh, aber sie macht überhaupt keinen Stress."

„Traurigerweise hat sie vielleicht nicht viel Energie übrig, um Stress zu machen. Aber wir regeln das, wenn wir nach Hause kommen." Er wandte sich auf einen Seitenpfad, den Lisa noch nicht genommen hatte. „Ich habe genug Zeug zu Hause. Ich kann sie zusammenflicken, kein Problem."

Lisa sah zu, während sie quer durch das Land ritten, hinter der Hügelflanke zum Fluss hinab abkürzten. „Du kennst einen Geheimweg. Entweder das, oder wir gehen gleich schwimmen."

„Sehr geheim. Führt aber durch einen Geisterwald. Vielleicht willst du dich ganz festhalten."

Sie drehte sich um, um sein Gesicht zu mustern. Sein Kommentar hatte bestimmt etwas mit seinem Theater-Hintergrund zu tun. „Geisterwald? Wie bei *Anne auf Green Gables?*"

„Ist ein Klassiker."

„Bitte erzähl mir, dass du Gilbert spielen durftest, und irgendeine junge Frau durfte dir eine Schiefertafel über den Kopf ziehen."

Sein Gesicht verzog sich, bevor sein Lächeln zurückkehrte. „Niemals Gilbert, aber einmal war ich der Ersatz für Diana. Es war mein größter Ruhm."

O mein Gott. Sie grinste, dann fühlte sie sich schrecklich, weil sie erheitert war, wenn man bedachte, womit sie es gerade zu tun gehabt hatten.

„Hey. Bloß das nicht", befahl er. „Es ist in Ordnung, zu lachen."

„Liest du meine Gedanken?"

„Möglich, aber nur weil dieser Ausdruck auf deinem Gesicht mir vertraut ist. Es ist so ziemlich das, was ich in den Eingeweiden spüre." Er löste seinen Griff, zog sie an sich, um das Kinn auf ihre Schulter zu legen. „Wann immer ich mit dem Tod zu tun bekomme, ob es nun eine Tragödie in der Arbeit ist, oder dass ich ein Tier am Ende eines langen Lebens einschläfern muss, dann passiert das. Eine unglaubliche Traurigkeit macht sich breit, aus gutem Grund. Dann kommt es zu irgendetwas, das mich zum Lachen bringt, und ich fühle mich richtig beschissen, zumindest, bis ich mir sage, dass es nicht gesund ist, traurig und unglücklich zu bleiben. Und auf gar keinen Fall ist es das, was ein guter Freund wie ein Hund, oder eine Katze, oder was für ein Tier auch immer jahrelang Teil deiner Familie war, gewollt hätte."

Ollies Augen waren geschlossen. Ihr Atem ging gleichmäßig. Perfekt zufrieden, wie es schien.

Josiah fuhr fort. „Glaubst du wirklich, der angeblich beste Freund des Menschen würde wollen, dass er jeden einzelnen Tag mit Weinen verbringt? Teufel, die meisten Hunde würden sich auf den Kopf stellen, um zu versuchen, uns zum Lächeln zu bringen. Sie würden wollen, dass wir an die ganzen witzigen Dinge denken, die wir zusammen angestellt haben."

Er hatte recht. „Wir hatten auf der Whiskey Creek Ranch einen alten Hund. Wir nannten ihn Grampa, denn jedes Mal, wenn ein neuer Wurf kam, ob Katzen oder Hunde, war er mittendrin. Schnüffelte an den Kleinen und leckte sie ab, wenn er auch nur den Hauch einer Gelegenheit bekam. Jedes Mal, wenn wir einen von ihnen verloren, kam er und legte den Kopf auf mein Knie und wirkte eine Zeit lang wirklich traurig. Aber dann zog er los und suchte einen seiner ‚Enkel', um ihn festzunageln und abzulecken, ob sie das nun wollten oder nicht."

Ein weiteres Lachen entschlüpfte Josiah, diesmal ein wenig fröhlicher. Ein wenig stabiler, als würde er sich die Erlaubnis geben, das zu tun, um zu beweisen, dass er ernst meinte, was er gesagt hatte. Es war okay, sich zu freuen. „Ja, so sind Hunde."

„Katzen allerdings ..." Diesmal spürte sie das grollende

Lachen in seiner Brust, tief und heftig. „Du weißt ja, dass ihr Verstand völlig anders arbeitet."

„Das stimmt. Katzen wäre es lieber, wenn wir für sie Statuen errichten und den Rest unseres Lebens ihr Gedenken verehren. Vermutlich haben so diese ägyptischen Vorstellungen überhaupt erst angefangen."

Sie waren mitten auf einem fast überwucherten Pfad, die Äste verbanden sich über ihren Köpfen zu einem perfekten Bogen.

Lisa schaute auf, blickte sich erstaunt um. Unter den Hufen des Pferdes war der Boden beinahe schneefrei, denn die Bäume über ihnen standen zu dicht. Das trockene braune Gras lugte durch die paar Zentimeter Schnee auf dem Boden, statt des halben Meters, der überall sonst lag. „Ist das der Geisterwald?"

„Das ist er. Und weiter vorne gibt es den See der glitzernden Wasser." Dieses Mal hielt er inne, während er leise lachte. „Diese Namen gehen allerdings nicht auf meine Kappe. Meine Schwestern waren hier, kurz nachdem ich dieses Haus gekauft habe, und sie hatten eine tolle Zeit damit, alles zu benennen, was ihnen vor die Augen kam. Ich glaube, sie haben eine Karte gezeichnet – die ist vermutlich oben im großen Zimmer."

Sie wurden wieder still, während sich die Bäume öffneten. Der Weg wurde steiler, führte hinter der Bergflanke weiter, mit den hochaufragenden Rocky Mountains auf der rechten Seite. Es war wunderschön, und Lisa schaute umher, sicher in Josiahs Armen.

„Bevor Sonora mich kontaktiert hat, habe ich dir eine Nachricht geschickt. Ich wollte mich heute mit dir treffen." Irgendwie ein beschissenes Date, doch gleichzeitig war sie froh, dass sie da gewesen war, um zu helfen.

„Betrachten wir das doch einfach als den Beginn unseres

Dates", sagte er. „Übrigens habe ich eine Nachricht von dir und Caleb *und* Tamara bekommen. Hast du irgendeine Ahnung, was da los ist?"

Ups. „Womöglich habe ich einen leichten Wettstreit angefacht."

„Aha. Die berüchtigte Wettserie von Lisa setzt sich fort." Das Haus näherte sich rasch, und er war unterwegs zur Scheune.

„So viele Wetten mache ich auch nicht."

„Was war da mit Kelli, die erst vor einer Woche die Zahlung eingetrieben hat? Oder der Tatsache, dass Caleb sich beschwert hat, du hättest ihm Geld abgeknüpft, weil er ahnungslos war, dass sich einer seiner Brüder verlieben würde?" Er strich mit seiner Wange über ihre, summte sanft. „Die Leute reden mit mir, meine Liebe. Ich höre alles Mögliche."

Er hielt vor den Scheunentoren an, ließ sie aufgleiten. Lisa lenkte das Pferd nur mit ihren Knien nach vorne. Sobald sie drinnen war, nahm Josiah ihr Ollie ab, dann glitt Lisa zu Boden.

Josiah schickte sie zum Haus. „Ich kümmere mich um Ollies Pfote und füttere sie. Es gibt keinen Grund, weshalb du bleiben musst, und eine Menge Gründe, dass du mal schnell unter die Dusche hüpfst."

Unwillkürlich schnüffelten sie beide.

Lisa nickte knapp. „Wenn du dir sicher bist. Mir macht es nichts aus, zu helfen."

Er deutete auf die Tür. „Nimm die Dusche in meinem Schlafzimmer. In der Kommode sind saubere Kleider. In der unteren Schublade ist Zeug, das meine Schwestern mal hier gelassen haben, falls dir was davon passt." Er hielt inne. „Oder, wenn du willst, kannst du meinen Truck nehmen und nach

Hause fahren. Ich sollte nicht so voreilig sein und irgendwas vorwegnehmen."

Lisa schaute ihn von oben bis unten an, langsam und geruhsam. „Mir ist es ganz recht, bei dir unter die Dusche zu hüpfen. Falls es nicht zu vorauseilend ist, ist es mir auch recht, wenn du dich zu mir gesellst, sobald du hier fertig bist."

Seine Wangen wurden rot, bevor er sich abwandte, um Ollie in diesem süßen, gleichmäßigen Tonfall anzusprechen.

Sie grinste noch, während sie sich ins Haupthaus begab, um ihre Stiefel im Windfang auszuziehen. Es dauerte nur ein paar Sekunden, sich ganz zu entkleiden und ihre Klamotten in einem mehr oder weniger ordentlichen Haufen daneben liegen zu lassen. Auf gar keinen Fall würde sie diese Dinger wieder anziehen, bevor sie ordentlich sterilisiert waren.

Nackt ging sie rasch durch den Wohnbereich zum Gang mit den Schlafzimmern. Sie wurde langsamer, sobald sie im großen Schlafzimmer ankam, und dann war es zu kalt, um mehr zu tun, als sich nur kurz in dem Raum umzuschauen. Er war ordentlich und aufgeräumt, mit vielen Blau- und Brauntönen, doch der Ort, der sie derzeit interessierte, lag im Westen.

Lisa schob sich durch die schwere Tür und fand eine Dusche, die groß genug war, um eine Party darin zu geben. Sie drehte den Hahn auf und trat hinein, bevor das Wasser sich erwärmen konnte. Einen Augenblick später strömte eine erfreuliche Hitze über ihre Haut, und sie seufzte erleichtert. Während sie sich zum Fenster drehte, schüttelte sie erstaunt den Kopf. Das große Schlafzimmer hatte einen Blick auf die Berge, der beinahe so beeindruckend war wie der aus dem großen Zimmer.

Sie nutzte Josiahs Shampoo und Seife, der Gedanke daran, in seinen vertrauten Raum eingedrungen zu sein, schickte Hitzeimpulse in ihr Innerstes, die nichts mit dem erfrischenden

Wasser zu tun hatten. Die Seife mit Holzaroma wusch den Geruch der Scheune ab, ersetzte ihn durch einen sehr viel besseren. Und während sie eine Weile blieb, weil sie hoffte, er könne sich ihr anschließen, fühlte sie sich nicht wohl damit, ewig zu bleiben, falls er wartete, um nach ihr dranzukommen.

In der unteren Schublade gab es Frauen-Joggingshosen und T-Shirts. Lisa zog sich ein paar dicke Wollsocken und eine leuchtend rote Jogginghose an, aber die Damenshirts beachtete sie nicht. Stattdessen schlich sie sich an Josiahs T-Shirt-Schublade, um eines von ganz oben zu nehmen. Sie hielt sich den Stoff an die Nase und atmete tief ein, der Geruch, den sie inzwischen mit ihm verband, stieg aus dem Stoff auf und drang in ihren Organismus ein. Das saubere, reine Aroma verjagte die anhaltende Traurigkeit von der Arbeit, mit der sie es heute zu tun gehabt hatten.

Schuldbewusst blinzelte sie, dann zog sie sich rasch das T-Shirt über den Kopf. Josiah würde noch glauben, sie wäre irgend so eine Art Psycho-Stalkerin, wenn sie nicht aufpasste.

Lisa trat zurück in den Hauptteil des Hauses, völlig überrascht, dass Josiah vor ihr in die Küche gekommen war und am Ofen stand. Seine Haare waren nass, und er hatte sich auch sauber gekleidet. Er trug abgetragene Jeans und ein rot-weißes Karo-Flanellhemd.

Er drehte sich, um sie sich anzuschauen, ein Lächeln nahm seine Wangen ein. „Du siehst gut aus in meinem T-Shirt."

„Vielen Dank, Sir." Lisa wirbelte einmal herum, drehte sich auf der Stelle, erfreut, seinen Blick auf ihrem Körper haften zu sehen. *Setz alles auf eine Karte. Sei ehrlich.* „Ich bin froh, dass du die Gelegenheit hattest, dich bereits zu duschen, aber ich habe es ernst gemeint, Josiah. Du hättest dich mir anschließen können."

Er schloss den Abstand zwischen ihnen, seine Hände fielen

auf ihre Hüften, um sie an sich zu ziehen. „Ich hab dich gehört. Nächstes Mal."

Josiah senkte den Kopf, und als nächstes lagen ihre Münder aufeinander. Er küsste sie wieder ...

Gott, konnte der Mann küssen.

Es war nichts, was er mit halbem Herz machte. Anders als Typen, die eine Liste abzuarbeiten schienen – nicht, dass Lisa dazu neigte, viel Zeit mit solchen Typen zu verbringen, sobald ihr klar geworden war, dass sie beschissen im Bett waren –, aber es gab dort draußen Männer, die sich benahmen, als wäre jeder Schritt nur etwas, das man aus dem Weg räumen musste, bevor sie zur Hauptattraktion kamen.

Josiah küsste, als *wäre* es die Hauptattraktion. Seine Zunge neckte sie, seine Zähne knabberten, und bis er sie hochgehoben und in der Luft gedreht hatte, war sie schon so weit neben sich, dass es ihr egal war, wohin er sie brachte.

Nicht sehr weit. Ihre Hüfte landete auf etwas Festem, und sie öffnete die Augen, um festzustellen, dass sie auf der Kücheninsel saß.

Josiah strich mit dem Finger über den Rand des Halsausschnitts des T-Shirts, liebkoste ihre Haut. „Ich habe mich doch nicht ferngehalten, weil du nicht attraktiv bist. Du bist genau mein Typ."

Es dauerte einen Augenblick, bis ihr wieder einfiel, worüber sie geredet hatten. Oder dass sie überhaupt geredet hatten.

„Ich sage nur, dass du von mir grünes Licht hast." Lisa öffnete den obersten Knopf seines Hemdes. „Ich finde dich auch sehr attraktiv."

„Fantastisch ..." Das Wort verschwand in einem atemlosen Stöhnen.

Sie hatte sich vorgebeugt und sein Kinn geküsst. Es wäre eine Schande gewesen, sich zu schnell zurückzuziehen, darum ging sie weiter zur Seite seines Halses und knabberte und küsste die Stelle. Dann noch einmal, nur diesmal gleich über dem Schlüsselbein.

Lisa arbeitete an seinen Knöpfen, bis sie die Finger über seine Brust gleiten lassen konnte. Ein helles Wirrwarr aus Haaren kratzte an ihren Handknöcheln, und ein weiteres atemlosen Stöhnen entwich ihm, während sie den Stoff weit genug zur Seite schob, um ihre Handflächen auf seinen Oberkörper zu legen.

„Köchelt bei dir irgendwas auf dem Herd?", flüsterte sie, sah auf ihre Hände hinab, begeistert von dem Gefühl der Haut unter ihren Fingerspitzen. „Irgendwas, das anbrennen kann?"

„Wen zum Teufel interessiert das?", grollte Josiah.

Er packte den Rand ihres geborgten T-Shirts und riss es ihr über den Kopf. Eine Sekunde später war der Stoff zu einem Knäuel geknüllt und achtlos zur Seite geworfen. Er fing sich im Lampenschirm neben dem Sofa, bevor er auf den Boden fiel.

Sein Blick richtete sich auf ihren nackten Oberkörper. Blaue Augen betrachteten sie, während das Lächeln auf seinen Lippen größer wurde. „Ich bin hungrig", murmelte er. „Entschuldige mich mal, während ich meinen Appetithappen genieße."

Josiah hatte versucht, geduldig zu sein. Sich um Ollies Pfote zu kümmern, das Tier dann rasch zu baden und zu füttern, hatte weniger Zeit gebraucht, als er erwartet hatte, und er war nur zwei Sekunden davon entfernt gewesen, sich Lisa in der Dusche anzuschließen, als sein Zögern sich wieder gemeldet hatte. Unerfreulich, unerwünscht, aber nicht zu leugnen.

Er wusste, die Gründe hinter *diesem* speziellen Zögern

waren unbegründet – er war inzwischen fit und in Form, und Lisa hatte deutlich gemacht, dass sie an einer körperlicheren Verbindung interessiert war.

Die Dämonen der Vergangenheit waren aber schwer zu schlagen, ganz gleich, wie stark seine Motivation derzeit war.

Stattdessen hatte er sich rasch im Gästebad gewaschen und mit dem Abendessen angefangen.

Als er gesehen hatte, wie Lisa in seinem T-Shirt auftauchte? Er war so verdammt steif geworden, dass er nicht glaubte, dass sein Hirn noch auf allen Zylindern lief. Und als sie ihn berührt hatte – dieses sanfte Necken hatte jede verbliebene Sorge weggebrannt, und er verfluchte sich, dass er so dumm gewesen war und auf die Zeit verzichtet hatte, die er nackt und nass mit ihr hätte verbringen können.

Zum Glück hatte eine schnelle Bewegung einen Teil seines Fehlers korrigiert, und sie saß vor ihm, mit rauchig rosa Nippeln und süßen, rundlichen Kurven, und jede Chance, die er auf Vernunft gehabt hatte, machte sich völlig aus dem Staub.

„Ja?", fragte er. Seine Stimme bebte. Er war nicht mal sicher, wonach er fragte, nur dass sie ja sagen musste.

Lisa lehnte sich zurück, bog den Rücken durch, während sie beide Hände hinter ihr auf die Arbeitsfläche stützte. Ihr Blick traf seinen, dreist und ohne Zögern. „Oh, ja."

Er ließ eine Hand über ihren Rücken gleiten, auf seiner Handfläche erblühte Hitze, als er sie berührte, dann drückte er ihre Knie mit der anderen Hand auseinander, damit er sie bis ganz an den Rand des Tresens ziehen konnte, trat ganz dicht heran, zog sie an seinen Körper, um wieder ihre Lippen zu verzehren. Er bereitete ein Festmahl aus ihrem Mund, während die Hitze zwischen ihnen anwuchs. Mit jedem Reiben streifte ihre nackte Haut kurz über ihn. Josiah ging weit genug zurück, um eine Hand nach oben zu heben und ihre

Brust zu umfassen. Mit dem Daumen über den Nippel zu reiben, der steif wurde.

Irgendwo in der Ferne erklang ein langes, trauriges Heulen.

Lisa spannte sich an. „Ollie?"

Das musste es sein. Beide saßen sie einen Augenblick lang reglos da, ihre Herzen rasten so sehr, dass ihr Puls an seiner Brust vibrierte.

Einen Augenblick später hörte das Geräusch auf.

Sie lauschten.

Stille.

Lisa nahm seinen Kopf, beugte sich vor, als wolle sie dort weitermachen, wo sie aufgehört hatten – als das Heulen erneut erklang. Ein herzzerreißendes Geräusch voller Düsternis und völliger Verzweiflung. Wenn das eine Vorführung gewesen wäre, hätten seine Eltern den Schauspieler getadelt, weil er es mit seiner Rolle übertrieb.

Sie fluchte. Er fluchte.

Keiner von ihnen konnte das Flehen ignorieren. Nicht nach allem, was das arme Wesen mitgemacht hatte.

„Bleib hier", befahl Josiah. „Bitte."

Er sprintete durch den Raum und den Gang entlang, glitt in die Garage, die zum Behandlungszimmer umgebaut worden war.

In dem Augenblick, in dem er die Tür öffnete, stand Ollie auf, wedelte in einem Tempo von einer Million Kilometer pro Stunde mit dem Schwanz, während sie sich zur Vorderseite des eingezäunten Bereiches bewegte, in dem er sie gelassen hatte.

„Du würgst die Stimmung ja toll ab", murmelte Josiah. „Aber egal. Diesmal verzeihe ich dir. Versuch bloß nicht, das noch einmal zu machen."

Er öffnete die Tür zum Hundezwinger, und Ollie kam heraus, balancierte vorsichtig auf drei Beinen. Er holte eine

Decke vom Regal und folgte dem Hund, der darauf versessen schien, es sich hier gemütlich zu machen.

Ohne einmal vom Weg abzuweichen, war sie unterwegs in die Küche, hielt bei Lisas baumelnden Füßen inne und schaute bewundernd zu ihr empor, während ihr Schwanz an die Seite des Küchenschranks schlug, ihr Hintern wackelte so sehr, dass sie beinahe umfiel.

Lisa verschränkte die Arme vor der Brust, von der Taille aufwärts nackt. Sie beugte sich vor und griff nach unten, soweit sie konnte, damit Ollie an ihren Fingern schnüffeln konnte. „Du bist in Sicherheit, Süße. Leg dich hin.“

Josiah nahm die Decke und ging zur Ecke des Raums. Ollie folgte ihm, kroch auf die weiche Oberfläche, dann drehte sie sich im Kreis, um ein Nest zu bauen.

Er ging rückwärts, hoffte, das würde reichen, um das kleine Wesen zufriedenzustellen.

„Ist alles in Ordnung mit ihr?“, fragte Lisa.

„Ihr geht's gut. Sie ist ein wenig anschlagen und ein bisschen zu dünn, aber gesund. Außerdem, verdammt, sie ist gut erzogen.“

Lisa lachte. „Außer dass sie laut genug heult, dass man sie unmöglich ignorieren kann.“

„Ja, außer das.“ Er schaute hinüber, um festzustellen, dass Ollie sich lange genug von der Decke geschlichen hatte, um sich sein T-Shirt zu holen – dasjenige, das Lisa getragen hatte. Der Hund zerrte es zurück zu der Decke, drehte sich im Kreis und legte sich hin, das Kinn unter dem Schwanz vergraben.

Direkt oben auf dem gestohlenen T-Shirt.

„O mein Gott, sie ist eine ganz Liebe“, flüsterte Lisa.

Einen Augenblick lang beobachteten sie sie, aber es war klar, dass Ollie nichts mehr auf dem Plan hatte, außer zu schlafen.

„Sie ist ein Familienhund." Josiah warf einen Blick hinüber zu Lisa. „Wird es dich stören, sie mit im Zimmer zu haben?"

Lisas Miene verzog sich zu einem schmutzigen, sexy Grinsen. „Solange sie keine Bilder auf Hunde-Instagram postet, ist alles in Ordnung."

Gott sei Dank.

Josiah nahm ihre Handgelenke, zog ihre Arme von ihrem Oberkörper weg. Es war, als würde man das attraktivste Geschenk aller Zeiten auspacken. „Wo waren wir denn?"

Lisa öffnete die Knie, atmete tief ein. Die Bewegung hob ihre Brüste, und er bewegte sich, ohne zu zögern. Er küsste sie wieder, drängte sich an sie. Seine Hand ging instinktiv nach oben, ließ ihren Nippel wieder steif werden. Er löste seine Lippen von ihren, und ging ein Stück nach unten, um seinen Mund über die feste Spitze zu legen, saugte kurz und fest daran, bevor er leckte.

Sie wand sich, presste sich an ihn. Schlang die Beine um seine Hüfte, noch während sie sich an seinen Mund drückte. „Ja. O *ja.* Gott, das fühlt sich gut an."

Was sie quälte, quälte auch ihn. Josiah griff nach unten und brachte seinen schmerzenden Schwanz in eine andere Position, so gut er konnte, während er mehrere Aufgaben gleichzeitig erledigte. Dann ließ er beide Hände über ihren Rücken nach oben gleiten, ging näher, bis sie ganz zurückgelehnt war, und er über ihr aufragte. Seine Erektion drückte sich fest an ihr heißes Innerstes, während er abwechselnd an einer Brust und dann an der anderen knabberte.

Es war ihm unmöglich, aufzuhören. Er ließ die Zähne entlang ihrer Rippen wandern, unterwegs nach unten. Drückte Küsse auf ihren Nabel, tauchte kurz mit der Zunge hinein.

Er ließ sie ganz auf die Granit-Kücheninsel hinab, und sie erbebte. „Diese Gänsehaut ist unmöglich. Mir ist so heiß, dass ich gleich schmelze", murmelte sie.

„Ich wärme dich schon fertig auf", versprach er. Er schob die Finger unter den Rand ihrer Jogginghose und zog sie aus.

So ein herrlicher Anblick. Eine völlig nackte Frau lag vor ihm ausgebreitet wie ein Festmahl. Weich und schön, und ihre Augen verhangen vor Leidenschaft, während er sie so drapierte, dass er sie ganz sehen konnte, und sicherstellte, dass sie immer noch einverstanden damit war, von ihm verzehrt zu werden.

Lisa stellte die Fersen auf den Rand der Kücheninsel, und ihre Knie öffneten sich. Eine Einladung, wenn es denn jemals eine gegeben hatte – eine goldene, feurige, deutlich sichtbare Einladung.

Er legte den Mund auf sie. Mit einer Hand löste er die Locken, um träge zu lecken. Ihr süßer Geruch drang nach oben, füllte seine Nase und sickerte in seinen Organismus ein. Ihre Lust legte sich auf seine Zunge, während er gierig eine Seite ihrer Falten kostete, dann die andere, gefolgt von einer Menge Aufmerksamkeit für die empfindlichste Stelle in der Mitte.

Ein leises lustvolles Schnurren setzte ein, drang über ihre Lippen, als würde sie einen Kessel aufheizen – von der altmodischen Art, der pfeifen würde, wenn er kochte. Sie pfiff nicht, aber sie war verdammt laut. Perfekt laut, die Art Geräusche, die einen Mann an den Abgrund brachten.

Er ließ einen Finger in sie gleiten, und diesmal raste ein Impuls der Bedürftigkeit über seine Haut. Feuchte Hitze, die perfektes Vergnügen verhieß, das auf ihn wartete. Aber hier ging es nur um Lisa. Er bewegte die Hand langsam, glitt hinein und heraus, strich mit den Fingerspitzen über die Vorderseite ihres Körpers. Er nutzte jeden Trick, den er kannte, um sicherzustellen, dass diese erstaunlichen Geräusche weiterhin immer lauter wurden.

„Josiah", keuchte sie.

Eine Reihe von atemlosen, leisen Keuchlauten folgte, während er immer schneller streichelte, Finger und Zunge einsetzte, bis sie bebte. Mit seinem freien Arm nagelte er sie fest, eine Hand lag auf ihrem warmen Bauch, der unter seiner Berührung zitterte.

Er legte die Lippen um ihre Klitoris und saugte.

Sie ging los wie ein Knallkörper, explodierte, während sie an ihm zuckte. Ihr Körper spannte sich an, ihr Innerstes bebte. Wortlose Geräusche bahnten sich den Weg nach draußen.

Ein eisiger Windschwall schoss durch das Zimmer, als die Eingangstür sich öffnete, und seine Hausgäste riefen einen Gruß. „Hey, Josiah. Wir sind zurück. Bist du da?"

Lisa schoss halb nach oben, Panik stand in ihrem Blick, während sie den Arm packte, der über ihrem Bauch lag.

Josiah zog die Hand aus dem Paradies, hob sie in seine Arme und trat auf den einzigen Ort zu, von dem er sich vorstellen konnte, dass er sicher war.

Er hatte die Tür zur Speisekammer geöffnet und sie beide dort hineingebracht, bevor Finns Stimme ganz durch das Haus gehallt war.

Sie standen nur einen kurzen Augenblick da, völlig reglos.

Lisas panischer Blick wandelte sich rasch in einen erstaunten Schock. „Meine Kleider sind da draußen", flüsterte sie.

Er zog bereits sein Hemd aus. „Hätte ich dich irgendwo anders genommen, hätten sie dich gesehen. Verdammte offene Räume."

Lisa kicherte, bedeckte den Mund mit beiden Händen, während sie wartete, dass er fertig wurde.

Er hielt sein Hemd vor, und sie fuhr mit den Armen hinein, machte die Knöpfe zu, bevor sie auf die Tür deutete. „Du musst sie loswerden. O mein Gott, oder zumindest meine Jogginghose aufheben."

Sie lachte ganz leise, und Josiah stellte fest, dass er viel zu sehr grinste.

„Ich sage dir, wenn es sicher ist, dass du rauskommst", versprach er, beugte sich vor und drückte ihr rasch einen kurzen Kuss auf die lächelnden Lippen. „Ich sollte sie kurz mal ablenken können."

„Josiah?" Finns Stimme war lauter und näher.

Josiah hob einen Finger an den Mund, um Lisa zu warnen, dann trat er zurück, glitt aus der Speisekammer und schloss die Tür fest hinter sich, bevor er sein bestes Bühnenlächeln aufsetzte. „Hey, Jungs. Ich habe nicht erwartet, dass ihr so früh heimkommt."

Finn und Zachary standen in der Küche. Beide beäugten ihn verwirrt, während sie einen berechnenden Blick in die Runde warfen.

Ja, es würde nicht lange dauern, bis sie es herausgebracht hatten. Josiah stand da, trug nichts als Jeans, nachdem er aus der Speisekammer gekommen war. Es gab keine gute Erklärung, darum machte er sich nicht einmal die Mühe, es zu versuchen.

Zachary stieß den Ellbogen in Finns Seite, ihre Blicke fielen auf die Jogginghose, die auf dem Boden lag.

Eine Ablenkung kam aus unerwarteter Richtung. Ollie war aufgestanden und näher gekommen, während ihr Schwanz seine übliche Metronom-Nummer abzog.

Die beiden neuen Mitbewohner drehten sich um, um Hallo zu sagen, und vorübergehend stand die Jogginghose der Dame nicht mehr unter Beobachtung. Dem Himmel sei gedankt für Hunde.

„Vorsicht", warnte Josiah. „Sie wirkt liebenswert, aber wir haben sie heute von einem Hinterhofzüchter gerettet. Ich weiß nicht viel über sie."

Zach hockte sich hin und bot Ollie eine Hand zum

Schnüffeln. „Jemand unten im Café hat uns von der Zuchtfabrik erzählt. Du hast das alles geregelt bekommen?"

„Ich habe damit angefangen." Er schaute sie beide an. „Wenn ihr beiden rasch duschen wollt, mache ich mich an die Arbeit, um Essen auf den Tisch zu bringen", bot er in einem verzweifelten Versuch an, sie beiden aus dem Zimmer zu kriegen, damit er Lisa bei der Flucht helfen konnte.

Finn bückte sich, hob die Jogginghose vom Boden auf, seine Erheiterung war erkennbar. „Klingt nach einem Plan. Oder, Zach? Wir können auf jeden Fall Josiah mal – was, eine halbe Stunde? Eine Stunde? – nicht auf die Nerven gehen."

Josiah nahm das Necken hin. Halbnackt, eindeutig unterbrochen ... „Toll. Was auch immer. Ja, toll."

„Ich helfe doch immer gern." Finn zwinkerte.

Als Josiah gerade dachte, sie würden damit davonkommen, ging hinter ihm die Tür zur Speisekammer auf, und Lisa trat heraus, schob ihn mit der Schulter aus dem Weg.

Sie starrte die beiden Männer an, die ohne Scham die Frau anglotzten, die nicht mehr als das Flanellshirt eines Mannes trug.

„Finn Marlette?" Schock klang in ihrer Stimme durch. „O mein Gott, du *bist* es."

9

———

Jegliche Verlegenheit, die sie womöglich gespürt hatte, machte sich beim Klang der vertrauten Stimme völlig vom Acker. Es hatte einen Augenblick gedauert, sie einzuordnen – fünf Jahre waren vergangen, seit sie den Mann zum letzten Mal gesehen hatte.

Sie merkte kaum, dass Josiah einen Arm um sie legte und sie beschützend an seinen Körper zog. Lisa war zu sehr damit beschäftigt, Finn völlig erstaunt zu betrachten.

Er erholte sich schneller als sie, ein träges Lächeln breitete sich auf seinem attraktiven Gesicht aus. „Lisa Coleman. Wie schön, dich hier zu treffen.“

Sie war nicht sicher, ob sie ihn knuffen oder lachen sollte, weil er diesen Kommentar so offen im Raum stehen ließ. Hier in Heart Falls? Oder hier, zum größten Teil nackt, in der Küche von Josiah Ryder?

Aber sie hatte nicht die Gelegenheit, das zu entscheiden, denn Finn trat vor, die Hand ausgestreckt ...

Und als nächstes war Ollie zwischen ihnen. Das Tier drängte sich an ihre Füße, die Vorderpfoten weit auseinander.

Die Kleine senkte den Kopf und fletschte die Zähne. Ein beschützendes Knurren, das zu einem Tier mit dem Fünffachen ihrer Größe gepasst hätte, drang aus ihr hervor.

Er zog sofort die Hand zurück. „Ruhig, Kleine. Ich sage nur Hallo." Er warf einen Blick auf Josiah. „Du hast nie gesagt, dass sie auf Leute losgeht."

Der dritte Mann im Raum lachte leise, tippte sich vor Lisa an den Hut, seine Erheiterung war ihm deutlich anzusehen. Er ließ die Augen fest auf ihr Gesicht gerichtet, während sie ihm rasch zuwinkte.

Wenn man bedachte, wie besitzergreifend Josiah sie im Griff hatte, hatte dieser Neuankömmling offensichtlich gute Überlebensinstinkte. „Also du bist Lisa Coleman. Ich habe eine Menge von dir gehört. Ich bin Zach. Finn und ich wohnen bei Josiah. Was wohl bedeutet, dass wir vielleicht eine Menge von dir zu sehen bekommen. Ähm."

Ihre Wangen wurden heiß, als sie zum zweiten Mal in weniger als einer Minute geneckt wurde, aber sie grinste zurück. „Gut ausgedrückt. Wenn es euch nichts ausmacht, würde ich die aber gerne nehmen." Sie schnappte sich die geborgte Jogginghose aus Finns Händen, unterwegs zum Gang, noch während sie mit dem Finger in seine Richtung wackelte. „Denk nicht mal daran, wegzulaufen, bevor ich die Gelegenheit bekomme, dich zu befragen."

„Wir sind gleich wieder da", fügte Josiah an. Dann war seine Hand auf ihrem unteren Rücken, und er eskortierte sie aus der Küche, den Gang entlang und zum großen Schlafzimmer.

Er wartete, bis die Tür hinter ihnen geschlossen war, bevor er zu ihr herumwirbelte. „Du kennst Finn?"

Sie öffnete die Knöpfe des Hemdes, während sie zurück zu der Schublade unterwegs war, um sich ein weiteres seiner T-Shirts zu schnappen. „Er und seine Brüder kamen einen

Sommer lang raus nach Whiskey Creek, um zu helfen. Er war supernervig, aber liebenswert, mit guten Absichten. Was macht er in Heart Falls?"

Josiah war in ihrem Rücken, mit den Händen auf ihren Schultern, um sie umzudrehen, damit sie ihn ansah, bevor sie sein Hemd ausziehen und es wechseln konnte. „Das kriegen wir gleich raus, aber erst ..."

Er strich mit der Hand über ihre Wange, dann zu ihrem Nacken, und einen Augenblick später küsste er sie heftig. Nicht auf eine „wir fangen hier was an"-Art, aber in einem süßen, scharfen „Danke, und ich kann das nächste Mal kaum erwarten"-Versprechen.

Sie schnappte nach Luft, als er sich von ihr löste, nur weit genug, um ihr in die Augen zu schauen, ihre Stirnen aneinander brachte, während er leise redete. „Ich habe nicht mal annähernd genug Zeit zum Spielen bekommen, aber danke dir."

Lisas Lippen zuckten. „Du sagst Danke, weil du mir einen Orgasmus verschafft hast? Gern geschehen. Ehrlich, jederzeit."

Josiahs Lächeln war aufrichtig, die Hitze in seinem Blick unmissverständlich. „Ich hatte Spaß, und ich werde dieses Angebot annehmen. Aber auch Dankeschön, dass du nicht völlig ausgeflippt bist, als man uns überrascht hat."

„Du hast sehr viel schneller reagiert als ich", gab Lisa zu. Sie beäugte ihn. „Müssen wir wirklich da raus gehen?"

„Verführe mich nicht." Er stellte sie wieder zu der Kommode, ließ sie sein Hemd von ihren Schultern gleiten und drückte ihr oben auf die Schulter einen raschen Kuss. „Schnapp dir ein T-Shirt und eine Jogginghose. Dann zieh das wieder an."

„So kalt ist es in deinem Haus nicht", sagte sie, noch während sie seinen Anweisungen folgte.

Er wühlte im Schrank. „Ich will nicht, dass sie durch dein

T-Shirt erkennen können, dass du keinen BH anhast“, gab er zu.

„Ein Höschen auch nicht“, neckte sie, warf sich in eine Schicht Kleidung, während sie zu seinem gequälten Stöhnen lächelte. Sie drehte sich um, um festzustellen, dass er ein Flanellhemd angezogen hatte, diesmal eines mit schwachen roten Linien, die das Schwarz durchkreuzten.

Er warf ihr einen schmutzigen Blick zu. „Pass auf, oder ich lasse dich eine von meinen anziehen.“

Lisa grinste und bot ihm ihre Hand. Sie warf einen Blick hinüber auf die Seite des Raumes, wo Ollie sich niedergelassen hatte, nachdem sie ihnen gefolgt war. Der Hund hatte sich zusammengerollt, beobachtete sie aber beide intensiv. „Dass sie mich so verteidigt hat, ist irgendwie seltsam.“

„Eine Rasse mit Beschützerinstinkt. Offensichtlich glaubt sie, auf dich aufpassen zu müssen“, scherzte er.

„Sagt der Mann, der mich auf der Kücheninsel ausgebreitet hat wie ein Buffet, ohne daran zu denken, dass jeden Augenblick seine Mitbewohner heimkommen würden“, murmelte sie leise, während sie durch den Gang gingen. Ollie trottete ihnen nach, direkt auf ihren Fersen.

Josiah funkelte sie an, während er leise sagte: „Benimm dich.“

„Das willst du doch gar nicht“, neckte sie wieder.

Er schüttelte den Kopf. „Nein, du hast vermutlich recht. Komm schon. Ich lasse dich ihn zuerst in die Mangel nehmen.“

Lisa verschränkte ihre Finger in denen von Josiah, während sie in die Küche zurückkehrten, die Verbindung war völlig richtig.

Was sich allerdings seltsam anfühlte, war, Finn Marlette zu sehen. Es fühlte sich an, als würde sie in der Zeit zurückreisen, während er und seine Brüder, Levi und Duncan, raus auf die Whiskey Creek Ranch gekommen waren.

Sich schlauzumachen, was seit dem letzten Mal passiert war, dass sie sich getroffen hatten, war keine Unterhaltung, von der sie sich vorgestellt hätte, dass sie sie ohne Unterwäsche führen würde.

Ollie kam leise mit, dicht genug, um sie zu verteidigen, weit genug weg, damit niemand über sie stolperte. Sie kam erstaunlich gut zurecht dafür, dass sie auf drei Beinen humpelte. Sobald Lisa sich auf einen Hocker an der Insel gesetzt hatte, ging Ollie zurück zu ihrer Decke und ließ sich mit einem weiteren dieser riesigen Seufzer nieder.

Finn und Zach hatten gearbeitet, während sie und Josiah sich angezogen hatten, und ein Topf mit heißem Wasser kochte auf dem Ofen. Zach schnitt Gemüse in eine große Schale, und der Geruch nach Knoblauch hing schwer in der Luft.

Finn schaute auf, während er duftende Knoblauchzehen unter seinem Messer zerdrückte. „Versteh das nicht falsch, aber du siehst gut aus." Er lächelte nicht, während er das sagte.

Lisa lachte. „Danke. Wie geht es deiner Familie?"

Er zuckte mit den Schultern. „So gut man es erwarten kann. Duncan arbeitet für eine Spedition, und Levi hat die Ranch übernommen, als Mere und Papa beschlossen haben, dass es ihnen reicht."

„Und du?" Lisa hatte einen Teil davon aus der Gerüchteküche und von Tamara gehört, aber sie fragte sich, was Finn sagen würde, wenn man ihn fragte.

„Ein bisschen dies. Ein bisschen das."

„Wenn du jetzt gleich zu singen anfängst, schlage ich dich", warnte Zach.

Finn warf ihm einem Blick zu, seine Miene war versteinert.

Er schnaubte und stellte sich Lisa. „Ich spekuliere auf Ölrechte, unter anderem. Ich schaue mir auch andere Gelegenheiten zum Geldverdienen im Bereich von Heart Falls an. Was ist mit dir? Josiah hat deinen Namen gestern nicht erwähnt."

Sie hätte schwören können, dass er einen tadelnden Blick auf Josiah warf.

„Das brauchtet ihr nicht zu wissen", sagte Josiah. „Außerdem seid ihr beiden den Großteil der letzten Woche lang einfach nur durchs Land gezogen."

„Erfolgreich, wie ich hinzufügen möchte", bemerkte Zach. „Und der einzige Grund, weshalb wir uns Fragen zu euch beiden stellen, liegt darin, dass wir es dann vermeiden können, in Zukunft in peinliche Situationen hineinzulaufen." Er grinste schamlos.

Lisa war noch nicht ganz bereit, es aufzugeben, Finn zu durchlöchern. „Ich dachte, du hättest bei dir zu Hause die Ranch übernehmen sollen. Warst du dahin nicht unterwegs, als du Whiskey Creek verlassen hast?"

„Gab eine Planänderung." Das war alles, was Finn sagte, während er die Masse aus fein gehacktem Knoblauch in ein Stück Butter rührte und methodisch auf großen Baguettehälften zu verstreichen begann.

„Offensichtlich."

Sie sah ihn an. Er war gut aussehend, aber für ihren Geschmack war er immer viel zu ernst gewesen. Sie hatte viel mehr Spaß mit Levi gehabt, wenn auch nicht von der sexuellen Art. Es war gewesen, als hätte sie sofort drei Brüder auf einmal bekommen. Brüder, die nicht annähernd so beschützerisch gewesen waren wie ihre Coleman-Cousins, vor allem, weil sie nicht alle zusammen aufgewachsen und jahrelang zur Schule gegangen waren.

Sie hatte Finns Gesellschaft genossen, aber irgendwann in diesem Sommer war etwas zwischen ihm und Karen vorgefallen, und sie hatte niemals ganz herausfinden können, was es war.

Ihre Beschützerinstinkte waren voll aufgedreht, aber das war nicht der richtige Zeitpunkt oder Ort, um auf weitere Informationen zu drängen.

Sie warf einen Blick auf Josiah. „Ich sollte vermutlich nach Hause fahren."

„Das musst du nicht. Bleib zum Abendessen", bot er an. „Ich fahre dich später nach Hause."

Zach zog den Inhalt einer ganzen Packung Spaghetti heraus und brach ihn entzwei, bevor er das Ganze in blubberndes Wasser kippte. „Nur eine Erinnerung, Josiah. Du hast vor ein paar Tagen eine Nachricht hinterlassen, um zu sagen, dass heute Abend ein paar Jungs zum Pokerspielen vorbeikommen."

Ein leiser Fluch entschlüpfte Josiah. „Du hast recht. Das musste ich von letzter Woche verschieben." Er sah sie aus hoffnungsvollen Augen an. „Deine Entscheidung. Es bleibt noch Zeit nach dem Abendessen, um zu fliehen, bevor weitere Leute hier eindringen."

Sie blieb.

Im Nu füllten sie ihre Teller mit leckerer Soße und aromatischem Knoblauchbrot. Sie genoss die Unterhaltung sehr, während Finn und Zach scherzten, wie es alte Freunde machen.

An ihrer Seite hatte Josiah eine Hand auf ihr Bein gleiten lassen und ließ sie dort, während er mit einer Hand aß. Sein Daumen rieb sanft an ihren Oberschenkel, als wäre er sich der Bewegung gar nicht bewusst.

Sie war sich dessen bewusst. Jeder Quadratzentimeter ihrer Haut stand sogar durch die Schicht aus schwerer Baumwolle in Flammen. Der Tag war eine solche Achterbahnfahrt gewesen, und obwohl die schlimmen Momente allmählich nachließen, lagen sie ein wenig wie ein Trauerschleier über den wunderbar leuchtenden.

Ollie saß zu ihren Füßen.

Josiah hatte dem Hund verboten, zu betteln, aber sie war nicht da, um sich daneben zu benehmen. Sie hatte sich am Beginn der Mahlzeit hingelegt, den Körper fest an Lisas Fuß gedrängt, den Hintern an Josiahs, aber sie hatte den Kopf zurückgenommen, um das Kinn auf Lisas Knie zu legen, die Augen geschlossen, während sie gleichmäßig atmete.

Was für ein seltsam gemütlicher, doch ganz und gar nicht typischer Abend.

Die Jungs lehnten ihr Angebot ab, beim Geschirrspülen zu helfen, darum packte Josiah sie ein, ihre schmutzigen Kleider waren sicher in einer fest zugeschnürten Mülltüte verstaut.

Er fuhr sie zurück nach Silver Stone, Hitze blies ihnen aus der Lüftung entgegen. „Es sieht aus, als würde es so richtig kalt werden. In den nächsten Tagen werden wir wohl kaum ausreiten können.“

„Willst du irgendwann im Lauf der Woche nach Silver Stone rüberkommen?“ Lisa dachte darüber nach und verzog das Gesicht. „Du wirst allerdings von Minimenschen angegriffen werden.“

„Das macht mir nichts“, sagte er. „Ich weiß, dass du viel damit zu tun hast, Tamara zu helfen, und wir haben uns beide einverstanden erklärt, Sonora zu helfen, also ist das vielleicht die Art, wie wir am Ende eine Menge unserer Freizeit verbringen.“

Sie war froh, dass sie versprochen hatte zu helfen, doch sie fühlte sich ein wenig traurig. „Ich will Zeit mit dir verbringen. Allein, wenn das nicht zu dreist ist.“

„Vertrau mir. Wir finden eine Möglichkeit.“ Er hob ihre Hand an seinen Mund, küsste sanft ihre Finger. Seine Zunge schnellte vor und fuhr eine Linie zwischen zwei Handknöcheln nach, und ein Beben ging so heftig über sie hinweg, dass ihm das auf keinen Fall entgehen konnte. „Oh, ja, wir werden eine Möglichkeit finden.“

~

AM TISCH WAREN an diesem Abend fünf Leute. Finn und Caleb hatten beide ein unmöglich zu interpretierendes Pokerface. Zach wirkte, als hätte er vor, den ganzen Abend mit einem Grinsen über beide Ohren zu verbringen, was auch eine gute Möglichkeit war, Informationen zu verstecken, wie Josiah annahm.

Luke, Calebs Bruder, hat es auch geschafft. Beide waren sie schon jahrelang gute Freunde von Josiah.

Finn und Zach waren willkommene Neuzugänge, obwohl ihre Anwesenheit eine Wendung einbrachte, nun, da ein gewisser Informationsfetzen enthüllt worden war, der Josiah bisher nicht bekannt gewesen war.

„Also kennst du die Familie Coleman.“ Er teilte Karten aus, sah Finn an, während er sprach.

Luke und Caleb richteten sich beide auf.

„Das wussten wir doch“, sagte Luke. „Freunde der Familie oder so was.“ Er warf einen Blick auf Finn, dann zurück zu Josiah. „Wissen wir das nicht?“

„Wenn du das sagst.“ Josiah nahm seine Karten auf und schaute sie intensiv an.

Zach durchbrach die Stille mit einem langen, leisen Kichern. „Die Sache ist aufgeflogen, Finn. Um die Wahrheit zu sagen, es hat fast eine Woche gedauert. Ich bin beeindruckt.“

Caleb hatte seine Hand mit den Karten vorsichtig weggedreht, während er die Ellbogen auf den Tisch stützte, und sich auf eine Art zu Finn vorbeugte, die die meisten Leute enorm einschüchternd gefunden hätten. „Weshalb macht

Josiah so ein Gewese um die Tatsache, dass du die Colemans kennst?"

„Das solltest du ihn fragen." Finn richtete einen Zahnstocher in seinem Mund, als hätte er überhaupt kein Problem.

„Mache ich." Caleb warf einen Blick zu Josiah. „Warum benimmst du dich in dieser Sache wie ein Arsch?"

Zach und Luke schnappten beide nach Luft, Zach musste keuchend husten, während er versuchte, das Bier zu schlucken, dass er gerade im Mund hatte.

Josiah zuckte mit den Schultern. „Etwas, das Lisa gesagt hat, als wir Finn heute Nachmittag getroffen haben, hat mich neugierig gemacht."

„Weshalb erzählst du uns nicht mehr über Lisa und diesen Nachmittag", schlug Finn trocken vor.

Ups. Verdammt, das war kein Weg, den er hatte einschlagen wollen. „Ich meine ja nur, dass es klingt, als hätte es früher schon mal Geschäfte zwischen der Familie Marlette und den Colemans gegeben. Das ist alles. Hat einfach etwas seltsam gewirkt, dass du ganz plötzlich da bist und vorhast, in ihrer neuen Gemeinschaft Investitionen zu tätigen."

„Wessen neuer Gemeinschaft? Soweit ich weiß, ist Tamara die einzige Coleman, die ganz nach Heart Falls gezogen ist."

Caleb legte seine Karten auf dem Tisch ab und verschränkte die Arme vor der Brust, sein Ärger war nur teilweise gespielt. „Weshalb machst du das immer, Josiah? Wie soll man sich denn auf sein Spiel konzentrieren, wenn du dauernd rumjammerst?"

„Trink doch noch was", schlug Luke vor, tauschte Calebs Bierflasche gegen eine volle aus. „Ich halte das alles für unterhaltsam. Finn kennt die Colemans auf jeden Fall. Wenn ich mich richtig erinnere, war es Karen, die uns mit dir in Verbindung gebracht hat."

Es war schön, Unterstützung zu haben, ob die Unterstützung nun erkannte, was sie war, oder nicht. Denn plötzlich starrten Caleb, Luke und er Finn an.

Die Miene des Mannes wurde ausdruckslos. „Nicht, dass es euch was angeht …"

Zach deutete auf Caleb. „Mit Tamara verheiratet." Er schwang den Finger zu Josiah. „Scheint mit Lisa zusammen zu sein."

Finn lehnte sich in seinem Stuhl zurück. „Na schön. Nicht, dass ich erwartet hätte, meine Absichten so bald schon zu erklären, aber da irgendein Plappermaul mehr Gerüchte verbreitet als eine alte Tratschtante …" Er funkelte seinen Freund heftig an.

Wenn überhaupt wurde Zachs Grinsen noch breiter.

„Ich habe vor, Karen Coleman davon zu überzeugen, dass es langsam mal Zeit wird, zur Vernunft zu kommen und sich einverstanden zu erklären, mit mir zusammen zu sein." Finn sprach es direkt, aber nüchtern aus, als würde er verkünden, dass er am Morgen auf der Straße Schnee räumen würde.

Offen, und überhaupt nicht das, was Josiah erwartet hatte. „Sie wohnt nicht hier, weißt du", erklärte er.

„Und Lisa ist nur zu Besuch", fügte Luke an, warf mit einem Schulterzucken einen Blick zu Josiah. „Zumindest habe ich das von Kelli gehört. Tut mir leid."

„Ich arbeite dran", murmelte Josiah leise.

Finn neigte entschieden das Kinn. „Ich weiß, dass Karen nicht hier wohnt. Aber ich weiß, dass sie zu Besuch kommen wird, und zwar oft. Dieser Ort scheint so gut zu sein wie jeder andere, um diesen Schritt zu machen. Ich habe nicht vor, ewig hierzubleiben, nur, solange es eben dauert."

„Es steht ganz oben auf Finns To-do-Liste, viele Optionen zu haben." Zach rückte diesen Informationsfetzen ausdruckslos heraus, ohne seinen Tonfall zu verändern. Es war unmöglich, zu sagen, ob er ihn verurteilte oder einfach nur eine Tatsache behauptete.

„Verdammt richtig."

Caleb beäugte Finn, seine normalerweise schwer zu deutende Miene wurde lauernd. „Pass bloß auf, wie du dieses *Überzeugen* anstellst. Verstanden?"

Finn sagte einen Augenblick lang nichts, bevor er entschlossen nickte. Dann nahm er die Karten und schüttelte sie in der Luft. „Falls jemand etwas Geld loswerden will, ich bin bereit zum Spielen."

Sobald sie ein paar Runden gespielt hatten, wurden die verbleibenden Fragen, die jeder im Kopf hatte, von der Notwendigkeit zur Seite gewischt, sich völlig zu konzentrieren, um nicht vom grinsenden Zach ausgenommen zu werden. Der Mann hatte viel zu viel Glück – er zählte bestimmt Karten.

Das Gelächter und die Gesellschaft wurden stärker, während der Abend verstrich, und als sie Schluss machten, ging Josiah sehr viel zufriedener zu Bett, als er sich in dieser Achterbahnfahrt von einem Tag jemals erträumt hätte.

Es war interessant, wie eine kleine Information die Gedanken eines Mannes geraderücken konnte.

Die nächsten Tage arbeitete Josiah wie üblich, am Abend teilte er sich den Raum mit Finn und Zach. Die Tatsache, dass Finn öffentlich seine Absicht erklärt hatte, Lisas Schwester zu umwerben – das fügte der sich entwickelnden Beziehung zu den beiden Männern bei ihm zu Hause einen Dreh hinzu. Es war nicht unbedingt stressiger, aber wenn man bedachte, dass Finn nicht nur ein vorübergehender Mitbewohner war, sondern ein potenzieller Schwager, weit in der Zukunft ...

Denn er und Lisa – sie waren nicht nur was

Vorübergehendes, und war das nicht eine riesige Veränderung im großen Ablauf der Dinge? Wenn man in soliden, konkreten Begriffen über die Zukunft nachdachte, nicht nur „eines Tages werde ich mich niederlassen".

Was ihn zu dem Gedanken brachte, wie er Lisa in den kommenden Tagen und Wochen überzeugen konnte, sich auf Dauer nach Dingen umzuschauen, die sie im Bereich von Heart Falls tun könnte.

Sie war damit beschäftigt, sich um ihre Nichten zu kümmern und mit Tamara zu arbeiten, deren Schwangerschaft immer unbehaglicher wurde, während ihre Übelkeit kein bisschen nachließ.

Zu den Zeiten, wenn sie mal wegkonnten, gingen er und Lisa hinüber zu Sonora, wo die übrigen Welpen hingebracht worden waren. Es war gut, zu sehen, wie die kleinen Wesen, die sie gerettet hatten, allmählich aufblühten. Die ehemals elendig verfilzten Katastrophen waren inzwischen Bündel aus Flausch. Die Gruppe bestand vor allem aus Bichons, die alle langsam auf die Beine kamen und ihre Stimme fanden.

Sonoras Ranch war manchmal etwas laut.

Eine weitere Veränderung, die richtiger wurde, während die Zeit verging – Ollie.

Josiah hatte sie in der ersten Nacht behalten. Sie hatte den ganzen Abend damit verbracht, auf seinen Füßen zu sitzen, häufig zu seufzen, während sie aufstand und zur Tür ging, als würde sie auf den Augenblick warten, an dem Lisa zurückkehren würde.

Ein paar Tage später hatte er sie mit raus zur Silver Stone Ranch genommen, nachdem er sichergestellt hatte, dass alle Impfungen auf dem neuesten Stand waren. Seit dieser Zeit hatten sie sich abgewechselt. Ein paar Tage bei Lisa, ein paar Tage bei ihm.

Auf sämtliche Anfragen, die er auf „Gefunden"-Seiten in

der ganzen Provinz und über seine Kontakte gepostet hatte, hatte es keine Antwort gegeben.

Wochen später, als er schließlich einen langen Arbeitstag abschließen konnte, hatte er sich hinüber zu Silver Stone gestohlen. Es war bereits nach acht, und die Sonne war schon seit ein paar Stunden untergegangen, als er ankam. Der Wind nahm zu, und die Kälte in der Luft drückte die Temperaturen unter den Gefrierpunkt. Der März bäumte sich auf wie ein Löwe.

Ihm war es egal. Er wollte Lisa sehen, und auf Silver Stone bekam man nur Privatsphäre, wenn man kreativ war.

Also packten sie sich ein und setzten sich hinaus auf die Verandaschaukel, küssten sich und knutschen herum, so sehr sie das konnten, in zwei Winterjacken und einer dicken Decke, die jeden Quadratzentimeter bedeckte.

Das einzig Gute daran war, dass die Verandaschaukel doppelt breit war, und so stark gepolstert, dass Josiah schließlich die hinteren Kissen auf den Boden warf und sich auf der breiteren Fläche hinlegte. Lisas Augen leuchteten, und sie kroch neben ihn, zog die Decke über sie, während sie damit weitermachten, die Außentemperatur um ein paar Grad zu erhöhen.

Als sie eine Pause vom Knutschen machten, um zu Atem zu kommen, strich Lisa mit den Handknöcheln über sein Kinn, schaute ihm in die Augen. „Es ist, als wäre man wieder in der Highschool und müsse sich hinter eine Ecke schleichen. Ich glaube nicht, dass es irgendwo auf der Ranch einen Ort gibt, an dem wir allein sein können. Nicht, ohne dass jemand kommt, um nach uns zu sehen."

Bei ihm zu Hause könnten sie allein sein. Niemand würde sie stören, wenn er die Tür zu seinem Schlafzimmer schloss, aber es fühlte sich noch nicht richtig an, schon so weit zu gehen.

„Ist schon okay. Mir gefällt es, dich zu küssen." Er beugte sich vor, um das zu beweisen, als er es schließlich bemerkte. Das Heulen gleich auf der anderen Seite der Wand.

Die Verandatür schwang auf, und Calebs trockene Stimme drang durch die Dunkelheit. „Ich weiß, dass ihr da draußen seid, denn dieses Dämonenwesen beharrt darauf, dass es euch braucht."

„Wir haben sie", rief Lisa, während Ollie um die Ecke kam, zaghaft ihr viertes Bein einsetzte. „Danke, Caleb."

„Es ist kalt genug, dass man Frostbeulen bekommt. Ihr beiden seid verrückt", sagte Caleb. „Aber gern geschehen."

Ollie kam neben der Schaukel an, ihre Vorderpfoten lagen auf dem Rand, während sie sie hoffnungsvoll anschaute. Nicht nur waren Kinder und Erwachsene entschlossen, sie zu unterbrechen, sondern der Hund war es auch – mehr als einmal.

„Glaubst du wirklich, du darfst hier raufkommen?", fragte Josiah.

Lisa war bereits in Bewegung, rollte sich vor, um Ollie aufzuheben.

„Lisa", tadelte Josiah. Einen Augenblick später hatte er eine Verzierung in Form einer cremefarbenen, felligen Wasserflasche auf der Brust.

„Sie mag uns", sagte Lisa entschuldigend, schmiegte sich an ihn, hielt aber eine Hand frei, um Ollie den Rücken zu streicheln. „Vielleicht mag sie uns ein wenig zu sehr."

„Es ist so eine Art Heldenverehrung", stimmte er zu.

„Gestern Abend war ich mir sicher, sie verstand jedes Wort, das ich gesagt habe, als ich ihr erzählt habe, dass du nicht rüberkommst. Wir sollten ein Bild von ihrem Gesicht einschicken, damit sie als Beispiel dafür ins Wörterbuch kommt, was *Welpenblick* bedeutet. Es war, als wollte sie mir unbedingt etwas erzählen, ich konnte es nur einfach nicht verstehen."

„Hat sie dich schlafen lassen?", fragte er. „Das will ich wissen, denn an den Tagen, an denen ich sie hatte, konnte ich sie nur davon abhalten, auf- und abzulaufen, indem ich ihr das T-Shirt gegeben habe, das du anhattest. Ich habe es auf das Fußende des Bettes gelegt, denn ansonsten wäre sie immer wieder aufgestanden und zur Tür gegangen, als würde sie darauf warten, dass du auftauchst."

Lisa lachte und drehte sich zu ihm um. „Hör doch auf. Ich musste mir dieses zweite T-Shirt anziehen, das du mir geliehen hast, bevor sie gestern Abend ruhig werden wollte."

Wunderbar. Sie hatten einen Stalker-Hund, um den sie sich kümmern mussten, zusätzlich zu ihrer mangelnden Privatsphäre. „Wie geht es dir sonst? Hast du noch weitere Ideen in dein Abenteuerbuch geschrieben?"

„Ich hätte hineinschreiben sollen ‚auf einer Verandaschaukel knutschen'. Und das hätte ich auch getan, wenn ich gewusst hätte, wie viel Spaß das macht."

Josiah bewegte sich vorsichtig, ließ Ollie Zeit, sich am Fuß der Schaukel neu auszurichten. Er zog Lisa auf sich hinauf, stöhnte leise, während ihr Gewicht sich auf seinem schmerzenden Schwanz niederließ. „Es macht sogar im Sommer noch mehr Spaß. Weniger Kleidung ..."

„Mehr Mücken, die gleiche Anzahl neugieriger Besucher."

Sie legte die Hände an sein Gesicht und küsste ihn. Lange und ausgiebig, ihre Zungen rangen miteinander, und obwohl es nicht das war, wonach er sich gesehnt hatte, war es nett, zu erkennen, dass sie da etwas Einzigartiges machten.

Er hatte schon einige Affären gehabt, One-Night-Stands und kurzzeitige Beziehungen. Er hatte die Damen immer gut behandelt und stets versucht, dem nachzukommen, was für sie angenehm war.

Aber zum ersten Mal in seinem Leben schien es, dass sowohl er als auch Lisa nur zu gerne ganz schön viel schneller gemacht hätten, wenn die Zeit und die Umstände ihnen nicht in den Weg geraten wären.

Er griff nach unten und drückte ihren Hintern, ihr Gewicht auf ihm stieg ihm zu Kopf.

Nicht nur zu Kopf.

„Großartiges Gefühl", gab er zögerlich zu.

Lisa kicherte. „Das ist gut, denn er gehört zu mir."

„Nicht dein Hintern, du Unruhestifterin." Er hob eine Hand unter der Decke und kniff fest in ihre Pobacke, küsste kurz ihre geschürzten Lippen, bevor er es erklärte. „Ich genieße *das*. Zeit mit dir zu verbringen, so chaotisch und manchmal wenig zielführend es auch war. Uns Zeit zu nehmen. Hast du Spaß?"

Sie stützte die Ellbogen mitten auf seine Brust und ließ das Kinn auf den Händen ruhen, dachte einen Augenblick lang ernsthaft nach.

„Ja. Habe ich." Sie beugte sich vor, und ihre Stimme wurde leiser und rauer. „Obwohl ich zugeben muss, dass ich eine Menge äußerst schmutziger Träume habe."

Himmel. „Ich auch. Ich stelle mir dich dauernd in meiner Dusche vor und frage mich, was zum Teufel ich mir dabei gedacht habe, dich da drin allein zu lassen."

Ihre Augen leuchteten. „Also wäre es echt gemein, dir zu verraten, dass mir dein abnehmbarer Brausekopf echt gefallen hat?"

Einen Augenblick lang begriff er es nicht, bis ihn das Verständnis traf. Das geistige Abbild, wie sie den Brausekopf hielt, das Wasser auf ihr Geschlecht gerichtet, ließ einen Blitz sein Rückgrat hinabfahren. „Du Schurkin."

„Ich glaube, ich habe diese Woche noch einen Tag frei." Sie

sah seine Lippen an. „Sind deine Mitbewohner irgendwann aus dem Haus ausgesperrt?“

„Es spielt keine Rolle, wenn sie da sind“, stellte er fest.

Sie verzog das Gesicht. „Ja, nein. Tut mir leid, ich komme nicht mit dem Gedanken klar, beim Sex zu schreien, wenn ich weiß, dass Finn Marlette, der es auf eine Schwester abgesehen hat, im Zimmer nebenan ist.“

Sein Verstand war vernebelt. „Tut mir leid, ich habe irgendwie den Faden verloren, als du verkündet hast, dass du beim Sex schreist.“

„Macht das nicht jeder?“ Die Worte wurden in einem tiefen, leisen, verführerischen Tonfall ausgesprochen, und er legte die Hände um ihren Nacken und brachte ihre Lippen zusammen, nur damit sie aufhörte zu sprechen, denn er hatte schon genug schmutzige Bilder im Kopf, die ihn quälten.

Auf die eine oder andere Art war es allerdings klar. Seine Mitbewohner würden zu äußerst wichtigen Aufgaben unterwegs sein, an dem Tag, den Lisa als nächstes freibekam.

Wenn er sich dafür etwas einfallen lassen musste, das sie zu tun hatten, sollte es so sein.

10

„Ich habe eine Lasagne für dich da gelassen, die du in den Ofen schieben kannst. Sie ist im Kühlschrank, und die Anweisungen sind obendrauf." Lisa rückte näher an die Tür. „Wenn das dann alles ist?"

Caleb beäugte sie neugierig. „Hast du's eilig?"

Tamara kicherte. Sagte gar nichts. Kicherte nur.

Lisa wollte schon eine garstige Anmerkung machen, als Calebs Handy losging. Er wandte ihnen den Rücken zu, um ranzugehen, und Lisa trat näher an ihre Schwester. „Ich brauche keine Zuschauer auf den billigen Plätzen."

„Ich gebe dir nur zurück, was du mir gegeben hast", stellte Tamara klar. Sie kniff die Augen einen Augenblick lang fest zusammen, streckte die Zunge heraus. „Mein Gott. Wie ist es möglich, dass ich gleichzeitig Übelkeit und schreckliches Sodbrennen habe? Ich schwöre, ich hatte nichts zu essen, was mir nicht bekommt."

„Ich höre, die Schwangerschaft wird beim zweiten Kind leichter", sagte Lisa süßlich. „Oder beim dritten. Oder vielleicht könntest du nächstes Mal Zwillinge bekommen."

Sie sorgte dafür, dass sie weit genug von ihrer Schwester wegstand, als sie das sagte. Einen Bären zu wecken, wäre weniger dumm gewesen, aber es gab Augenblicke, die einfach nach schwesterlicher Liebe riefen.

Caleb legte eine Hand auf Tamaras Schulter, sein Gesicht war ernst geworden. „Es tut mir leid, Lisa, ich muss los. Ashton sagt, bei einem Anhänger sei die Achse gebrochen, und das ganze Ding liegt auf halbem Weg die Brücke runter, unten bei Black Diamond.“

O mein Gott. Alle Pläne, sich wegzuschleichen und Josiahs Haus in eine Orgie zu verwandeln, lösten sich in Luft auf.

Lisa schob Caleb zur Tür. „Los. Los. Wir kriegen das hin.“

Caleb war schon im vollen Lauf nach draußen unterwegs.

Schweigend sahen sie beide durch das Fenster zu, verloren in eigenen Gedanken, während er zu seinem Truck sprintete und losfuhr. Stille senkte sich über den Raum, während der Motor des Trucks verklang.

„Wie weit ist das weg?“, fragte Lisa.

„Dreißig Minuten, je nachdem, wie es auf den Straßen aussieht.“ Tamara mühte sich aus dem Sessel. „Mach dir keine Sorgen um mich. Geh los zu deinem Date mit Josiah. Ich gehe zurück ins Bett.“

„Ich habe mir keine Sorgen darum gemacht, wie lange es dauern würde, bis Caleb zurückkommt“, beharrte Lisa. „Ich will nur wissen, dass mit dem Truck alles in Ordnung ist. Und dem Fahrer. Und den Pferden.“

„Natürlich. Ich weiß das. Tut mir leid, ich bin nur mies drauf.“ Tamara deutete auf die Tür. „Jetzt los. Ich bestehe darauf.“

Lisa war hin- und hergerissen. Es war nicht, als könnte Tamara sich nicht um sich selbst kümmern, aber es gab keinen Grund, dass sie unbedingt heute gehen musste.

Sie und Josiah hatten einander fast einen Monat lang in

Nachrichten und Handyunterhaltungen geneckt, und sie wurden auch interessanter, und zwar nicht nur auf die sexuelle Art.

Es war eine andere Art Beziehung als all ihre vorigen.

„Ich erzähl dir was. Ich rufe Josiah an, und wir sprechen uns ab, heute zum Mittagessen auszugehen, okay?"

Tamara wirkte, als wäre sie angepisst, aber sie nickte. „Okay. Aber wie wäre es, wenn ..." Sie brach ab, die Worte verwandelten sich in ein tiefes Grollen aus ihrer Brust. „Ach, Scheiße."

Zu ihren Füßen sammelte sich Flüssigkeit.

Lisas Herz fing an zu rasen. „Ist es das, was ich glaube?"

Tamara schaute zu ihr auf. „Ruf den Rettungsdienst. Es ist viel zu früh. Aber das ist die Fruchtblase."

„Caleb ..."

„Oh ..." Tamara schwankte auf den Beinen, und Lisa stürmte vor, um sie zu fangen. Ihre Schwester fluchte wie ein Fischerweib, bevor sie die Augen schloss und stöhnend eine Beschwerde vortrug. „Mir muss doch jetzt nicht so schlecht sein, dass ich mich übergebe, danke auch, Universum."

„Willst du dich hinsetzen oder hinlegen?", fragte Lisa, einen Arm um ihre Schwester gelegt, das Handy mit der freien Hand umklammert.

Tamara legte den Kopf an Lisas Schulter. „O mein Gott, ich fühle mich schrecklich. Ich will einfach nur hier stehen."

Und so stützte Lisa letztlich ihre Schwester an Ort und Stelle und tätigte mit der anderen Hand den Notruf.

„Wir schicken so schnell jemanden raus, wie wir können", erklärte ihr die Frau. „Bleiben Sie dran. Können Sie mir sagen, ob sie irgendwelche Wehen spürt?"

Lisa schob Tamara das Handy hin. „Tut mir leid, Schwester. Sie hat eine ganze Reihe Fragen, und ich weiß nicht, wie ich die beantworten soll."

Während Tamara Lisas Handy übernahm, stahl Lisa sich das von Tamara aus ihrer Tasche. Sie scrollte durch die Kontakte, bis sie die Nummer fand, die sie brauchte.

Die äußerst effizienten Mitarbeiterinnen, die Lisa kennengelernt hatte, gingen ran. „Veterinärklinik Heart Falls. Wie kann ich Ihnen helfen?"

„Sharon, hier ist Lisa Coleman. Kannst du mich direkt auf Josiahs Handy verbinden?"

„Klar. Einen Augenblick."

Als er dran ging, war ein Hauch Zögern zu hören. „Tamara? Was ist los?"

„Hier ist Lisa – es gibt einen Notfall. Tamara hat mein Handy, darum habe ich ihres genommen. Wir haben eine leichte Änderung bei unseren Date-Aktivitäten. Schon wieder."

„Kein Problem. Was ist los?"

„Tamaras Fruchtblase es gerade geplatzt. Caleb ist draußen unterwegs, und mir ist gerade klar geworden, dass der Rettungsdienst vielleicht eine Zeit lang nicht hierherkommen kann, weil – na ja, auch egal. Wichtiger ist, kannst du rüber zum Haus kommen?"

„Ich bin in zehn Minuten da."

„Danke, Josiah."

Sie wandte ihre Aufmerksamkeit ihrer Schwester zu.

Tamara hatte auch gerade aufgelegt, verzog das Gesicht, als sie Lisa ihr Handy wieder reichte. „Ich habe sie überzeugt, dass es kein *solcher* Notfall ist. Ich fühle mich nicht einmal, als hätte ich Wehen. Vielleicht sollte ich in den Truck steigen und nach Black Diamond fahren."

Nein. Lisa schüttelte vehement den Kopf. „Ich habe zu viele Serien gesehen. In dem Augenblick, in dem wir in dieses Fahrzeug steigen und raus auf den Highway fahren, werden die Wehen richtig loslegen, und ich bin nicht bereit, meine

Nichte oder meinen Neffen in einem Schneesturm neben dem Highway in Empfang zu nehmen."

„Gut. Es schneit nicht." Tamara presste eine Hand oben auf die Kücheninsel, ihre Handknöchel wurden weiß. „Ich habe Angst", gab sie leise zu.

„Ich weiß. Aber wir kommen da durch", versprach Lisa, glitt näher zu ihr, um ihr eine Umarmung anzubieten.

„Machen wir." Tamara schien rücksichtslos entschlossen, es wahr werden zu lassen.

Einen Augenblick lang standen sie da, hielten einander fest, blieben still, während die Ruhe im Haus sich nur noch verstärkte. Nicht auf eine furchteinflößende Art, sondern friedlich. Als sie schließlich perfekt synchronisiert tief Luft holten, folgte ein leises Lachen.

Tamara rieb sich mit der Hand über den Bauch. „Kind, du warst eine furchtbare Menge Arbeit, aber das ist mir recht. Halt nur noch ein wenig länger durch."

Lisa drückte ihr die Schultern. „Sag mir, wenn du dich anders hinstellen willst. O, und wir müssen entscheiden, wann wir Caleb anrufen."

Tamara neigte den Kopf zum Küchentisch. „Ich glaube, ich kann mich hinsetzen, und ich würde gern aus dieser nassen Unterwäsche steigen. Tut mir leid."

Von allen Dingen, um die man sich Sorgen machen könnte. „Meine Liebe, je nachdem, wie die Dinge laufen, haben wir es vielleicht mit einer ganzen Menge mehr zu tun als nur ein bisschen Fruchtwasser. Für eine Krankenschwester bist du viel zu zimperlich."

„Ich bin nicht zimperlich, wenn ich mich selbst darum kümmern muss. Ich will nur nicht, dass *du* dich darum kümmern musst." Tamara nahm ihr Handy. „Ich rufe Caleb an. Er wird die Nachricht erst bekommen, wenn er stehen bleibt, aber auf diese Art kann er entscheiden, ob er umkehrt und gleich zurückkommt oder nicht."

Lisa warf ein Handtuch über den Stuhl, bevor sie Tamara half, sich auszuziehen und hinzusetzen.

Sie eilte weg, um einen Waschlappen und eine warme Decke zu holen, damit ihre Schwester zugedeckt war, anstatt sich die Mühe mit einer Hose zu machen. Es dauerte keine drei Minuten, aber offensichtlich hatte sich etwas verändert. Tamara hatte die Augen geschlossen und umklammerte die Kante des Stuhls, während sie die Lippen schürzte und atmete.

„Tamara?"

Die Augen ihrer Schwester gingen auf, und sie schüttelte den Kopf. „Man überlasse es nur der Frau mit der medizinischen Ausbildung, die seltsamste Schwangerschaft und Geburt in der Geschichte der Menschheit zu kriegen. Ich schwöre, ich habe keine Wehen, aber, o mein Gott, ich will pressen. Ich hab mal rumgetastet, und ich glaube, das Kind kommt."

Ein harsches Klopfen erklang an der Hintertür, einen Augenblick, bevor sie aufschwang und Josiah hereintrat. „Hausbesuch."

Tamara warf ihm einem verwirrten Blick zu, bevor sie in Richtung Lisa die Augen verdrehte. „Klar. Man ruft den Tierarzt, um ein Kind zur Welt zu bringen."

„Ich bin nur zur moralischen Unterstützung hier", beharrte Josiah, der seine Stiefel auszog und herüberkam. „Hey, Tamara. Wie geht's dir?"

„Wunderbar. Ich will eimerweise kotzen, und ich will wirklich, wirklich pressen."

Sie hielt Lisas Hand und drückte sie in einem Todesgriff.

Josiah legte eine Hand auf Lisas Arm. „Du planst sehr viel spannendere Dates als ich", murmelte er. „Bring mich auf den neuesten Stand."

Rasch erzählten sie ihm alles, darunter, wen sie angerufen hatten, aber Tamara unterbrach sie, biss die Zähne zusammen und gab schmerzerfüllte Geräusche von sich, während sie sich auf der Stelle wand. „Sämtlicher Anstand hat sich vom Acker gemacht. Bitte sag mir, dass ich pressen kann."

Josiah ging sanft an die Arbeit, während er sie auf die vordere Kante des Stuhls rückte, eine ernste Miene auf dem Gesicht, während er die Decke zur Seite nahm, die Lisa über die Knie ihrer Schwester gebreitet hatte.

Seine Augen wurden groß. „Na, ich schätze, du hast es geschafft, keine Wehen zu haben und trotzdem an den Punkt zu kommen, wo das Baby kommt. Das wird auf jeden Fall passieren. Lisa, ich habe vor der Tür einen Stapel Decken fallen lassen. Hole sie."

Mit hämmerndem Herzen war sie in einer knappen Minute wieder da. Josiah schob die Stühle zur Seite und deckte die Dielen ab, bevor er Tamara auf eine Position auf dem Boden manövrierte.

„Das. Läuft. Nicht. Wie. Geplant", beschwerte sich Tamara. Sie senkte das Kinn, bohrte die Finger in Lisas Unterarm.

„Atme. *Atme*", befahl Lisa.

„Du musst langsamer machen", warnte Josiah. Er kniete vor ihr, ihre freie Hand lag auf seiner Schulter. „Du weißt das doch. Du kannst das."

Tamara mahlte mit den Zähnen, bevor sie heftig keuchte.

Zum zweiten Mal an diesem Tag erklang ein lautes Klopfen an der Hintertür, Sekunden, bevor sie aufschwang. Eiskalte Luft trieb herein, als zwei Leute eintrafen. Als erstes kam der hochgewachsene Brandmeister herein – das echte Notfall-Einsatzteam vor Ort – Brad Ford.

Die zweite Person ...

„Karen? Was machst du denn hier?", wollte Lisa wissen.

Tamara hob den Kopf, unterbrochen bei ihrer Aufgabe. „O mein Gott. Du bist da."

Brad lief mit einem Notfallkoffer in der Hand vor. „Nicht Karen. Das ist Julia. Treibst du Unfug mit unserem Babybestand, Tamara?"

Josiah trat bereitwillig zurück, drückte Lisas Schulter einen Augenblick lang, bevor er seinen Platz Brad und ... *Julia* überließ.

Lisa konnte nicht aufhören, hinzustarren. Die Frau, die das Haus an Brads Seite betreten hatte – es war, als würde sie in einen Spiegel schauen. Sie war nicht identisch mit Lisa, denn ihr Haar hatte einen roten Farbton, aber ihr Gesicht war hundertprozentig Coleman.

Sie kniete sich neben Tamara, redete die ganze Zeit bei der Arbeit. „Tut mir leid, dass wir uns so zum ersten Mal treffen, aber heute steht Ihr Baby ganz oben auf der Agenda. Ich bin Julia Blushing. Ich habe gerade mein Praktikum hier in Heart Falls als Sanitäterin begonnen. Brad und ich werden uns gut um Sie kümmern."

Kompetent, selbstsicher.

„Mein Gott, das ist, als würde man zusehen, wie sich Tamara um Tamara kümmert", murmelte Lisa.

Ein leises Stöhnen kam von ihrer Schwester. „Mir wäre es lieber, wenn sie diejenige wäre, die eine Wassermelone rauspresst, nicht ich."

„Tut mir leid, auf dieser Seite des Reitplatzes habe ich keine Ausbildung", bemerkte Julia trocken.

„Ich auch nicht, wie es aussieht", keuchte Tamara. Sie schaute zu der neuen Frau auf, während sie Grimassen schnitt. „Tut mir leid, wenn ich mich auf Sie übergebe."

Die beiden Sanitäter kicherten. „Schon in Ordnung. Man kann uns waschen."

„Ich weiß", keuchte sie. „Aber die Chancen stehen über siebzig Prozent, darum tut es mir schon mal im Voraus leid."

Josiah beugte sich vor, sein Gesicht dicht an dem von Lisa. „Ich sag doch, deine Dates sind auf jeden Fall sehr viel spannender als meine."

Lisa starrte auf die unfassbare Szene vor ihr, die Finger in denen von Tamara verschränkt, während sie versuchte, ihr Unterstützung angedeihen zu lassen, und während eine Fremde mit einem Coleman-Gesicht neben Brad arbeitete ...

Ja. Josiah hatte recht.

IN DEN WIRREN, durchwachsenen Minuten, die folgten, war Josiah froh, dass er nichts davon versäumen würde.

Obwohl auch Stress eine Rolle spielte, wusste er, dass alle im Raum kompetent waren, viel mehr als er, wenn er den menschlichen Geburtshelfer spielen musste. Außerdem war es etwas Besonderes, das Wunder der Geburt erleben zu können, ohne der Tour-Guide zu sein.

Es dauerte länger, als er erwartet hatte, wenn man bedachte, dass das Baby mehr oder weniger bereit war, zu kommen.

Aber Brad und Julia leiteten Tamara durch die Atemübungen und verlangsamten alles so weit, dass die Geburt sicher wurde. Statt eines Zimmers, das vom Gefühl der Panik erfüllt war, machte sich eine seltsame Friedlichkeit breit.

Teufel, Lisa löste ihre Finger lang genug von ihrer Schwester, um auf ihrem Handy einen Musikmix zu starten.

„Ha." Tamara brachte ein Lächeln zustande. „Jetzt kannst du mir sagen, ich hab's dir ja gesagt, weil du das schon früh vorbereitet hast."

„Musik hilft immer", sagte Julia.

Die Tür sprang auf, und Lisa schoss hoch. „Caleb."

Josiahs Freund hatte einen leicht wilden Blick auf. Er schaute direkt zu Tamara, während er eilig aus seiner Winterkleidung schlüpfte. „Das passt ja, dass du irgendwas machst, um alle zueinander zu bringen. Hey, meine Liebe."

Tamara brach in Tränen aus. „O mein Gott, du bist hier."

„Hey. Tief durchatmen", rief Brad ihr in Erinnerung. „Weg mit den Stiefeln und hier rüber mit dir, Caleb. Geh neben deine Frau und mach dich als Rückenstütze nützlich. Wir sind bereit zum Endspurt."

Lisa ließ Caleb durch, während er Brads Anweisungen Folge leistete.

Einen Augenblick später hatte Caleb Tamara zwischen den Beinen, sodass sie an seiner Brust ruhte, seine Wange an ihre gedrückt. Er hielt sie fest, als hielte er sein Herz in den Armen. „Ich hab dich. Du schaffst das."

Lisa trat weg, zog Josiah weiter zum Wohnzimmer, sodass sie immer noch mitten in dem Ereignis waren, aber eine Illusion von Privatsphäre boten. Sie legte die Arme um seine Taille und den Kopf auf seine Brust, und als er die Arme um sie schlang, regte sich etwas Perfektes in ihm.

Es gab keine Zeit, um zu reden. Es gab keine Zeit, um irgendetwas zu tun, außer das Wunder des neuen Lebens zu beobachten, das in die Welt kam.

Fünfzehn Minuten später lag ein brandneuer kleiner Junge in eine weiche Baumwolldecke gewickelt in den Armen seiner Mama, während sie ihn ehrfürchtig ansah.

Caleb wirkte schockiert. Glücklich, aber völlig durch den Wind. Er drückte Tamara einen Kuss auf die Wange, seine Arme hielten sie beide umfangen, bevor er sich vorbeugte, um seinen Sohn zu küssen. „Hey, Tyler. Danke, dass du sicher angekommen bist."

Tamara holte tief Luft und stieß sie langsam aus. „Sein Name passt perfekt zu ihm."

„Natürlich tut er das", neckte Caleb. „Du hast ihn ja ausgewählt."

Sie lächelten einander an, und der Raum war von einer Art Magie erfüllt, von der Josiah niemals geträumt hatte, dass er sie würde teilen dürfen.

Er wartete bis zu dem Augenblick, in dem er von der Saubermachaktion unterbrochen wurde, die neben den frischgebackenen Eltern stattfand, bevor er etwas sagte.

„Ich gratuliere", sagte Josiah leise. „Er ist wunderschön."

Zwei Gesichter wandten sich ihm zu – erschöpfte Zufriedenheit auf dem von Tamara, Stolz und Sorge auf dem von Caleb.

„Danke. Danke, dass du unsere Notfallunterstützung warst", erwiderte Caleb.

„Danke, dass du so schnell zurückgekommen bist", fügte Lisa an. Ihr Blick wanderte wieder zu Julia.

Das war nicht der richtige Ort oder die richtige Zeit, um dieser Geschichte auf den Grund zu gehen, aber, o Junge, irgendwas ging da vor.

Julia warf auch weiterhin Blicke auf die anderen Frauen. Diskret, und zwischen ihren Arbeitseinsätzen, die sie rasch mit Brad absolvierte, aber es war offensichtlich, dass sie dasselbe gesehen hatte.

Schließlich zufrieden, dass alles erledigt war, stand Brad auf. „Ich weiß, dass laut Kalender Tyler etwas früher dran ist, aber ich schwöre, dein Geburtsdatum war nicht ganz richtig. Soweit ich das sagen kann, ist er gesund, ein voll ausgewachsener Neugeborener. Ich sehe keinen Grund, weshalb du heute ins Krankenhaus müsstest. Außer, du willst das. Siehst du das auch so, Julia?"

Sie nickte. „Machen Sie einen Termin, um diese Woche

noch zu Ihrem Arzt zu gehen. Sie müssen sowieso Tylers erste Impfungen machen lassen, aber es gibt keinen Grund, dass Sie heute auf den vereisten Straßen irgendwohin unterwegs sein müssten." Sie warf einen Blick auf Lisa. „Solange in den nächsten paar Tagen etwas Hilfe da ist."

„Das sind tolle Neuigkeiten, und ja, ich habe Hilfe. Meine Schwester ist hier." Tamara schloss kurz die Augen, bevor sie Caleb etwas zuflüsterte.

Er zögerte. „Wenn du sicher bist ..."

„Caleb." Sie öffnete ein Auge, um ihn zu tadeln. „Zwei hoch ausgebildete Medizinexperten haben dir gerade ihre professionelle Meinung gesagt, und *diese* Medizinexpertin sagt dasselbe. Ich fühle mich gut. Wir werden später in der Woche den Arzt aufsuchen."

Caleb wirkte besorgt. „Okay, schätze ich."

Tamara küsste ihn auf die Wange, bevor sie sich an Lisa wandte. „Tante Lisa, kannst du Tyler nehmen, während Caleb mir hilft, mich sauber zu machen?"

„Darauf kannst du wetten." Lisa kam vor, um das Baby zu nehmen.

Sie gurrte über ihm, legte das Bündel in ihre Arme, während sie ihn dorthin brachte, wo sich Josiah auf der Couch niedergelassen hatte.

Lisa stieß mit dem Fuß an sein Knie. „Rück mal."

Er rutschte, bis mehr als genug Platz zwischen ihm und der Armlehne war, und verdammt, wenn sie sich nicht näher hinsetzte, als nötig war. Ihre Beine berührten seine, ihre Arme lagen auch über seinen, während sie das Baby so hinlegte, dass er ihm ins Gesicht schauen konnte. „Hallo, Tyler. Willkommen in der Familie."

„Er ist ein Süßer", sagte Josiah, der mit dem Finger dem Baby über die Wange strich.

Tylers Gesicht verzog sich, seine Lippen bebten.

Lisa beruhigte das Baby leise, bevor sie antwortete. „Sein Gesicht ist zu verdrückt, um zu wissen, ob er wie ein Coleman oder ein Stone aussieht."

Weil sie es nicht verhindern konnten, schauten sowohl er als auch Lisa zu Julia und drehten sich dazu um.

Sie schaute auch, aber in dem Augenblick, in dem sie ihren Blick auffing, machte sie sich wieder an ihre Aufgaben.

Brad deutete auf die Decken. „Die hier kenne ich. Willst du, dass ich die bei dir in der Klinik vorbeibringe, Josiah?"

„Wirf sie einfach hinten in den Truck. Ich dachte mir, ich rette Tamara davor, irgendwelche schönen Decken zu ruinieren. Ich habe immer einen Stapel Notfalldecken dabei."

Brad und Julia sammelten das ganze Zeug und den Rest ihrer Ausrüstung ein, arbeiteten dabei effizient.

Es war der seltsamste Tag aller Zeiten. Besonders, als Brad und Julia gingen, und das vertraute Chaos von Silver Stone wieder so war, wie er es immer in Erinnerung gehabt hatte. Oder zumindest so, wie es gewesen war, seit Tamara aufgetaucht war.

Warm, gemütlich. Ein Heim.

Der Drang, all diese Dinge in seinem Leben zu haben, traf ihn so sehr, dass er kaum atmen konnte. Vielleicht fühlte er sich etwas wirr im Kopf, weil er so nahe an ungewöhnlichen Ereignissen gewesen war, aber ihm lag beinahe ein Baby auf dem Schoß, und er hatte nicht den geringsten Drang, zu fliehen.

Etwas in ihm wallte auf, das riesig und wichtig war. Die Erkenntnis einer inneren Veränderung, die von seinen früheren Entscheidungen über Heim und Herd und der Suche nach einer Ewigkeit nur noch verfeinert worden waren.

Vielleicht war das der Grund, weshalb er bisher niemals längerfristig bei jemandem geblieben war. Er war nicht bereit gewesen, und sie hatten das gewusst.

Seine früheren Freundinnen – mit ihrer mysteriösen weiblichen Intuition – hatten es gewusst.

Es war ein faszinierender Gedanke, aber er schob ihn zur Seite, um später darüber nachzudenken, denn das Gefühl, das um ihn und Lisa und den kleinen Tyler wirbelte, brauchte seine ganze Aufmerksamkeit. Er wollte es schätzen und sich darin suhlen, darin, wie merkwürdig unbehaglich es war, sich ... *behaglich* zu fühlen.

„Ich bin ein paar Sekunden davon entfernt, auszuflippen", teilte er ihr mit. „Denn ich flippe eben nicht aus, wenn du verstehst, was ich meine."

Ein leises Lachen kam von Lisa. „Vertraue mir, ich bin da ganz bei dir."

Sie saß still da, Imagine Dragons liefen im Hintergrund, ein Neugeborenes lag zwischen ihnen. Er wollte nichts sagen, weil er Angst hatte, er könne die seltsame Magie zerstören, die sich um sie herumgelegt hatte.

Stille herrschte, zumindest, bis Lisa etwas sagte. „Diese Sanitäterin, Julia. Ich habe mir da nichts eingebildet, oder?"

Er wusste genau, was sie sich gefragt hatte. „Dass sie aussieht, als würde sie jemanden aus deiner Familie nachahmen wollen? Nein, das haben wir alle gesehen."

„Etwas Seltsames geht hier vor. Ich weiß, dass Tamara neugierig sein wird, und ich will nicht, dass sie sich um irgendwas Sorgen machen muss." Sie hob die großen braunen Augen zu ihm. „Hilfst du mir, ein Treffen mit ihr zu arrangieren?"

„Klar."

Caleb marschierte zurück ins Zimmer, sein Kopf wandte sich zu ihnen. Er stieß ein tiefes Seufzen aus. *„Gott."*

„Tamara ist in Ordnung?"

„Sie ist in Ordnung. Sie ist mehr als nur in Ordnung." Seine Lippen verzogen sich. „Sie hat gesagt, und da zitiere ich sie: ‚Ich kann mir verdammt noch mal selbst den Arsch waschen, also mach, dass du rauskommst.' Sie schlug vor, dass ich losgehen und mich mit unserem Baby anfreunden soll."

Lisa wippte hoch, und Josiah legte ihr eine Hand auf den Hintern, um ihr aufzuhelfen. Sie kicherte, während sie ihm einen finsteren Blick zuwarf, aber sie ging auf ihren Schwager zu. „Dich mit Tyler anzufreunden, ist eine wunderbare Idee. Setz dich."

Caleb sah sie reglos an. „Ich hab das schon mal gemacht."

„Nein, hast du nicht", erwiderte Lisa. „Es spielt keine Rolle, um wie viele Babys du dich schon gekümmert hast, das ist dein erstes Mal mit diesem süßen Kleinen. Setz dich hin und entspann dich. Ich kümmere mich um alles andere."

„Aber dein freier Tag ..."

Lisa schnippte mit den Fingern und deutete auf Calebs bequemen Sessel.

Rasch marschierte er hinüber und setzte sich, wie sie es befohlen hatte, warf einen erheiterten Blick auf Josiah. „Ich hoffe, du hast mehr Glück, sie zum Zuhören zu bewegen, als ich."

„Keine Chance", entgegnete Josiah. „Sieh es ein. Manchmal ist es witzig, sich herumkommandieren zu lassen."

Sowohl Caleb als auch Lisa entging der Witz, denn Tyler wurde zwischen liebenden Armen weitergereicht.

Einen Augenblick später war sein Freund völlig von Sinnen, verlor sich darin, seinen Sohn anzuschauen, löste die Decken, um die Finger und Zehen zu begutachten, und das Baby wand sich und beschwerte sich, bis Caleb es wieder zudeckte. Kompetent, wie er gesagt hatte.

Offensichtlich Hals über Kopf verliebt.

Josiah glitt in die Küche. Lisa setzte den Kessel auf und stellte einen Topf auf den Ofen. Er trat hinter sie, schlang die Arme um sie und drückte einen Kuss auf die Seite ihres Halses.

„Wenn du mich nicht für irgendwas brauchst, werde ich unser Date wohl verschieben. Ich plane ein paar Dinge um und arbeite was weg, damit ich mir ein paar Tage freinehmen kann."

Sie drehte sich in seinen Armen, grinste zu ihm auf. „Das würde mir gefallen. Tut mir leid, dass dieses Date so in die Binsen gegangen ist."

„Es war ein toller Tag." Er drückte ihr einen raschen Kuss auf die Lippen, denn er konnte nicht anders. „Ich werde mit Brad reden und Kontaktdaten für Julia rausfinden. Ich lasse dich wissen, was wir organisieren."

Von hinten im Schlafzimmer rief Tamara.

„Ich komme, Schwester." Lisa gab ihm meine rasche Umarmung, bevor sie um die Ecke verschwand.

Er warf einen letzten Blick auf Caleb, der mit dem Baby auf dem Schoß da saß. Sein bester Freund gurrte und machte Babygeräusche.

Dann nahm Josiah dieses sehnende Verlangen in seinem Bauch wahr, zog seine Jacke und seine Stiefel an und schlich sich rasch durch die Tür.

11

———

Die nächsten Stunden verliefen wie in einem Rausch.

Lisa half Tamara in saubere Kleidung, dann brachte sie sie hinaus ins Wohnzimmer, um sich Caleb anzuschließen. Sie ließ die beiden mit ihrem Neugeborenen allein, bewegte sich so leise, wie sie konnte im Hintergrund, machte Anrufe und schickte Nachrichten. Tamara bewegte sich zwischen dem Wohnzimmer und dem Schlafzimmer, Caleb folgte ihr und drückte sich um sie herum wie eine Glucke.

Caleb holte Sasha und Emma an der Bushaltestelle ab, bevor er sie hereinbrachte, um ihren neuen Bruder zu treffen. Sie waren ordentlich beeindruckt, zumindest, bis Tyler das Gesicht verzog und zu weinen begann.

Lisa brachte ein Abendessen auf den Tisch, dann bereitete sie sich auf einen stetigen Strom an Besuchern vor. Jeder von Calebs Brüdern schaute vorbei, wollte gratulieren und ihm herzhaft auf den Rücken klopfen.

Tamara schlich sich ins Bett, nachdem sie Tyler gestillt

165

hatte, ließ Lisa die übrigen Telefonanrufe von der Familie entgegennehmen, darunter den von ihrer Schwester.

Karen konnte ein paar Tage lang nicht kommen, und sie war furchtbar genervt. „Ich wollte sichergehen, dass für den Monat von jetzt an nichts Wichtiges mehr auf der Agenda steht. Das ist ja typisch, dass Tamara das so anstellen würde."

Erheiterung kam auf. „Obwohl die stillen Wehen irgendwie eine nette Überraschung waren, bezweifle ich, dass wir den 1. April als Tylers Geburtstag ausgesucht hätten, wenn wir die Wahl gehabt hätten."

„Da hast du vermutlich recht. Auf jeden Fall sitze ich hier in Grand Prairie fest, aber sobald ich wegkann, komme ich rüber."

„Wann immer du herkommen kannst. Tamara hat vielleicht ihren Schlaf nachgeholt, wenn du es noch ein bisschen verschieben kannst." Lisa sagte nichts über die Sanitäterin, die ein ähnliches Gesicht hatte wie sie. Falls Karen noch ein paar Tage brauchen würde, verschaffte das Lisa vielleicht eine Chance, sich zumindest mit der Frau zu treffen. „Er ist ein süßes Kind. Nicht mal zerknautscht."

Karen lachte. „Du bist so mütterlich."

Lisa plauderte noch ein bisschen länger, dann legte sie auf, bevor sie versucht war, bei Karen nach Einzelheiten zu stochern, die Finn Marlette betrafen.

Erstaunlich, wie sie scheinbar über Nacht alle möglichen Geheimnisse für sich behielt.

Was bedeutete, als Josiah ihr am nächsten Vormittag schrieb, um zu fragen, ob sie sich mit Julia auf einen Kaffee treffen wollte, war Lisa sogar noch begieriger, zu dem Termin zu gehen.

Sie hatte schon jahrelange Erfahrung damit, eine Million Bälle gleichzeitig in der Luft zu halten. Sie sehnte sich nach Einfachheit, aber sie musste herauskriegen, was für ein Rätsel um ihre Doppelgängerin schwebte. Das Rätsel zwischen Finn und Karen lösen.

Verflixt – irgendwo inmitten von alledem musste sie rauskriegen, was sie als nächsten Schritt in ihrem Leben machen wollte, und wie Josiah hineinpasste.

Lisa näherte sich Caleb am Frühstückstisch. Tamara und Tyler schliefen noch. Sasha und Emma eilten durchs Zimmer und suchten in letzter Minute Sachen für ihren Rucksack. „Ich weiß, es ist kurzfristig, aber macht es dir was aus, wenn ich heute Vormittag eine Stunde oder so abhaue?"

Caleb zuckte mit den Schultern. „Natürlich nicht. Ich schicke dich vielleicht mit einer Einkaufsliste los, wenn es dir nichts ausmacht. Aber ich nehme mir etwas frei, also gibt es keinen Grund, dass du jede Minute des Tages hier sein musst. Nur dass Tamara deine Gesellschaft genießt."

„Einkaufen ist kein Problem. Und ich bin froh, dass du Zeit mit Tyler genießen kannst."

Rasch begab sie sich zu *Buns and Roses*, dem Café, wo Josiah das Treffen angesetzt hatte.

Er traf sie vor der Tür und zog sie neben das Gebäude, um ihr einen süßen Kuss zu geben.

Sie ließ die Finger in seine gleiten. „Das ist echt seltsam", sagte sie.

„Es ist seltsamer, als du glaubst. Du hast mich gebeten, das Ganze in die Wege zu leiten, aber Brad Ford hat mich etwa dreißig Sekunden angerufen, bevor ich seine Nummer wählen konnte. Hat gesagt, seine Praktikantin wäre völlig durch den Wind gewesen, nachdem sie euch alle getroffen hat, und sie beide wären teuflisch neugierig."

Lisa nickte. „Ist bestimmt nur eine dieser seltsamen Zufälle. So was, wie wenn Leute sagen, ich kenne da jemanden, der genauso aussieht wie du. Hast du Familie und Ontario?"

Josiah grinste. „Jemand hat mal geschworen, mich auf einem Berg in Deutschland gesehen zu haben."

Sie kicherte, ehe sie sich zu einer unschuldigen Miene zwang. „Gemsen haben einen starken Einfluss in deiner Familie?"

„Esel, hat man mir gesagt." Er drückte ihr die Finger. „Komm schon. Ich gebe dir einen Kaffee aus."

Es war viertel nach neun, also war der erste morgendliche Anlauf schon durch. *Buns and Roses* war kein typischer Aufenthaltsort für die Älteren. Die meisten Farmer, die morgens Pause machten, gingen zu *Connie's*, wo sie einfachen Filterkaffee ewig nachgeschenkt bekamen. Zumindest hatte Lisa das von Kelli erfahren und die anderen Ähnliches bei den Mädelsabenden murmeln hören, die sie mit den Besitzerinnen von *Buns and Roses* genossen hatte.

Darum war nur ein Viertel der Tische belegt, was bedeutete, dass ein Dutzend Leute an den kleinen Tischen saßen. Trotzdem, in dem Augenblick, in dem sie den Raum betraten, gingen sofort fragende Blicke zwischen Julia und Lisa hin und her.

Sie und Josiah blieben am Tresen stehen, um ihren Kaffee zu bestellen, die Frage im Blick ihrer Freundin Tansy war eindeutig zu sehen.

Tansy wackelte rasch mit den Fingern zwischen den beiden Frauen hin und her, verbarg die Bewegung hinter der anderen Hand.

„Ein großer Latte mit doppeltem Espresso, und ich habe keine Ahnung", gab Lisa zu.

„Brad hat Croissants zum Frühstück geordert, wenn ihr also nicht vollgestopft seid, mache ich dir und Josiah auch welche", setzte Tansy sie in Kenntnis.

„Du erwartest doch wohl nicht, dass ich was zu essen ablehne, oder?", fragte Lisa.

„Es ist immer gut, nachzufragen. Josiah geht nur selten an den Tresen mit den Leckereien." Sie wandte sich an Josiah. „Schwarzer Kaffee?"

Er nickte und schob das Bargeld über den Tresen, bevor Lisa ihre Börse herausholen konnte.

Und dann ließ es sich nicht mehr aufschieben. Josiah marschierte mit ihr hinüber zu dem Tisch, wo Brad und Julia warteten.

Brad erhob sich, was bedeutete, dass Lisa den freien Platz an seiner Seite nehmen sollte. Dadurch saß sie direkt gegenüber der anderen Frau, die sie mit großer Neugier beäugte.

Sie ließen sich alle nieder, und dann übernahm zum Glück Brad die Unterhaltung.

Er strich sich mit der Hand über den rasierten Kopf, lächelte Josiah locker an. „Du hast es gestern toll gemacht, die Vertretung zu spielen."

„Hey, neues Leben auf die Welt bringen, ist doch ein Bonus in meinem Job. Manchmal ist es ein größerer Schlamassel, aber es war irgendwie witzig, sich mal auf eine Geburt einzustellen, bei der ich mir keine Sorgen machen musste, dass ich unabsichtlich mit einem Tritt den halben Weg durch den Raum befördert werde."

„War das deine erste Geburt bei Menschen?", fragte Julia. „Es war schön, reinzukommen, ohne dass alle schon total ausgeflippt sind."

„Das erste Mal. Und ich weiß nicht, ob es für mich zählt, denn ihr seid ja dazu gekommen, bevor es zum Abschluss kam." Er ließ die Finger unter den Tisch gleiten und nahm Lisas Hand. „Ich habe den Überblick verloren, wie vielen anderen Wesen ich bereits auf die Welt geholfen habe."

„Ich war echt froh, dass ihr gekommen seid." Lisa wandte

sich an Brad. „Ich hatte Sorge, dass der Krankenwagen nicht an der Blockade auf der Brücke vorbeikommen würde."

„Gut gefolgert, denn so wäre es gewesen. Aber in den nächsten sechs Monaten macht Julia eine Ausbildung bei den Notfallhelfern von Heart Falls. Nicht so breit aufgestellt wie ein Krankenwagen, aber auf jeden Fall gute Ersthelfer. Es ist ein Versuchsprogramm, von dem wir hoffen, dass es die Abdeckung auf dem Land verbessert, ohne eine Menge zu kosten."

Julia meldete sich zu Wort, und es war höchst seltsam, als würde man eine vertraute Stimme aus einem vertrauten Gesicht zu hören, aber mit Pausen, kürzer als eine Sekunde, an der falschen Stelle. „Ich muss ein Praktikum für meine Sanitäterinnenrausbildung machen, und ich wollte eine Weile im ländlichen Alberta leben." Sie warf einen Blick auf Brad, und ihre Wangen wurden rot, bevor sie sich aufrichtete und ganz professionell wurde. „Brad war einer meiner Ausbilder im ersten Jahr, und er hat immer von Heart Falls gesprochen, als wäre es ein magischer Ort."

Das klang nach einer guten Einfallschneise. „Woher kommst du denn? Ich meine, wenn es dir nichts ausmacht, dass ich frage."

Julia lächelte. „Das ist doch das Ding, um das wir hier herum reden, oder? Herauszufinden, weshalb wir uns so ähnlich sehen? Ich bin ursprünglich aus Calgary, aber Mom und ich sind nach Vancouver gezogen, als ich fünf war. Sie hat immer Witze gemacht, dass der Himmel von Alberta mich nach Hause ruft, wenn ich ruhelos wurde."

Brads Telefon klingelte. Er grinste, während es herauszog. „Tut mir leid, Leute, da muss ich rangehen."

„Notfall?", fragte Julia und richtete sich auf, als würde sie gleich durch die Tür springen wollen.

„Meine Verlobte." Er erhob sich, sein Glück war eindeutig zu sehen. „Ich bin gleich zurück."

Als er den Tisch verließ, wandte Josiah sich zu Lisa. „Ich bleibe, wenn du möchtest, aber wenn ihr unter euch auch klarkommt ...?"

Sie drückte ihm die Finger. „Wir kommen klar. Aber danke dir. Für alles."

Josiah schob ihr die Finger unters Kinn und hob ihr Gesicht zu einem Kuss. Elektrisch prickelnde Hitze, aber süß genug, um es ihr eiskalt das Rückgrat hinablaufen zu lassen.

Er tippte ihr auf die Nase. „Ruf mich an."

Sie sah ihm nach, bevor sie sich zu Julia zurückwandte. „Man hat uns im Stich gelassen."

Die andere Frau beobachtete sie genau. „Ist es in Ordnung für dich, dass wir unter uns reden? Denn ich muss zugeben, ich bin wie verrückt neugierig, aber ich will nicht, dass du dich gleich unbehaglich fühlst. Wenn du warten willst, bis ..."

„Ich habe kein Problem damit, mit dir allein zu reden", versicherte ihr Lisa. Obwohl es sehr fürsorglich war, dass Julia sich Sorgen gemacht hatte. „Ich bin aus Rocky Mountain House, einer kleinen Gemeinde im Nordwesten von Calgary. Meine Mom ist vor über zwanzig Jahren gestorben, aber falls es eine Familienverbindung zwischen uns gibt, bezweifle ich, dass sie über ihre Seite kommt. Du siehst verdammt nach einer Coleman aus."

Julias Miene wurde traurig. „Meine Mom ist vor einem Jahr gestorben."

Lisa wurde von dem Drang erfasst, über den Tisch zu greifen und sie mitfühlend zu drücken. „Mein Beileid."

Julia schüttelte den Kopf. „Es ging schnell – Brustkrebs. Sie hat ihn einmal überwunden, aber beim zweiten Mal half einfach nichts."

„Scheißkrebs."

Die andere Frau nickte heftig, ihre Augen glänzten, während sie Tränen wegblinzelte. „Ich vermisse sie wie verrückt. Aber es tut mir leid, ich wollte unsere Unterhaltung nicht entgleisen lassen."

Scheiß drauf. Lisa beugte sich vor und nahm Julias Hand, drückte sie kurz, bevor sie sie losließ. „Es ist niemals ein schlechter Zeitpunkt, um über die Leute zu reden, die man verloren hat. Ehrlich, es macht mir überhaupt nichts aus."

Julia nickte wieder. „Danke. In der Zwischenzeit möchte ich nicht deinen ganzen Tag in Anspruch nehmen, aber ich bin neugierig. Du wohnst in Rocky Mountain House und du hast erwähnt, dass du mehr Familie hast ... du und deine Schwester sehen sich sehr ähnlich."

„Das sind Tamara, ich und unsere ältere Schwester Karen. Aber es gibt auch noch eine erweiterte Familie, was bedeutet, dass eine Menge Leute ein Gesicht tragen, das dem deinen ähnelt." Lisa malte einen Kreis in die Luft vor ihrem Kopf.

Die andere Frau hob den Blick an die Decke und dachte heftig nach. „Es waren nur ich und meine Mom. Sie war ein Einzelkind, und ihre Familie war aus Ontario. Wir haben sie nie getroffen."

„Was ist mit deinem Dad?"

Das brachte ihr eine Grimasse ein. „Hatte ich nicht. Natürlich gab es einen Samenspender, aber der war nicht anwesend."

Da musste doch Coleman-Blut im Spiel sein, denn sie sah doch nicht wie jemand aus, der Lisa als Spiegel dienen könnte, ohne dass Genetik dabei eine Rolle spielte.

Julia nippte an ihrem Kaffee und lächelte. „Nur, um dir etwas Sicherheit zu geben, obwohl ich das schon herauskriegen will, versuche ich nicht, irgendwo einzudringen, wo ich nicht willkommen bin. Meine Mom wollte mich. Das weiß ich, und das hat sie mir echt klargemacht. Ihr war es wichtig, eine Mutter zu sein, und sie liebte mich sehr."

Lisa wedelte mit der Hand, was den ersten Teil der Anmerkung betraf. „Meine Liebe, wenn wir jemanden haben, der mit uns blutsverwandt ist, was wir, wie ich denke, wohl sein müssen, wird es nicht so sein, dass du dich irgendwo reindrängst. Eher schon musst du weglaufen und dich verstecken, um nicht von den Massen an Colemans überwältigt zu werden, die dich zur Assimilierung an sich reißen wollen."

Julia hatte sofort die Erwiderung drauf. „Widerstand ist zwecklos."

Ein Schnauben entschlüpfte Lisa. „O mein Gott, du kannst Star Trek zitieren. Du bist auf jeden Fall eine Coleman."

Die andere Frau beugte sich auf den Ellbogen vor. „Okay, wir müssen das ja nicht alles heute aufdecken, und ich will auf keinen Fall irgendeinen Stress in deiner Familie verursachen. Denn ich kann mir vorstellen, wenn jemand bei einem vor der Tür steht, ohne eingeladen zu sein, ist es immer stressig."

Lisa stimmte zu, und doch auch wieder nicht. „Es gibt einen Onkel, der vor Jahren weggezogen ist. Ich meine, weit bevor der Großteil von uns geboren wurde. Von ihm hat schon lange niemand mehr gehört. Vielleicht ist er dein Dad, aber wenn ja, dann gibt es nicht viel, was ich dir über ihn erzählen kann."

„Mach dir keine Sorgen darüber. Erzähl mir was von dir und deinem Zuhause", schlug Julia vor. „Ich bin nur sechs Monate lang in Heart Falls, aber ich habe mich schon seit Jahren darauf gefreut. Vielleicht schon länger, wenn ich ehrlich bin. Ich habe das vorhin ernst gemeint. Meine Mom hat mir früher erzählt, dass ich von irgendeinem Geist des Vorgebirges besessen wäre, der sich danach sehnte, zurückzukehren. Das fühlt sich einfach so sehr wie Heimat an, selbst schon nach ein paar Tagen."

„Es ist ein hübscher Ort", stimmte Lisa zu. „Aber ich wohne nicht hier."

Julias Miene ging durch eine Reihe von Gefühlen. Verwirrung, Verständnis und dann wieder zurück zu Verwirrung. „Deine Schwester wohnt hier, und du bist hier, um mit dem Baby zu helfen. Und Brad sagte, dein Freund ist einer der Tierärzte vom Ort."

„Wow, du bist ziemlich gut, Sherlock Holmes", sagte Lisa bewundernd. „Ich bin hier rausgekommen, um Tamara ab Dezember zu helfen. Wenn sie wieder auf den Beinen ist, weiß ich nicht sicher, was ich machen will."

„Aber das war dein Freund?"

Es fühlte sich seltsam an, das zu sagen. „Das war er, schätze ich."

Julia lachte, das Geräusch drang rasch über sie hinweg. „Tut mir leid, aber das ist die zögerlichste Bestätigung, die ich mir bei so einem gut aussehenden Typen vorstellen kann."

„Es ist kompliziert", sagte Lisa gedehnt.

„Das ist es doch oft", erwiderte Julia mit einem Lächeln. „Willst du spazieren gehen, während wir reden?"

„Klingt gut."

Lisa winkte Tansy zum Abschied, die immer noch enorm fragende Handbewegungen machte. Dann waren sie und Julia nach draußen unterwegs, marschierten durch die kühle Luft und sprachen locker über alles, was ihnen in den Sinn kam.

Seltsam behaglich, wenn man all die Dinge bedachte, die da hineinspielten.

Außerdem hatte Julia recht. Ganz gleich, als wer sich ihr Vater am Ende herausstellte, jemand in der Familie Coleman würde eine riesige Überraschung erleben.

~

IN SEINE TÄGLICHEN AUFGABEN EINZUTAUCHEN, kostete Josiahs ganze Konzentration, denn eigentlich wollte er an Lisas Seite bleiben, falls sie ihn brauchte.

Obwohl „brauchen" ein ziemlich starkes Wort zu sein schien, wenn es um Lisa ging. Je näher er sie kennenlernte, desto mehr bewunderte er sie. Sie war klug, fähig und verführerisch, und nichts, was sie zusammen unternahmen, schien jemals normal zu laufen.

Das musste er akzeptieren.

Irgendwann in den nächsten paar Tagen würde sie eine Ablenkung brauchen, darum machte er seine Runden und kümmerte sich um Tiere und Rancher, und er plante voraus, so gut er konnte.

Wenn sie freie Zeit hatte, würde er bereit sein.

In der Zwischenzeit war bei Josiah genug los. Nicht nur mit seiner normalen Arbeit, sondern er war auch einige Male draußen bei der neuorganisierten Tierrettung gewesen, um mit Sonora zu arbeiten.

Die Frau hatte es irgendwie geschafft, alle fünfzig überlebenden Flauschewelpen nicht nur unterzubringen und versorgen zu lassen, sondern auch zu pflegen. Allein die geruchliche Verbesserung war erstaunlich.

Sonora mochte ja klein sein, aber sie war eine Naturgewalt.

Sie stemmte die Fäuste in die Hüfte und funkelte ihn an. Josiah richtete das Rückgrat auf, damit er nicht sofort ihrer Frage nachgab.

„Das ist das Beste, was ich bieten kann", sagte er so nett wie möglich, aber in einem Tonfall, der keine Widerworte zuließ. „Nicht, weil ich nicht helfen will, aber das ist eines der Dinge, zu denen sie uns eine besondere Lektion an der Uni gegeben haben. Unsere Zeit für einen guten Zweck zu spenden – das liegt an uns. Materialien zu spenden, ist jedoch der schnellste Weg, um ein Geschäft in den Ruin zu treiben. Kein Geschäft bedeutet, dass keines der Tiere hier im Umfeld die Fürsorge bekommt, die es verdient. Ich kann die Preise für die medizinischen Materialien nicht noch weiter senken."

Sie verdrehte die Augen. „Ich hab doch nicht darum gebeten, dein Geschäft in den Bankrott zu treiben, nur für meine Tiere. Ich verstehe das – ich habe jahrelang auf dem Land gearbeitet, und wenn man ein Loch mit dem anderen stopft, endet das niemals gut."

Josiah schüttelte den Kopf. „Dann verstehe ich es nicht."

„Ich brauche Hilfe, um herauszubringen, wie ich es mir leisten kann, diesen Laden zu betreiben, und wiederhol das bloß nicht vor Ashton." Sie warf einen Blick über die Schulter, als würde der ältere Mann gleich um die Ecke kommen. „Ich habe Geld, aber in Wahrheit ist es so, wenn ich möchte, dass das richtig funktioniert, selbst wenn diese Tiere adoptiert werden, werde ich am Ende mehr bekommen. An irgendeinem Punkt wird meine Familie anfangen, zu protestieren. Selbst wenn es meine Ersparnisse sind, die ich angreife, möchte ich das auf kluge Weise anstellen."

Das ergab eine Menge Sinn. Josiah nickte. „Ich habe im Augenblick keine Antworten für dich, aber lass mich ein bisschen darüber nachdenken, und wir sehen, was wir auf die Beine stellen können."

„Das wüsste ich wirklich zu schätzen." Sonora bückte sich, um Ollie hinter den Ohren zu kraulen. „Die scheint sich ganz gut zu machen."

„Abgesehen davon, dass sie mies drauf ist, wann immer sie nicht in der Nähe von Lisa ist", sagte Josiah mit einem toleranten Grinsen. „Ich habe ihre Information in alle Foren gestellt, die ich kenne, aber ich habe noch nichts von jemandem gehört."

„Du hast einen Hund gebraucht", sagte Sonora leichthin.

Er lachte leise, aber es gab dazu nicht viel zu sagen.

Sie waren unterwegs nach Hause, Josiahs Kopf mit halb ausgegorenen Plänen gefüllt, um Sonora zu helfen, aber nichts, das langfristig oder brillant war. Ollie sprang mit ihm in den Truck, als wäre die Höhe gar nichts, lief von der Ladefläche zum Boden und auf den Sitz. Sie stellte sich auf den Beifahrersitz, spähte interessiert aus den Fenstern.

Wieder zu Hause war Finn im Wohnzimmer, die Füße auf dem Beistelltisch, seine Finger bewegten sich rasch auf einem Laptop.

„Wie läuft der Krieg?", fragte er, ohne von seinem Bildschirm aufzuschauen.

„Ich habe eine weitere Schlacht gewonnen." Josiah ließ sich auf seinen bequemen Stuhl nieder und klappte die Fußstütze hoch. „Wenn man es für ein Schlachtfeld hält, eine Sau davon zu überzeugen, dass man ihr ihre Ferkel nicht für immer wegnimmt."

Finn nickte. „Eine Beschützernatur."

„Ich bin dankbar, dass sie keine Hörner haben wie Bullen."

Der andere Mann grinste, dann klappte er seinen Laptop zu. „Was hast du im Sinn?"

„Bin ich so durchschaubar?"

Finn zuckte mit den Schultern. „Ich bin schon einen Monat hier. So schwer bist du nun auch wieder nicht, zu interpretieren."

Josiah verschränkte die Hände hinter dem Kopf. „Zach hat gesagt, du wärst der Mann mit dem Geld. Dass du die Ideen von anderen mit Bargeld unterstützt."

„Da lügt er nicht." Finn musterte Josiah. „Willst du deine Klinik erweitern?"

Josiah winkte bei dem Vorschlag ab. „Nicht ich. Ich denke an die neue Tierrettung, die Sonora Fallen aufstellen möchte. Sie hat einen guten Standort, und sie kann vermutlich ein paar

Fördermittel bekommen, aber das wird nicht reichen. Nicht am Anfang."

„Die meisten neuen Unternehmen scheitern innerhalb des ersten Jahres", stimmte Finn zu. „Was ist anders an diesem?"

Es war eine ehrliche Frage. „Da bin ich nicht sicher. Es könnte einer von ein paar hundert Orten sein, die versuchen, das Richtige zu tun. Tiere aufnehmen, die misshandelt oder ausgesetzt wurden, in der Hoffnung, ihnen eine Chance zu geben, das Leben zu genießen."

„Ah, du richtest dich also an den weichherzigen Tierliebhaber in mir", sagte Finn.

Josiah beäugte den Mann. „Gibt es den denn?"

„Teufel, ja. Ich habe die Arbeit auf einer Ranch in den Knochen. Ich liebe das Land, und ich liebe die Wesen, die auf dem Land leben, die vierbeinigen noch mehr als die meisten zweibeinigen, um ehrlich zu sein." Er schob den Computer zur Seite und beugte sich vor, die Ellbogen auf die Knie gestützt. „Noch mal. Was ist anders an diesem Tierheim?"

Josiah ging ein wenig tiefer. „Die Einbeziehung der Gemeinschaft? Ausbildungsprogramme in Verbindung mit Schulen? Integrierte Programme?"

Finn nickte. „Da hast du einen Ansatzpunkt. Diese Dinge bedeuten, dass man das Tierheim lange Zeit von einem Jahr aufs nächste betreiben kann."

„Wenn es lange genug durchhält, um solche Programme auf die Beine zu stellen", erklärte er.

Der andere Mann tippte sich mit dem Finger an die Lippen. „Ich arbeite selbst an ein paar Dingen, die sich damit vielleicht gut verbinden lassen. Ich sag dir was. Lass mich etwas rumfragen, bevor ich mich auf irgendwas einlasse. Das sollte nur ein paar Tage dauern."

Eine Antwort in der Zukunft war besser als überhaupt keine Ideen. „Das weiß ich zu schätzen."

„Hast du Lisa in letzter Zeit gesehen?", fragte Finn.

Es gab noch eine weitere Verwirrung aufzuklären. „Heute Vormittag."

Finns Grinsen blitzte ganz kurz auf, bevor es verschwand. „Ihr wart leise."

Josiah nahm das nächstbeste Kissen und warf es locker auf Finns Gesicht.

Der Mann lachte. „Weißt du, wann Karen in die Stadt kommt?"

„Ich denke mir, dass sie bald aufkreuzen wird, um das neue Baby zu sehen." Er beäugte Finn, Neugier und Beschützerinstinkt rangen miteinander. „Hast du vor, vorbeizuschauen?"

„Nö. Nicht mitten in der Zeit mit dem neuen Neffen." Finn schüttelte den Kopf. „Ich war ganz offen, was meine Pläne angeht, sie zu umwerben, aber ich werde nicht mit einer Dampfwalze da reinfahren. Vor allem, weil es nicht helfen wird."

„Ich glaube nicht, dass du unter Verschluss halten kannst, dass du in der Gegend bist", sagte Josiah. „Es ist nicht die Art Geheimnis, die Lisa für sich behalten würde, selbst wenn du sie darum bittest."

„Ich lasse vom Schicksal entscheiden, was gesagt wird. Darüber mache ich mir keine Sorgen." Finn schaute aus dem Fenster. „Ich muss alles unter einen Hut kriegen, bevor ich meinen Schritt mache. Wie bereits erwähnt, wohnt Karen nicht wirklich hier. Sie kann mir aus dem Weg gehen, solange sie möchte, bis ich bereit bin."

Josiah betrachtete den Mann von oben und unten. „Wenn du dich irgendwie gruselig benimmst, verspreche ich dir, die Beweise sind verschwunden, bevor jemandem auffällt, dass du nicht mehr da bist."

„Erst Caleb, jetzt du?", schnaubte Finn, doch er hob eine

Hand. „Ich schwöre feierlich, dass ich dieser Frau kein Haar krümmen werde. Wir müssen nur erst ein paar alte Missverständnisse ausräumen und auf die Beine kommen, damit wir uns auf den Weg machen können."

Zum Großteil befriedigt gab Josiah eine letzte Warnung von sich: „Ich werde dich trotzdem im Auge behalten."

Der Mann ließ ein weiteres rasches Grinsen sehen. „Anders möchte ich es auch gar nicht."

12

———

Karen hatte ihren Aufenthalt wohl beschleunigt, denn nur zwei Tage später kam sie in Heart Falls an. Sie betrat das Ranchhaus von Silver Stone und schlang die Arme um Tamara, drückte sie fest.

Einen Augenblick später trat sie zurück und schaute sich um. „Okay, genug davon. Wo ist mein Neffe?"

Gelächter ertönte im Zimmer, während sie sich vorstürzte und Tyler direkt aus Calebs Armen entführte.

„Hallo auch, Karen." Es wurde trocken geäußert, ohne wirklich tadelnd zu sein. Caleb stand auf und umarmte sie, küsste sie auf die Wange.

„Was? Du weißt doch, dass du auf der Liste der Begrüßungen ganz schön weit nach unten gerutscht bist." Aber sie legte ihm einen Arm um den Nacken und drückte fest. „Ich gratuliere, Lieblingsschwager. Du hast es gut gemacht."

„Ich bin dein einziger Schwager. Und Tamara hat alles gemacht." Er ging ein paar Schritte durch den Raum, an die Seite seiner Frau, um sie in die Arme zu nehmen. „Ich bin so dankbar, dass sie beide in Sicherheit sind."

„Außerdem kotze ich mir nicht mehr die Seele aus dem Leib", fügte Tamara an. „Ein Bonus."

Caleb küsste sie, bevor er unterwegs zur Tür war.

Karen erwischte ihn am Ärmel. „Irgendwann in der nächsten Stunde sollte Dad eintreffen. Ich habe ihn überzeugt, über Nacht zu bleiben, aber er wollte in seinem eigenen Truck fahren. Hat irgendwas davon gesagt, dass er auf dem Heimweg in Calgary Materialien abholt."

„Dann werde ich nach ihm Ausschau halten." Er musterte wieder Tamara, sein Blick glitt über sie. „Wenn du irgendwas brauchst, ruf an."

„Mir geht's gut", beharrte Tamara. „Ich habe meine beiden Schwestern bei mir, falls ich sie herumkommandieren möchte, was ich nicht brauche, denn mir geht es gut."

Caleb lächelte, aber es erreichte seine Augen nicht. „Ruf mich an."

Er ging durch die Tür.

Tamara knurrte ihm mehr oder weniger hinterher, nachdem sie sich klickend geschlossen hatte. „Nerviger, sturer, fürsorglicher Esel von einem Mann."

Karen trug Tyler ins Wohnzimmer und ließ sich auf dem Sofa nieder, strich mit dem Finger über seine Wange, während sie ihn musterte. „Es ist schön, zu sehen, dass in Tamaraland alles gut ist. Ihr habt ein hübsches Baby gemacht. Gute Arbeit, Schwester."

Lisa setzte sich neben Karen, widerstand dem Drang, ihren Neffen zu stehlen. Sie hatte bereits ein paar Tage gehabt, um ihn zu kuscheln, aber sie hatte noch nicht annähernd genug. „Er ist hübsch. Lass dich allerdings nicht zu sehr von ihm um den Finger wickeln. Obwohl er jetzt vorspielt, ein liebenswertes, stilles Baby zu sein, hat er eine ziemliche Lunge, die einen Feueralarm stolz machen würde."

Tamara setzte sich neben sie, zog die Füße hoch und lehnte

sich zurück an die Kissen. „Nach neun Monaten möchte man meinen, ich hätte es satt, in dieser Ecke zu sitzen, aber es ist ziemlich gemütlich geworden." Sie seufzte. „Ich bin froh, dass du hergekommen bist."

„Natürlich, Dummerchen. Wo sollte ich denn sonst sein?"

Karen wickelte Tyler so weit aus, dass sie seine Finger nehmen konnte, ließ einen kleinen Finger in seine Faust gleiten. „Was ist los mit Caleb?"

„Du meinst seine Hyperparanoia?"

Lisa schnaubte. „Ist das eine offizielle Analyse?"

„Muss es nicht sein. Gott, ich liebe den Mann, und ich möchte ihn gleichzeitig in einer Ecke fesseln und ihm sagen, er soll sich verdammt noch mal beruhigen." Tamara schnaubte. „Ihr solltet mal sehen, wie ihr guckt. Ist doch nicht so, als hättet ihr mich noch nie fluchen gehört."

„Warum ist er paranoid?", fragte Karen.

„Weil seine erste Frau eine Wochenbettdepression bekam, und zwar zweimal, darum fragt er sich ständig, wann Tamara in der Düsternis versinkt." Lisa schaute auf, um festzustellen, dass sie sie beide anstarrten. „Was? Das war doch kein riesiges Geheimnis. Du hast mir deine Verdachtsmomente irgendwann mal mitgeteilt, und das ist doch was Schreckliches, um das man sich kümmern muss. Die Tatsache, dass sie kein netter Mensch war, heißt doch nicht, dass ich kein Mitgefühl mit ihr haben kann. Die Frau hatte ein ernstes Problem mit der Gehirnchemie und ihren Emotionen, das von einer hochdramatischen Erfahrung ausgelöst wurde."

„Diese traumatische Erfahrung wäre dann wohl die Geburt", bemerkte Tamara trocken zu Karen. „Vielen Dank, Dr. Lisa, für diese wunderbare Laiendiagnose. Aber du hast recht. Caleb geht auf Eierschalen, als würde eine falsche Bewegung die ganze Sache zur Explosion bringen. Es wäre süß, wenn es nicht so nervig wäre."

„Er macht sich nur Sorgen um dich", sagte Karen.

„Natürlich tut er das, aber so gut habe ich mich schon seit langer Zeit nicht mehr gefühlt. Ich werde noch eine psychosomatische Krankheit entwickeln, wenn ich beobachte, wie er mich beobachtet, während er darauf wartet, dass etwas schiefläuft."

Tyler begann sich zu regen, ging in weniger als dreißig Sekunden von Bewegungen mit Nase und Mund zu einem vollständigen Babykreischen über.

„Reich den Staffelstab weiter", befahl Lisa. „Das ist das Weinen, wenn er hungrig ist."

„Verdammt, du hast das alles bereits raus." Karen hob Tyler und reichte ihn Tamara, die sich wand, bevor sie ihn an ihre Brust legen konnte.

Dann waren sie alle kurz leise, während Tyler geräuschvoll trank.

Lisa stampfte das Prickeln in ihren Eingeweiden aus, das viel zu offensichtlich war, als dass sie es ignorieren konnte. Es schien, als gäbe es ein paar Zeilen, die sie in ihr Tagebuch anfügen musste. Dinge, die sie *irgendwann* in der Zukunft einmal erleben wollte.

Vielleicht ging es bei den Dingen auf der Wunschliste nicht um ferne Abenteuer oder klassische Architektur, aber sie waren auf jeden Fall dazu angetan, in die Zukunft zu führen.

Die drei plauderten leise eine Weile über alles und nichts. Gemütlich, so wie es immer gewesen war.

Tamara brachte es zur Sprache. „Wir hatten keine Gelegenheit, das schon vor dir zu erwähnen, Karen. Die Sanitäterin, die gekommen ist, um bei Tylers Geburt zu helfen, sieht so sehr nach einer Coleman aus, es ist beinahe furchterregend."

„Ich habe mich in einem Café mit ihr getroffen", fügte Lisa an. „Tamara habe ich es bereits erzählt, aber sie ist nett. Sie ist auf jedenfalls nicht irgendein Psychokiller. Ihre Mom hat in Calgary gelebt, wo sie geboren wurde. Wir haben uns gefragt, ob sie die Tochter von Onkel Mark sein könnte."

Das ergab schon Sinn.

Auf dem Coleman-Land hatten ursprünglich sechs Brüder gelebt. Einer war gestorben, vier hatten in der Gemeinde ein Heim geschaffen, der sechste hatte den Ort verlassen, und soweit es Lisa wusste, lebte er irgendwo im südlichen Alberta. Er war in den letzten Jahren ein paarmal erwähnt werden worden, aber Onkel Mark war niemals nach Rocky Mountain House gekommen, um die neue Generation kennenzulernen.

Karen wirkte verwirrt. „Es gibt jemanden, der nach Coleman aussieht, aber ihr seid nicht sicher, ob sie mit uns verwandt ist? Wie ist sie hier nach Heart Falls gekommen? Das ist doch ein krasser Zufall."

„Ja, und nein", gab Lisa zu. „Sie macht ihr Praktikum als Sanitäterin, und wie bei Lehrern und Krankenschwestern muss das zufällig in ländlichen Gebieten stattfinden. Einer ihrer Ausbilder wohnt hier am Ort, und ich schätze, sie hat sich hierher beworben, um speziell von ihm weiter ausgebildet zu werden."

„Seltsam." Karen raffte sich auf, ging kurz auf und ab. „Na, wenn wir eine verschollene Cousine haben, die plötzlich auftaucht, werden wir uns darum kümmern. Übrigens wird Dad in ein paar Stunden hier sein. Er ist in den letzten paar Tagen eigentlich ganz anständig gewesen. Allerdings hat er mir aus irgendeinem Grund beinahe den Kopf abgebissen, als du verfrüht Wehen hattest."

„Ja, denn ich sehe *total*, dass das deine Schuld ist", sagte Tamara. Sie holte tief Luft, dann seufzte sie. „Tut mir leid, dass du dich mit ihm herumschlagen musst."

„Ja, egal. War zu erwarten. Ich bin nur froh, dass du und Tyler in Ordnung seid." Karen sank wieder auf das Sofa, während Tamara Tyler abnahm, der mitten in der Mahlzeit eingeschlafen war. „Er ist schon winzig. Glaubst du, er war ein Frühchen?"

„Die Ärztin schätzt, dass wir was verwechselt haben, als wir sein Geburtsdatum errechnet haben. Es ist möglich, dass er ein paar Wochen zu früh dran war und perfekt im Normalbereich liegt." Tamara tätschelte ihm sanft den Rücken, bis er rülpste. „Ich fühle mich nicht mehr, als wäre ich in einem chemischen Nebel."

„Ich habe es dir doch gesagt", sagte Lisa. „Ich sagte, du bekommst einen Jungen, weil man dann immer das Testosteron als Begründung heranziehen kann."

Tamara lachte. „Na, ich habe genauso oft gehört, dass es Leuten schlecht geht, wenn sie Mädchen bekommen. Ich sage es euch aber, ich denke echt heftig darüber nach, ob ich das irgendwann noch mal durchmachen möchte. Der einzige Gute daran war, dass die Wehen nicht zu sehr genervt haben. Wenn wir uns nur aussuchen können, was für eine Art Schwangerschaft wir haben."

„Neun Monate Übelkeit im Gegensatz zu vierundzwanzig Stunden oder länger Schmerz." Karen verzog das Gesicht. „Schwierige Entscheidung."

„Hör auf."

„Ich meine es ernst", beharrte Karen.

Der Nachmittag verging rasch. Die Mädchen kamen aus der Schule nach Hause und schlossen sich der wilden Mischung an. Lisa sog jeden Augenblick der Zeit mit ihren Schwestern auf und stutzte bei der Vorbereitung des Abendessens, als es an der Hintertür kratzte.

Emma raste durch das Zimmer und schaute durch das Glas. „Es ist Ollie."

Was? Lisa trocknete sich die Hände an einem Geschirrtuch und ging zur Tür. „Was macht sie denn hier?"

„Vielleicht ist Josiah auf der Ranch", sagte Tamara. „Ich dachte, du hast gesagt, er würde sich um sie kümmern."

„Ich würde nicht meinen, dass er sie mitbringt, wenn er arbeitet", sagte Lisa.

Sie schaute aus der Tür, um nach Josiahs Truck zu sehen. Als sie nichts sah, schickte sie ihm eine Nachricht.

Lisa: *Wo bist du?*

Josiah: *Bei Steven. Was ist los?*

Lisa: *Ollie ist gerade hergekommen. Ich habe sie im Haus, aber ich will nicht, dass du dir Sorgen wegen ihr macht.*

Josiah: *Verdammt. Wie zum Teufel hat sie das gemacht?*

Josiah: *Egal. Ich bin fast fertig. Ich komme vorbei und nehme sie mit.*

Lisa: *Willst du zum Abendessen bleiben?*

Josiah: *Sicher. Oder ich kann dich ausführen.*

Was Lisa klarmachte, dass sie Josiah gerade mitten in eine „lern die Eltern kennen"-Situation versetzt hatte. Wollte sie das? Es war zu diesem Zeitpunkt irgendwie unmöglich, ihre Einladung zurückzuziehen, aber es bestand keine Möglichkeit, dass sie nicht da war, wenn ihr Dad eintraf.

Es schien, als würde sie in einem Fass den Wasserfall hinabtreiben, und die Richtung ließ sich nicht ändern.

Sie würde es ihn entscheiden lassen.

Lisa: *Das kann ich nicht. Dad kommt, um Tyler zu sehen, und*

*wenn ich nicht da bin, komme ich auf die Liste mit den
schlimmen Töchtern.*

Sie erwartete, dass er einen Augenblick brauchte, um zu
reagieren, aber Sekunden später schrieb er bereits zurück.

Josiah: *Das überrascht mich nicht. Ich erwarte voll und ganz,
dich ganz oben auf der Liste mit den schlimmen Töchtern zu
finden. Ich würde gern bleiben. Ich fahre nach dem Duschen bei
Buns and Roses vorbei und bringe was für den Nachtisch mit.*

Sie beugte sich nach unten und rieb Ollie fest über den
Rücken. „Ich weiß nicht, wie du mich gefunden hast, aber ich
bin froh, dass du nicht irgendwo im Schnee verschollen bist.
Dummes Tier."

Lisa füllte eine Schale mit Wasser, schnappte sich etwas
Futter, und dann schob sie Ollie in die Waschküche. Sie ließ
die Tür einen Spalt breit offen, damit Ollie herausschauen
konnte, ohne jemandem in den Weg zu geraten. Caleb war im
Lager „Hunde gehören nicht ins Haus", und Lisa wollte es
nicht übertreiben. Nicht, wenn bald ihr Dad hier sein würde,
der sehr stark auf derselben Meinung beharrte.

Und dann jagte sie die kleinen Mädchen und stellte sicher,
dass sie ihre Hausarbeiten angingen. Die gleichen Dinge, mit
denen sie in den letzten paar Monaten geholfen hatte. Aber
während ein Paar große braune Augen sie intensiv von dort
beobachteten, wo Ollie sich auf dem Nest niedergelassen hatte,
das Lisa für sie gemacht hatte, fühlte es sich anders an.

Nicht nur war ein brandneues junges Leben im Haus,
sondern auch Lisa stand an einer Weggabelung. Sie hatte nicht
vor, wegzulaufen und Tamara sofort zu verlassen, aber die
Veränderung war nahe. Sehr nahe. Sie würde eine
Entscheidung treffen müssen, was sie als nächstes tun wollte.

Sie war nicht annähernd bereit.

~

Die Mahlzeiten auf Silver Stone waren niemals unbehaglich. Sie waren laut, sie waren schallend. Es gab normalerweise genug verführerisches Essen, um Josiah dazu zu bringen, es zu übertreiben, bis er seinen Gürtel weiter schnallen musste – und normalerweise legte er sich schwer ins Zeug, um das zu vermeiden.

Die beiden Dinge, an die er nicht gewöhnt war, als er sich dem Familienessen der Stones anschloss, waren Babys und Eltern, und heute Abend bekam er beides.

Mit ganzen vier Tagen machte Tyler Stone einen gehörigen Eindruck auf das etwa ein Dutzend Familienmitglieder, die sich versammelt hatten. Für etwas, das nicht viel größer war als zwei Packungen Mehl, ließ das Kind jeden aufspringen, wenn es auch nur einen Laut von sich gab.

In anderen Worten war er ein typisches Baby – die Welt drehte sich um ihn, und Josiah hatte null Probleme damit.

Der Elternteil der Gleichung, also Lisas Dad, nahm deutlich mehr geistigen Raum ein, und anders als Tyler schien niemand ganz zu wissen, wie man mit dem Mann umgehen sollte.

Er war bereits im Haus gewesen, als Josiah eingetroffen war, und Lisa beeilte sich, sie vorzustellen.

George Coleman trat vor, die Hand zum Gruß ausgestreckt. „Schön, dich kennenzulernen."

„Schön, dich kennenzulernen, und ich gratuliere dazu, Opa geworden zu sein. Erneut", fügte Josiah rasch hinzu, als ihm einfiel, dass Tamara zwei Mädchen adoptiert hatte.

Einen Augenblick stotterte George, als würde er es nicht

ganz glauben. Ein schwaches Lächeln ging über sein Gesicht. „Das weiß ich zu schätzen."

„Opa George wurde bereits zu Geegee abgekürzt", setzte Lisa ihn in Kenntnis. „Ich habe übrigens zwanzig Mäuse gewonnen, indem ich das vorausgesagt habe."

„Natürlich hast du das."

Sie grinste, während sie ihm die Tüte abnahm, die er in der linken Hand hielt. „Hi."

„Hi." Er warf einen Blick auf George, dann auf ihre Schwestern und ihren Schwager, die im Raum herumliefen, nicht ganz sicher, ob er mutig genug war, sie vor ihnen allen zu küssen.

Ihre Lippen zuckten. „Rette doch mal Ollie. Sie hat sich beschwert, seit wir die Tür geschlossen haben."

Er folgte ihrem deutenden Finger zur Waschküche. „Hat sie sich daneben benommen?"

Lisa schüttelte den Kopf. „Ich erkläre es dir später."

Er begrüßte Ollie und gab ihr ein Leckerli aus der Tasche, bevor er sie warnte, sie solle sich benehmen, und die Tür wieder schloss.

Josiah wusch sich die Hände, dann schloss er sich der Familie an, und sobald sich alle am Tisch niedergelassen hatten, wartete er darauf, dass sein Freund der Tradition folgte und die Mahlzeit austeilte.

Die kleinen Mädchen plauderten, die Erwachsenen tauschten Geschichten aus. Tyler wurde herumgereicht wie ein Football in einem Spiel, damit jeder eine Gelegenheit bekam, etwas zu essen.

Josiah stellte fest, dass er häufig von George Coleman angestarrt wurde. Er konnte sich nicht genau erinnern, was Lisa gesagt hatte, als sie ihn vorgestellt hatte, und nun war der Augenblick vorüber, und es schien merkwürdig, noch mal zurückzugehen und offiziell zu verkünden, dass sie zusammen waren.

Peinlich. Sehr peinlich.

„Julia will wissen, ob sie morgen rüberkommen kann. Sie hat den Nachmittag frei." Lisa warf einen Blick auf Karen, die Tyler an die Brust gelegt hatte und einhändig aß wie ein Profi. „Hast du vor, ein paar Tage hierzubleiben?"

„Ja." Karen schaute zu ihrem Vater. „Solange das für dich in Ordnung ist."

George wedelte mit der Hand. „Natürlich ist es in Ordnung. Ich kümmere mich um alles. Die Moonshine-Jungs haben angeboten, rauszukommen und mit dieser Holzmastenscheune zu helfen, die man abstützen muss."

Karens Gesicht spannte sich an, aber dann nickte sie entschlossen. „Gut. Dann bin ich auf jeden Fall bis zum Siebten hier. Ich kann es nicht erwarten, diese Julia zu treffen. Ich denke mir, die Wahrscheinlichkeit, dass jemand wie sie in Heart Falls ist, ist wie ein Lottogewinn."

Ihr Vater runzelte streng die Stirn. „Wer ist sie denn? Tamara, du lässt doch nicht irgendeine völlig Fremde in dein Haus, oder?"

„Genau, Dad. Ich habe Anzeigen geschaltet, um jeden zu bitten, der vielleicht herkommen und bei uns eindringen ..."

„Julia gehört zu den Sanitätern, die bei der Geburt von Tyler geholfen haben", ging Lisa dazwischen. Es war ein aalglatter Einwurf, um zu versuchen, die Anspannung zu lösen, die eindeutig zwischen George und seinen Töchtern herrschte.

Nicht dass Josiah Tamara es vorgeworfen hätte, dass sie schnippisch war.

George plusterte sich auf, beäugte Caleb, als wäre das ein Gerichtssaal. „Na, dann schätze ich, es ist in Ordnung."

Lisas Dad benahm sich etwas arschig, aber gleichzeitig

würde es nicht schaden, zu tun, was immer Josiah tun konnte, um zu helfen, die Situation aufzulockern. „Sie sieht eurer Familie sehr ähnlich. Deshalb finden die Mädchen sie so interessant."

„Wir fragen uns, ob Onkel Mark Kinder hatte, von denen er uns nie erzählt hat", sagte Karen.

George schüttelte den Kopf. „Er war sehr lange weg, aber wir sind in letzter Zeit wieder in Verbindung gekommen. Soweit ich weiß, war er sein ganzes Leben lang Single."

„Julias Mom war eine Weile in Calgary. Es ist möglich, dass sie sich irgendwann mal mit ihm getroffen hat. Oder vielleicht dieser andere Onkel, bevor er gestorben ist – John?"

Ein weiteres verneinendes Kopfschütteln. „John hat Rocky Mountain Haus niemals verlassen. Auf gar keinen Fall ohne Mark."

„Man wird etwas graben müssen, aber wir werden es herausfinden, falls Julia Interesse hat", sagte Tamara. „Ich musste ein DNS-Test machen, während ich noch an der Universität war. Wenn sie möchte, können wir den Datenschutz darauf aufheben, um festzustellen, ob wir tatsächlich verwandt sind, bevor wir uns Sorgen um irgendwas sonst machen sollen."

Lisa nickte, dann verzog sie das Gesicht. „Es zu schade, dass wir ihre Mom nicht fragen können, aber Sharon Blushing ist vor einem Jahr gestorben."

Georges Gabel fiel ihm aus den Fingern und klapperte auf dem Tisch, die Kartoffeln und die Bratensoße, die er gerade in den Mund hatte schieben wollen, platschen halb auf und halb neben seinen Teller.

Er schnappte sich eine Serviette und tupfte sich den Mund ab, aber sein Gesicht war weiß geworden.

„Dad?" Tamara war aufgesprungen, schob sich vom Tisch zurück. „Alles in Ordnung?"

George schüttelte den Kopf, griff nach dem Wasserglas. „Mir geht's gut. Mir geht's gut."

Aber dem Mann ging es nicht gut. Josiah legte eine Hand auf Lisas Bein, um sie an Ort und Stelle zu halten, bevor er sich umdrehte, um Georges Blick aufzufangen.

Er war knochenweiß geworden, als würde sich ein Schock in ihm ausbreiten. Etwas in diesem letzten Augenblick hatte ihn so schwer getroffen, dass er in einen Abgrund gestürzt war.

„Tief einatmen", befahl Josiah. „Kurz mal die Luft anhalten, und dann so langsam wie möglich wieder ausstoßen."

Tamara war da, schob den Stuhl ihres Dads zurück. „Er hat recht. Konzentrier dich auf eine Atmung. Hast du Schmerzen? Ist es dein Herz?"

„Nein. Hört einfach auf." George hatte sich eine Hand auf die Brust gedrückt, aber er schaute rasch über den Tisch auf Sasha und Emma, die beide entsetzt zusahen. „Geegee geht es gut", erklärte er ihnen. „Ich habe mich nur verschluckt. Esst weiter. Ihr alle." Ihr Vater sagte es gezwungen, drehte sich von seiner Tochter weg und zurück zum Tisch. Falls er einen Herzanfall hatte, versteckte er es gut.

Als er entschieden seine Gabel aufnahm und sie in seinen Hackbraten stach, bewegten sich auch alle anderen wieder.

„Lisa. Mein Bruder hat eine übrige Gitarre für dich gefunden. Du hast doch gesagt, dass du üben willst." Caleb hielt seinen Blick absichtlich von seinem Schwiegervater abgewandt, aber er machte niemandem der Erwachsenen etwas vor. Sie taten alle ihr Bestes, um zum Ende der Mahlzeit zu kommen, damit man die kleinen Mädchen wegschicken konnte.

Zu diesem Punkt würde George Coleman entweder gestehen müssen, oder sich um Kopf und Kragen lügen. Denn es war nur allzu klar, *wann* er reagiert hatte.

Flucht oder Kampf? Nach allem, was Lisa in den letzten

Wochen über ihren Vater erzählt hatte, und der Anspannung im Raum, bevor ihnen alles um die Ohren geflogen war – Josiah war nicht sicher, wie es laufen würde.

Er blieb an Lisas Seite, stahl sich ihre Finger und hielt sie fest. Bot sich als Anker an.

Er hatte keine Ahnung gehabt, dass so viel Drama dazugehören würde, mit ihr etwas anzufangen. So sollte es eben sein – er war der König der dramatischen Familien, wenn es ans Eingemachte ging. Nichts davon konnte ihn vertreiben. Und wenn er irgendwie diesen Abend ein bisschen weniger dramatisch für sie gestalten konnte, war er dabei.

Schließlich beendeten sie die Mahlzeit, und mit unvergleichlichem Timing tauchte Kelli James an der Tür auf. „Klopf, klopf. Ich habe zwei kleine Mädchen, die ich draußen in der Scheune brauche, und zwar sofort."

Sasha und Emma beäugten die Erwachsenen argwöhnisch, aber Kelli war eine große Versuchung. „Warum?", wollte Sasha wissen.

Kelli grinste. „Ich habe einen Hinweis für euch. Was hat zwanzig Beine und schnurrt?"

„Kätzchen", riefen die Mädchen, rannten zu ihren Jacken und Stiefeln.

„Das war ja sehr praktisch", flüsterte Josiah Lisa zu.

Sie schob ihm ihr Handy hin und ließ ihn ihre Nachrichten lesen.

Lisa: *Familiennotfall. Es ist nichts mit Tamara oder dem Baby, aber du musst die Mädchen in fünfzehn Minuten entführen.*

Kelli: *Verstanden.*

Während sie darauf warteten, dass die Mädchen den Raum verließen, stand Lisa auf und setzte einen Pott Kaffee auf, aber ansonsten wurde nicht so getan, als würde man das Geschirr abräumen und sich ins Wohnzimmer verziehen.

Tamara starrte ihren Vater an. „Nun, da die Mädchen weg sind, was ist los?"

George öffnete den Mund, dann ließ er ihn wieder zuklappen. „Mir gefällt es nicht, von meiner Tochter verhört zu werden, und das vor meinem Schwager und einem völlig Fremden."

„Ich gehe nirgendwohin." Caleb lehnte sich in seinem Stuhl zurück, dann gab er sich ziemlich gut als Fels aus. „Es scheint, als hättest du einen Brocken vor dir, den du nun aufräumen musst, und wenn es Tamara betrifft, dann lasse ich sie nicht allein. Nicht jetzt, niemals."

George warf einen raschen Blick auf Josiah.

„Du kannst so tun, als wäre ich nicht hier, aber Lisa würde mir sowieso alles erzählen", sagte Josiah einfach. Er nahm den Hinweis von Caleb auf, lehnte sich zurück und verschränkte die Arme vor der Brust. Er würde den Teil, dass er sie nicht allein ließ, nicht laut aussprechen, obwohl er ernsthaft dazu verführt war.

Karen sprach leise. „Dad. Was ist los? Kennst du Julia?"

„Nein." Sofortige Leugnung. Aufrichtig und stark und ein wenig – verletzt?

George schob sich vom Tisch hoch, dann marschierte er zur Küche, zuckte zurück und lief zum Wohnzimmer, als würden seine verwirrten Gedanken ihm nicht gestatten, an Ort und Stelle zu bleiben.

„Du kennst den Namen Sharon Blushing?" Lisa fragte nicht, sie forderte nicht und brüllte nicht. Sie drückte Josiahs Finger, als würden sie gleich explodieren.

George drehte sich zu ihnen um, Elend stand ihm ins Gesicht geschrieben. Er nickte. Eine scharfe, abgehackte Bewegung, als wäre das alles, was er herausbekommen könnte.

Dann holte er tief Luft, genauso, wie es Josiah ihm geraten hatte. Er stieß sie langsam aus, schaute seine Töchter nacheinander an. Er hielt bei seinem Schwiegersohn inne, und einmal mehr bei Josiah. Eindeutig verwirrt, weshalb er hier war.

George straffte die Schultern. „Ich kenne Julia nicht. Ich habe nie von ihr gehört, aber vor langer Zeit, hatte ich eine kurze ...“ Er schluckte. „Ach, Teufel. Ich hatte etwa eine Woche lang was mit dieser Frau. Ihr Name war Sharon Blushing, und nachdem ich mich verabschiedet habe, habe ich niemals wieder von ihr gehört. Das schwöre ich bei Gott.“

Man hätte in diesem Zimmer eine Stecknadel fallen hören, als den drei Frauen klar wurde, was genau die Beichte ihres Vaters bedeutete.

Caleb erhob sich aus seinem Sessel und kam seinem Schwiegervater mitten im Zimmer entgegen. Er legte ihm eine Hand auf die Schulter, und Josiah war nicht ganz sicher, was passieren würde.

Dann, wie der Stein, der auch war, löste Caleb die Anspannung und übernahm die Kontrolle.

„Du hast einen Schock. Wir wissen nicht genau, was los ist, aber du hast etwas Zeit verdient, das zu verarbeiten, bevor dir noch jemand weitere Fragen stellt.“ Caleb schaute zurück zum Tisch, eine Warnung im Blick. Tamara nickte zur Antwort, zog sich Tyler an die Brust.

Caleb schob seinen Schwiegervater zur Tür. „Komm schon. Ich bringe dich in dein Zimmer.“

Keine der Frauen protestierte, während die beiden ihre Jacken und Stiefel anzogen und das Haus verließen.

Es war die seltsamste Situation. Außerhalb der Wirklichkeit, doch ganz gewiss geschah es und war echt, und es veränderte das Leben auf eine Art, die niemand schon ganz verstehen konnte. Ein kleiner Teil von Josiah wünschte sich in diesem Augenblick, dass er auch draußen in der Scheune wäre und unschuldig nach Kätzchen jagte.

Der größere Teil von ihm war so unfassbar froh, dass er da war, während Lisa seine Finger drückte und sich festhielt, als würde sie niemals loslassen.

13

———

„Heißt das …?" Karen schüttelte den Kopf. „Natürlich heißt das, dass Julia vermutlich unsere Schwester ist. Diese Frage stelle ich gar nicht."

„Wie alt ist Julia?", fragte Tamara.

„Das ist meine eigentliche Frage", sagte Karen.

„Fünfundzwanzig." Lisa tippte mit den Fingern auf die Arbeitsfläche. Zählte nach. Als sie aufschaute, stand Erleichterung in ihrem Blick. „Jung genug, dass unsere Mutter bereits tot war, als Lisa gezeugt wurde."

Sie alle drei entspannten sich wie Luftballons, denen die Luft ausging.

An ihrer Seite regte sich Josiah, bis seine Hand um ihre Taille gleiten konnte. „Geht es euch gut? Ich meine, so gut es euch eben gehen kann? Und wenn ihr wollt, dass ich gehe, lasst es mich wissen."

Karen winkte bei diesem Vorschlag ab. „Vergiss es. Ist ja nicht so, als würdest du Informationen bekommen, die nicht schon sehr bald öffentlich bekannt sein werden. Ernsthaft, Dad hatte eine Affäre?"

„Nicht, dass mein Gehirn das auch nur annähernd verarbeiten möchte, aber er ist eben ein Typ. Mom war da schon mindestens ein Jahr lang tot." Lisa warf einen Blick auf Josiah. „Mom ist mit dem Traktor umgekippt. Ich war etwa ein Jahr alt, darum erinnere ich mich nicht wirklich an sie."

„Keine von uns erinnert sich sonderlich gut an sie", sagte Tamara. „Ich meine, Dinge, die wir für Erinnerungen halten, sind vielleicht nur unsere Vorstellungskraft, oder Geschichten, die wird von anderen gehört haben."

Wieder senkte sich Stille herab, sie starrten alle auf den Tisch, verloren in ihren Gedanken.

Josiah schoss hoch. „Ihr hattet einen Schock, was bedeutet, man muss zum nächsten Schritt übergehen. Ich räume den Tisch ab, aber jemand sollte mir vermutlich helfen, sonst landen eure Reste an völlig unerwarteten Orten."

Lisa war neben ihm, stieß ihn leicht in die Schulter, während sie ihn zur Küche führte. „Du hast recht. Das ist keine lebensbedrohliche Situation. Julia wirkt wie ein ganz netter Mensch."

„Ein ganz netter Mensch, dem gleich die Ohren schlackern werden", sagte Tamara, ging zum Sofa, während Tyler sich diesen Augenblick aussuchte, um herumzujammern. „Du musst sie vorwarnen", erklärte sie Lisa.

„Das stimmt." Karen schloss sich ihnen an, arbeitete ganz locker, während sie Tamara das Baby versorgen ließ. Sie räumten den Schlamassel in der Küche und im Esszimmer auf. „Ich weiß, es geht schnell, und wir sollten Dad fragen, wie er dazu steht, doch wenn er damit klarkommt, könnte es gut sein, dass wir uns alle mal im selben Raum treffen sollten."

Josiah blieb ruhig, während die Frauen weiter redeten. Er hielt einen Blick auf sie alle gerichtet, musterte ihre Mienen, aber besonders beobachtete er Lisa.

Abgesehen davon, dass sie manchmal völlig verblüfft

wirkte, schien sie sich erholt zu haben. Wie die Mädchen gesagt hatten, es war nichts Schreckliches. Vermutlich nicht annähernd so schockierend für sie, wie es für Julia sein würde. Die Frau hatte zugegeben, dass sie nicht viel Familie hatte. Dass sie in eine neue hineingeschoben wurde, war vielleicht mehr, als sie wollte.

Lisa war stiller als sonst.

Ollie hatte sich ins Zimmer geschlichen und sauste zwischen ihm und Lisa hin und her, schaute sie von der Seite an, als wolle sie sich beschweren, dass die Tür geschlossen worden war, und sie sich damit in den letzten paar Stunden hatte herumschlagen müssen.

Als Caleb wieder in das Zimmer kam, bereitete sich Josiah darauf vor, die Flucht anzutreten.

Es funktionierte nicht. Lisa erwischte ihn und hielt ihn fest, während sie alle warteten.

„Euer Dad ist ziemlich erschüttert, aber es geht ihm gut", versicherte Caleb Tamara. „Ich habe ihn in einem der leeren Zimmer in der Schlafbaracke untergebracht. Wir sagen den Mädchen, dass sie ihn zu einer Gutenachtgeschichte besuchen können, aber auf diese Art bekommt Geegee etwas Frieden und Ruhe, anstatt dass er sich in der Nacht anhören muss, wie ein Baby herumschreit."

Das klang sinnvoll. Lisa entspannte sich, lehnte sich an Josiah, als würde sie seine Kraft nutzen, um aufrecht zu bleiben. Er legte ihr einen Arm um die Schultern.

Caleb fiel es auf, doch als sein Blick auf den von Josiah fiel, neigte er nur das Kinn ein winziges Stück, um seine Zustimmung zu geben, bevor er weiterging, um nach Karen zu sehen, dann seiner Frau.

Sein Blick blieb auf Tamara. Er wollte ein halbes Dutzend Mal etwas sagen, jedes Mal verkniff er sich die Worte, seine Miene wurde leer, noch während er sich auf den

Beistelltisch vor ihr setzte und zusah, wie sie Tyler fertig stillte.

Es schien, als wüsste Tamara genau, was los war. Sie seufzte schwer. „Ich gebe dir noch einen Tritt in den Hintern, wenn du nicht aufhörst, damit zu rechnen, dass ich mich auflöse. Bitte, Caleb."

„Es ist doch nur, das war ein Schock", setzte er an.

„Das war es, aber nicht unbedingt ein schlechter. Ich muss duschen, und jemand braucht eine neue Windel." Sie warf einen Blick auf Karen und Lisa. „Ich beantrage eine Pause. Heute Abend keine Gespräche oder Gedanken mehr daran. Ist das für euch beide in Ordnung?"

Karen nickte, während sie vortrat, um Tyler in dem stetigen Spiel, in dem das Baby weitergereicht wurde, zu übernehmen. „Ich habe vor, hierzubleiben, wenn du also mit Josiah ausgehen willst, Lisa, kümmere ich mich um alles. Lass uns nur wissen, ob du dich bei Julia meldest."

„Das mache ich." Lisa zog Josiah zur Tür. „Gib mir mal kurz, um ein paar Sachen zu holen, okay?"

„Kein Problem." Er schaute aus dem Fenster, um festzustellen, dass es irgendwann in der letzten Stunde zu schneien begonnen hatte. „Ich mache den Truck frei. Du kannst mit mir fahren, und ich bringe dich später zurück."

Lisa machte sich auf den Weg. Ollie warf einen Blick auf Josiah, dann folgte sie Lisa. Der Hund lief beinahe in eine Wand, weil er über die Schulter schaute, als würde er Josiah im Auge behalten wollen, auch während er Lisa folgte.

Josiah lachte leise. Verrückter Hund.

Er war unterwegs zur Tür, den Hut schon aufgesetzt, als Karen an seinem Ärmel zupfte. Sie hatte eine Hand auf Tylers Bauch, hielt ihn auf dem Wickeltisch fest, der an der Seite des Raums stand. „Danke, dass du die Stimme der Vernunft in der Mitte der Coleman-Verrücktheit warst."

„Kein Problem", wiederholte er. „Ihr wart doch nicht außer Kontrolle, keine von euch, und das wisst ihr auch."

Caleb und Tamara hatten beide das Zimmer verlassen, darum waren nur noch er und Karen dar. Sie rümpfte die Nase, dann zuckte sie mit den Schultern, griff mit einer Hand unter die Anrichte und zog ein bunt verpacktes Päckchen heraus. „Ich schätze, das ist vermutlich seltsames Timing, wenn man bedenkt, wie der Abend gelaufen ist, aber Tamara sagte, sie wollte, dass Lisa das bekommt. Ich nehme, an, das ist eine Art Dankeschön dafür, dass sie sich bisher um die Dinge gekümmert hat."

„Ich kann es ihr geben." Er war sich nicht ganz sicher, warum er da als Mittelsmann herangezogen wurde.

Karen nahm ein zweites Päckchen. „Das ist für dich. Da gilt es ebenso. Danke, dass du vorbeigekommen bist und geholfen hast, dass Tyler eine sichere Ankunft hatte."

Josiah lachte leise. „Ich habe überhaupt keine Einwände dagegen, Geschenke zu bekommen. Du brauchst nicht so besorgt wirken."

Sie kehrte wieder zum Windelwechseln zurück, arbeitete rasch und effizient. „Schieß nur nicht auf den Überbringer der Nachricht. Tamara kann einen sehr schrägen Sinn für Humor haben. Ich habe keine Ahnung, ob das echte oder Witzgeschenke sind."

„Einen schrägen Sinn für Humor? Klingt nach Lisa."

Karen rümpfte die Nase, nicht nur wegen der Aufgabe vor ihr, während sie die schmutzige Windel wegwarf und Tyler eine neue anlegte. „Ich schätze, wir werden herausfinden, ob diese Familieneigenschaften wirklich von den Genen kommen oder ob es eher davon abhängt, wie man aufgezogen wurde."

Der sehnsüchtige Tonfall ihrer Stimme war zu offensichtlich, um ihm zu entgehen.

Er wartete, bis sie Tyler wieder hochgenommen hatte, und

streckte die Arme aus. „Ich will mich nicht aufdrängen oder so, aber wenn du eine Umarmung von einem großen Bruder brauchst ..."

Josiah ließ das Angebot offen, wollte nicht drängen, aber zu seiner Überraschung nahm sie sie sofort an. Karen legte Tyler auf eine Seite und trat vor, um Josiah fest zu drücken. Selbst mit nur einer freien Hand klopfte sie ihm fast so hart auf den Rücken, wie sein Bruder es regelmäßig machte. „Du bist ein guter Typ, Josiah. Willkommen im Chaos."

Ein warmes Leuchten setzte in seinem Inneren ein, während sie sich trennten. Etwas völlig Familiäres und Fürsorgliches lag in ihren Worten ... und es fühlte sich gut an.

Josiah tippte sich an den Hut, kitzelte Tyler an der Nase und ging schließlich aus der Tür.

Er hatte den Truck kaum rechtzeitig fertig, bis Lisa auftauchte.

Sie warf eine Sporttasche auf den Rücksitz der Kabine, hob Ollie auf den Boden, dann stieg sie hinauf und glitt in die Mitte neben ihn. „Ich fliehe heute Nacht. Ich hoffe, das macht dir nichts."

„Natürlich nicht." Vorsichtig fuhr Josiah über die verschneite Zufahrt hinab. „Meine Mitbewohner werden zu Hause sein", warnte er sie.

„Ich glaube nicht, dass ich in der Stimmung zum Schreien bin", sagte sie leise.

„Ich will hier nichts vorwegnehmen." Er legte ihr einen Arm um die Schultern. „Willst du warten, bis wir zu Hause sind, um Julia anzurufen?"

„Ein Teil von mir will ewig warten, bis ich diesen Anruf tätige, aber das ist nicht fair, niemandem gegenüber."

Ollie winselte leise, bevor sie auf den Beifahrersitz sprang. Sie trat vorsichtig über Lisas Schoß, um sich auf dem schmalen Platz zwischen ihren Oberschenkeln niederzulassen.

Nein. Josiah kam langsam zum Stehen, bevor er auf den Highway fuhr. Er schnippte mit den Fingern und deutete auf Lisas andere Seite. „Du übertreibst es schon fast, indem du in der Kabine mitfährst, Hund. Dort rüber mit dir."

Ollie erhob sich, einen empörten Ausdruck auf dem Gesicht, aber sie gehorchte. Sie setzte sich hin, das Kinn auf Lisas Oberschenkel, und schaute Josiah weiterhin elend an.

„Du hast sie beleidigt", tadelte ihn Lisa, während er weiterfuhr. „Sie hat es einfach nicht gemütlich, außer sie sitzt auf uns beiden."

„Ist mir aufgefallen. Sie muss vielleicht ihre Standards etwas anpassen."

Lisa zog ihr Handy heraus und sah ihn einen Augenblick an, bevor sie ein tiefes Seufzen ausstieß. „Na, dann mal los."

So schwer es Lisa fiel, den Anruf zu machen, gewissermaßen dachte Josiah, dass es sogar noch schwerer wäre, die Empfängerin zu sein. Keine Kontrolle zu haben ...

Aber war das nicht das Problem? Keiner der Menschen, die in diese Situation geworfen worden waren, hatte die Kontrolle. Die einzige Möglichkeit, die ihnen blieb, war es, sich der Zukunft zu stellen.

Der Abend war völlig überdreht und verrückt gewesen, doch durch alles hindurch hatte sich Lisa an zwei Tatsachen geklammert.

Zum ersten wirkte die mysteriöse Frau, die aufgetaucht war und womöglich zur Familie gehörte, wie eine anständige Person. Es war nicht ihre Schuld, dass etwas davon passiert war. Alles, was Lisa tun konnte, war der Versuch, den Schock zu mildern, der sich gleich einstellen würde.

Das andere? Wie sehr sie es zu schätzen wusste, dass Josiah

an ihrer Seite gewesen war. Lisa konnte sich nicht an ein einziges Mal in der Vergangenheit erinnern, dass sie diejenige gewesen war, um die sich jemand gekümmert hatte.

Aber niemand anders konnte das tun. Das lag auf ihren Schultern.

Sie tätigte den Anruf.

„Hey, Lisa", sagte Julia. „Ich habe nicht erwartet, so bald schon wieder von dir zu hören."

„Ich habe eine Menge an dich gedacht, und es hat eine interessante Entwicklung gegeben, die ich erwähnen muss. Sie ist schon irgendwie riesig", warnte Lisa sie. „Sitzt du?"

Durch die Leitung kam ein Augenblick der Stille. „Ich fahre nicht oder mache irgendwas Gefährliches. Was ist denn los?"

„Es ist nicht unbedingt was los, nur eine kleine Überraschung. Erinnerst du dich noch, dass ich erwähnt habe, es könnte vielleicht einen Onkel geben, der etwa zu der Zeit in Calgary gelebt hat, als du gezeugt wurdest?" Lisa verzog das Gesicht, während sie beobachtete, wie sich das Tor vor ihnen öffnete. Sie redete ja ziemlich um den heißen Brei. Mit ihrem Charme würde sie auch keinen Preis abstauben, wenn sie sich einen so doofen Weg aussuchte, sich der Sache zu nähern.

„Glaubst du, dass er vielleicht mein Dad sein könnte?", fragte Julia. Nichts in ihrem Tonfall besagte, dass sie ausflippte oder aufgeregt war. Sie war einfach nur da.

„Nach der Unterhaltung, die wir heute beim Abendessen mit meinen Schwestern und meinem Dad geführt haben, scheint es so, als könntest du wohl ein bisschen näher verwandt sein, als wir anfangs angenommen haben. Ich weiß es nicht sicher, aber mein Dad scheint deine Mutter gekannt zu haben."

Die Stille dehnte sich diesmal etwas länger aus. „Moment. Das ist ... Willst du sagen ...?"

„Er war erschüttert, als ich den Namen deiner Mutter

erwähnt habe, und wir wollten nicht drängen, aber er hat sich so ziemlich geoutet und zugegeben, dass er mit ihr eine Affäre hatte."

„Wow." Wieder schwieg sie.

Josiah fuhr vorsichtig, mit beiden Händen auf dem Lenkrad, während die Scheinwerfer nach vorne leuchteten, in den Tanz der fallenden Schneeflocken. Alles wirkte gedämpft, als würde die Welt irgendwie verschwinden, wenn man ein falsches Wort äußerte.

„Julia?", fragte Lisa. „Ist bei dir alles in Ordnung?"

„Ist bei euch alles in Ordnung? Ich wusste bereits, dass meine Mom mit jemandem zusammen gewesen war, selbst wenn sie sich weigerte, mir zu sagen, wer es war. Für euch muss das ein großer Schock sein." Ihr rasches Einatmen war durch die Leitung hörbar. „Ich versuche nicht, in eurer Familie irgendwas durcheinanderzubringen, das schwöre ich. Oder mich hineinzudrängen, wo ich nicht hingehöre."

„Das ist es doch überhaupt nicht. Wenn du unsere Familie bist, bist du unsere Familie. Wir müssen es nur sicher herausfinden." Lisa schaute aus dem Seitenfenster auf die zunehmende Dunkelheit. „So oder so versuche ich mich nicht davor zu drücken, dich besser kennenzulernen."

„Danke."

Lisa beschloss, dass es besser war, es kurz zu halten. „Ich lasse dich jetzt in Ruhe, aber wenn du mich heute Abend anrufen musst, zögere nicht. Dad ist morgen noch da. Wenn du willst, kannst du vorbeikommen, um dich mit ihm zu treffen."

„Das ist alles irgendwie etwas krass, aber ja, das ist eine gute Idee. Ich habe heute Abend Dienst auf Abruf, bis morgen Mittag, also ist es möglich, dass wir uns danach treffen, und das wüsste ich zu schätzen."

„Kein Problem. Pass heute Abend auf dich auf, okay? Und

ich meine das ernst. Ruf an, wenn du was brauchst", rief Lisa ihr ins Bewusstsein.

„Das mache ich. Aber mir geht's gut." Julia lachte tatsächlich leise. „Mir geht's immer gut."

Was Lisa sogar ein noch schlechteres Gefühl gab, als sie auflegte.

Josiah hatte den Truck vor dem Haus geparkt. Er nahm sie mit sich durch die Tür, blieb kurz stehen, um dafür zu sorgen, dass Ollie sicher auf den Boden kam. Er zog Lisa dicht heran. „Das klang, als wäre es gut gelaufen. So gut es eben konnte."

„Ich schätze schon." Lisa legte den Kopf an seine Brust und drückte ihn fest, schloss die Augen und lehnte sich an ihn. „Ich habe das Gefühl, ich sollte jemanden anrufen, um sicherzustellen, dass man Julia im Auge behält."

„Gute Idee. Es gibt einen Grund, weshalb wir Brad nicht anrufen sollten."

„Was, wenn er nicht arbeitet?"

„Das tut er vermutlich nicht, aber er wird wissen, wer es tut." Josiah zog sein Handy heraus und rief gleich an Ort und Stelle an, gab seinem Freund auf die Schnelle ein Update. Er nickte, als er auflegte. „Brad hat es verstanden und übernimmt die Sache."

„Okay, das hilft."

Josiah pfiff nach Ollie, die weggelaufen war, um ihr Geschäft zu verrichten und die Büsche neben dem Haus zu untersuchen. „Komm schon. Gehen wir rein, wo es warm ist."

Sie ging direkt zum Kamin, bereit, ein paar Holzscheite auf die Kohlen zu legen, die noch glimmten.

„Zünden wir doch den in meinem Zimmer an", schlug Josiah vor. „Außer du willst den Abend mit meinen Mitbewohnern verbringen, was auch in Ordnung ist, wenn du das möchtest. Sie sind vielleicht eine gute Ablenkung."

Es war nicht die Art Ablenkung, nach der sie suchte. „Ein kluger Einwurf.“

Sie nahm Josiah an der Hand und zog ihn den Gang entlang.

Sie waren an seiner Schlafzimmertür, bevor ihr auffiel, dass sie mehr oder weniger gelaufen war. An der Art, wie er grinste, war es ihm bewusst.

„Wenn du auch nur eine Bemerkung dazu machst, dass ich begierig bin, dich in dein Schlafzimmer zu kriegen ...“, warnte sie ihn und konnte nicht verhindern, dass ein Lächeln über ihr Gesicht huschte.

Josiah drehte den Türknauf, ließ die Tür nach innen schwingen, während er sie hineinwinkte. „Ich habe keine Ahnung, wovon du redest.“

Aber er erwiderte das Lächeln und störte weitere schwindelerregende Gefühle in ihr auf, mehr, als sie zugeben wollte.

Josiah war unterwegs zur Seite des Raums und brachte das Feuer in Gang, wie er es versprochen hatte. Lisa schaute einen Augenblick aus dem Fenster, die Wolken ballten sich hinter den Bergen und leuchteten gelb und rot. „Bekommen wir eine weitere Gelegenheit, den grünen Blitz zu sehen?“

„Wir können es versuchen, wenn du möchtest? Wir müssten uns in einer Stunde nach oben schleichen.“

Sorgfältig stapelte er das Holz auf die Späne, winzige Flammen loderten über die Scheite wie gierige Finger.

„Vielleicht nicht.“ Lisa kam dicht heran und legte ihm die Hände auf die Schultern, strich mit den Handflächen über seine Arme und die Brust, während sie sich an seinen Rücken lehnte. Ihr Gewicht auf ihn legte. Die Wärme seines Oberkörpers aufsog.

Er schloss die luftdichte Tür. „Muss man dich noch ein bisschen kuscheln?“

Sie bewegte sich mit ihm, als er sich auf dem Boden niederließ, landete mit den Armen um seine Schultern und auf seinem Schoß. „Ich weiß nicht, was ich brauche, um ehrlich zu sein."

Er schob ihr die Finger unters Kinn und neigte ihren Kopf, um mit den Lippen ihre zu streifen. Kurz, fast schon keusch. „Das klingt vielleicht verrückt, aber machen wir doch *das*." Er wand sich ein wenig, zog etwas aus seiner hinteren Hosentasche.

Einen Stapel Karteikarten. Die vertraut aussahen ...

Lisa lachte. „Du hast noch eine weitere Szene, die wir spielen können?"

Seine Wangen waren rot geworden, aber er hatte eine erfreute Miene aufgesetzt. „Nur, wenn du möchtest."

Sie drückte ihre Handflächen an sein Gesicht und schaute in seine blauen Augen. „Das wäre perfekt. Ich will raus aus meinem Kopf, und was wäre dazu besser geeignet, als sich in einen anderen Kopf zu versetzen? Was für eine Art klassischen Unterhaltungsfilm stellen wir denn heute nach? Einen weiteren historischen Western?"

Diesmal ging Josiahs Lächeln bis zu den Augen. „Das suchst du aus. Ich habe uns diesmal kein Drehbuch gegeben. Wir müssen improvisieren."

„Klingt interessant. Hast du irgendwelche Requisiten?"

Ein kurzes Lachen brach aus ihm hervor. „Verdammt. Wenn du etwas angehst, dann machst du es hundertprozentig, oder?"

Er hob sie hoch, stützte sie, bis sie das Gleichgewicht fand und auf dem Boden aufkam, mit den Karten, die er ihr gereicht hatte. Das Feuer kam allmählich in Gang, die Hitze drang durch das Glas und schuf eine Oase der Wärme.

Lisa warf einen Blick auf die erste Karte und las sie laut vor. „Kulisse: ein Schloss in Frankreich. Mitte des achtzehnten

Jahrhunderts. Weibliche Hauptrolle: Haushälterin. Männliche Hauptrolle: der Herr des Anwesens." Sie kicherte, versuchte es nicht einmal zu verstecken. „Josiah Ryder. Du hast wohl Fantasien von französischen Hausmädchen."

Er grinste. Schamlos und völlig erheitert. „Du würdest in einem kurzen Rock verdammt gut aussehen."

Sie schob die Karte hinter die anderen. „Kulisse: Sporthalle der Highschool. Weibliche Hauptrolle: Leiterin des Cheerleaderteams. Männliche Hauptrolle: Kapitän des Footballteams."

Ihr gegenüber stützte sich Josiah auf die Ellbogen, sein ganzer Körper vor ihr ausgestreckt. Seine Oberschenkelmuskeln drückten an seine Jeans, und eine gut sichtbare Wölbung zeigte sich hinter der abgewetzten Stelle mitten auf seiner Lende.

„Kurzer Rock. Mehr sage ich nicht."

Eine weitere Karte kam nach hinten, nicht, weil sie nicht daran interessiert war, diese Situation möglicherweise darzustellen, sondern weil die ganze Aufstellung so weit außerhalb der Norm war, dass sie sich daran erfreute. Nicht jeder Typ konnte sein fragiles männliches Ego lang genug zur Seite schieben, um im Schlafzimmer wirklich Spaß zu haben.

Nach den ganzen Kommentaren mit dem kurzen Rock und den Szenarien, die er vorgestellt hatte – würde es auf jeden Fall im Bett enden. Es hatte viel zu viele Tage mit schmutzigen Gedanken gegeben, an denen sie es sich selbst besorgt hatte.

„Kulisse: eine Arztpraxis." Sie schob die Karte hinter die anderen. „Tut mir leid, nein. Vielleicht, wenn ich nicht gerade erst ein Kind gesehen hätte, dass aus meiner Schwester rausploppt."

„Zu meiner Verteidigung, ich habe diese Karten vor ein paar Tagen geschrieben", gab Josiah zu.

Sein Blick wanderte über sie, blieb an ihren Brüsten

hängen, dann ging er höher zu ihrem Gesicht. Langsam genug, um wie eine tatsächliche Liebkosung zu wirken, wanderte er über ihre Schultern, über ihre Haut und tiefer.

Es war nicht nur etwas Sexuelles, diese Anziehungskraft zwischen ihnen.

Er hatte recht. Diese letzten Wochen hatten eine stärkere Verbindung aufgebaut, als sie erwartet hatte. Aber der sexuelle Teil? Oh, der war auf jeden Fall da.

Es war Zeit, deswegen etwas zu unternehmen.

Lisa schaute auf die nächste Karte. „Kulisse: ein abgelegenes Hotelzimmer. Zwei Fremde ..." Sie schaute grinsend auf. „Ich bringe den Ballon schon wieder zum Platzen, aber so haben sich irgendwie mein Cousin und die Schwester deines besten Freundes kennengelernt."

Josiahs Augen wurden groß, während er vorrückte, um zu sehen, welche Karte sie hatte. „Verdammt. Du hast recht. So habe ich noch nie darüber nachgedacht." Er warf die Karte über die Schulter. „Ich meine, ich freue mich, dass es für sie gut gelaufen ist, aber das will ich nicht unbedingt nachspielen."

Wenn man bedachte, dass aus diesem One-Night-Stand ein Baby geworden war – wollte Lisa das auch nicht. Zumindest noch nicht.

„Kulisse: ein einsames Stück Landstraße in der englischen Landschaft. Die Kutsche einer jungen Frau wird von Räubern überfallen." Sie stieß einen Pfiff aus, schaute auf. „Bist du der Held, der zur Rettung kommt, oder einer der Räuber?"

Er saß keine paar Schritte entfernt, sondern neben ihr. Ließ die Finger über ihren Oberschenkel streichen. „Ich kann beides sein."

„Auf jeden Fall der Held. Ich gehe immer irgendwie davon aus, dass Räuber eine fragwürdige Körperhygiene haben."

Josiah brach in Gelächter aus. Er rollte sich auf den

Rücken, um an die Decke zu schauen. „Mein Gott. Das ist viel schwieriger, als ich es mir vorgestellt habe."

„Macht aber sehr viel Spaß, oder?" Lisa schwang sich vorsichtig über ihn, ihre Oberschenkel lagen zu beiden Seiten seiner Hüfte, während sie auf ihn herabschaute. Sie beugte sich vor und drückte ihm die Hände auf die Brust. „In der *schottischen* Landschaft."

Er ließ die Hand in ihre Haare gleiten, wickelte sich eine Strähne um die Finger. „Warum diese Überarbeitung?"

„Damit ein heldenhafter Schotte zu meiner Rettung kommen kann? Du hast bestimmt irgendwo einen Kilt. Du bist nicht der einzige, dem Röcke gefallen."

Er legte ihr eine Hand um den Nacken und zog sie nach vorne. Sie ließ sich von ihm nach unten führen, bis sich ihre Lippen trafen.

Vor dem Feuer ausgestreckt, wo sie ihre eigene Hitze entfachten, verschwanden die Zufallsszenarien auf den Karten im Hintergrund.

Josiah hatte eine Hand auf ihrer Hüfte, hielt sie ruhig. Er ließ seine Finger gerade hoch genug hinaufgleiten, um ihr T-Shirt aus der Jeans zu ziehen, dann kam sein Daumen in Kontakt mit ihrer Haut, rieb vor und zurück, über den Rand ihrer Taille. Die Berührung war kaum da, doch so einprägsam, dass ihr ganzer Körper sich anfühlte, als würde er sie liebkosen.

Und die Küsse. Lange, langsame, süchtig machende Verbindungen. Seine Zunge glitt an ihre, nur lange genug, dass sie bei seinem Rückzug gar nicht anders konnte, als ihm zu folgen, sich weiter über ihn zu legen, sein fester, muskelbepackter Körper ein herrlich hartes Kissen.

Josiah rollte sich herum, brachte sie unter sich auf den weichen Webteppich vor dem Kamin. Er stützte sich auf einen Ellbogen, das Gewicht seines Oberkörpers streifte ihren nur leicht. Seine Hüfte ruhte fest zwischen ihren

Oberschenkeln, und als er sich wiegte, streifte sein ganzer harter Schwanz ihr sehnendes Geschlecht, und sie stöhnte.

„Willst du tatsächlich, dass ich losziehe und einen Kilt suche?", murmelte er zwischen den Küssen, die sich über ihre Wange und dann die Kehle hinabzogen. „Willst du pausieren und nach dem grünen Blitz Ausschau halten?"

Lisa hob die Beine und schlang sie fest um seine Hüfte, hielt ihn, noch während sie die Stoffschichten zwischen ihnen bedauerte. „Später. Gerade jetzt bin ich voll dabei, mich von dir verzehren zu lassen, wenn du möchtest."

„Du hast keine Ahnung, was du mir antust", sagte Josiah, der ihr T-Shirt hochzog. Er schob einen Cup ihres BHs nach unten. Einen Augenblick später hatte sein Mund ihren Nippel bedeckt, und er saugte.

Lisa bog den Rücken durch, die Reaktion darauf fuhr durch ihren ganzen Körper. Ein pulsierendes Sehnen, das tief in ihrem Inneren begann, als hätte er ein Metronom angestoßen, und die heftigen Wogen hallten von den Wänden zurück, um schließlich geradewegs zwischen ihren Oberschenkeln zu landen.

Sie packte sein Hemd, ihre Finger drehten den Stoff, während sie daran zerrte, in der schwachen Hoffnung, dass er auf magische Weise verschwinden würde und sie an seine Haut kam.

Die Magie stellte sich nicht ein. Es waren Worte nötig. „Nicht, dass ich möchte, dass du aufhörst, aber zieh das aus", flüsterte sie.

Josiah glitt weiter ihren Körper hinab, knabberte an ihrer Taille. „Ich bin beschäftigt."

„Josiah", beschwerte sie sich mit einem entnervten Stöhnen.

Ein Klappern von Hundekrallen auf dem Boden ertönte,

als Ollie von ihrem Bett in der Ecke des Zimmers gerannt kam, um nachzusehen, was los war.

Josiah legte den Kopf an Lisas Bauch und lachte, während Ollie den Kopf über sie beide streckte und besorgt wimmerte. Als er den Kopf hob, stand ein Lachen in seinen Augen. „Die übermäßige Beschützernatur des Hundes mag es nicht, wenn du dieses Geräusch machst", stellte er klar.

Lisa kämpfte sich nach oben, schob Ollie zur Seite und zog ihr T-Shirt nach unten. Vom Hund am Vergnügen gehindert. *Schon wieder.*

„Ollie. Los, sitz." Sie deutete auf das Hundebett, während sie ihren Worten einen möglichst befehlerischen Unterton verlieh.

Der Hund huschte auf ihren Blick hin zu Josiah und blinzelte mitleiderregend. Eindeutig erhoffte er sich eine Korrektur von Lisas Befehl.

Er hob den Arm und deutete ebenfalls. „Los."

Ollie schnaubte, als wäre sie grausam verraten worden, und schlurfte zurück zu ihrem Bett. Sie drehte sich in drei unfassbar langsamen Kreisen, bevor sie mit einem laut ausgestoßenen Seufzer hinabsank.

Josiah und Lisa schauten einander einen Augenblick lang völlig erheitert an, bevor er sie hochnahm, in einem Kreis wirbelte und dann auf sein Bett warf. „Vielleicht sind wir dort oben sicher."

Lisa rutschte höher auf die Matratze, klopfte auf die Stelle neben sich. „Jetzt oder nie."

Seine Augen blitzten, und er hob eine Hand. „Du hast recht. Ich bin gleich wieder da."

Josiah machte auf dem Absatz kehrt und verließ das Zimmer.

14

Josiah ließ die Schlafzimmertür offen, darum nahm Lisa an, dass er zurückkehren würde. Sie zog die Füße hoch und legte die Arme darum, innerlich lachte sie.

Seine Unvorhersehbarkeit hatte wieder gepunktet.

Er raste zurück ins Zimmer, dann wurde er langsamer, als ob er einen Augenblick vorher nicht gesprintet wäre. „Die habe ich vergessen."

Er hob zwei bunt eingewickelte Päckchen hoch. Er schloss die Tür hinter sich fest und sperrte sie ab, bevor er zum Bett marschierte und neben ihr auf die Matratze stieg.

Das kleinere der beiden Päckchen wurde ihr angeboten. „Das ist nicht von mir. Es stammt von deiner Schwester. Irgendeine Art Dankeschön, dass wir am Tag der Geburt da waren."

Ihre Neugier war sofort geweckt. „Das ist der unmittelbare Beweis, dass es Tamara besser geht, denn vor einer Woche hätte sie mich gebeten, es einzupacken." Sie nahm ihre Schachtel und hielt sie ans Ohr, während sie sie schüttelte.

Ein leichtes, glattes Rascheln ertönte.

Josiah packte das andere Geschenk aus, einen wunderschönen Ledergürtel, der aus der Schachtel auf die Matratze zwischen ihnen glitt.

„Der ist hübsch." Lisa rückte näher. „Und sehr gut beobachtet. Du könntest ein Upgrade vertragen."

Sie zog am Ende des Gürtels, den er trug. Er ließ sich weit um seine Taille schlingen, bis er beinahe die Rückseite erreichte.

Lisa schaute in sein Gesicht auf, um festzustellen, dass er sein gespieltes Lächeln aufgesetzt hatte. „Was ist los?"

Josiah blinzelte, dann schob er den Gedanken beiseite. „Ich stelle mir vor, wie du meinen Gürtel trägst, und sonst nichts."

Bebende Vorfreude erfasste sie. „Das können wir auf jeden Fall arrangieren. Wir verraten es nur nicht meinen Schwestern, okay?"

Sein Lächeln war wieder da. Das echte, das seine Augen zum Leuchten brachte, während er so tat, als würde er einen Schlüssel an seine Lippen führen, absperren und den Schlüssel dann über die Schulter werfen.

Lisa zerrte an dem Geschenkpapier auf ihrer Schachtel, beobachtete sein Gesicht. Sie hatte ihn vorerst mit dem Geheimnis davonkommen lassen, aber es gab auf jeden Fall noch etwas, das sie zu entdecken hatte. „Wenn Tamara mir einen Holzlöffel geschenkt hat, wissen wir, dass sie ein Thema verfolgt."

„Das ist zu kurz, um ein Holzlöffel zu sein", bemerkte Josiah.

Das stimmte. Die Schachtel erwies sich als glänzende Metalldose mit dem bunten Bild einer Bergszenerie. „Hübsch."

Josiah nahm sie ihr aus der Hand. „Was ist da drin? Pralinen? Tee?"

„Etwas Dekadentes, hoffe ich."

Er zog den Deckel ab, und die Dose glitt ihm aus den Fingern. Ein Regenbogen aus bunten Kondomverpackungen fiel auf die Matratze.

Lisa konnte nicht anders. Sie brach bei der Miene auf Josiahs Gesicht in Gelächter aus. „O mein Gott, ich werde sie umbringen."

„Will ich das überhaupt wissen?", fragte Josiah.

Er nahm die Kondome hoch, steckte immer zwei oder drei auf einmal zurück in die Dose. Lisa schnappte sich eins und wedelte damit in der Luft, als wäre es ein Staffelstab. „Ein Insider-Witz. Ich habe zufällig Tamara mal eine Schachtel mit den Dingern geschenkt."

Er griff nach dem in ihren Fingern, aber sie ließ es verschwinden, als wäre sie ein Bühnenzauberer.

Josiah stutzte, während sie ihm die leeren Handflächen zeigte. „Guter Trick. Ihr Coleman-Mädchen seid gefährlich."

Lisa schaute zur Ecke des Raums, um zu prüfen, ob Ollie an ihrem Platz war. „Ich bin sicher, ein heldenhafter Schotte wie du hat kein Problem damit, sich mit dieser Gefahr zu befassen."

Seine Haltung änderte sich. Josiah stellte die Dose neben sein Geschenk auf einen Seitentisch. „Ich muss heute Nacht kein Rollenspiel aufführen, und ich will nicht mehr warten. Ich will dich, Lisa."

O mein Gott. „Ja. So was von *Ja*."

Er griff nach ihr, und diesmal verschwand das T-Shirt nicht nur ein Stück weit. Es war über ihrem Kopf und in wenigen Sekunden auf dem Boden. Josiah öffnete ihren BH, drückte ihr einen Kuss auf jede Schulter, bevor er die Riemen nach unten schob. Die kühle Luft streifte ihre Haut zusammen mit der Hitze des Kamins, während er sie auszog.

Ihre Jeans wurde geöffnet und ausgezogen. Das Höschen verschwand.

Er nahm ihre Wollsocken an den Zehen und zog sie ihr so langsam aus, dass ihre Haut in Flammen aufging. Jeder Quadratzentimeter war so sensibel, dass Lisa zitterte, als er eine Hand um ihren Fußknöcheln legte und nach oben fuhr.

„So schön", flüsterte er, bevor er seine Lippen auf ihren Unterschenkel drückte. Auf die Innenseite ihres Knies. Sich kaum bewegte, bevor er den ganzen Weg ihren inneren Oberschenkel hinaufleckte und knabberte.

Josiah drückte ihre Knie auseinander, besah sich ihr Geschlecht. Schaute nur, während Lisa zusah.

Seine Augen – so ausdrucksvoll, wenn er er selbst war. Wenn er zeigte, was er wirklich fühlte, und deutlich war, dass er nichts vorspielte. Das war kein Schauspiel. Es war einfach nur Verlangen und Bedürftigkeit und Begierde.

Josiah schaute auf, ihre Blicke trafen sich.

„Du machst mich nervös", gab sie zu. „Und ich werde nie nervös."

„Dann nennen wir es doch einfach Vorfreude", schlug er vor. „Vertraue mir. Ich werde dafür sorgen, dass du dich gut fühlst."

Sie wollte sich beschweren, dass er sich nicht auszog, aber sie wusste bereits, dass er den Mund eines Gottes hatte. Es wirkte wie eine Sünde, seine Pläne zu unterbrechen.

Er zog sie nach vorne und legte die Lippen auf ihr Geschlecht, und sie schloss die Augen und fühlte einfach nur.

Fühlte jedes neckende Streicheln, während er an beiden Seiten ihres Geschlechts arbeitete, ihre Klitoris umkreiste, bevor er sie nur ganz kurz mit Aufmerksamkeit bedachte. Wieder und wieder, jedes Mal ein wenig anders, damit sie nicht ahnen konnte, wo er sie als nächstes berühren würde.

Jedes Mal fügte er einen leichten Dreh hinzu, bis die Lust in ihr so groß war, dass sie kaum noch atmen konnte.

Er ließ seine Finger in sie gleiten, streichelte sie sanft. Dann nahm er zwei Finger, die sie kaum spürte, die sich kaum bewegten, und die doch auf jeden Fall da waren. Besonders im Gegensatz zu der raschen Bewegung seiner Zunge.

Als er sich zum nächsten Mal zurückzog, erfasste sie ein Beben, sobald er drei Finger an den Mund hob und leckte.

O. Mein. Gott.

Er schob sie geballt in sie, und sie schlug sich eine Hand über den Mund, um das wortlose Wimmern zu unterdrücken, das aus ihr hervorbrechen wollte.

Sein Grinsen blitzte auf. „Gute Reaktion. Stör bloß nicht den Hund."

Seine Finger bewegten sich mit unvergleichlicher Geduld. Ein tiefes Prickeln strahlte überallhin aus, als würde er Elektroden an ihrem Körper anbringen.

„Josiah. *Bitte.*" Die Worte kamen einem Flüstern so nah, wie sie es im Augenblick zustande brachte.

Sein Lächeln wurde noch breiter. „Dein Wunsch ist mir Befehl."

Er legte wieder diesen magischen Mund auf sie, und sie hätte einen Countdown laufen lassen können. Drei, zwei, eins …

Sie war weg. Wogen der Lust schlugen über ihr zusammen, als hätte man einen Stein in ein Becken geworfen. Die Wellen schlugen an den Rand, dann wieder zurück, kleinere Wogen liefen ineinander, sodass ein hartes Pulsieren entstand, das immer weiterging. Jedes Mal, wenn er die Finger bewegte, stand ihr Körper wieder in Flammen.

Als er schließlich seine Hand herausgleiten ließ, wollte Lisa ihn an den Schultern nehmen und über sich ziehen, aber sie konnte sich nicht bewegen. „Ich bin völlig geschmolzen."

Josiah schob seine Jeans nach unten und griff nach dem Kondom, das sie neben sich auf das Kissen gelegt hatte. „Ich nicht."

Sie warf einen Blick nach unten, weil sie hoffte, ihn endlich nackt zu sehen, aber in dem Augenblick, in dem er das Kondom aufgezogen hatte, war er wieder zwischen ihren Schenkeln. Küsste sie besinnungslos, bevor er seinen Schwanz an ihr Geschlecht legte.

Er wiegte sich, stöhnte an ihrer Wange. „Ich halte nicht lange durch", warnte er sie.

„Schon in Ordnung ..."

Josiah drang tief ein. Eine einzelne Bewegung, die ihn ganz in sie brachte.

Die Luft wich aus ihrer Lunge. Lisa packte seine Schultern, kämpfte darum, noch zu wissen, wie man atmete. Er fühlte sich so perfekt in ihr an. Dehnte sie, füllte sie aus. Bewegte sich in ihr, während er sich langsam zurückzog und wieder vorstieß.

Seine Miene – hundertprozentig echt. Seine Augen geschlossen, sein Mund stand offen, während er vor Lust stöhnte. Im nächsten Augenblick gingen seine Augen auf, und sein Blick fing ihren auf, während seine Lippen sich nach oben wölbten. „Besser, als ich es mir erträumt habe."

„Ich auch." Sie zerrte an seinem Shirt. „Bis auf das."

Josiah zögerte, dann stützte er sie auf einen Arm und griff über seinen Kopf. Er zog den Stoff nach vorne, und sie half ihm, ihn zusammenzuraffen und aus dem Weg zu schaffen, während er den anderen Arm aus dem letzten Ärmel schüttelte.

Endlich.

Lisa schlang sich um ihn, genoss die Hitze seiner nackten Haut, die ihre berührte. Josiah passte ihre Position an, bis sie schließlich auf dem Bett saßen. Seine Beine baumeln an der

Seite herab, während sie auf seinem Schoß war, seinen Schwanz völlig umschloss.

Sein Oberkörper bebte, als sie ihre Finger über die Muskeln seiner Brust gleiten ließ. „Jetzt ist es perfekt", sagte sie.

Seine Finger drückten kurz ihren Hintern, während er die Lippen auf ihre legte und sie hochhob. Sie mühelos nach oben gleiten ließ, bevor er sie vorsichtig wieder nach unten brachte. Lisa nutzte ihre Oberschenkel und half, während sie schneller wurden.

Josiah stöhnte. „So verdammt *gut*."

Jetzt noch härter. Er brachte sie rasch nach unten, stieß nach oben, um sie heftig zu verbinden. Während sie sich auf ihm wiegte, ließ er eine Hand über ihren Rücken gleiten, zog sie näher an sich, bis ihre Körper sich aneinander rieben.

Rutschig und feucht vom Sex. Der Geruch in der Luft – dekadent. Die Geräusche – genug, dass die Spirale der Hitze in ihr wieder ganz aufflammte.

Lisa spürte das Beben, bevor er sie packte und seine Hüften wild pulsierten, als er kam, sein Schwanz riesig in ihr.

Sie war so dicht dran. Sie wiegte sich nach unten, stieß mit ihrer Klitoris an seinen Körper, eine verzweifelte Suche nach dem letzten bisschen Druck, das sie brauchte.

Josiah ließ eine Hand zwischen ihre Körper gleiten, sein Daumen ging ohne Umwege zu ihrer Klitoris. Er umkreiste sie ein paarmal und drückte dann fest zu. Kniff und rollte sie zwischen Daumen und Zeigefinger, und das war genug.

Mehr als genug. Es war wie eine Dynamitstange, wo ein Streichholz schon genügt hätte, aber sie würde sich nicht beschweren.

„*Josiah.*" Das Wort entschlüpfte ihr irgendwo zwischen einem Schrei aus Lust und einem Keuchen.

Er lachte, während er sie am Hinterkopf nahm und ihren

Mund an seinen führte. Sie küsste. Sie beide rangen nach Luft, während ihre Zungen miteinander spielten. Als ob sie voneinander nicht genug bekommen könnten.

Es dauerte lange, bis sich ihre Atmung wieder normalisierte, das Feuer zwischen ihnen hatte das Zimmer perfekt aufgeheizt.

Lisa löste sich nur weit genug, um ihm in die Augen zu schauen. Ihre Finger strichen über seinen Nacken, während sie seine Haare streichelte. „Nicht schlecht, wenn man bedenkt, dass du keinen Kilt getragen hast."

Josiahs Gesicht leuchtete. „Es ist gut, etwas zu haben, worauf man sich freuen kann."

Oh, sie hatte vieles, worauf sie sich freuen konnte. Sie fingen gerade erst an, einander …

Sie hatte keine Ahnung, was sie anfingen. Sie hatte keine Ahnung, was die nächsten Tage oder Wochen bringen würden.

Er zog sie an sich, drückte ihren Kopf an seine Brust, während er ihren Rücken streichelte.

Gott sei es gedankt, denn ihr Gesicht hätte sie verraten. Er war in ihr, so intim mit ihr verbunden, wie es zwei Leute nur sein konnten. Es wirkte so richtig. Es wirkte, als wäre sie genau dort, wo sie sein sollte.

Lisa schob ihre Sorgen über das, was morgen kommen mochte, zur Seite und konzentrierte sich auf die Gegenwart.

„Du schreist wirklich", neckte Josiah sie sanft.

„Nur, wenn es nötig ist", versicherte sie ihm. Lisa neigte den Kopf zurück, um seine Miene zu sehen, während sie mit der Hand über seine von Bartstoppeln raue Wange strich. „Obwohl wir diese Theorie vielleicht heute Nacht noch ein paar Mal auf die Probe stellen müssen."

„Ein wissenschaftliches Experiment. Dieser Gedanke gefällt mir." Er nickte fest.

Dann löste er sie nur lange genug, um sich zu säubern,

bevor er das Licht herunterdrehte und die Arme um sie legte. Es war zu früh, um zu Bett zu gehen, aber es war gerade der perfekte Aufenthaltsort.

„Schlaf ein wenig", befahl er. „Das wirst du brauchen."

~

Was für einen verrückten Traum er auch hatte, Josiah Ryder wollte nicht, dass er endete.

Lisa Coleman war in seinem Bett. Eine warme, großzügige Frau, die, als er sie in der Nacht geweckt hatte, ganz mürrisch auf ihn gewesen war, sich aber begeistert seinen Händen, seinem Mund und seinem Schwanz ergeben hatte.

Als er ihr allerdings um halb sechs Uhr morgens einen Kuss auf die Wange drückte, seufzte sie schwer und vergrub sich dann tiefer in ihr Kissen.

Josiah zwang sich dazu, leise zu bleiben, während er sich aus dem Bett rollte. Ein wenig Zeit für sich war nicht schlecht – er hatte seine Morgenroutine hinter sich zu bringen. Er zog Unterwäsche, Jogginghose und ein Muscle-Shirt an, bevor er sich auf den Boden fallen ließ, um sein Fitness-Work-out zu beginnen.

Er war bei seiner dritten Runde Liegestütz und Sit-ups, als er spürte, wie ihn zwei Paar Augen anstarrten.

Ollies Kopf hing über dem Fußende des Bettes, wo das Tier magischerweise irgendwann gleich vor der Morgendämmerung gelandet war.

Etwa einen halben Meter höher hatte Lisa das Kinn auf die Hand gestützt, während sie ihn beobachtete.

Er konzentrierte sich auf die Decke und zählte Sit-ups, versuchte zu ignorieren, dass ihr Blick auf ihm lag, über seinen Körper wanderte.

Es sollte sich nicht so unbehaglich anfühlen, doch das tat es.

„Hast du noch Energie zu verbrennen?" Sie klang äußerst befriedigt, wie eine Frau, die man gut gefickt hatte, und eine Woge Zufriedenheit traf ihn.

„Morgenroutine. Sie wird mit sehr viel weniger Energie als üblich durchgeführt, das habe ich dir zu verdanken." Er warf ihr ein neckendes Grinsen zu, noch während er ein paar weitere Sit-ups herausleierte.

Sie musterte ihn genau. „Fast fertig?"

„Fast."

Er rollte sich auf dem Bauch, stützte die Hände auf den Boden und schwang sich zu seinem letzten Set Liegestütz hoch. Lisas Füße trafen neben ihm auf dem Boden auf, bloße Zehen mit blassrosa Nägeln gingen um ihn herum.

„Komm zu mir in die Dusche, wenn du fertig bist", sagte sie.

Sein Schwanz reagierte, wurde hart, bis es fast schmerzte.

Josiah schob sich wieder hoch.

Sie ging in die Hocke, damit ihre Augen auf derselben Höhe waren. „Ich meine es ernst", sagte sie. „Bitte?"

Seine Arme bebten, darum konzentrierte er sich nach unten und fuhr fort, ohne ihr zu antworten.

Sie ging.

Ollie sprang vom Bett und kam hinüber an Josiahs Seite, ihre Nase berührte ihn kurz am Nacken. Der Hund streckte sich träge, dann rollte er sich auf dem Boden vor der geschlossenen Tür zum Bad zusammen, um wieder Lisa nachzustellen.

In der Ferne ging das Wasser an. Josiah hielt in seinem Work-out inne, brach auf dem Boden zusammen und schaute die Tür an, während er noch knapp ein Dutzend Liegestütze vor sich hatte.

Die letzte Nacht hatte die Dinge verändert, ja. Aber was in den Tagen zuvor passiert war, hatte die Dinge sogar noch mehr verändert. Nun, da Tamaras Baby gekommen war, ging Lisa langsam auf die letzten Wochen zu, in denen sie noch da sein musste. Selbst dass er sie letzte Nacht in seinem Bett gehabt hatte, war ein glücklicher Zufall gewesen, weil Karen in der Stadt gewesen war. Lisa hatte nach zu vielen Schocks Gesellschaft gebraucht.

Für ihn war es so viel mehr. Er wollte nicht, dass das eine Ende hatte.

Gott, er wollte, dass es ein Anfang war, aber auf gar keinen Fall konnte er von ihr erwarten, sich für sie beide alle Möglichkeiten offen zu halten, wenn er nicht willens war, hundertprozentig durchsichtig zu sein.

Ganz gleich, wie furchterregend es sein würde. Ganz gleich, wie verletzlich er sich geben musste.

Josiah schob sich hoch, trat über Ollie hinweg und war unterwegs zur Dusche.

Lisa stand nackt unter dem Wasser, und obwohl er wusste, dass er den nächsten Schritt machen wollte, war das an sich schon eine Belohnung. Süße Kurven, ihre braunen Haare, die dunkler geworden waren, während sie ihr Gesicht zur Brause hob und das warme Wasser über ihre Haut strömen ließ.

Als sie die Arme hochnahm und die Bewegung ihre Brüste anhob, holte Josiah tief Luft und zog sein Muscle-Shirt aus. In einer Bewegung schob er seine Jogginghose und die Unterhose nach unten, sein Ständer so heftig, dass er hoch zu seinem Bauch schnellte.

Er wusste, wie er aussah. Das Abbild im Spiegel log jedoch. Ganz gleich, wie oft er es anschaute, es war immer noch schwer zu glauben.

Aber er arbeitete daran. Arbeitete daran, selbstbewusst genug zu sein, um zu tun, was nötig war, und das war im

Augenblick, dass er ein zusätzliches Handtuch auf den Ständer warf und die Tür öffnete.

Lisa drehte sich zu ihm, ihre Augen wurden groß, während sie über seinen Körper streiften. Er trat unter das Wasser und zog sie an sich.

Ihre weiche Haut war ein Geschenk, das half, seine Ängste zu vertreiben.

Sie drückte ihm einen Kuss auf die Brust, ihre Finger spielten in dem leichten Hauch von Haaren dort. „Hallo, du Schönheit."

Ein Rausch aus Lust drang auf ihn ein. „Das ist doch meine Zeile."

„Wir können doch auch eine Gesellschaft gegenseitiger Bewunderung aufbauen. Mit uns als Gründungsmitgliedern." Sie lehnte sich zurück, strich mit den Fingern über seine Taille und zur Hüfte. Bewunderung auf dem Gesicht, und noch mehr.

Hitze.

Sie schaute auf, und ihre Zunge streifte ihre Lippen.

„Du bringst mich um", warnte er sie. „*Das* bringt mich um."

„Ich will dich überall berühren. Ich will dich überall küssen." Sie ließ die Hand zu seiner Lende streifen und schlang starke Finger um seinen Ständer. „Überall."

Die Fenster beschlugen nicht, weil das Wasser heiß war.

Josiah schloss die Augen, während sie sanft streichelte, mit kaum genug Druck. Er griff nach unten und legte seine Finger um ihre, erhöhte den Druck ihres gemeinsamen Griffs, bis er genau richtig war. Bis jede Bewegung ihrer Hände war wie eine Reihe aus Reißzwecken, die entlang seines Rückgrats eingehämmert wurden. Lust und Schmerz zusammen prasselten auf ihn ein, und viel zu bald verlor er die Kontrolle.

Samenflüssigkeit spritzte über ihre Hände. Er löste seinen Griff und verlangsamte ihre Bewegung. Lisa folgte seiner

Weisung. Berührte ihn, streifte mit den Händen über seinen Körper, bis das Beben aufhörte. Bis er nicht mehr sicher war, was für eine Kraft ihn aufrecht hielt, denn weder seine Beinmuskeln noch sein Gehirn schienen noch zu funktionieren.

Lisa schlang die Arme um seinen Hals, und er lehnte sich zurück an die gekachelte Wand hinter ihm, richtete den Brausekopf, damit er Wasser über sie strömen ließ, während sie zusammen standen. Perfekt nackt.

Sie streichelte seine Wange. „Das hat mir gefallen."

Er summte glücklich. „Offensichtlich hat es mir auch gefallen."

Sein Versuch, die Situation aufzulockern, scheiterte, als Lisa ihn genau musterte. „Geht dir irgendwas durch den Kopf?"

Josiah holte tief Luft und dachte über seine Erkenntnis nach, dass es in diesem Augenblick wichtig war – lebenswichtig – ehrlich zu sein. „Ich mache so was nicht. Mit niemandem."

Lisa legte den Kopf schief, dachte nach. „Jemanden übernachten lassen? Zusammen duschen?"

„Sich ausziehen", gab er zu.

Ihre Augenbrauen gingen nach oben.

„Schau mich nicht so an. Ja, ich habe Sex. Ich gebe Frauen ein gutes Gefühl, aber normalerweise mache ich das mit so vielen Kleidern wie möglich, oder in der Dunkelheit. Mir ist es nicht immer geheuer, mich auszuziehen."

Lisa öffnete den Mund, dann nickte sie sehr entschlossen. „Verstanden. Darum hast du ..." Sie warf einen kurzen Blick nach unten, und dann wieder zurück auf sein Gesicht, eine leichte Neugier, aber vor allem Sorge in ihrer Miene. „Du bist jetzt gerade nackt. Was mich, wie ich sagen muss, sehr glücklich macht."

„Um dich glücklich zu machen, deswegen bin ich hier. Es ist der Grund, weshalb ich es tue, selbst wenn es mir unbehaglich ist." Er nahm ihre Finger in die Hand und knabberte an ihren Handknöcheln, ließ schließlich seine Erheiterung durchscheinen. „Ich weigere mich, noch einmal so dumm zu sein und mir diese Gelegenheit entgehen zu lassen, und ich dachte mir, dir würde es vermutlich auffallen, wenn ich voll bekleidet reinkomme."

„Vielleicht hätte ich es gemerkt", stimmte Lisa zu, ihre Lippen waren nach oben gewandert.

Sie streichelte seinen Nacken mit der freien Hand, beinahe als würde sie ihn beruhigen wollen. Ob sie darauf wartete, dass er noch mehr sagte oder darüber nachdachte, was sie selbst sagen sollte, es fühlte sich auf jeden Fall nicht unbehaglich an.

Es fühlte sich an wie ein Luftholen. Ein Augenblick, um bereit für den nächsten Schritt zu werden.

Was es ihm leichter machte, fortzufahren. „Als ich aufgewachsen bin, war ich ein ziemlich pummeliges Kind. Das hat meine frühen Jahre sehr geprägt, da ich auch so oft auf der Bühne stand. Oder eher schon nicht auf der Bühne. Ich bekam immer die Nebenrollen. Oder was hinter den Kulissen, aber nie der Star."

Lisa verzog das Gesicht. „Die beste Freundin in *Anne auf Green Gables?*"

Er schnaubte. „Im Theater ist es üblich, dass Typen Mädchen spielen. Dieser Teil hat nicht wehgetan, aber die Tatsache, dass viel zu viele Leute erwähnten, wie perfekt ich auf die Rolle passe, da ich ziemlichen Babyspeck hatte. Meine Familie war deswegen nicht fies, aber zusammen mit meinem schwachen Schauspieltalent – und ja, meine Fähigkeiten sind wirklich drei oder vier Level unter dem der übrigen – und der Tatsache, dass ich dick war, war es einfach nie ganz das Richtige. Niemals genau das, wonach sie suchten."

Sie beobachtete ihn genau, ihre Worte leicht neckend. „Na ja, fünfhundert Punkte für Gryffindor, denn du hast dich ziemlich spektakulär gemausert."

Es war leicht, darüber zu lachen, und es half, ihn aufzuheitern. „Danke, aber ich habe dieses Gewicht bis zur Tierarztausbildung nicht verloren, und es hat eine ganze Menge Mühe gemacht. Macht es noch immer."

„Daher die Morgenroutine." Lisa streichelte ihn wieder, ihre Hände streiften über seine Unterarme und glitten zwischen seine Finger. „Darum der alte, abgetragene Gürtel?"

Verdammt, sie war gut. „Es liegt ein Gefühl der Macht darin, wenn man ein Gürtelloch weiterkommt. Es ist auch ein Warnzeichen, wenn es in die andere Richtung geht. Ich habe Hammer und Nagel genommen, um neue Löcher zu machen, wenn ich sie brauchte."

„Danke, dass du das mit mir geteilt hast." Sie hatte die Finger in seinen verschränkt und drückte zu, während sie aufschaute. „Du musst tun, was dir genehm ist, aber Josiah? Mir gefällt, wie du aussiehst. Sehr sogar. Ich weiß die Muskeln zu schätzen, die du aufgebaut hast, aber ich mag auch *dich*. Den Mann, der fürsorglich und klug und witzig ist. Du musst dir keine Sorgen machen, dass ich dich verurteile."

„Ich weiß." Er neigte ihr Kinn und kam näher, um sie langsam zu küssen. „Ich bin es, der mich verurteilt, aber ich arbeite daran. Aber schon eher würden Schweine fliegen, bevor ich mich ausziehe und vor versammelter Mannschaft den Magic Mike gebe."

Sie nahm ihn am Nacken und brachte ihre Lippen zusammen. Ihre Zungen streiften einander leicht, bevor sie an seiner Unterlippe knabberte. „Ich bin nicht sehr dafür, mit der Öffentlichkeit zu teilen", gab sie zwischen den Küssen zu. „Aber wenn du irgendwann mal eine Privatshow hinlegen willst, würde ich nicht Nein sagen."

Er drehte sie in seinen Armen, schnappte sich die Seife und hatte eine wunderbare Zeit, indem er sie blitzsauber machte. Falls er eine Spur aus Wasser über dem Boden zog, um sich aus ihrem Geschenk ein Kondom zu schnappen, würde er sich später darum kümmern.

Er machte einen weiteren Schritt auf dem Weg zur Ewigkeit, und ein paar Pfützen war das durchaus wert.

15

Lisa zog sich saubere Kleider an und erwischte sich beim Grinsen, während sie zurück ins Bad ging, um sich fertig für den Tag zu machen.

Josiah hatte das Zimmer bereits verlassen, nachdem er ihr einen pfefferminzfrischen Kuss mit geputzten Zähnen gegeben hatte, bei dem sie mit den Zehen gewackelt hatte.

Es war eine magische Nacht gewesen. Daran bestand kein Zweifel, und trotz allem, was sie entscheiden musste, und der großen Dinge, mit denen ihre Familie es zu tun bekam, war die kleine Insel aus Glück in ihr echt.

Innerlich hatte sie alles zur Seite geschoben und dieses Glück wie einen Grundstein gelegt. Es würden raue Zeiten und Schwierigkeiten kommen, sogar noch an diesem Tag, aber tief drinnen, wo es wichtig war? Da war sie glücklich.

Lisa ging durch den Flur in die Küche, Ollie auf den Fersen. Der Geruch nach Speck in der Luft und vermischte sich mit starkem Kaffeeduft. Finn und Zachary brüteten über Karten, die auf der ganzen Kücheninsel ausgebreitet lagen.

Finn warf ihr einen Blick zu, bevor er, ohne ein Wort zu sagen, in seinen Kaffee grinste.

Zacharys Wertschätzung war etwas offener. „Morgen, Sonnenschein."

Josiah brauchte nur zwei Schritte, um an dem anderen Mann vorbeizugehen und ihn „unabsichtlich" zurückzustoßen, sodass Zach das Gleichgewicht wiederfinden oder in die Wand krachen musste.

„Das du mir aber leid", behauptete Josiah barsch. „Zwei Eier oder drei?"

Finn lachte. „Gib diesem Mann keinen Grund, dich zu hassen", warnte er Zach. „Es ist ein wenig zu kalt, um in der Scheune zu schlafen."

„Ich wollte doch nichts anfassen", murmelte Zachary.

Er war gerade charmant genug, um nicht zu nerven. „Gute Sache", mischte Lisa sich ein. „In meiner Ahnenreihe gibt es einen Wookiee."

Am Herd schlug Josiah ein paar weitere Eier in die Pfanne. „Das erklärt so einiges."

„Hey", beschwerte sich Lisa und wirbelte zu ihm herum, aber sie passte sich seinem Grinsen völlig an.

„Was ganz anderes, ich habe eine Frage an dich." Finn schnappte sich ein paar Karten und ließ sie auf den Tisch fallen. Er zog den Stuhl neben ihm heraus und klopfte darauf. „Komm her. Ich brauche deine Meinung."

Sie trat vor, glitt auf den Stuhl und schaute sich die Karten an, während Ollie sich auf ihren Füßen niederließ. „Ich kenne diese Gegend nicht so gut. Wenn du konkrete Fragen hast, kann ich jemanden suchen, der sie beantwortet."

„Toll. Und wenn ich das brauche, bitte ich dich darum. Ich frage mich, wo man die bessere Aussicht hat." Finn tippte auf sehr unterschiedliche Bereiche der Karte, wo rote Kreise auf verschiedenen Höhen aufgezeichnet waren. „Bestehende Gebäude gibt es hier und hier."

Lisa beäugte die Straßen und Berge und dachte über das nach, was sie in ihrer kurzen Zeit in der Gegend erfahren hatte. Sie tippte auf einen davon. „Das hier hat wohl die Aussicht, aber ich glaube nicht, dass du dort wohnen möchtest, außer du lässt echt gern Drachen steigen."

Josiah warf ihnen einen Blick zu und nickte zustimmend. „Mein Standort hier ist ziemlich geschützt, weil westlich von uns der Forst ist. Diese ganzen hohen Bäume fangen den Wind ab, falls er aufkommt, aber je weiter nach Süden du gehst, desto stärker die Böen."

„Und wenn er Böen sagt, stell dir eher einen Hurrikan vor. Letzten Herbst hat Caleb gesagt, dass ein großer Lastzug umgekippt ist. Er war nach Norden unterwegs, und der Wind aus dem Westen wehte so stark, dass er ihn direkt umgeworfen hat." Lisa deutete auf einen Kreis. „Wo ist das auf deinem Land?"

Er zog eine rechteckige Form um den Kreis. Eine große.

Sie ließ die Finger leicht nach Nordwesten gleiten. „Wenn das Haus nicht in einem echt guten Zustand ist, wäre es besser, wenn du hier baust."

„Was, wenn es ein Ort wäre, an den Leute nur zu Besuch kommen, und nicht die ganze Zeit dort wohnen?"

„Das könnte funktionieren, aber es wird trotzdem noch windig sein." Sie warf ihm einen Blick zu, ihre Neugier regte sich. „Karen ist da", sagte sie zu ihm.

„Das ist schön. Reitplätze auf dieser Seite der Scheune?"

So wollte er es also spielen? Lisa deutete wieder hin. „Hier. Ich wette zwanzig Mäuse, dass du ihr irgendwann in der nächsten Woche über den Weg läufst."

„Mit oder ohne deine Einmischung?"

„Ich mogle nicht", erklärte Lisa empört.

Finn grinste und streckte eine Hand aus. „Die Wette gilt."

Na, das war einfach. „Willst du noch mehr Geld verlieren?"

„Wie wäre es, mich dazu zu bringen, Geld auszugeben?", konterte Finn. „Josiah sagt, die neue Tierrettung könnte etwas Unterstützung gebrauchen. Welche Spenden du auch immer eintreibst, ich werde sie verdoppeln."

Lisa hielt abrupt inne. Der Vorschlag war aus dem Nichts gekommen, und sie brauchte einen Augenblick, um ihre Gedanken neu auszurichten.

„Echt jetzt." Sie schaute ihn aus zusammengekniffenen Augen an. „Was springt denn für dich dabei raus?"

„Persönliche Befriedigung, weil ich zu einer würdigen Sache beigetragen habe."

Im Hintergrund fabrizierte Zach Würggeräusche.

Lisa kicherte. Ja, für sie hatte das auch nach Schwachsinn geklungen. „Echt?"

Finn schaute ihr direkt in die Augen. „Ich habe ein Projekt, das ich in der Stadt lostreten will, und das wird besser laufen, wenn die Tierrettung bereits da ist. Ich will nicht mehr verraten, denn das kann ich nicht, bevor die Sache geregelt ist. Aber zum Großteil geht es um die persönliche Befriedigung, in mehr als nur einen Bereich, und das ist nicht gelogen."

Lisa dachte darüber nach. Sie war immer noch an diesem nebulösen „nicht sicher, was sie mit sich anfangen sollte"-Ort, unabhängig davon, dass ihre Familie vor einem interessanten Chaos stand. Tamara würde allzu bald mit Tyler in eine Routine verfallen, und das war ihre hauptsächliche Deadline, um den nächsten Schritt anzugehen.

Nach allem, was Lisa wusste, würde das für lange Zeit ihr letzter freier Abend sein. „Mir gefällt der Gedanke, aber das kann ich nicht ganz allein machen."

Im Hintergrund ließ Josiah etwas fallen. Einen Deckel, der auf der Anrichte ratterte, während er leise fluchte.

Oh.

Oh.

Das war doch mal eine Idee. Lisa schaute rüber, um ihn einen Augenblick lang zu mustern. Es mochte ja ein seltsames Date sein, aber vielleicht war es das, was sie brauchte. Ein letztes Projekt, um anderen zu helfen, und dann konnte sie weiterziehen und etwas für sich tun.

Sie begab sich hinüber zu ihm in die Küche, Ollie lehnte sich zufrieden an sie beide. „Was meinst du denn?"

„Wozu?" Josiah schob die Pfannen zur Seite und stellte den Herd ab, um ihr seine volle Aufmerksamkeit zu schenken.

Während er sie beobachtete, erfasste sie ein seltsames Gefühl. Lisa stand da, und einen Augenblick lang konnte sie überhaupt nichts sagen.

Gerade war ihr aufgefallen, dass sie nur sehr selten andere um Hilfe bat.

Oh, sie kommandierte Leute herum. Sie überzeugte, bequatschte, und wenn es an die Arbeit hinter den Kulissen ging, um etwas geregelt zu kriegen, von dem sie dachte, es müsse erledigt werden, war sie unbesiegbar.

Sich vor jemanden zu stellen und direkt um einen Gefallen zu bitten, war jedoch etwas, was niemals passiert war. Sie wusste, bei ihren Schwestern *hätte* sie es tun können, aber das hatte sie nicht. Und das hier waren nicht sie.

Es schien, als müssten sowohl sie als auch Josiah heute ein paar neue Muskeln trainieren. „Würdest du mir helfen? Wir beide könnten eine Art Spendensammlung für die Tierrettung auf die Beine stellen."

Er musterte sie vorsichtig. „So ein Projekt würde eine Weile dauern, um es auf die Beine zu stellen, das weißt du. Es ist nichts, was wir in einer Woche hinkriegen können. Nicht, wenn wir Erfolg haben wollen."

„Das lange Mai-Wochenende wäre ein guter Zeitpunkt für ein Event", ließ Zach sich vernehmen. „Zu dieser Zeit des Jahres suchen die Leute nach irgendwas, was sie tun können, aber es ist noch weit genug von der Urlaubssaison weg, dass sie vielleicht ihre Börsen öffnen."

„Da hast du's. Die dritte Maiwoche und das lange Wochenende." Lisa nickte fest. „Funktioniert das für dich?"

Seine Lippen zuckten, bevor sie sich zu einem schönen Lächeln wölbten. „Ich würde dir nur zu gerne helfen. Übrigens, du schuldest mir hundert Mäuse."

Sie blinzelte. Verdammt, er hatte recht. Sie würde entgegen ihrer ursprünglichen Schätzung im Frühling noch hier sein. „Es ist ein Alles-oder-nichts-Tag. Willst du die Wette verdoppeln?"

„Wenn du Ende des Sommers noch hier bist, kriege ich zweihundert Dollar?" Josiah dachte einen Augenblick nach, dann nickte er. „Abgemacht."

Er streckte die Hand aus und schüttelte sie kurz, bevor er die Tatsache ignorierte, dass zwei andere im Raum und ein Hund zu ihren Füßen waren. Josiah zog sie an seinen Körper und stahl sich einen heißen und fordernden Kurs, der sie atemlos zurückließ, bevor er ihr zuzwinkerte und damit weiter machte, das Essen auf die Teller zu verteilen.

Der Tag fing gerade erst an, aber es schien, als wäre zumindest eine ihrer Fragen beantwortet worden. Wie lange würde sie in Heart Falls bleiben?

Mindestens bis Ende Mai.

～

Josiah ließ Lisa auf Silver Stone raus und ging direkt zu seinem Tag über. Ollie ließ er in der Tierklinik, wo sie sich gehorsam auf das Hundebett zu Füßen seiner Empfangsdame legte, aber traurig den Kopf auf die Pfoten senkte, als wäre sie verraten worden.

„Armer Hund." Sharon beugte sich nach unten, um Ollie den Kopf zu streicheln. „Du sitzt hier ohne deine Lieblingsmenschen fest."

Ollie winselte, zog mit allem, was sie hatte, Mitgefühl ab, ihre traurigen Augen auf Josiah gerichtet.

„Tut mir leid, Kleine, aber ich muss heute rumfahren, und du kannst nicht mit", erklärte Josiah, während er seine Erheiterung verbarg. Lisas Tag auf Silver Stone würde ungewöhnlich genug sein, ohne dass noch ein liebeskranker Hund dazu kam.

Das letzte, was er hörte, als er das Büro verließ, war ein langes, herzerweichendes Seufzen.

Josiah war nicht überrascht, als Finn und Zach seine Frage bejahten, ob sie sich am Vormittag bei *Buns and Roses* mit ihm treffen wollten.

Zach stand im Eingang zwischen dem Kaffee und dem Laden für Blumen und Krimskrams. Er hatte die Schulter an den Türrahmen gelehnt, während er mit Rose Fields plauderte, der Besitzerin des besagten Blumenladens.

Die dunkelhaarige Schönheit nickte heftig, deutete zurück auf ihren Laden. Sie beiden verschwanden um die Ecke außer Sicht.

Josiah ließ sich gegenüber von Finn auf einen Sitz fallen. Neugier und ein wilder Anfall von Beschützerinstinkt kamen aus dem Nichts. „Was hat Zach denn vor?"

„Er spielt immer noch mit dieser Idee der Kleinbrauerei im Ort. Wenn einige der örtlichen Unternehmen mit an Bord sind, hilft das vielleicht, wenn er sich um die Erlaubnis bewerben möchte." Finn schob einen Teller Donuts zu Josiah. „Bedien dich."

Mechanisch lehnte Josiah das Angebot ab. „Viel wichtiger, was hast du vor? Ich dachte, du denkst das erst noch durch, wenn es um den Spendenaufruf für die Tierrettung geht."

„Ich habe es durchdacht. Es schien mir eine gute Idee zu sein, ein paar Leute vom Ort dafür einzuspannen."

Kurz funkelte Josiah ihn an. „Du hast Lisa mehr oder weniger überrollt, damit sie zustimmt, die Spendenaktion zu organisieren."

„Mit *dir*. Vergiss diesen Teil nicht ..." Finn zeigte sein seltenes Lächeln. „Gern geschehen übrigens."

Ja, dieser Teil war Josiah aufgefallen. „Danke. Schätze ich. Sie ist nicht sicher, ob sie vorhat, weiter hierzubleiben, darum habe ich gehofft, mit ihr öfter mal eine schöne Zeit zu verbringen und sie zu überzeugen, dass Heart Falls nach einem Ziel für sie aussieht. Nicht, um diese Zeit mit Meetings und Geschäftsgesprächen zu verbringen."

„Dann delegiert doch. Ihr müsst nicht alles machen. Allerdings braucht jedes erfolgreiche Event eine gute, starke Galionsfigur ganz vorne. Der örtliche Tierarzt als Unterstützer hilft viel, damit die Gemeinschaft sich dafür ins Zeug legt." Erst da rümpfte Finn die Nase zu einer bescheidenen Entschuldigung. „Ich wusste nicht, dass ihr zeitlicher Ablauf so eng war. Das tut mir leid."

„Das ist schon in Ordnung. Es bedeutet nur, wenn ich dich irgendwann in den nächsten sechs Wochen um einen Gefallen bitte, hoffe ich, dass du deinen Terminplan anpasst."

„Das möchte ich nicht versäumen." Finn nahm einen der Donuts und biss genüsslich ab, dabei schaute er sich in dem Geschäft von *Buns and Roses* um. „Das ist ein hübscher Laden."

„Sie brauchen keine finanzielle Unterstützung", sagte Josiah gedehnt.

„Jeder kann Unterstützung gebrauchen, um den nächsten Schritt zu machen", verbesserte Finn.

„Nicht jeder will einen nächsten Schritt."

Der Mann zwinkerte. „Mir gefällt dein Stil, Josiah Ryder. Keine Sorge, ich habe nicht vor, Heart Falls allzu sehr umzukrempeln. Ich habe nur eine Tendenz, Dinge zu sehen, die man tun könnte. Ich arbeite noch daran, mir zu überlegen, *ob* man sie tun sollte."

Die Unterhaltung verlegte sich auf eine Besprechung der Ideen zum Essen in der folgenden Woche. Finn versprach, im Supermarkt vorbeizuschauen und einen Wocheneinkauf zu tätigen, womit Josiah ein Posten weniger auf seiner To-do-Liste blieb.

Das war etwas Gutes, denn danach explodierte der Tag, als das Büro anrief, um ihm zu sagen, dass er seinen Nachmittag und seinen Abend vergessen konnte.

Er fuhr hinaus zur ersten Farm, um sich um ein Projekt zu kümmern, und folgte dem Farmer in einem Traktor, der den Schnee wegschob, um einen Weg zu dem alten Schuppen zu ebnen, wo Josiahs Patient wartete.

Sein Telefon klingelte mit dem Klingelton, den er seinem Bruder zugewiesen hatte. Josiah ging ran. Die Regeln über das Telefonieren am Steuer trafen nicht zu, wenn man mit fünf Stundenkilometern in einem von zwei Fahrzeugen fuhr, die sich über ein Feld bewegten.

Außerdem war es immer eine heikle Sache, einen Anruf von Micah zu erwidern. Wenn er ihn gleich beim ersten Mal dran bekam, war es ein regelrechtes Wunder. Genauso bei seinen Schwestern Kelsey und Lenora.

„Micah. Wie läuft es?"

„Toll. Ausverkaufte Shows, die sich bis mitten im Sommer

aneinanderreihen. Ich hoffe allerdings, mein Ersatz kann im August ein paar Wochen einspringen. Kelseys neue Show in London eröffnet am 10. August. Ich wollte mich bei dir melden, falls du das auch hinbekommst."

„Ich hab gesehen, dass das Datum beim letzten Familien-Post erwähnt wurde. Ich habe es im Kalender, aber man muss erst mal sehen. Es ist eine schwierige Zeit, um wegzukommen." Obwohl es toll sein könnte, nach London zu fliegen, war Josiah nicht sicher, ob er ein großes Familienevent genießen könnte. Seine Eltern würden da sein, und unvermeidlich würden sie und seine drei Geschwister nichts tun, außer über das Geschäft zu reden und sich an vergangene Auftritte zu erinnern.

Er liebte seine Familie, das tat er wirklich, aber es gab einen Punkt, an dem die Welt, in der sie lebten, und die Welt, in der er lebte, einfach nicht mehr zusammen passten.

Micah hüstelte. „Wenn du dir von mir Flugkosten auslegen lassen musst, ist das kein Problem ..."

„Hör auf", fuhr Josiah ihn an. „Du weißt verdammt gut, dass ich das Geld habe."

„Ich korrigiere, du *hattest* das Geld. Nur weil alle von uns eine ordentliche jährliche Dividende bekommen, bedeutet das nicht, dass bei dir noch was übrig ist. Es ist doch bestimmt teuer, dein eigenes Geschäft aufzuziehen. Ich kann mir nicht vorstellen, dass die tierärztliche Ausrüstung auf Bäumen wächst."

Je länger sein Bruder redete, umso mehr glich sein Tonfall einer Lektion. Josiah schaute sich um und fragte sich, ob er ein Problem mit dem Empfang vorspielen konnte, um zu erklären, weshalb er aufgelegt hatte.

„Denk mal darüber nach. Kelsey würde es lieben, wenn du dabei wärst", sagte Micah.

Was auch stimmte. Keines seiner Geschwister ging ihm aktiv aus dem Weg, und sie verstanden sich alle. Sie waren einfach nur … anders. „Ich lege mich auf jeden Fall mit genug zeitlichem Spielraum fest, damit wir nicht hetzen müssen."

„So will ich das hören. Okay, also das andere, was ich dir noch sagen muss, ist, dass Mom und Dad Ostern zu mir kommen. Kelsey ist überarbeitet, und Lenora ist damit beschäftigt, in L.A. zu drehen, darum haben unsere Leute gesagt, sie würden nach New York kommen und sich ein paar Broadwayshows ansehen."

Auch das war für Josiah in Ordnung. „Der Frühling ist hier ziemlich stressig, Micah. Es ist vermutlich am besten, wenn ich nicht nach Rosebud fahren muss."

„Immer so beschäftigt", scherzte Micah. „Lauf halt nicht immer vor Spinnen weg und nimm dir mal Zeit, an den Blumen zu riechen."

Ärger schoss durch Josiah hindurch, heftig und rasch, und sein Temperament flammte auf. Nur seine Familie kannte alle seine Geheimnisse und hatte keine Scheu, alles beizutreten.

Er verschloss die Lippen, damit er nicht etwas Unhöfliches sagte, und zählte stattdessen bis fünf, damit er ruhig antworten konnte. „Ich genieße mein Leben sehr. Aber ich muss zur Arbeit. Ich rede später mit dir. Hals- und Beinbruch."

„Danke, und lass mich wissen, was du beschließt." Micah legte auf und war sich scheinbar nicht bewusst, wie sehr er Josiah angepisst hatte.

Wieder dachte Josiah daran, wie dumm das alles war. Seine Familie fand ihn nicht talentiert, aber er war offensichtlich als Schauspieler gut genug, um ihnen während der Unterhaltungen etwas vorzugaukeln. Micah hatte keine Ahnung, wie dicht er davorgestanden hatte, verbal niedergemacht zu werden.

Josiah kam vor der Scheune zum Stehen und griff nach seiner Arbeitsausrüstung. Er stapfte durch den Schnee und bemühte sich, seinen Ärger loszuwerden, bevor die Tiere ihn spürten.

Er holte tief Luft, und dann noch einmal, bevor er in die süß duftende Scheune ging.

Es war nicht die Schuld der Tiere, dass seine Familie irgendwie nicht richtig mit ihm synchronisiert war. Oder er mit ihnen. Wie auch immer, es war kein schreckliches Schicksal, und es waren keine schrecklichen Leute. Sie lernten und änderten sich – nur in kleinen Schritten allerdings. Wie etwa, dass Micah es endlich in seinen dicken Schädel bekommen hatte, dass es nicht zur Debatte stand, ihn *Joe* zu nennen.

Unwillkommene Kosenamen und das Angebot finanzieller Unterstützung, wenn es keinen verdammten Grund dafür gab, waren eher Spiegelbilder des Problems als das Problem selbst.

Sie glaubten nicht, dass er genug war, und viel zu viele Jahre hatte er sich das auch gefragt.

Während er mit der Aufgabe vor sich weiter machte, wünschte er sich, dass er Lisa anrufen könnte, gleich jetzt und hier, nur um ihre süße Stimme zu hören. Dass er sie aufspüren und sie an sich ziehen und ihrem Lachen lauschen konnte. Dass sie ihm zuhören könnte, während sie ihn mit diesen leuchtenden Augen und diesem raschen Verstand ganz genau beobachtete und direkt in ihn hineinzuschauen schien.

Ihn, den wahren Josiah Ryder. Den Typen, den keiner in seiner Familie zu kennen schien. Und keiner von ihnen schien sich die Mühe machen zu wollen, ihn kennenzulernen.

Den Typen, der mehr als nur genug war.

Josiah schnaubte. Verdammtes emotionales Gepäck. Nur weil er ein erwachsener Mann war, hieß das nicht, dass seine Familie und Erinnerungsfetzen aus der Vergangenheit nicht auf ihn eindringen und ihn manchmal von den Füßen reißen konnten.

Wenn er mit Lisa zusammen war, war es anders. Es war

nicht, als würde er sie nutzen, um ihm zu helfen, darüber wegzukommen, aber sie brachte Klarheit. Mit ihr zusammen zu sein, half ihm, zu sehen, dass er sich verändert hatte. Er war stark und kompetent, und er war genug, um sie glücklich zu machen.

Er musste ihr das sagen, damit sie konkret über die Zukunft reden konnten, und zwar bald.

Aber da Lisa mit ihrer eigenen Familienkrise beschäftigt war, würde er ihr nicht noch mehr Lasten aufladen. Teufel, er würde es ihr überhaupt nicht zum Vorwurf machen, wenn sie beschloss, dass es für sie Zeit zum Weiterziehen war, sobald der Spendenaufruf vorbei war.

Josiah würde es ihr nicht zum Vorwurf machen, aber er würde alles tun, was in seiner Macht stand, um sich als würdig zu erweisen, an ihrer Seite zu bleiben.

16

———————

Nachdem Josiah sie rausgelassen hatte, lief Lisa zurück in das Haus von Silver Stone und stürzte sich sofort in Aufgaben und Unterhaltungen.

Als erstes jedoch glitt sie zu Tamara und stieß sie leicht in die Seite, um sich für das Geschenk mit den Kondomen zu rächen. „Göre."

Tamara schaute zufrieden von Tyler auf, auf den sie ihre Aufmerksamkeit gerichtet hatte, und ein Grinsen breitete sich auf ihrem Gesicht aus. „Ich habe keine Ahnung, wovon du sprichst."

Es war eine schwierige Entscheidung, aber Lisa machte mit der reifsten Erwiderung weiter, die ihr einfallen wollte. Sie streckte die Zunge heraus.

Karen saß am Tisch, ein Notizbuch vor sich, ihr Telefon neben sich, während sie scrollte und schrieb. Sie schaute rechtzeitig auf, um den Kopf über den Austausch zu schütteln, wie es nur eine älteste Schwester konnte. „Ihr beiden ändert euch nie."

„Das würdest du auch nicht wollen", erklärte Tamara.

„Woran arbeitest du?"

Sie blinzelte. „Ideen, um sich zu diversifizieren."

Ein Verdacht machte sich breit. Lisa ging hinüber, warf einen nebensächlichen Blick auf den Tisch, um zu versuchen, Karens Notizen zu lesen. „Du glaubst, der zusammengeführte Coleman-Besitz ist nicht breit genug aufgestellt?"

Karen klappte ihr Notizbuch zu, bevor sie Lisa anfunkelte. „Es gibt immer Platz für neue Ideen."

Lisa ließ es auf sich beruhen. Was immer Karen ihnen vorenthielt, würde schon noch herauskommen. Wichtiger war es, sich mit der derzeitigen Lage zu befassen.

„Wie ging es Dad heute Vormittag? Hat er was gesagt?" Verdammt. Schuldgefühle machten sich heftig breit. Sie hatte das nicht durchdacht. Sie hätte da sein sollen. Sie hätte dabei sein sollen, um ihre Schwestern zu unterstützen, und ...

„Entspann dich, Lisa. Es war schon in Ordnung, dass du nicht da warst", versicherte ihr Tamara.

„Wie ...?"

„Deine Miene hat sich gerade verändert, als hätte man dich mit der Hand in der Keksdose erwischt." Karen rückte ihren Stuhl zurück. „Aber ehrlich, du hast nichts versäumt. Keine von uns hat schon mit ihm geredet. Caleb hat beschlossen, Dad zum Frühstück mitzunehmen. Er hat gesagt, es wäre lange her, dass sie mal Zeit nur unter Jungs gehabt hätten."

„Praktisch, aber brillant." Lisa warf einen Blick auf Tamara. „Dein Gatte ist ein guter Mann."

„Einer der besten", pflichtete Tamara bei. Sie richtete Tyler, wand sich einen Augenblick lang linkisch, um ihren BH wieder an Ort und Stelle zu bringen, bevor sie sich ein Tuch über die Schulter legte und das Baby darauf platzierte, damit es ein Bäuerchen machen konnte. „Es war eine gute Idee, uns allen gestern Nacht etwas Raum zu lassen. Ich gebe zu, ich war anfangs ziemlich geschockt, aber gleichzeitig sehe ich nicht, wie das die Dinge für uns so sehr verändert."

Karen verzog das Gesicht. „Das stimmt. Ich bin zum selben Schluss gekommen. Wir hatten immer einander. Wir wissen nicht mal, ob Julia Zeit mit uns verbringen will. Ich möchte sie kennenlernen, aber das liegt ganz bei ihr."

Lisa räumte gerne ein paar Sorgen aus. „Sie macht sich mehr Sorgen darum, dass sie in unserem Leben etwas aufstört, als alles andere. Ich schätze, wir nehmen es einfach, wie es kommt."

„Zu welcher Uhrzeit kommt sie denn her?"

„Um ein Uhr." Sie alle drei begaben sich an unterschiedliche Aufgaben, kümmerten sich zusammen um den kleinen Tyler. Er war klein genug, um noch nicht so viel Arbeit zu machen.

Nach ein paar Stunden begann sich Lisa allerdings zu fragen, ob Tamara sich zu sehr anstrengte. Ihre Schwester hatte es sich in den Kopf gesetzt, etwas im Wohnzimmer zu arbeiten, und Lisa fiel nicht mehr ein, wann sie zum letzten Mal gesehen hatte, dass Tamara sich hingesetzt hatte.

Sie beäugte Tamara genau, bis ihre Schwester sie anfunkelte. „Hör auf."

„Ich habe seit Monaten nicht gesehen, wie du dich so schnell bewegst", erklärte Lisa. „Du machst mich nervös."

Ihre Schwester grinste. „Ich fühle mich großartig. Ich bin offensichtlich einer jener Menschen, denen es mit einem parasitären Wesen im Bauch nicht so toll geht. Nun, da er raus ist, fühle ich mich wunderbar."

„Nach neun Monaten der Übelkeit hast du eine Pause verdient", sagte Karen, die das Baby wieder von Lisa stahl.

Tamara hob einen Finger vor Lisa. „Bitte macht nichts, was Caleb noch größere Sorgen bereitet."

„Mache ich nicht", versicherte ihr Lisa.

Die Zeit verging rasch. Tamara bekam eine Nachricht von Caleb, dass sie mit dem Frühstück fertig waren, aber er nahm ihren Dad mit zu seiner Tour über die Ranch. Er sagte, sie würden zurück sein, bis Julia ankam.

Als ein abgehalfterter Ford-Truck zwei Minuten vor der vollen Stunde in den Hof fuhr, waren alle Schwestern bereit, oder bebten vielmehr beinahe vor Erwartung, während sie an der Hintertür standen.

Lisa wandte sich mit einem Lächeln an ihre Schwestern. „Tut so, als wärt ihr nett."

Karen kicherte. „Du bist so eine Göre."

„Aber nicht mehr die *jüngste* Göre", erklärte Lisa. „Dieses Privileg gehört nun Julia."

„O mein Gott, das stimmt. Das heißt, ich habe zwei kleine Schwestern, die mich quälen können", sagte Tamara dramatisch.

Sie öffneten die Tür, bevor Julia die Gelegenheit bekam, zu klopfen, als Karen gerade ein gespieltes Würggeräusch von sich gab.

Die Neue auf der Veranda beäugte sie argwöhnisch. „Kannst du sprechen?"

Tamara kicherte. „Die Atemwege sind offen. Sie atmet, und die Pumpe läuft."

Julia trat ein und zog ihre Mütze und die Handschuhe aus, warf einen Blick in das Zimmer, sowohl auf Karen als auch auf Lisa, bevor sie den Blick wieder Tamara zuwandte. „Ich verstehe schon, warum du zweimal hingeschaut hast, als du mich zum ersten Mal gesehen hast. Wie geht es diesem süßen Baby?"

Tamaras Lächeln wurde größer. Sie deutete auf die Wiege auf dem Küchentisch. „Er ist großartig. Wunderschön und perfekt, und ich könnte nicht glücklicher sein."

„Danke, dass du ihm geholfen hast, sicher anzukommen."

Karen trat vor und hielt ihre Hand hin. „Hi, Julia. Ich bin Karen. Es ist schön, dich kennenzulernen."

Julia bewegte sich instinktiv, bevor sie abrupt zum Halt kam. „Das ist ein wenig überwältigend", gab sie zu.

Scheiß drauf. Lisa ging mit ihrem Bauchgefühl, öffnete die Arme und holte Julia in eine riesige Umarmung. „Gewöhn dich dran. Es gibt eine Menge mehr von uns, aber wir Whiskeytiere sind natürlich der beste Teil des Coleman-Clans."

Tamara machte ein unflätiges Geräusch. „Ich kann nicht glauben, dass du immer noch versuchst, diesen Spitznamen einzuführen."

Ihre Entscheidung erwies sich als gut. Julia war steif wie ein Brett gewesen, als sie sich in die Umarmung gelehnt hatte, aber als sie losließ, waren sie beide entspannter.

Die Frau lächelte sie an. „Vielen Dank." Dann runzelte sie die Stirn. „Was ist ein Whiskeytier?"

Während die anderen Mädchen lachten, führte Lisa Julia in das Wohnzimmer. „Weißt du noch, wie ich dir gesagt habe, dass die ganzen Coleman-Ranchen unterschiedliche Namen haben? Wir sind Whiskey Creek."

Verständnis hellte Julias Gesicht auf. „Das ist süß."

„Seht ihr? Seht ihr?" Lisa sprang bei dem leichten Lob auf und ab. „Jemand, der wahre Anerkennung für mein Genie zeigt."

„Wie viel hat sie dir bezahlt, damit du das sagst?", brummte Karen. „Ach, egal. Nur eine Warnung, Lisa mag zwar klug sein, aber sie ist auch gefährlich. Lass dich nie auf einen Wettkrieg mit ihr ein."

„Das versuche ich mir zu merken", erwiderte Julia mit einem Lächeln, während sie sich auf der Couch niederließ. Sie schaute sich wieder um. „Und nur, um das mal vorher zu erwähnen, ich bin etwas nervös darüber, euren Dad zu treffen."

„*Unseren* Dad", verbesserte Lisa leise. „Er ist nicht … furchteinflößend."

Das schien das beste Wort zu sein, das sie nutzen konnte und das nicht direkt gelogen war.

„Ich glaube, er ist vermutlich nervöser, weil er dich trifft, als du es bist, weil du ihn triffst", gab Karen zu. Ihre Lippen verzogen sich einen Augenblick lang. „Er hatte keine Ahnung, dass es dich gibt. Und ich glaube, es ist ihm peinlich, dass seine Töchter wissen, dass er irgendwann mal rumgemacht hat."

„Intellektuell erfassen wir ja, dass unsere Eltern Sex haben, aber es ist nichts, was wir jemals direkt in Augenschein nehmen möchten." Tamara ging zu der Wiege und nahm das Baby in die Arme. „Ich meine, igitt."

Es war ein valider Punkt, und während sie weiter über vieles redeten, wie Julias Ausbildung, wich die Anspannung aus dem Raum.

Lisa beobachtete die anderen genau, aber es war so ziemlich das, was sie erwartet hatte. Sie drängten nicht allzu sehr, um zu verhindern, die Frau zu überwältigen, aber Julia war eindeutig eingeladen, so schnell zu machen, wie sie wollte. Es schien anfangs wie eine zögerliche Freundschaft, was auf jeden Fall Sinn ergab.

Lisa fragte sich, was Josiah vorschlagen würde, um zu helfen, diese frühen Wachstumsschmerzen zu lindern.

Und dann erwischte sie sich dabei, dass sie sich fragte, was er machte, und ob er später frei haben würde, denn was sie eigentlich wollte, war, sich mit ihm hinzusetzen und einfach alles zu besprechen.

Es war ein neues Gefühl.

Es war ein gutes Gefühl.

Das Einzige, was sie alle drei vermieden, war es, zu direkt über ihren Vater zu reden. Die Tatsache, dass er klare Regeln und Gedanken zu Frauen bei der Arbeit hatte – das wirkte nicht wie etwas, das man sofort einem neuen Familienmitglied mitteilte.

Teufel, vielleicht hätte es keinen Unterschied gemacht. Julia war erwachsen und wohnte nicht auf der Whiskey Creek Ranch.

Trotzdem flatterte es in Lisas Magen, als die Tür aufschwang und Caleb hereinkam, gefolgt von George Coleman.

In den letzten paar Jahren waren die Haare ihres Vaters silberweiß geworden, von den Augenwinkeln hatten sich angespannte Linien ausgebreitet, und eine permanente Furche stand zwischen seinen Augenbrauen, doch er hatte immer noch das attraktive Aussehen des Coleman-Clans, mit dem eckigen Kinn und den starken Gesichtszügen.

Sein Blick huschte durch den Raum, blieb bei jeder von ihnen hängen, bevor er auf Julia zum Ruhen kam.

Caleb nahm seine Jacke, und George bedankte sich murmelnd, bevor er tief Luft holte und durch das Zimmer kam. Er blieb neben ihrem Stuhl stehen, sah nach unten.

Julia stand auf. „Hi. Ich bin Julia Blushing."

Seine Stimme war ein Flüstern. „Du hast die Haare deiner Mutter."

Lisa stellte fest, dass sie die Luft angehalten hatte. Sie entwich in einem plötzlichen Keuchen aus ihr, als ihr Vater die Arme um Julia legte und sie fest drückte.

Zögerlich hob Julia die Arme, dann vergrub sie das Gesicht in seiner Brust und umarmte ihn von ganzem Herzen.

Alle saßen sie schweigend da, beobachteten sie. Caleb kam durch das Wohnzimmer, um sich Tamara anzuschließen, sein Arm legte sich um sie und seinen Sohn.

„Wie geht es dir?", fragte er Tamara leise.

„Toll. Sieht so aus, als wäre die Familie noch mal erweitert worden."

Calebs Schultern hoben sich. „Das ist nie was Schlechtes."

Ihr Dad ließ Julia los, und dann, während er sich über die Augen wischte, setzte er sich neben Karen auf das Sofa.

George Colemans strenges Gesicht wurde weicher. „Ich schätze, ich habe eine Geschichte zu erzählen. Allerdings nicht viel. Ich habe die letzte Nacht damit verbracht, mir das Gehirn zu zermartern, damit mir mehr Einzelheiten einfallen, die mir entgangen sein könnten, aber mir wollen einfach keine einfallen." Er schaute hinüber zu Julia. „Deine Mom und ich kannten einander nur eine kurze Zeit. Ich mochte sie sehr, aber sie sagte, sie würde nicht nach etwas Langfristigem suchen. Sie war fast zehn Jahre lang mit jemandem zusammen gewesen, und sie hatten sich kürzlich getrennt. Ich gab ihr alle meine Kontaktinformationen und habe sie gebeten, mich anzurufen, wenn sie konnte, aber das hat sie nie getan."

Julia nickte. „Mom hat mir gesagt, sie wäre mit jemandem jahrelang verlobt gewesen, als er plötzlich beschlossen hat, dass er keine Kinder wollte. Deswegen hat sie die Sache abgeblasen."

Georges Gesicht spannte sich an, bevor er es bewusst entspannte. „Die Mädchen haben mir gesagt, dass sie kürzlich gestorben ist. Das tut mir leid."

Julia zog ein Taschentuch heraus, kämpfte gegen Tränen. „Vielen Dank. Ich vermisse sie. Und dass sie weg ist, macht die Dinge so viel schwieriger, denn das ist auf jeden Fall ein Ding, von dem ich mir wünschte, sie hätte mir mehr darüber erzählt. Es tut mir leid, dass sie sich nicht bei dir gemeldet hat. Das hätte sie tun sollen."

„Es ist vorbei, und es ist nicht deine Schuld." George holte tief Luft und schaute sich im Zimmer um, sein Blick blieb an Lisa hängen. „Ich weiß nicht, ob ich ein sonderlich guter Vater gewesen wäre, wenn sie mich kontaktiert hätte."

Lisa wurde die Kehle eng.

Es wurde nur schlimmer, als er fortfuhr, mit jeder von ihnen nacheinander Blickkontakt aufnahm. „Ich bin kein Mann, mit dem man sonderlich leicht zurechtkommt. Ich schätze, ich habe meine Gründe, aber das bedeutet nicht, dass es die richtigen sind."

Wenn das so weiterging, würden sie alle gleich Tränen vergießen. Das war wohl das erste Mal, dass Lisa ihn jemals zugeben hörte, dass die Anspannung zwischen ihnen nicht unbedingt *ihre* Schuld war.

George räusperte sich, warf einen Blick auf Caleb, bevor er fortfuhr. „Aber manchmal muss das, was in der Vergangenheit war, auch dortbleiben. Wir wissen nicht, was ich getan hätte, aber ich kann dir sagen, was ich tun werde. Wenn du Teil dieser Familie sein willst, bist du es." Ihr Dad schnaubte leise. „Vergiss es. Die Wahrheit ist, wir sind Colemans. Du bist Teil dieser Familie, ob du es willst oder nicht. An dir liegt nur, wie sehr du uns in dein Leben eingreifen lässt."

Über Julias Gesicht liefen Tränen. „Vielen Dank." Die Worte kamen erstickt und leise heraus.

Lisa schoss hoch. Sie schnappte sich eine Box mit Taschentüchern und ging rasch herum, warf Tamara ein paar hin, ein paar zu Karen, und dann ließ sie die ganze Kiste auf der Armlehne von Julia Sessel fallen.

Die nächsten paar Minuten bestanden darin, dass alle versuchten, sich wieder zusammenzuraffen.

Karen drückte sich die Hände auf die Oberschenkel. „Na ja, ich weiß, dass du mit deiner Ausbildung beschäftigt bist, aber wir müssen mal in den Kalender schauen und ein Datum finden, wann du nach Rocky kommen kannst. Du musst die Ranch sehen, und dein Besuch wird uns die Zeit geben, einander kennenzulernen."

„Und wenn du kannst, kommst du auch hier vorbei",

beharrte Tamara. „Wir haben viel Platz und viele Leute, die dich kennenlernen wollen."

Das leise Geräusch von Calebs Kichern trieb durch die Luft. „Gott, ich liebe Frauen. Ihr kommt sofort von sanft und weinerlich dahin, Dinge erledigt zu kriegen."

„Das ist die Definition von Frau", murmelte Tamara.

George räusperte sich. „Ich weiß, dass ich nicht da war, als du klein warst, Julia. Teufel, auf manche Art war ich auch für die drei nicht da, die unter meinem Dach aufgewachsen sind. Aber ich werde es besser machen." Er lächelte Julia an. „Du kannst auf jeden Fall zu Besuch kommen, und ich habe vor, sowieso öfter nach Heart Falls zu kommen. Ich habe ein brandneues Enkelkind, dem ich beim Aufwachsen zusehen muss, zusammen mit ein paar Enkelinnen, die viel zu rasch erwachsen werden."

Lisa warf einen verwunderten Blick auf Caleb. Was für eine wilde Magie hatte er denn auf ihren Vater gewirkt?

Aber andererseits musste man darüber jetzt nicht reden. Wie ihr Vater sagte, vielleicht war es Zeit, die Vergangenheit hinter sich zu lassen und sich auf die Zukunft zu konzentrieren.

George erhob sich, rieb sich unbehaglich die Hände über die Oberschenkel. „Ich muss mal spazieren gehen."

„Das ist eine tolle Idee", sagte Caleb.

Ihr Dad zögerte, dann warf er einen Blick durch das Zimmer. „Möchte eines meiner Mädchen mit mir kommen?"

Karen holte tief Luft. „Julia? Willst du mit?"

Sie neigte das Kinn. „Okay."

Es fühlte sich an, als wäre der Raum plötzlich übervoll, überall drohten Emotionen überzuschwappen.

„Ich verzichte diesmal", sagte Tamara.

„Ihr zwei geht mal vor, aber Julia, wir treffen uns bald." Lisa spürte den Blick ihres Vaters auf ihr. „Dad?"

Er wartete.

„Danke. Das war bestimmt schwer, aber ..." Sie lächelte, und zum ersten Mal seit langer Zeit spürte sie, dass zwischen ihnen eine echte Verbindung bestand. „Danke."

Die drei gingen los. Lisa lehnte sich an die Wand, die Augen geschlossen, ließ das Gewicht des Tages von sich gleiten.

Tamaras Stimme war in der Stille deutlich zu hören. „Caleb Stone, du bist ein höllisch guter Mann. Ich liebe dich."

Caleb brummte nachdenklich. „Ich liebe dich auch. Und es tut mir leid, dass ich in letzter Zeit ein Idiot war. Manchmal muss man jemand anderen sehen, der ein Idiot ist, damit man merkt, dass man es genauso macht. Also tut es mir leid. Nicht, dass ich mir Sorgen um dich gemacht habe, sondern dass ich nicht zugegeben habe, dass mein Beschützerinstinkt mit mir durchgeht, weil ich mir Sorgen gemacht habe."

Lisa regte sich, weil sie hoffte, ihnen ihre Privatsphäre lassen zu können, aber als sie sich umdrehte, stellte sie fest, dass Caleb sie direkt anschaute. Seine Miene war ernst, und etwas ging ihm durch den Kopf.

„Ja?"

Er warf einen Blick zwischen den beiden Schwestern hin und her. „Da ich mich vor euch beiden arschig benommen habe, dachte ich mir, auch du solltest meine Beichte hören. Ich hätte es besser wissen sollen, genauso wie es euer Vater besser hätte wissen sollen. Das hat nichts mit Julia zu tun, aber alles damit, wie er euch drei im Lauf der Jahre behandelt hat. Ich werde ihn euch mehr erzählen lassen, wenn er bereit ist. Ich denke, er ist im Augenblick ziemlich überwältigt, aber ich glaube ihm, dass er versuchen wird, es besser zu machen."

„Mehr wollen wir gar nicht. Das ist alles, was man sich wünschen könnte", sagte Tamara. Sie beugte sich vor und legte die Stirn an die von Caleb, das Baby zwischen ihnen. Tyler wand sich widerstrebend, wachte auf und wurde allmählich laut, aber nicht genug, um ihr „ich liebe dich" zu übertönen.

Lisa wandte sich ab und ließ sie allein, ihr Herz und ihr Kopf übervoll.

Es drängte sie danach, Josiah anzurufen.

17

osiah schaute die Worte kurz an, bevor er die Augen erheitert verdrehte. Es war drei Tage her, dass er die Gelegenheit gehabt hatte, Lisa persönlich zu sehen. Es schien, wenn das Tierreich beschloss, durchzudrehen, dann alle auf einmal.

Bis auf Nachrichten auf seinem Handy und die süße handgeschriebene Notiz, die er unter seinen Scheibenwischer gesteckt vorgefunden hatte, war er immer zu spät nach Hause gekommen und zu erschöpft, um am Abend noch zu reden. Es war nicht mal annähernd genug.

Es schien, als wäre jemand anderes entschlossen, dafür zu sorgen, dass sie in Verbindung blieben.

Lisa: *Ollie ist wieder hier.*

Lisa: *Ich kann sie bei dir absetzen.*

Lisa: *Wie zum Geier findet sie rüber nach Silver Stone?*

Josiah war auch nicht sicher. Wenn er mehr Zeit hätte, wäre er dem Tier nur zu gern gefolgt, um es herauszufinden, aber er war immer noch mit allem im Verzug, weil sich die Notfälle vor ihm aufstapelten.

Die Gelegenheit, sich mit Lisa zu treffen, war zu gut, um sie zu versäumen.

Josiah: *Wenn ich beim Haus vorbeischaue, kannst du eine Weile mit mir zu Sonora?*

Lisa: *Ja. Tamara ist bereit, mich aus dem Haus zu werfen. Hilf mir, Obi-Wan Kenobi. Du bist meine einzige Hoffnung.*

Er lachte und tippte rasch eine Nachricht zurück: *Han hat zuerst geschossen.*

Lisa: *Natürlich hat er das.*

Sie und Ollie warteten auf der Veranda auf ihn, während er vorfuhr. Ein Chinook-Wind war aufgezogen, und die wärmere Luft hatte den tiefen Schnee überall in dreckige Klumpen aus Matsch verwandelt.

Ollie kam als erste bei ihm an, ihr Schwanz wedelte so heftig, dass ihre Hinterbeine wegrutschen, bevor sie sich wieder fing, die Zunge war bereit zu einem Leck-Angriff, als er sich bückte, um ihren Pelz zu zerzausen.

„Ich weiß nicht, warum ich dich streichle, du Göre", grollte er, bevor er die Stimme senkte und leise zu ihr sagte: „Danke."

Er erhob sich rasch genug, um Lisa zu erwischen und sie herumzuwirbeln, sie an sich zu drücken, während er ihr einen Begrüßungskuss gab, der sein Blut zum Kochen brachte.

Lisa trat zurück und richtete ihren Hut energisch wieder, pfiff glücklich vor sich hin, während sie in den Truck stieg.

„Na, so was. *Das* war ziemlich toll. Bist du bereit zum Losfahren? Es klingt, als hättest du nicht viel Zeit."

Sie setzte sich neben ihn, den Oberschenkel eng an seinem, während Ollie sich widerwillig auf dem Boden niederließ und flehend zu ihnen aufschaute.

„Ich war beschäftigt", gab er zu, „aber es zahlt die Rechnungen." Obwohl das nicht wirklich seine Sorge war. Sein Treuhand-Fonds warf mehr als genug ab, doch er versuchte dringend, diese Rücklage nicht anzugreifen. Teufel, er war stur genug, um auch noch zu versuchen, mehr zu sparen.

Lisa zog ihre Handschuhe aus und ließ ihre Handflächen ineinandergleiten, verband ihre Finger, während sie zu ihm aufschaute, ganz braune Augen und zufriedenes Lächeln.

„Also, um dich auf den neuesten Stand zu bringen. Tamara hat beschlossen, dass die Zeit nach der Geburt das tollste ist, seitdem geschnittenes Brot erfunden wurde. Sie braucht kaum noch Hilfe – man möchte meinen, sie würde ausnutzen, dass ich da bin, aber sie ist schon wach und macht die Wäsche, bevor ich auch nur aus dem Bett komme. Sie sagt auch, sie habe neun Monate Kochen nachzuholen, und das möchte sie auch noch machen."

„Wenn sie eine Herausforderung braucht, kann sie rüber zu mir kommen und kochen", bot Josiah an. „Wenn es hilft, natürlich nur."

Lisa grinste. „Was für ein gütiges Herz."

Er strich mit dem Daumen über ihre Handknöchel „ich habe dich vermisst. Texten ist ja schön und gut, aber es ist nicht dasselbe."

Sie befeuchtete ihre Lippen. „Ich auch. Also, dass ich dich vermisst habe." Sie drehte sich, bis sie den Kopf auf seine Schulter legen konnte. „Andererseits habe ich eine Menge für den Spendenaufruf erledigen können, da Tamara damit beschäftigt ist, meine und ihre Arbeit zu übernehmen. Ich habe mich ein paar Mal mit Sonora getroffen, und wir haben über das Event am 24. Mai gesprochen. Wenn du die Ideen sehen möchtest, die wir gesammelt haben, können wir die Dinge ins Rollen bringen."

Ein heftiger Anflug von Schuldgefühlen setzte ein. „Es tut mir leid. Ich hätte dir damit helfen sollen."

Sie zuckte mit den Schultern. „Es gibt genug zum Helfen. Wir haben erst angefangen. Es ist ja nicht so, als könntest du vorab wissen, wann du beschäftigt sein wirst."

Nein, aber dass er genau jetzt beschäftigt war, wenn sie jede Menge Zeit hatte, war nicht die beste Voraussetzung, um ihr klarzumachen, dass es gute Gründe gab, dass sie hierbleiben sollte. Er trat sich dafür, dass er es schon wieder vermasselte.

Insbesondere, als sie fröhlich fortfuhr: „Ich hatte am Ende eine Menge Zeit für die Recherche, darum füllt sich mein Reise-Notizbuch. Es ist irgendwie witzig, eine Reihe von Ideen aufzuschreiben, von denen eine zur nächsten führt. Ich weiß, dass die meisten davon unmöglich sind, aber es ist eine tolle Übung."

Er fuhr in die Zufahrt von Sonora, darum drückte er ihr die Finger, bevor er wieder beide Hände auf das Lenkrad legte. „Wer sagt denn, dass irgendwas unmöglich ist? Träume groß. Du bist eine tolle Frau – ich wette, es gibt nichts, was du nicht tun könntest, wenn du es dir in den Kopf setzt."

„Du musst dir meine Ideen mal anschauen. Einige davon sind ziemlich übertrieben."

Er fuhr mit dem Truck vor der Scheune bei Sonora vor. Bevor er sich bewegen konnte, streckte sie sich und schob seinen Hut nach hinten, damit sie ihm einen Kuss auf die Wange drücken konnte.

„Übrigens. Du bist auch ziemlich toll", flüsterte sie.

Verflixt. Josiah griff hinüber und löste ihren Sicherheitsgurt, zog sie auf seinen Schoß. Er warf ihren Hut zur Seite, um seine Finger in ihre Haare zu schieben, in ihren Nacken, um sie dicht an sich zu ziehen. Dann machte er sich heftig über ihren Mund her.

Sie erwischte ihn am Kragen, stürzte sich mitten hinein, ihre Zungen berührten einander und schickten ein lustvolles Prickeln über seinen ganzen Körper.

Er hatte keine Ahnung, wie lang sie da saßen, einander küssten und berührten. Sie knöpfte sein Hemd oben auf, damit sie mit den Handflächen über seine Haut reiben konnte. Seine Finger bohrten sich in ihre Hüfte, und er wünschte sich, er wäre geistesgegenwärtig genug gewesen, um sie auf sich zu setzen, anstatt sie seitwärts auf dem Schoß zu platzieren.

Sie in diesem Winkel über seinen Schwanz zu reiben, war nicht genug. Für keinen von ihnen.

Ein heftiges Klopfen traf auf das Fenster neben ihm, und sie lösten sich rasch voneinander. Durch das beschlagene Glas sah sie Sonora Fallen genervt an.

„Ups", murmelte Lisa und winkte rasch, während sie vorsichtig von ihm kroch.

Josiah konnte das Grinsen nicht von seinem Gesicht verbannen, während er die Tür öffnete. „Schönen Nachmittag, Sonora."

„Es wäre auch noch Abend geworden, bevor ihr es mitkriegt, wenn ich mich nicht eingemischt hätte", sagte die Frau mürrisch, aber sie neigte den Kopf und wies zu den Scheunen, die zum Teil renoviert worden waren. „Kommt schon. Ich habe einen Bürobereich eingerichtet, seit du zum letzten Mal da warst."

Erst jedoch führte Sonora sie um die Scheune. Josiah bemerkte anerkennend die neuen Zwinger und Aufenthaltsbereiche, die gebaut worden waren. „Wie tief musstest du denn in die Tasche greifen, um das zu bezahlen?", fragte er.

„Ich habe noch keine Löcher in meinen Taschen", versicherte sie ihm. „Außerdem ist das nur vorübergehend. Darum geht es doch bei der Spendenaktion."

Lisa holte tief Luft, dann stürzte sie sich in eine Erläuterung des Events, das sie und Sonora sich vorstellten. „Stell es dir als eine Scheunenparty der Gemeinde vor. Wir werden Unterhaltung und Aktionstische mit Spenden von Geschäften wie *Buns and Roses* haben. Wir machen es zu einer Familien-Veranstaltung, darum kommt dazu ein Streichelzoo, eine Station für Fotos mit Tieren, und vielleicht kann man auf dem Heuschober ein Fort bauen, oder Ausritte auf Pferden. Aber der Knaller ist, dass wir den Tag mit einer Adoptionsfeier kombinieren. Leute, die diese Tiere retten wollen, können die Papiere schon vorher ausfüllen, aber das ist der Tag, an dem sie ihr neues Familienmitglied abholen."

Sonora hörte mit einem wohlwollenden Lächeln zu, während Lisa redete, dann fügte sie ihre eigenen Ansichten an. „Wenn es irgendwelche Hunde gibt, die in nächster Zeit rausgehen, vor der Woche der Auktion, na ja, dann werden wir sie als Spezialgäste zurückholen. Wir rechnen mit nur ein paar Adoptionen in genau der Woche, also ist der zeitliche Ablauf kein Problem, und wir haben bereits das Geld, und die Impfungen sind erledigt. Aber wäre das nicht eine Motivation, wenn man sieht, wie jemand seinen Welpen abholt? Diejenigen zu sehen, die bereits ein gutes Heim gefunden haben?"

Es war genial. Genug, um etwas Geld einzutreiben und eine Menge Gemeinschaftsgefühl aufzubauen, aber klein genug, um von einer überschaubaren Mannschaft gestemmt zu werden.

Josiah prüfte die Papiere, die Sonora bereits ausgefüllt hatte, um die Erlaubnis zu bekommen, das Event abzuhalten. „Ein Vorschlag. Jeder, der sich in ein Tier verliebt, muss trotzdem noch die übliche Wartezeit und Überprüfung aussitzen. Wir wollen nicht, dass sich jemand aus dem Moment heraus bewegt fühlt, einen Hund nach Hause zu holen, und dann feststellt, dass er ihn nicht halten kann."

Sonora und Lisa nickten zustimmend.

„Wir dachten uns, solche Leute könnten eine Anzahlung machen, damit sie das Gefühl haben, zu der Party und der Feierlichkeit zu gehören", sagte Lisa.

Natürlich hatten sie bereits an dieses Problem gedacht. Josiah erwischte sich dabei, wie er Lisa bewundernd ansah, während er den Kopf schüttelte. „Es sieht nicht so aus, als hättet ihr überhaupt meine Hilfe gebraucht."

Lisas Miene war plötzlich ganz schelmisch geworden. „Wir haben eine sehr konkrete Aufgabe für dich im Sinn."

Sonora tätschelte seinen Arm. „Ich weiß, dass du kein Interesse daran hast, bei den Laienschauspielern aufzutreten, und ich mache dir keinen Vorwurf. Du hast genug zu tun. Aber du fühlst du dich wohl vor einem Publikum, bist du also einverstanden, mit Lisa als Moderator für das Event zu arbeiten?"

Er warf einen Blick auf Lisa. Auf das Leuchten in ihren Augen und das Glück auf ihrem Gesicht wegen allem, was sie bereits in so kurzer Zeit auf die Beine hatte stellen können.

Auf gar keinen Fall würde er etwas sagen, das diesen Ausdruck wegwischte. „Es wäre mir eine Ehre."

Sie arbeiteten noch etwas an den Einzelheiten. Irgendwann während der Diskussion, als Lisa und Sonora nach draußen schlüpfen, um etwas nachzusehen, während Ollie ihnen folgte wie ein Schatten, nahm Josiah Lisa beim Wort, da sie ihn vorher aufgefordert hatte, ihren Wünschen nachzuschnüffeln. Er blätterte durch ein paar Seiten in ihrem Notizbuch mit Reiseinspiration und merkte sich einige ihrer glänzenden „irgendwann in der fernen Zukunft"-Ideen.

Sie hatte recht. Einige von ihnen waren ziemlich dramatisch und ausgefallen. Aber manche ...

Ideen köchelten in seinem Gehirn. Er ging rasch vor, grinste über das bisschen Unfug, das er zustande brachte, bevor die Frauen zurückkehrten.

Sonora strahlte, als sie fertig waren. Als sie zurück in den Truck stiegen, um zu fahren, lehnte Lisa sich an seinen Arm, und Josiah war glücklich, es als erfolgreiches Treffen verbuchen zu können.

Nun musste man das nur noch in eine sehr erfolgreiche Nacht verwandeln ...

Er wandte sich zu ihr um. „Wie stehen die Chancen, dass du und ich uns für den Rest des Abends abseilen können?"

Lisas Augen leuchteten. „Ich wette auf einhundert Prozent."

Er fuhr zum Supermarkt, während Lisa sich damit beschäftigte, Tamara eine Nachricht zu schicken.

Es gab nur ein Problem. Josiah beäugte Ollie.

Zum Teufel damit. Sie würde einfach auf den Ausflug mitkommen müssen.

LISA WAR MIT DER ANWEISUNG, eine Flasche roten oder weißen Wein zu kaufen, welchen sie auch mochte, in den Spirituosenladen geschickt worden – mit einem Hinweis: nur Schraubverschlüsse.

Um sich widerspenstig zu zeigen, kaufte sie beide. Wenn es ihm möglich war, sie ständig zu überraschen, dann dachte sie sich, dass es nur gerecht war, es ihm zurückzuzahlen.

Sobald sie wieder zurück im Truck war, verschwand Josiah im Laden und kam zehn Minuten später mit zwei vollen

Einkaufstüten zurück, die er auf den Rücksitz stellte. „Bereit für ein Abenteuer?"

Sie beäugte ihn vorsichtig. „Ich sehe keine Karten mit Dialogzeilen."

„Du siehst nicht genau genug nach", scherzte er. „Öffne dein Notizbuch."

Was? Sie zog es aus ihrer Tasche, um einen dünnen Streifen Jute zu finden, der als Lesezeichen diente. „Kreativ."

„Verzweiflung", entgegnete er. „Sonora ist viel zu ordentlich. In jedem anderen Büro hätte ich irgendwo einen Fetzen Papier gefunden."

Lisa lachte, öffnete es auf der ausgewiesenen Seite und sah ihre Notizen zu Frankreich. Oder das, was daraus geworden war. Auf der linken Seite des Buches hatte sie eine grobe Skizze des Eiffelturms mit einer Liste von Punkten gegenüber gezeichnet. Darunter hatte sie geschrieben: *eines Tages den Eiffelturm oder eine andere große Sehenswürdigkeit besuchen und ein leckeres Essen genießen.*

Josiah bog vom Highway ab, und Zuggleise ratterten unter den Reifen des Trucks. „Du kennst eine Abkürzung nach Frankreich? Denn das muss ein ziemlicher Tunnel sein", sagte sie.

Er grinste. „Ich habe nicht die Zeit, dich nach Frankreich zu fliegen, aber ich kann dich auf jeden Fall zu einer wichtigen Sehenswürdigkeit mit einem leckeren Essen bringen." Er blieb vor den alten Getreidehebern von Heart Falls stehen.

Sie schlüpfte hinter ihm aus der Tür, sah hinauf zu den Gebäuden mit der abblätternden Farbe. „Die hier sind etwas besser in Form als die von Rocky."

Das sagte nicht viel.

Ollie lief ihnen voraus, um zu erkunden. Josiah schnappte sich die Einkäufe mit einer Hand und ihre Finger mit der anderen, nahm sie mit sich zur Tür am Fuß eines der aufragenden Gebäude. „Im Inneren ist es ganz solide. Und ich habe zufällig einen Schlüssel und die Erlaubnis, jederzeit reinzugehen, wenn ich möchte."

Sie war sich nicht ganz sicher, weshalb irgendjemand dieses Privileg haben wollen sollte, aber seine Begeisterung war riesig, und das allein war schon attraktiv. Sie nahm ihm die Tüten ab, damit er die Tür öffnen konnte. Als er einen Schalter betätigte, gingen ein paar LED-Lichter im Gang an, und sie warteten darauf, dass Ollie sich ihnen anschloss, bevor sie die Tür absperrten.

Lisa schaute sich um, aber er hatte nicht übertrieben. Sie stieß mit den Handknöcheln gegen die stabilen Pfosten, die nach oben in dem dreistöckigen Gebäude aufstiegen. „Wow."

„Es gibt nicht viel, was hier im Wald zur Abnutzung beiträgt. Sie sind gebaut, um Schnee und Wind standzuhalten. Das Äußere sieht wegen der Sonne und der Verwitterung schrecklich aus, aber hier drin gibt es Potenzial für so viel mehr." Er schaute auf den Hund. „Warte hier. Wir brauchen noch etwas."

Er war im Nu draußen und wieder zurück, eine weitere vollgestopfte Einkaufstüte mit etwas, das wie eine Decke aussah, über die Schulter geworfen.

„Hier entlang."

Josiah schnappte sich eine Taschenlampe vom Regal und reichte sie ihr. Er nahm die zweite für sich und ging dann voraus nach oben über ein paar ausgetretene Holzstufen.

Er stieg rasch auf, hin und wieder quietschte das Holz, aber da er so zuversichtlich ging, sah Lisa keinen Grund zu zögern. Sie kamen zum sechsten Mal um eine Ecke, links von ihr öffnete sich das Treppenhaus wieder zu einem weiten Raum mit Holzboden.

Sie blieb stehen, plötzlich unsicher. „Ich bleibe einfach

hier, bis ich sehe, wohin ich gehe. Oder zumindest weiter als eineinhalb Meter vor mir."

Josiah legte seine Taschen ab und kehrte an ihre Seite zurück, nahm ihre Hände und musterte ihr Gesicht eingehend in dem trüben Licht, das durch das Fenster fiel. „Ist das in Ordnung?"

Sie nickte. „Ich bin nur ein wenig empfindlich mit Höhe, wenn ich mir nicht sicher bin, ob der Boden stabil ist."

Er verschränkte ihre Finger ineinander. „Ich halte dich", versprach er, seine Stimme war still, doch intensiv, erzählte eine ganze Geschichte in nur einem Satz, während er ihre Lippen rasch einander streifen ließ. „Du kannst mich vor den Spinnen beschützen."

Etwas in ihr rastete heftig ein. „Das schaffe ich."

Er nahm behutsam die Taschenlampe ab, stellte sie auf den Boden am Fensterbrett und richtete sie auf die Decke. Ein paar Schritte weiter machte er das gleiche, bevor er an seine Geheimtasche ging, eine Decke ausschüttelte und sie auf den Boden legte.

Ollie nahm sie sofort für sich ein. Sie ließ sich ganz in der Mitte nieder und grinste fröhlich, wie es nur ein Hund konnte.

Lisa lachte. „Das ging nach hinten los."

„Es hat perfekt funktioniert", korrigierte er. „Bleib, wo du bist. Ich habe noch eine Sache zu erledigen."

Es gab ein weiteres Stück Stoff in der Tasche, und er schüttelte es aus. Metallische Geräusche erklangen, als übergroße Haken auf den Boden fielen. Ein drittes Mal griff er in die Tasche, holte Seile heraus, aber bevor sie irgendeine schelmische Anmerkung machen konnte, schaute er nach oben und warf die Enden über die offenen Balken direkt über sich.

In ein paar Minuten hatte er eine Hängematte direkt vor dem Fenster aufgehängt, das zu den Bergen wies.

„Das ist ein hübscher Trick", sagte sie.

„Danke. Ihre Kutsche wartet, meine Dame."

Er hielt den Rand für sie, damit sie hinein steigen konnte, ihre Schuhe ließ sie auf dem Boden zurück. Es war eine doppelt große Hängematte, und als er sich eine Stange aus der Ecke des Speichers holte und sie in eine verborgene Tasche an einem Ende einführte, gab es plötzlich einen Raum, der weit geöffnet wurde.

Er holte die Einkaufstüten näher heran und brachte sie an Riemen an, die ihr vorher nicht aufgefallen waren.

„Du hast die luxuriöseste Hängematte von allen, die ich je gesehen habe", bemerkte Lisa.

„Ich hab schon mal darin geschlafen", gab er zu. „Mehr oder weniger einen Sommer darin gewohnt. Die Baracke, in die ich eingeteilt war, hatte zu viele Typen, die schnarchten, und Ohrstöpsel haben es einfach nicht gebracht. Also habe ich sie in einer stillen Ecke der Scheune aufgehängt und im Freien sehr viel ruhiger geschlafen als die anderen Typen. Ich habe sie immer im Truck, als Notfalllösung."

Er hatte sich zurückgelehnt, lag irgendwie quer über dem Stoff. Seine Beine waren gemütlich ausgestreckt, seine Füße hingen über den Rand. Als sie sich seiner Stellung anpasste, in die andere Richtung ausgerichtet, stellte sie fest, dass es war, als wäre eine Rückenlehne eingebaut, eine Stütze von unten und alles andere.

Er deutete neben ihren Ellbogen. „Dort gibt es einen Becherhalter für dich." Er griff in die erste Tasche und holte eine Flasche Wein heraus, drehte den Verschluss auf und reichte ihn ihr. „Willkommen, Mademoiselle, im Getreidespeicher Chez Heart Falls. Ich hoffe, dass Sie Ihren Besuch genießen."

Er war ein Witzbold, aber er war auch ein ganz Lieber.

„Vielen Dank. Ich hoffe, das tust du auch."

Sie hob die Flasche, bevor sie daran nippte. Sie reichte sie

Josiah, und er trank einen Schluck, bevor er sie in den Becherhalter neben sich steckte.

Dann brachte er eine Auswahl aus Fleisch, Käse, Dips und einem bereits geschnittenen Baguette heraus, was er alles auf einer großen Kartonscheibe verteilte.

Abwechselnd stahlen sie einander etwas zu essen und redeten locker, während die Sonne hinter den Bergen unterging.

Lisa deutete auf den südlichen Bergrücken. „Ist das der Pass mit deinem grünen Blitz?"

Josiah hielt inne. „Könnte schon sein."

„Ich muss wieder zu dir und versuchen, ihn noch mal aus deinem Haus zu sehen."

„Du bist immer willkommen." Er hielt inne, sein Blick musterte ihr Gesicht. „Du hast eine Menge hübscher Ideen in deinem Buch niedergeschrieben. Das könnte dich eine lange Zeit beschäftigt halten."

„Ja."

Er redete leise. „Bist du aufgeregt, deine Erkundungen zu beginnen?"

Er stellte mehr als nur diese einfache Frage. So viel mehr, und sie wusste es. Die Dinge veränderten sich allmählich. Ihre Familie, ihre Bedürfnisse ...

Ihre Träume.

Auch wenn die Zeit, die sie zusammen verbracht hatten, voller unregelmäßiger, unterbrochener Momente gewesen war, war das Zusammensein mit Josiah wichtig geworden. Es bedeutete, dass man nicht irgendeine schlagfertige Antwort herausließ. Es bedeutete, ehrlich auf eine Art zu sein, wie sie es kaum je mit jemandem gewesen war.

Lisa redete leise. „Es ist lustig. Als ich anfing, über all die Orte nachzudenken, an die ich gehen könnte, und die Dinge, die ich tun wollte, schien es wie ein wichtiges und unfassbares

Ziel. Aber mit Tylers Ankunft, und dass Julia hier ist, bin ich mir nicht mehr sicher, ob ich weggehen will. Außerdem taucht Finn hier auf – ich glaube übrigens nicht, dass Karen weiß, dass er hier ist. Ich habe es ihr nicht gesagt. Wurde total abgelenkt."

Sie erwähnte nicht konkret ihn als eine ihrer Ablenkungen, aber ihr Blick hing an seinem Gesicht. An seinem fast zu hübschen Kinn und diesen blauen Augen, die die eingefangene Freude eines Sommerhimmels enthielten.

Josiah ließ sie damit davonkommen. „Bei dir sind eine Menge Dinge auf einmal passiert."

„Stimmt", fügte sie an. „Aber nicht mehr, als ich es gewöhnt bin. Nicht, wenn man bedenkt, was ich früher alles jongliert habe. Weshalb bin ich so völlig unbeholfen, wenn es darum geht, zu entscheiden, was als nächstes kommt?"

Sie spielte mit der Brotkruste in ihren Fingern, schaute auf, um zu sehen, wie Josiah sie intensiv beobachtete.

„Ich habe eine Menge Zeug hinter den Kulissen erledigt", gab sie zu. Ein paar aus der Familie hatten es allmählich mitbekommen – aber nur ein paar, während sie es auf die Beine gestellt hatte. „Die meisten Ranchen teilen sich, wenn sie eine gewisse Größe erreichen oder wenn die Söhne erwachsen werden. Das ist in unserer Familie auch passiert, aber am Ende war das Coleman-Land nicht richtig verteilt. Nicht, nachdem weitere Kinder geboren wurden und gestorben oder gegangen sind. Dazu kommt noch, dass der Whiskey-Creek-Zweig der Ranch nur Mädchen hatte, und mein Dad war nicht leicht in der Zusammenarbeit, das hieß also, es wurde problematisch. Tamara rebellierte und ging, weil sie beschloss, Krankenschwester zu werden. Karen hat einfach nur täglich mit unserem Dad gestritten, aber weiter mit ihm gearbeitet. Ich wollte nicht kämpfen oder gehen."

Josiah ließ das übrige Essen in der Tasche verschwinden, hörte genau zu. „Aber du hast etwas getan."

„Ich habe organisiert. Habe Hinweise fallen lassen und Vorschläge gemacht, zu Zeitpunkten und an Orten, wo sich allmählich alles gesetzt hat, aber niemals so wirkte, als wäre es meine Idee gewesen. Nun sind alle vier Ranchen wieder zusammen, haben einen gemeinsamen Betrieb und machen die Arbeitslast für jeden einfacher. Ich muss dort nicht mehr sein. Ich muss nicht mehr dazwischen gehen, wenn es um Karen und meinen Dad geht." Sie schaute zu Josiah auf. „Das sind tolle Neuigkeiten, und doch habe ich Panik, nachdem mich nun Tamara nicht mehr braucht. Ich dachte immer, das nächste, was ich tun würde, wäre etwas für mich, aber es scheint, als würde es mir echt gefallen, das Leben von anderen für sie zu organisieren."

„Ich bezweifle nicht, dass du eine Menge Arbeit hinter den Kulissen erledigt hast, aber ich habe Tamara kennengelernt", sagte Josiah. „Vertrau mir. Sie braucht dich. Vielleicht nicht genauso, wie sie dich vor einem Monat gebraucht hat, aber ihr Mädchen habt eine ziemlich starke Bindung. Das ist wichtig."

„Ist es", stimmte sie zu. „Aber warme Familiengefühle reichen nicht, dass ich darauf die Richtung meines Lebens gründe, das sagt zumindest mein Gehirn."

Er hörte weiterhin genau zu, glitt mit einer Hand in einer beruhigenden Bewegung über ihren Oberschenkel.

Lisa zuckte mit den Schultern. „Ich bin ein Tiger, der zu viel Zeit in einem zu kleinen Käfig verbracht hat. Die Wände sind plötzlich weg, doch ich weiß nicht, wie ich irgendwie weiter weggehe, als ich mein ganzes Leben lang gekommen bin."

Josiah nickte, während er aus dem Fenster auf den Sonnenuntergang schaute. „Dein Antrieb, wegzugehen und etwas zu anderes zu tun, ergibt schon Sinn. Es ist nicht unbedingt das Gehen, es ist das Tun, das du liebst."

„Aber ich mache fast immer was für andere", sagte Lisa.

„Sollte ich nicht an irgendeinem Punkt meines Lebens etwas für mich tun?"

Er fing ihre Finger ein. Er hob sie an seine Lippen und küsste sie. „Wenn du das tust, was dich glücklich macht, warum musst du es genauer definieren? Es ist in Ordnung, ein freundliches Herz zu haben, das aufblüht, wenn es anderen etwas geben kann."

Darüber musste Lisa noch etwas mehr nachdenken. In der Zwischenzeit ...

Sie schwang die Beine über den Rand der Hängematte, stahl die Weinflasche und verstaute sie sicher an der Wand.

Josiah verschränkte die Arme hinter dem Kopf, lächelte sie an. Er wirkte, als wäre er in dem schwingenden Gerät völlig heimisch. „Ich nehme an, du hattest genug zu trinken?"

Sie schnappte sich die Taschen mit dem Essen und hängte sie an einen Nagel am Fenster, hoch genug, dass Ollie nicht drankommen konnte, obwohl sie sich vermutlich keine Sorgen hätte machen müssen. Der Hund war eingerollt und schnarchte glücklich. Ollie hatte ihre Schuhe zu einem Haufen gesammelt und schlief auf der unförmigen Masse, völlig zufrieden.

Lisa trat vor das Fenster, löste einen Knopf an ihrem Hemd nach dem anderen. Sie glitt aus dem Stoff, dann griff sie nach hinten, um ihren BH zu öffnen.

Josiah wand sich.

Sie hielt inne. „Schwierigkeiten?"

Er lockerte die Beine leicht. „Du stehst vor dem Sonnenuntergang." Lisa warf den Kopf zurück und lachte. Einen Augenblick später war er aus der Hängematte heraus, zog sein Hemd aus und warf es zur Seite, seine Hände gingen zu den Knöpfen seiner Jeans. Er schob den Stoff und die Unterhose gleichzeitig weg.

Lisa beeilte sich, mitzuhalten. Eine Sekunde später waren sie beide nackt.

Kühle Luft zog über sie, und ihre Nippel wurden steif, aber sie war nicht sicher, ob sie das auf die Temperatur schieben konnte, oder auf die Art, wie er sie anschaute. Hungrig, bedürftig. Sein Schwanz war hart und bereit.

„Ups." Sie griff nach ihrer Jeans, zog ein Kondom aus der Tasche, einen Augenblick, bevor sie es hochhob. Erhitzte Haut traf auf erhitzte Haut, dann streichelten ihre Hände, ihre Lippen fanden sich. Er hielt sie in seinen starken Armen über dem Boden und ging zur Hängematte, während sie sich küssten.

Lisa wand sich, damit sie rittlings auf ihm saß, als er sich niederließ, das Kondom zwischen den starken Muskeln seines Oberschenkels und den Stoff der Hängematte gesteckt.

Sobald sie die Hände wieder frei hatte, drückte sie sie auf seine Brust, streichelte nach oben, beugte sich vor, bis ihre Brüste seinen Oberkörper berührten. Seine Finger streiften ihren Hintern, richteten sie neu aus, damit er ihr Geschlecht über seiner harten Erektion wiegen konnte.

Küsse. Streicheleinheiten. Als er ihre Brüste fasste und sie neckte, setzte sie sich aufrecht hin und ließ den Kopf nach hinten fallen, erregte Geräusche drangen über ihre Lippen, ohne dass sie Angst hatte, dass jemand mithörte.

Als er sich bedeckte und sie hochhob und sorgfältig ausrichtete, sank Lisa mit einem zufriedenen Seufzen auf seinen großen Schwanz.

Es war gefährlich, in einer Hängematte Sex zu haben, aber während sie sich zusammen bewegten, gab sie sich seinem Schutz hin. Seine langsamen, trägen Berührungen auf ihren Brüsten und zwischen ihren Schenkeln ließen das Verlangen ansteigen.

Josiah holte tief Luft, hob sie nur ein wenig, bevor er sich mit der Hüfte bewegte, sodass das Feuer zwischen ihnen glühend heiß wurde. Lust wogte von ihrer Klitoris nach außen, und als er mit dem Daumen zudrückte und fest rieb, brach sie ein. Zog sich eng um seinen Schwanz zusammen.

„*C'était putain incroyable.*" Josiah hauchte die Worte in einem langen Atemzug, während sein Kopf nach hinten fiel und er kam.

Die Hängematte bebte und wankte, und als Lisas Arme zitterten, zog Josiah sie an seine Brust. Sein Herz hämmerte, und ihr war auf jeden Fall nicht mehr kalt.

„Okay. Das war ein wunderbares Abenteuer." Vor dem Fenster war der Himmel dunkel geworden, die Sonne war ganz hinter der Bergkette versunken. „Wir haben den grünen Blitz verpasst", beschwerte sie sich.

Unter ihrem Ohr raste sein Herz, und in seiner Brust bebte grollend Erheiterung. „Vertrau mir, meine Liebe. Es gab eine Menge Blitze, und die Erde hat sich bewegt, und der ganze Rest für mich auch. Wenn es für dich nicht so war, muss ich mich nächstes Mal einfach noch mehr anstrengen."

„Wenn du dich noch mehr anstrengst, bringst du mich vielleicht einfach um", gab sie zu.

Trotzdem keine schlechte Art zu sterben.

18

Tamara grinste Lisa an, dann winkte sie mit dem Finger, damit sie nach vorne kam. „Wir hatten wohl gestern Nacht einen Besuch von den Schnee-Elfen."

Lisa rieb sich die Augen und blinzelte fest, damit sie wach genug wurde, um herauszufinden, wovon Tamara sprach. Letzte Nacht …

Genau. In einer langen Reihe von großartigen Dates im Lauf der letzten Wochen war es beinahe zwei Uhr früh gewesen, als Josiah sie nach dem Tanzen im örtlichen Pub, dem *Rough Cut*, rausgelassen hatte. „Okay."

Sie trat neben ihre Schwester, folgte dem zeigenden Finger zu dem sanften Hang, der hinauf zu dem kleinen Häuschen auf der anderen Seite des Hofes führte. Als sie nach Hause gekommen waren, hatte es geschneit, die sanft fallenden Flocken hatten bereits nachgelassen, als sie Josiah auf der Veranda geküsst hatte.

Es hatte etwas gedauert, bis sie sich fertig verabschiedet hatten.

Aber nachdem sie ins Haus gegangen war, um glückliche

Träume zu träumen, hatte sich Josiah offenbar mit dem Hügel beschäftigt.

Er hatte den Schnee in einer Reihe von seltsamen gewundenen Mustern festgetreten, die Lisa aus den Geschichtsbüchern kannte. „Das ist so witzig. Er hat Silver Stone mit Nazca-Linien verschönert."

Tamara beugte sich über die Kücheninsel, musterte sie von oben bis unten. „Hast du Spaß?"

Sie musste nicht lang darüber nachdenken, bevor sie eine enthusiastische Antwort geben konnte. „So viel Spaß."

Es stimmte. Nicht nur die Dates und das Tanzen, sondern auch die Tatsache, dass Josiah toll darin war, sich zu melden, wenn sie sich nicht treffen konnten, was bei seiner Arbeit und ihrer Unterstützung auf der Ranch oft vorkam.

Aber selbst ihre Textnachrichten ließen etwas in ihr ganz warm und kuschelig werden.

Sie scrollte zurück, um die Nachrichten von vor ein paar Abenden zu lesen, weil sie sie einfach nur zum Lächeln brachten.

Lisa: *Wenn du irgendwo auf der Welt hingehen könntest, um den einen Sonnenuntergang zu sehen, wohin würdest du gehen?*

Josiah: *Nach oben, und etwa drei Meter nach Norden*

Lisa: *Ernsthaft*

Josiah: *Ich meine es ernst. Aber wenn du mehr verlangst, dann würde ich gern die Sonne über dem Meer untergehen sehen. Ich würde auch gern die Sonne mal über dem Meer aufgehen sehen – ich war noch nie an der Ostküste.*

Lisa: *Ich würde gern sehen, wie die Sonne gar nicht untergeht. Sommersonnenwende nördlich des Polarkreises.*

Josiah: *Cool.*

Kleine Informationen. Ein Austausch ihrer Hoffnungen und Träume. Es war schön.

Manchmal machte es ihr eine Heidenangst, aber zum Großteil war es toll.

Sie wusste immer noch nicht, was sie da tat, aber wie sie Tamara erzählt hatte, hatte sie trotz ihrer Verwirrung Spaß.

Der 1. Mai kam. An diesem Abend ging es nicht darum, Zeit mit ihrem köstlichen Josiah zu verbringen, sondern einen Augenblick, um sich tief auf das Glück mit ihren Freundinnen und Schwestern einzulassen.

Sie schaute sich im Zimmer um und stellte zufrieden fest, dass alle ihre Freundinnen gekommen waren, nur nicht Kelli. Es war an der Zeit, die Dinge ins Rollen zu bringen.

Lisa stand auf dem Kissen neben Calebs Sessel und erhob die Stimme. „Hört, hört. Die heutige Versammlung des HFH hat offiziell begonnen", verkündete sie.

Tansy Fields half ihr begeistert, indem sie mit dem Löffel an die Seite ihres Glases klopfte, wobei sie sich auf ein sanftes Tippen verlegte, als die Ärmchen des kleinen Tyler bei dem lauten Lärm nach oben schossen. „Ups. Ich entschuldige mich bei unserem jüngsten Teilnehmer. Genieße es, Kleiner, so lange du noch zu diesem heiligen Territorium, das nur für Frauen ist, Zutritt hast."

Tamara hielt Tyler gemütlich in einem Arm, während sie sich von dem Tablett, das Tansy als ihren Beitrag zum Abend dabei hatte, einen Keks stahl. „Ich weiß es zu schätzen, dass ihr diesen Abend zu mir gebracht habt. Ich habe euch vermisst." Sie warf einen Blick durch das Zimmer, er landete auf Julia.

„Ich bin froh, dass du alle meine Freundinnen treffen kannst. Sie sind ziemlich toll."

„Ich glaube, ich bin ihnen allen in den letzten paar Wochen schon begegnet. Und ich bin immer für ein Treffen zu haben." Julia hatte ein Getränk in einer Hand und lauter Chips in der anderen. „Gibt es für den Abend einen besonderen Ablauf, oder ist es nur ein Beisammensein?"

Lisa war die offizielle Gastgeberin des Abends, was bedeutete, laut den Regeln der Mädelsabende hatte sie die Verantwortung. Sie hatte alle möglichen Ideen, schien sich aber nicht auf eine festlegen zu können ...

Sie schnaubte. Das wirkt irgendwie wie ein vertrautes Problem.

Sie gab eine Teilantwort. „Vor allem plaudern und essen, aber da ich zu wirr im Kopf bin, um mir ein neues Projekt einfallen zu lassen, das wir lernen können, sind wir unterwegs zurück in die Grundschule und machen Collagen."

Rose warf sich die langen schwarzen Haare über die Schulter. „Nett. Ehrlich, Collagen werden wieder modern. Ich habe darüber nachgedacht, im Laden einen Kurs anzubieten. Einen von diesen Abenden mit Wein und Kunst."

„Da hast du's, Lisa", neckte Tamara mit einem Lächeln. „Wieder mal bist du eine Modevorreiterin."

Hanna Lane, die kleine Brünette mit dem sanften Lächeln und einem äußerst glitzernden Ring an der linken Hand stand auf. „Lass mich helfen. Ich bin bei der Bibliothek vorbeigefahren und habe die abgelaufenen Zeitschriften geholt, um die du gebeten hast."

„Ich schenke weiterhin Drinks aus, auch wenn die meisten eurer Vorlieben nicht mal annähernd eine Herausforderung sind", ließ sich Brooke Silver vernehmen. Ihr langer brauner Pferdeschwanz schwang hin und her, während sie herumfuhr, um sich Tamaras leeres Wasserglas zum Nachschenken zu schnappen.

Lisa setzte sich neben Julia, genoss die lockere Unterhaltung, die zwischen ihnen hin und her ging. In den letzten paar Monaten hatte sie sich öfter mal mit den Mädels vom Ort getroffen, aber es war schön, plötzlich Julia dort zu haben. Es war auch unterhaltsam, die Interaktion zwischen einigen der Frauen zu beobachten, wie Rose, Tansy und Brooke, die schon seit Jahren befreundet waren.

„Übrigens." Tansys Tonfall klang sehr zufrieden. „Ich habe gerüchteweise gehört, dass die Polizei ein paar Leute wegen der Sache mit der Massenzuchtanlage festgenommen hat."

Als Lisa sich an diesen Tag erinnerte, drang ein stechender Schmerz auf sie ein. „Gut", knurrte sie. „Ich hoffe, man sperrt sie ohne Essen oder Wasser oder Heizung ein."

„Das ist doch die blutrünstige Schwester, die ich kenne und liebe", sagte Tamara gedehnt.

Lisa warf einen Blick auf sie.

Tamara zeigte die Zähne. „Ich hoffe, du hast gemerkt, dass ich nicht gesagt habe, an deinem Vorschlag wäre irgendwas falsch."

„Jemand, den wir kennen?", wollte Brooke wissen.

„Ein paar Typen aus Okotoks." Diese Information kam von Hanna. „Brad hat mir erzählt, dass sie bei einer Zoohandlung arbeiten, und die wurde geschlossen. In der nächsten Woche wird es weitere Neuigkeiten geben."

Das änderte nichts an der Vergangenheit, aber vielleicht bedeutete es, dass ein paar Tiere in Zukunft in Sicherheit sein würden.

Kelli James schlüpfte in das Zimmer und schüttelte den Schnee von ihrem Cowboyhut, bevor sie ihn und ihre Jacke aufhängte. „Hey, ihr, es tut mir leid, dass ich zu spät komme.

Ich habe Onkel Luke geholfen, herauszufinden, wie man eine Kissenburg für die Mädchen baut.“

Gelächter stieg aus der Gruppe auf. Lisas Nichten waren im Himmel gewesen, als sie gehört hatten, dass sie eine Übernachtungsparty im Haus ihres Onkels veranstalten konnten, ganz egal, dass es nur über den See und ein paar Minuten entfernt war.

„Ich dachte, Dustin würde Luke helfen, sich heute Abend um die Mädchen zu kümmern. Und danke, dass du deinen Kerl davon überzeugt hast, übrigens“, sagte Tamara.

Kelli streckte ihr die Zunge heraus. „Luke liebt eure Kinder. Und Dustin ist dort. Mit den beiden haben sie gerade debattiert, ob es sich lohnt, Stonehenge nachzubauen.“

Tamara schüttelte den Kopf. „Solange sie nicht vorhaben, irgendwelche Opfer zu bringen.“

„Caleb kam grade rein, als ich gegangen bin, darum bin ich ziemlich sicher, dass die Mädchen in Sicherheit sind.“ Kelli gab Tansy und Rose ein High-Five auf dem Weg zu Tyler, den sie Tamara wegnahm und ihm einen Kuss auf die Wange drückte. „Hey, Süßer. Hast du deine Tante Kelli vermisst? Aber sicher doch. Sie ist die beste Cowgirl-Tante in der Stadt, da Tante Karen nicht hier ist ...“ Kelli hielt inne, warf einen Blick auf Julia und verzog das Gesicht. „Verdammt. Lisa ist noch hier. Und du – du bist kein Cowgirl, oder?“

Julia wackelte mit den Fingern. „Vielleicht? Ich bin als Sanitäterin ausgebildet, aber ich bin auf einer Touristenranch groß geworden. Man könnte mich wohl schon Cowgirl nennen.“

Kelli seufzte dramatisch. „Na, ich kann ja nicht durch die Welt ziehen und Werbung mit Falschinformationen machen.“ Sie richtete Tyler, damit sie vor seinem Gesicht mit dem Finger wackeln konnte. „Ich bin deine liebste Tante unter einem

Meter sechzig. Lisa ist deine liebste witzige Tante. Julia kann deine liebste rothaarige Tante sein."

„Wirst du damit zur Kleintante, so im Gegenzug zur Großtante?", fragte Tamara mit einem Kichern.

Kelli warf ihr einen bösen Blick zu, während sie von Brooke einen Drink entgegennahm. „Sag mir, was wir anstellen, denn es sieht ganz so aus, als müsste ich vielleicht ein wenig Frust abbauen."

Sie deutete mit der freien Hand auf den Stapel aus Papier, der auf dem Tisch wartete.

Lisa gab Rose grünes Licht, um es zu erklären, lehnte sich neben Kelli zurück und beobachtete Tyler, der versuchte, sich auf jemanden zu konzentrieren.

„Sucht euch ein Thema aus, das euch gefällt", sagte Rose. „Ein Gefühl, einen Ort. Ein Wort. Machen wir doch ein Wort. Schreibt das mit Bleistift auf euer Blatt, dann blättert durch die Magazine und findet Bilder und Sätze, die euch gefallen. Reißt sie raus oder schneidet sie aus, und bringt sie, wie ihr wollt, auf dem Papier an – Perfektionismus ist nicht erlaubt." Sie warf Brooke einen Blick zu. „Wenn ich sehe, wie du dir ein Lineal holst, verhaue ich dich damit."

„Leere Versprechungen", antwortete Brooke mit einem Grinsen. Rose ging sicher, dass alle Klebestifte und feste Kartonstücke hatten, die sie als Basis nutzen konnten.

Lisa richtete sich neu aus und setzte sich auf den Boden, ihre Unterlage auf dem Beistelltisch. Ihr Gehirn sauste überallhin – Schmetterlinge mit Aufmerksamkeitsdefizit wären ruhiger gewesen.

Sie zwang sich dazu, ihren Bleistift auf das Papier zu setzen und in ordentlichen Blockbuchstaben schrieb sie das Wort ABENTEUER auf das Blatt.

Vielleicht half das, um ein paar ihrer nervösen Anflüge zu beruhigen.

„Wirf mir die *National Geographic* rüber", sagte sie zu Tansy.

Es dauerte eine Weile, aber während sie aßen und tranken und plauderten, dabei die ganze Zeit Bilder aus Zeitschriften rissen und sie auf ihre Blätter klebten, schlich sich ein süßes Gefühl der Friedlichkeit ein. Lisa ließ ihre Gedanken wandern, lauschte halb der Unterhaltung, gab kaum Acht auf die Bilder, die sie aussuchte.

„Wofür steht denn HFH?", fragte Julia aus dem Nichts. „Ihr wisst schon, als Lisa sagte, der HFH wäre offiziell eröffnet?"

Rose öffnete den Mund, dann hielt sie inne. „Moment mal. Wir hatten doch vorher noch nie einen Titel bei diesem Treffen. Lisa?"

Ups. „Stell zwanzig Fragen", erwiderte Lisa fröhlich. „Ich möchte wetten ..."

„Mach es nicht", sagten sieben Stimmen gleichzeitig zu Julia, die Lisa gerade zufällig anschaute.

Alle lachten.

Lisa bemühte sich sehr, empört zu wirken. „Ich habe doch nicht wirklich eine Wette angeleiert", beharrte sie.

„Bei dir ist das schwer zu erkennen", gab Tamara zurück. „HFH. Wenn du irgendeiner Art Logik gefolgt bist, sollte es was mit Heart Falls sein, aber das bist *du*. Wie wäre es mit Heiße Feger ... Horde?"

Brooke schnaubte. „Ich weiß es. Die Heart Falls Herzensbrecherinnen." Sie blies sich auf die Nägel und rieb sie dann an ihrem Oberteil. „Obwohl zwei von euch nicht mehr solo sind – oh, Moment. Ich habe mich verzählt. Tamara, Hanna *und* Kelli. Das sind drei, die dauerhaft nicht mehr im Umlauf sind."

„Ich habe gehört, du triffst dich mit einem gewissen Feuerwehrmann", neckte Hanna. „Entweder das, oder er hat echt ganz schön viele Probleme mit dem Motor. Brad schwört, dass der Truck seines Partners ständig bei dir in der Werkstatt ist."

„Das bist also *du*", rief Julia begeistert, bevor sich die Hand vor den Mund schlug. „Ups."

Alle Blicke gingen zu ihr. Brooke legte das Magazin ab, durch das sie geblättert hatte, und lehnte sich auf einen Ellbogen Richtung Julia. „Wer hat was gesagt? Und unter uns Heart Falls Hooligans gibt es keine Lügen oder Ausweichmanöver."

Ein weiteres Kichern erklang.

Julia zuckte mit den Schultern. „Ich hänge unten bei der Feuerwache rum, wenn ich nicht draußen auf einem Einsatz bin. Es scheint, als hätte ein gewisser hochgewachsener, muskulöser Feuerwehrmann drei Tage nacheinander das Abendessen anbrennen lassen, weil er abgelenkt war, während er mit seiner Mechanikerin schrieb."

Brookes Grinsen wurde größer. „Schön zu wissen."

„Lisa, du musst es uns sagen, wenn wir die Antwort erraten", befahl Rose streng. „Oder denkst du dir das nur unterwegs aus?"

„Ja." Lisa duckte sich, als Klebestifte aus allen Richtungen durch den Raum flogen und sie trafen. „Hey. Ich sollte euch eine Strafzahlung aufbrummen, bevor ihr sie zurückbekommt."

Die Unterhaltung wurde fortgesetzt, sie alle hielten abwechselnd Tyler, wenn er sich beschwerte, und gingen mit ihm durch das Zimmer, während sich ganz natürlich ein Wiegeschritt einstellte, sobald man ein Baby hielt.

Schließlich war es an der Zeit, ihre Projekte vorzuführen, sie hochzuhalten und sowohl freundliche Kommentare als auch Bewunderung einzuheimsen. Acht verschiedene Projekte, acht unterschiedliche Nachrichten.

Tamara hatte das Wort LIEBE mit Bildern von Familien

und Sonnenuntergängen und Essen gefüllt. Sie grinste, während sie sie zum letzten Punkt neckten.

„Ich werde mir so viel Gewicht anfressen, wenn ich nicht aufpasse", sagte sie. „Es ist schön, wenn einem nicht schlecht wird, sobald man auch nur an Essen denkt."

„Aber bedenke, dass du während der Schwangerschaft Gewicht verloren hast. Ich glaube nicht, dass es was Schlechtes ist, ein paar Pfunde zuzulegen", erklärte Lisa.

Rose und Tansy hielten ihre Bilder nebeneinander hoch.

„Da gibt es ein Thema", verkündete Tansy. Sie schaute direkt zu Lisa. „Fünf Mäuse, dass du es nicht errätst."

„Was meinst du denn damit, dass es ein Thema gibt?", fragte Rose empört. „Damit war ich nicht einverstanden."

„Vertrau mir", beharrte ihre Schwester. „Teufel, es gibt zwei Themen."

Lisa betrachtete die beiden Collagen genauer. Rose hatte das Wort SCHÖNHEIT in allen möglichen Schriftarten auf ihr Blatt geschrieben, mit einem Dutzend unterschiedlicher Stifte. Manchmal kursiv, manchmal Blockschrift – alles davon schwebte in unterschiedlichen Winkeln aufeinander zu. Dazwischen hatte sie Bilder von Krimskrams, Blumen und Sachen geklebt, die aussehen wie schöne Ohrringe und Schmuck.

„Sehr hübsch", sagte Julia.

„Jetzt meins." Tansy wackelte mit ihrem Karton von links nach rechts. „Ratet, wenn ihr könnt."

Kelli verzog das Gesicht. „Du mogelst. Du hast keine Worte auf dein Blatt geschrieben."

„Die braucht es nicht." Lisa schaute genau hin. Tansy hatte sich alle Bilder von attraktiven Typen geschnappt, die sie finden konnte, oder zumindest ihren Körpern. Nicht alle davon hatten Köpfe, aber alle waren fit, muskulös und präsentierten irgendwie zumindest teilweise ihre Rückansicht.

Lisas Lachen erklang, und sie drückte das Baby in ihren Armen etwas fester. „Ach, du bist schlimm. Du bist gut, aber du bist sehr schlimm", rügte sie Tansy.

Tansy wirkte enttäuscht. „Du hast es bereits raus?"

„Du kannst mir morgen Vormittag fünf Mäuse in der Form von Kaffee geben." Lisa machte sich nicht die Mühe, das Prahlen aus ihrer Stimme fernzuhalten.

Tyler ging in seinen üblichen 3,57 Sekunden vom Schlafen zum Kreischen über. Tamara schnappte ihn sich, setzte sich so schnell wie möglich mit ihm zum Stillen hin. „Lass uns nicht weiter im Dunkeln, oder gib uns zumindest einen Hinweis."

„Habe ich doch gerade." Lisa prahlte noch immer.

Tamara grummelte einen Augenblick, bevor sie den Kopf zu Julia drehte. „Siehst du, worauf du dich eingelassen hast? Jahrelang genervt werden von dieser Frau."

Julia konzentrierte sich fest, warf einen Blick zwischen Tansy und Lisa hin und her. Ihre Lippen bewegten sich, als würde sie die Worte wiederholen, die gerade gesagt worden waren, und dann zuckten ihre Lippen nach oben. „Ich kapiere es."

„Du kannst es uns sagen", forderte Brooke, die in ihr Glas schaute, während sie die Flüssigkeit herumschwappen ließ. „Ich hatte drei von denen, und ich denke nicht mehr sonderlich geradlinig."

Julia deutete auf den großen Karton. „Blumen, Krimskrams – das ist das, was Rose in ihrem Laden verkauft." Sie deutete mit dem Finger auf Tansys Ansammlung von Muskelpaketen.

„Das verkaufen sie nicht", erwiderte Hanna mit einem leisen Kichern.

„Wenn ich könnte, würde ich, aber Regeln, Gesetze, bla, bla, bla."

„O mein Gott, es sind Leckerbissen. Ihr habt eine Collage

von *Buns and Roses* gemacht", sagte Kelli mitten in einem herzhaften Kichern.

Lisa deutete auf Rose und Tansy, damit sie den Platz wechselten. „Und es gibt ein zweites Thema. Die Schöne und das Biest."

Sie waren alle völlig erheitert. Und während sie sich die Collagen anschauten, die Hanna, Brooke und Kelli gemacht hatten, wurde immer weiter gelacht. Besonders, da die von Kelli zu neunzig Prozent aus Pferden und zu zehn Prozent aus Stiefeln bestand.

Lisa war sich nicht mal sicher, dass sie das richtige Kunstwerk genommen hatte, als sie alle sie anspornten, dass sie dran wäre. Es gab ein paar passende Dinge darauf, wie etwa Bilder von New York oder dem Sydney Opera House. Es gab Gitarren und Cowboyhüte und Zelte in einsamer Bergwildnis.

Aber gleich in der Mitte, beinahe, als würden sie das Wort unterstreichen, das sie als Inspiration hingeschrieben hatte – schauten ein paar maskuline Augen von dem Blatt. Sonst nichts. Sie erinnerte sich nicht daran, dass sie es getan hatte, aber das Papier war so abgerissen worden, dass es fast alle Züge des Mannes ausradierte, und nichts blieb, bis auf klare blaue Augen, die sie heftig ansahen.

Vertraute Augen, die sie direkt anschauten, als würden sie darum bitten, Teil ihres Abenteuers zu werden.

19

Die Spendenaktion war in knapp einer Woche, und obwohl alles an dem Event gut zu laufen schien, war Josiah nicht sicher, was Lisa durch den Kopf ging, wenn ihre Pläne danach zur Debatte standen.

Jedes Mal, wenn er versucht hatte, die Unterhaltung in diese Richtung zu lenken, war sie seiner Frage ausgewichen oder ins andere Extrem verfallen und hatte massenhaft Informationen aus ein paar Seiten in ihrem Notizbuch geteilt.

Es wurde nervig, aber er bemühte sich, die Dinge positiv zu sehen. Alles mit Humor zu nehmen. Sich an seinen Optimismus zu klammern, brauchte viel zu viel Energie. Zusammen mit den Notfällen im Frühling, die im Übermaß auftraten, war es ihm beinahe unmöglich geworden, eine Nacht gut durchzuschlafen.

Josiah stolperte in die Küche, direkt unterwegs zur Kaffeemaschine. Er stand über der Spüle und trank eine Tasse, bevor er zurückging, um sie sich zum zweiten Mal randvoll zu machen.

Als er schließlich merkte, dass er nicht allein war, war es zu spät, um sich zu schämen. „Gentlemen."

Zach ließ ein Grinsen aufblitzen. „Mir gefällt, dass du es geschafft hast, das mit dem Hauch eines britischen Akzents zu sagen. Es gibt mir das Gefühl, als wäre ich in einer Art Remake von *Downton Abbey*."

„Es ist immer unterhaltsam, eine klassische Ausbildung zu haben", stimmte Josiah zu. Er ließ sich in einen Stuhl zwischen ihnen am Küchentisch fallen.

Finn und Zach wechselten einen Blick, bevor Finn seine Kaffeetasse wegschob, die Hände auf den Tisch stützte und sich räusperte, dann wartete er, bis Josiah ihm in die Augen schaute. „Du siehst aus, als wärst du durch die Hölle gegangen."

„Danke."

„Du solltest nicht aussehen, als wärst du durch die Hölle gegangen", erklärte Zach. „Du hast einen tollen Job, ein wunderschönes Haus und ein paar hervorragende Mitbewohner."

„Wichtiger noch, eine wunderbare Frau. Das lässt du dir doch nicht alles entgleiten, ohne es zu sichern, oder?", fragte Finn. Offen. Unnachgiebig und direkt wie ein Hammer, der den Nagel auf den Kopf traf.

Josiah spielte Lockerheit vor. „Wir sind gut zusammen, aber es könnte sein, dass wir was Unterschiedliches wollen."

Finns Antwort kam sofort. „Schwachsinn. Ihr wollt einander. Dieses andere Zeug kann man irgendwie jonglieren."

Zach sagte gar nichts, wies mit dem Daumen auf Finn und neigte zustimmend den Kopf.

„Erwartet ihr beiden etwa, dass ihr eine Mietminderung bekommt, weil ihr mir Ratschläge für mein Liebesleben gebt? Ich glaube nicht, dass ich das zulassen kann", sagte Josiah gedehnt.

„Stell es dir wie ein frühes Weihnachtsgeschenk vor", sagte Finn.

„Ein sehr, sehr frühes Weihnachtsgeschenk, aber wie auch immer." Finn und Josiah funkelten beide Zach an, und er hob ergeben die Hände, während er sich in seinem Stuhl zurücklehnte. „Ich halt schon das Maul."

Finn musterte Josiah von oben bis unten in einer Beurteilung, der man sich nicht entziehen konnte. „Sieh mal, wir übertreten da eine Grenze, aber es ist schwer mitanzusehen, wie du herumstotterst und darauf wartest, dass was passiert, wenn du doch handeln musst. Ich habe fünf Jahre mit Karen verpasst, weil ich zu dumm war, zu sehen, dass es mehr als nur eine oder zwei Lösungen für ein Problem gibt. Du musst kreativ werden und ein paar Optionen finden, aber um Himmels Willen, Mann, mach nicht, was ich getan habe, und lass die Frau gehen."

„Du glaubst, ich sollte ein Seil um Lisa legen, damit ich sie wieder einholen kann?"

Finn wirkte überhaupt nicht empört über diesen Vorschlag. „Warum nicht?"

„Ist das der richtige Zeitpunkt, um zu erwähnen, dass ich derzeit einen unabhängigen Seilmacher sponsere?" Zach bewegte sich nicht, als sowohl Josiah als auch Finn Küchenutensilien nach ihm warfen.

„Du bist so nervig", behauptete Finn gleichmütig.

„Ich mag dich auch. Wo wir gerade dabei sind. Du hast Karen erwähnt." Zach deutete betont auf Finn. „Fünf Jahre *plus*, Bruder ..."

Finn nahm einen weiteren gemessenen Schluck seines Kaffees. „Ich arbeite dran. Bald."

Die Kerle hatten allerdings recht, wurde Josiah klar. Sie waren nervig, aber sie hatten recht.

Es war gut gewesen, andere Leute im Haus zu haben. Die

Abende, an denen Lisa beschäftigt war, und er freie Zeit hatte, waren Finn und Zach hervorragende Gesellschaft gewesen. Sie hatten zusammengearbeitet, um sich um die Tiere zu kümmern, hatten aber auch gerne die Füße hochgelegt und sich mit ihm entspannt, Fernsehen geschaut oder über das geredet, was in Heart Falls los war.

Und offensichtlich boten sie auch romantische Therapien an.

Er hatte noch nicht raus, was er mit dem Aufruf zum Handeln anfangen sollte, bis dieser Nachmittag plötzlich geschäftig wurde, und er letztlich Lisa kontaktieren musste, um sie zu warnen, dass ihr Date heute Abend vielleicht verlegt werden müsste.

„Ich habe versprochen, bei Sonora vorbeizuschauen, und ich bin schon über eine Stunde zu spät, wenn ich hier fertig werde." Im Hintergrund blökte ein Kalb. Irgendwo trat ein Tier genervt an die Bretter der Scheune, Staub stieg in die Luft auf.

„Irgendwas, mit dem ich dir bei Sonora helfen kann?", fragte sie. „Warum treffen wir uns eigentlich nicht da? Es gibt ein paar Sachen in letzter Minute, bei denen ich noch sichergehen muss, dass sie sie fertig hat, damit wir am Samstag bereit sind."

„Ich werde aber danach nicht so angezogen sein, dass ich ausgehen kann oder so was", warnte er. „Ich komme direkt von der Arbeit."

„Schon gut. Ich bin ein Cowgirl. Ich weiß genau, wie es riecht, wenn man mit Tieren arbeitet", neckte sie. „Es muss auch nicht spät in der Nacht werden oder so was. Ich will dich einfach nur sehen."

Ihre Worte wärmten ihm das Herz sehr viel mehr, als sie das hätten tun sollen. Er legte auf und fühlte sich einigermaßen optimistisch.

Es dauerte beinahe zwei Stunden, bevor er es zu Sonora schaffte, und natürlich war bis dahin ein Teil dieser warmen, brodelnden Gefühle verschwunden. *Tolle Art, einen guten Eindruck zu machen, Ryder.* Er hatte kurz für eine Dusche und frische Klamotten Halt machen müssen, ansonsten hätte niemand Zeit mit ihm verbringen wollen.

Zum Glück hatte Lisa noch nicht aufgegeben. Die beiden Frauen saßen im Hauptempfangsraum, und ihr Lachen war das erste, was er hörte, als er die Tür öffnete und das gemütliche Gebäude betrat.

In den letzten paar Monaten hatte dieser Raum große Veränderungen erlebt. Er war in hellen, sauberen Farben gestrichen, mit verspielten Tierbildern an den Wänden und einer Menge Platz für Bilder von adoptierten Tieren, die auf eine Pinnwand kommen würden.

Zwei Köpfe wandten sich in seine Richtung, einer mit grauweißem Haar, der andere mit wunderschönen braunen Locken, die über ihre Schultern fielen. Braune Augen, die seinem Blick mit Wärme und Zuneigung begegneten.

Drei Köpfe – Ollie erschien unter Lisas Stuhl und kam direkt auf ihn zu, das Maul zu ihrem besten Hundegrinsen geöffnet.

„Hallo, die Damen.“

Ollie blieb neben ihm stehen, ihr Schwanz schlug gegen sein Schienbein.

Sonora stand auf und kam herüber, umarmte ihn rasch, bevor sie mit dem Finger wackelte. „Du sollst doch nicht schwer arbeiten“, tadelte sie ihn. „Du musst dir mehr freinehmen.“

„Ich verspreche, so viele Tage freizunehmen, wie ich dich freinehmen sehe“, bot er an.

Lisa pfiff erheitert. „Ach, der war gut.“ Sie glitt neben ihn, nahm seine Hand in ihre, drückte sie fest.

Sonora warf einen Blick zwischen ihnen beiden hin und her und verdrehte die Augen. „Ich gehe mal in mein gemütliches Wohnzimmer und hol mir eine Tasse Tee. Casey wird nach Mitternacht vorbeikommen, um Runden zu drehen und nach den Tieren zu schauen. Schließt ab, wenn ihr mit dem *Schmusen* fertig seid."

Sie verschwand, offensichtlich glücklich, das letzte Wort gehabt zu haben.

Lisa lehnte sich an Josiah, die Arme um seine Taille geschlungen. „Ich glaube, diese ganze Tierrettung ist gut für sie gewesen. Sie hat Spaß."

„Und sie genießt es besonders, dass das Tierheim Ashton nervt", sagte Josiah mit einem Grinsen.

Ollie bellte einmal, kratzte an der Seitentür. Die führte zu einem großen überdachten Reitplatz, den man am kommenden Wochenende für die Auktion nutzen würde, und den Rest der Zeit, um die Tiere zu trainieren.

Lisa löste sich weit genug, um zur Tür zu gehen, zog Josiah hinter sich her. „Komm schon. Ollie hat offensichtlich irgendwas im Sinn."

Was der Hund heute wollte, war eine Runde um den äußeren Rand des Gebäudes, um zu schnüffeln und zu kratzen und alles zu untersuchen, was für Josiah in Ordnung war, denn es bedeutete, dass er Hand in Hand mit Lisa gehen konnte, um die letzten Details für die Auktion zu planen.

Es war natürlich; es war einfach.

Es war so verdammt perfekt, besonders, als sie am Ende des Reitplatzes hielten, und Lisa sich an die Wand zurücklehnte, ihn zu sich zog.

Es war natürlich, sich vorzubeugen und ihre Lippen zusammenzubringen, sie zu necken, während er ihren Geschmack kostete.

Es war behaglich auf eine Art, die nicht hieß, dass man

diesen Komfort als gegeben nahm. Sie passte – an seinen Körper, während ihre Finger durch seine Haare glitten. Ein leises Stöhnen erklang, als sie sie sich an ihn presste, sich ihm großzügig hingab. Eine durch und durch sinnliche, schöne Frau.

Sie passten.

So verdammt perfekt, dass er die Arme neben ihrem Kopf an die Wand legte, gerade weit genug zurück, um ihr in die Augen zu schauen. „Sonora sagte, wir sollen zusperren, wenn wir fertig sind."

Lisa grinste. „War das ein Fehler?"

Er konnte sich nicht zurückhalten. „Ich will niemals fertig sein", flüsterte er.

Ihr Lächeln verflog. „Josiah?"

„Ich will dich heute küssen, morgen und jeden Tag von jetzt bis in alle Ewigkeit." Er hielt nichts zurück.

Vielleicht hatte er die Entscheidung an einem verschneiten Märzabend gefällt, als er allein nach Hause gefahren war und bemerkt hatte, dass das nicht das war, was er vom Leben wollte. Damals war es irgendeine nebulöse gute Idee gewesen, sich mit Lisa einzulassen. Er hatte sie attraktiv gefunden und war von ihr fasziniert gewesen, und eine Menge Dinge mehr, die es richtig erscheinen ließen, sie zu umwerben.

Das alles hatte sich zu so viel mehr entwickelt, und die Worte kamen über seine Lippen. Es schien unmöglich, zurückzuhalten, was in seiner Welt die größte Wahrheit war.

„Ich liebe dich."

Lisas Hände packten die Vorderseite seines Hemdes, ihre Augen waren aufgerissen. Sie öffnete und schloss den Mund ein paar Mal, und dann ...

Sie duckte sich unter seinem Arm durch und lief weg, rannte durch den Raum.

„Lisa." Er drehte sich um, um ihr zu folgen, aber Ollie

geriet zwischen seine Füße, und Josiah endete auf dem Boden. Er rollte sich gerade rechtzeitig hoch, um zu sehen, wie Lisa durch den Ausgang schlüpfte.

Oh, Scheiße.

Er marschierte über den Reitplatz, zog die Tür gerade rechtzeitig auf, um zu sehen, wie ihre roten Schlussleuchten auf der Straße verschwanden.

Es war interessant, dieses Gefühl, das er innerlich verspürte. Er war schockiert und ein wenig empört, dass sie auf seine spontane Beichte reagiert hatte, indem sie abhaute. Aber …

Die Dinge hatten sich verändert. *Er* hatte sich verändert, und eine Menge davon hatte mit Lisa zu tun.

Josiah kannte die Wahrheit. Er war nicht mehr der Mann, der er noch vor ein paar Monaten noch gewesen war. Wenn das damals passiert wäre, hätte er sich völlig zurückgestoßen gefühlt. Als hätte man ihn einmal mehr für unwürdig befunden. Aber es war etwas völlig anderes.

Er hatte das Aufblitzen von Panik in Lisas Augen gesehen, aber er hatte auch das Verlangen gesehen.

Finns Kommentar, dass es mehr als nur eine Lösung geben konnte – es schien, als hätte Lisa Coleman das noch nicht ganz raus. Sie war gewöhnlich so gut damit, eine Lösung zu finden und mit allem in ihr darauf zuzuhalten.

Er war ziemlich sicher, dass er nicht der einzige mit tiefgehenden Gefühlen war. Gefühlen, die im Körper einer gewissen Frau einen Schock anrichten würden, denn es erwies sich, dass man es nicht planen konnte, sich zu verlieben. Es war wild und extrem – und perfekt.

Im Lauf der Jahre hatte Josiah gelernt, dass es eine Menge Arten gab, mit einem nervösen Tier umzugehen. Als er mit der Tierarztausbildung angefangen hatte, war er zu sehr außer Form gewesen, um die Tiere körperlich zu beeindrucken, darum hatte er gelernt, sich einzuschleimen. Sie zu locken. Sie zu überzeugen, dass er ihres Vertrauens würdig war.

Es hatte einer Menge Mühe bedurft, aber es hatte sich gelohnt.

Es hatte einer Menge Mühe bedurft, in Form zu kommen, indem er seine Muskeln an die Grenzen trieb. Er hatte es getan ...

Teufel, er tat es immer noch. Jeden einzelnen Tag steckte er die Energie hinein, weil es sich lohnte.

Josiah stand dort in der Kälte, schaute in den Abendhimmel, bis keine Zweifel blieben.

Lisa liebte ihn. Vielleicht war sie noch nicht bereit, es schon zu sagen, aber das spielte keine Rolle. Er würde die harte Arbeit auf sich nehmen. Er würde durchhalten und da sein und ihr zuhören, bis sie nicht anders konnte, als es zu erwidern.

Denn er wusste, dass sie Heart Falls nicht verlassen würde. Nicht, ohne dass sie eine Möglichkeit fanden, zusammen zu sein.

Er holte sein Telefon heraus und machte einen Anruf.

Lisa Coleman, ganz gleich, wohin du läufst. Ich habe ein Seil um dich gelegt, dachte er. *Man nennt es Liebe, und es gibt kein stärkeres.*

Es fühlte sich an, als wäre sie stundenlang gefahren, und Lisa war nicht sicher, ob ihr Kopf wieder auf ihren Schultern saß.

Aha. So fühlte sich also Panik an. Interessant.

Es war seltsam, wie sie völlig aus dem Nichts gekommen war. Einen Augenblick lang hatte sie sich innerlich noch warm und behaglich gefühlt, und eine Sekunde später war sie kurz davor gestanden, auszuflippen.

Sie war nicht stolz darauf, dass sie weggelaufen war, aber die Tatsache, dass es über eine halbe Stunde gedauert hatte, bis ihre Hände nicht mehr zitterten, sagte, dass zumindest ein Teil ihrer Reaktion richtig gewesen war.

Josiah hätte *das* nicht sagen sollen. Noch nicht. Sie war nicht bereit.

Es war der einzige Gedanke, der immer wieder durch ihren Verstand schoss. *Ich bin nicht bereit.*

Als ihr Handy klingelte, zog sie in Erwägung, nicht dranzugehen, aber es war ihr Dad. Er war gekommen, um Tamara, Caleb und die Kinder zu besuchen, und um sich an der Spendenaktion zu beteiligen. Die offene Leitung zwischen ihr und ihrem Vater war immer noch etwas Neues, und sie wollte nichts tun, um das zu vermasseln.

„Hi, Dad. Was ist denn los?"

„Ich habe mich gefragt, wo du bist", sagte er leise.

„Auf einem Date. Das wusstest du doch."

Ein leises Seufzen erklang am anderen Ende der Leitung. „Du bist nicht bei ihm, also komm vorbei und hol mich ab", befahl er. „Ich will mit dir reden."

Toll. Erst lief sie vor einem Date weg, und nun musste sie sich mit ihrem Vater befassen.

Es schien keinen guten Grund zu geben, ihm abzusagen, darum fuhr sie an der Arbeiterunterkunft vorbei, in der er übernachtete. Tamara und Caleb hatten ihm einen Platz im Haus angeboten, aber er hatte darauf bestanden, dass es für ihn gemütlicher wäre, wenn er einen eigenen Platz hatte.

George Coleman stieg auf den Beifahrersitz ihres Trucks und setzte sich wortlos hin.

Das wurde ja immer besser. „Fahren wir irgendwo Besonderes hin?"

„Ja. Zu deinem Freund", sagte er streng.

Teufel, *nein*. „Hat Josiah dich angerufen?", wollte sie wissen.

„Er hat mich ein paarmal angerufen, weil wir beide ein großes Interesse an Pferden haben, und Caleb Josiahs Talent gepriesen hat", gab ihr Dad zu. „Oder redest du von heute Abend?"

Sie legte den Gang noch nicht ein, bevor sie wusste, was los war. „Heute Abend."

George schaute aus dem Fenster, als wäre es perfekt für ein solches Gespräch, in einem Truck zu sitzen. „Er hat mich nicht angerufen. Ich habe eine stehende Einladung, bei ihm vorbeizuschauen. Ich dachte, ich könnte die Möglichkeit nutzen, bevor ich wieder nach Hause fahre."

Verdammt. Erst wusste sie von einem Augenblick auf den nächsten nicht mehr, was Josiah tat, und nun überraschte sie ihr Dad? Sie verlor ihr Gefühl für Menschen.

Es schien keine plausible Ausrede zu geben, die sie vorbringen konnte, um ihn nicht zu Josiah nach Hause zu fahren, ohne eine Beichte ablegen zu müssen, für die sie nicht bereit war.

Sie hielt den Fuß auf dem Gas so leicht wie möglich, aber trotzdem schafften sie es schneller zu Josiahs Haus, als gesetzlich erlaubt war. Und Wunder, oh Wunder, ihr Vater hielt sich zurück mit jeglichen Kommentaren über Frauen am Steuer. Huch.

Es waren keine Trucks draußen geparkt – eine kleine Gnade. Sie war noch nicht bereit, sich Josiah zu stellen.

O mein Gott, er hatte *Ich liebe dich* gesagt, und sie hatte ihm den Rücken gekehrt. Was zum Teufel hatte sie sich denn gedacht?

Genau. Sie hatte nicht gedacht, sie war in Panik ausgebrochen.

Ihr Dad stieg aus dem Truck und ignorierte sie völlig, ging ins Haus und marschierte still herum.

Lisa musste zugeben, dass sie völlig verloren war.

Ihr Dad fand sogar allein die Tür zu den Treppen ins Silo, und Lisa folgte ihm nach oben, versuchte, nicht all die Dinge und Orte anzuschauen, die bereits voller Erinnerungen waren.

Wie hatte sie in so kurzer Zeit so viele Erinnerungen anhäufen können?

„Ich weiß, wie viel du getan hast, um die Coleman-Ranchen wieder zu vereinen." Die Worte ihres Vaters kamen aus dem Nichts. Er stand neben dem Bücherregal, strich mit den Fingern über ein Brett, hielt an einem der Buchrücken inne.

Lisa blinzelte. Sie war versucht, sich zu kneifen, um sicherzustellen, dass sie nicht träumte. „Was hast du gesagt?"

Er drehte sich zu ihr um. „Der Zusammenschluss. Ich habe es zu diesem Zeitpunkt nicht gesehen, aber in letzter Zeit, jedes Mal, wenn jemand eine Anmerkung gemacht hat, ist es mir ein wenig deutlicher klar geworden. Du hast das auf die Beine gestellt, oder nicht?"

Wow. Das war nicht die Unterhaltung, die sie von ihrem Vater erwartet hätte. Nicht heute Abend. An überhaupt keinem Abend, um der Wahrheit Genüge zu tun.

Vielleicht, weil ihre Gefühle bereits überstrapaziert waren, gestand sie einfach. „Ja. Ich habe die ganzen Lorbeeren nicht eingeheimst, weil ich nicht die Einzige war, die sah, dass sich die Dinge ändern müssen. Lee hat es auch gesehen, aber wenn man bedenkt, dass er so jung ist wie ich, hätte uns beiden niemals jemand zugehört."

Ihr Vater war reglos geworden. Er schaute aus dem Fenster, die Sonne rückte näher an die Spitze der Berge. „Du hast vermutlich recht, aber andererseits sind nicht alle meine Brüder so stur oder so dumm wie ich."

„Dad …", tadelte sie.

„Was, soll ich mich selbst nicht dumm nennen? Ich meine, wenn der Schuh passt." Er holte tief Luft. „Ich wünschte, ich wäre klug genug gewesen, es zu sehen, aber ich wünsche mir sehr viel mehr, ich wäre die Art Vater gewesen, bei dem du das Gefühl gehabt hättest, du könntest zu ihm kommen. Damit ich …"

Seine Worte verklangen, und ein Anflug von Frust traf sie. „Damit du hättest stolz sein können?"

Sein Blick huschte zu ihr. „Oh, das machst du nicht. Ich war *immer* stolz auf dich. Auf dich und deine beiden Schwestern. Es ging nie um eure Fähigkeiten."

„Aber es hat sich verdammt noch mal danach angefühlt, Dad. Und ich will hier kein totes Pferd reiten, aber es hat sich auf jeden Fall angefühlt, als wären die Dinge ganz anders gewesen, wenn wir Söhne gewesen wären."

„Aber natürlich wäre das anders gewesen."

Ihr wurde flau im Magen. Ausgerechnet – *das* hätte er nicht sagen sollen.

Aber er fuhr fort und ließ ihre Welt in eine Million Stücke zerspringen.

„Erinnerst dich, wie eine Mutter gestorben ist? Die Geschichten, die man dir erzählt hat?" Er trat vor und nahm sie an den Händen, hielt sie fest, damit sie nicht fliehen konnte. „Sie hätte nicht auf diesem Traktor sitzen sollen, das hätte ich tun sollen. Aber ich war spät dran, und sie wusste, dass sie es konnte. Sie hat es schon eine Million Mal davor gemacht, aber die Achse brach, und der Winkel am Hügel stimmte nicht, und all die Dinge, die uns die Gutachter gesagt haben. Es spielt aber keine Rolle, dass sie rausfanden, wie es passiert ist. Letztlich war sie tot, und ich hatte sie nicht mehr, und ihr Mädchen hattet sie auch nicht mehr. Sie war weg, und das war meine Schuld."

„Das ist lächerlich", setzte Lisa an, aber er schnitt ihr das Wort ab.

„Ist es das? Sie sagten, mit mehr Gewicht auf dem Sitz wäre der Traktor aufrecht geblieben, aber sie war zu leicht. Wenn eure Mom an diesem Tag nicht meinen Job übernommen hätte, würde sie noch leben."

Die Schuldgefühle in seiner Stimme ließen beinahe Lisas Knie einbrechen. „Das weißt du doch nicht."

„Es ist ein Bauchgefühl", beharrte er. „Und es hat die Art verändert, wie ich euch Mädchen von da an behandelt habe, als ihr anfangen wolltet, auf der Ranch zu helfen. Ich habe mich so schrecklich schuldig daran gefühlt, dass eure Mom weg war, und hatte so viel Angst. Ich habe das nicht erkannt, bis Caleb mir erzählt hat, dass er genau den gleichen Mist Tamara antut."

Lisa schoss hoch. Also das hatte die Entschuldigung ihres Vaters vor Kurzem ausgelöst. „Caleb ist ein guter Mann."

Ihr Vater nickte. „Das ist er. Aber als er mir erzählt hat, dass er sich dabei erwischt hat, dass er Tamara zu sehr beschützt, war mein erster Instinkt, ihm einen Schlag auf den Kopf zu verpassen, denn keine von euch Mädchen verdient es, so behandelt zu werden. Nicht von den Männern, denen ihr wichtig seid und die euch lieben. Aber ich habe verdammt noch mal genau dasselbe gemacht. Ich hatte jedes Mal so viel Angst, wenn ihr rausgegangen seid, dass ich alles getan hätte, um euch sicher zu halten. Nach einer Weile war es schlicht einfacher, zu versuchen, euch einzuengen und dort zu halten, wo euch nichts verletzen konnte."

Sein Geständnis erklärte so vieles. „Auf diese Weise kann man jemanden nicht schützen", sagte sie leise.

Sein Lachen war zerbrechlich. „Ich habe es auf jeden Fall versucht. Und als ich euch befohlen habe, es nicht zu tun, und es nicht funktioniert hat, habe ich versucht, euch zu erniedrigen, damit ihr aufhört. Das ist auf andere Arten schief gegangen. Tamara hat die Ranch verlassen und ihre Ausbildung zur Krankenschwester begonnen – als ob mir das nicht mindestens so viele Albträume verschafft hätte."

Lisa stand still da, beobachtete die Sonne, die sich den Bergen näherte.

„Ich wollte für eure Sicherheit sorgen. Ich dachte mir, wenn ihr keine Aufgaben draußen auf der Ranch erledigt, sondern im Haus arbeitet, könnte euch nichts geschehen." Ihr Vater drückte ihr die Finger, um sie dann loszulassen, ging zu der Wand aus Fenstern und schaute nach draußen. „Caleb war derjenige, der es in Worte gekleidet hat, aber die Tatsache, dass ich so viel Angst hatte, als wir hörten, dass Tamara Wehen bekam – Teufel, eine weiblichere Aufgabe kann man ja gar nicht haben, und trotzdem konnte ich sie nicht schützen."

O mein Gott. Der Schmerz und die Traurigkeit in seiner Stimme legten sich um Lisa, schoben alle neunmalklugen Anmerkungen zur Seite, die sie womöglich zu *weiblichen Aufgaben* hätte abgeben wollen.

Sie trat vor und legte einen Arm um ihren Vater, lehnte den Kopf an seine Schulter. „Wir brauchen dich nicht, damit du uns schützt, Dad. Wir brauchen dich als jemanden, der uns liebt."

Er nickte. „Das weiß ich jetzt. Wie ich sagte, ich arbeite daran, so zu sein, wie ihr mich braucht." Er wandte ihr sein Gesicht zu, lächelte. „Das ist der Grund, weshalb ich dir gleich einen väterlichen Rat geben werde, und ich hoffe, du tust ihn nicht einfach ab, wegen all der dummen Fehler, die ich in der Vergangenheit gemacht habe."

„Ich höre."

„Was dir heute mit Josiah Angst eingejagt hat ..." Er hob eine Hand, als sie etwas sagen wollte. „Ich habe vorhin nicht gelogen. Er hat mich nicht angerufen, er hat im Haus angerufen und versucht, dich aufzuspüren. Und ja, ich habe dieses Treffen eingerichtet, damit ich dich zwingen kann, hier rüber zu kommen. Aber, meine Liebe, die Jahre, die ich mit deiner Mom hatte, waren die besten. Du hattest niemals wirklich eine Gelegenheit, sie kennenzulernen, aber sie war wunderbar, und ich vermisse sie jeden einzelnen Tag. Außer, und ich weiß, dass ich jetzt wie ein Narr klinge, dass diese eine Woche, die ich mit Julias Mom hatte, dieselbe Art Perfektion besaß. Es war nicht lange genug, und es ging nicht tief genug, und wenn ich eine weitere Minute mit einer von ihnen haben könnte, würde ich mich sofort auf diese Gelegenheit stürzen und sie mit beiden Händen ergreifen."

Lisa blieb einen Augenblick lang reglos, sah hinauf in seine ernste Miene. „Ich weiß nicht, was ich will", gab sie zu.

„Wirklich? Oder bist du nicht sicher, was du *alles* willst?", fragte er sie leise. „Denn es ist nichts falsch daran, dir den Teil zu greifen, den du schon kennst, während du den Rest auch noch rauskriegst."

Und dann drückte ihr der sture Mann einen Kuss auf die Stirn und ging.

Sie stand da und schaute aus dem Fenster, beobachtete, wie die Sonne in die weit entfernte Kerbe glitt.

Ganz gleich, wie sehr es sie schmerzte, es zuzugeben, ihr Vater hatte recht. Sie kannte auf jeden Fall einen Teil von dem, was sie wollte. Sie sah nur einfach keinen Weg, wie sie Josiah *und* alles andere haben konnte.

Nach den Jahren, in denen sie hinter den Kulissen alles koordiniert und Leute dazu verlockt und davon überzeugt hatte, die Dinge auf ihre Art zu erledigen – die Art, die für die meisten Leute die beste war –, hatte sie keine Ahnung, was als nächstes kam.

Sie schaute weiter auf den Himmel. Auf die rosa und lila Farbtöne, die Streifen mit dunklen Wolken, die sich ballten, während der Wind sie in rascher Abfolge zusammentrieb.

Was will ich wirklich?

Ich will mit Josiah zusammen sein. Ich will das Leben erleben. Ich will eine Familie, doch ich will meine Gedanken auch auf neue Arten erweitern.

Es fühlte sich immer noch viel zu verworren und unmöglich an. Als würde man Pfeile auf eine Landkarte werfen und dann versuchen, an allen vier Zielorten auf verschiedenen Kontinenten gleichzeitig anzukommen.

Ich will alles.

Noch während sie den Wunsch aussprach, sank die Sonne tiefer, rutschte von dem Viertelbogen, der noch sichtbar war, in ihr Versteck hinter dem Rand, und einen Sekundenbruchteil lang hätte sie schwören können ...

Ein Blitzen. Nicht neongrün, wie sie sich es vorgestellt hatte, aber eine üppige, natürliche Farbe, die zu einem Wald hochgewachsener Tannen passte.

„O mein Gott."

Sie drückte die Handflächen an das Fenster, sah hin, aber es war weg.

Hatte sie sich das Ganze nur eingebildet?

Sie war nicht sicher, wie lange sie dort stand, als ein warmer Körper hinter sie trat. Die vertraute Stimme und die vertraute Berührung von Josiah, während er seine Hände über ihre legte, mit den Wangen ihre streifte, als die Stoppeln auf seinem Kinn leicht kratzten. „Geht es dir gut, Liebling?"

Lisa holte tief Luft und drehte sich um. „Ich glaube, mein Vater hat mich hier stehengelassen."

Josiah wirkte nachdenklich. „Da hast du wohl recht."

Sie wusste nicht, was sie langfristig machen wollte, aber sie wusste, was heute passieren musste. „Es tut mir leid. Ich hätte nicht weglaufen sollen."

Er schob seine Finger unter ihr Kinn, strich mit dem

Daumen über ihre Wange. „Entschuldigung angenommen, wenn du auch meine annimmst. Ich war zu schnell."

Sie zuckte mit den Schultern. „Nicht wirklich. Du hast das Ganze angefangen, indem du ziemlich offen warst, und normalerweise wäre das okay gewesen. Ich kann dir ja sagen, dass du langsamer machen musst. Ich bin mir nicht sicher, warum ich solche Angst bekam."

Aber die Geschichte ihres Vaters lieferte ihr vielleicht ein paar Hinweise.

George Coleman hatte versucht, sie zu schützen, weil er sich Sorgen machte, etwas Wertvolles zu verlieren, und dabei hatte er trotzdem etwas verloren.

Wie schrecklich wäre es, wenn Lisa nichts aus seinen Fehlern lernte?

Lisa strich über Josiahs Wange. „Kann ich ein paar Tage kriegen?"

Sein Lächeln blieb, aber seine Augen leuchteten nicht mehr. „Natürlich."

O nein. *Nein.* Das wollte sie nicht. Josiah noch mehr wehzutun, war nicht der Plan. „Ich liebe dich."

Seine Augen wurden groß.

„Das tue ich wirklich, und das steht nicht zur Debatte. Das ist nicht mein Problem." Sie nahm seinen Kragen in die Fäuste und hielt sich ganz fest. „Nur ein paar Tage, okay?"

Er zögerte, dann nickte er. „Bleibst du heute Nacht bei mir?"

Sie legte die Arme um seine Taille. „Das würde ich gerne. Das will ich." Sie stellte sich auf die Zehenspitzen und hob ihre Lippen an seine. „Ich will dich."

Sie stahlen sich die Stufen Hand in Hand hinab, dann in sein Schlafzimmer, wo er die Vorhänge aufschob, damit der Sonnenuntergang den Raum mit Farben füllte. Josiah machte damit weiter, sie ein Stück nach dem anderen auszuziehen, drückte ihr Küsse auf die Haut, gab ihr das Gefühl, bewundert und geschätzt zu werden.

Gerade zu dem Zeitpunkt, als ihre Beine nachgaben, hob er sie hoch und trug sie zum Bett, wo er sie besinnungslos küsste, sie streichelte und liebkoste, bis sie vor Verlangen bebte, und er ihre Beine auseinander drückte und heimkam.

Ein stilles Lieben. Eine Verbindung, die so richtig und so sehr sie war. Unerwartet sanft, herrlich leidenschaftlich. Ehrlich ...

Echt.

Josiah legte ihr eine Hand an die Wange, ihre Körper ineinander verschlungen und verbunden. „Keine Erwartungen, keine Versprechungen. Aber ich liebe dich. Dich sture, schelmische, mich in den Wahnsinn treibende Frau."

Lisa schlang die Beine um ihn und zog ihn tiefer hinein. Näher. Innig verbunden, während sie immer weiter aufstiegen, bis sie beide in die Lust stürzten.

20

———

Als Lisa in seinen Armen erwachte, fragte sie sich kurz, ob es peinlich werden würde, aber das einzig Bemerkenswerte war, wie äußerst wenig Josiah forderte. Er drängte nicht und stocherte nicht oder verlangte keine Erklärungen.

Er hielt sie nur.

Tatsächlich bestand er darauf, dass sie nicht über das redeten, was passiert war, wenn es über Allgemeines hinausging. „Dein Gehirn kriegt das schon raus", beharrte er. „Und ich will dir nichts ins Gesicht sagen, bei dem du später das Gefühl bekommst, du wärst gezwungen worden. Wir werden es ein paar Tage lang laufen lassen, ganz wie du wolltest. In der Zwischenzeit muss dir nur klar sein, dass ich nicht weggehe. Zusätzliche Zeit ändert nichts an der Art, wie ich zu dir stehe, und darauf kannst du zählen."

Er hatte sie auf eine der unterhaltsamen Arten, die sie sich vorstellen konnte, zum Schweigen gebracht, bevor er sich aus dem Bett stahl und zur Arbeit ging.

In den nächsten beiden Tagen kaute sie auf ihrem Problem

herum und ging es aus einer Million verschiedener Winkel heraus an. Lisa verbrachte all ihre Freizeit mit Josiah, Ollie zufrieden in ihrem Schoss zusammengerollt, wenn sie zusammen auf dem Sofa saßen oder still vor dem Kamin in seinem Zimmer lagen.

Sie liebte Josiah. Das tat sie wirklich, darum hatte die Vorstellung, ihn ein paar Jahre lang zurückzulassen, um ihre Wanderlust zu befriedigen, nur sehr wenig Reiz. Aber die Reisen aufzugeben und nur zu Hause zu bleiben, war, als würde sie sich um ein Versprechen bringen, dass sie sich selbst gegeben hatte.

Während Lisa nachdachte, beobachtete Josiah sie still, die Hand, die ihr am nächsten war, strich ständig über ihren Arm, den Rücken, die Haare, als würde er sie daran erinnern, dass er vorhatte, immer hier zu sein.

Ollie liebte sie einfach beide so sehr wie möglich.

Lisa hatte beinahe eine Lösung, mit der sie sich vielleicht wohlfühlte, als plötzlich der Tag der Spendenaktion kam, und sie nichts tun wollte, das sie von dem Ereignis ablenken würde.

Aber sobald der Tag vorbei sein würde, war sie bereit für den nächsten Schritt.

Im Kern war die Wahrheit, obwohl sie etwas für sich wollte, hatte Josiah recht gehabt. Etwas für andere zu tun, machte sie glücklich.

Sie musste nicht weg, um sich zu finden. Sie musste nicht vor den wunderbaren Dingen fortlaufen, die gerade hier in Heart Falls passierten. Aber sie musste auch nicht ihre Träume von Abenteuern aufgeben. Irgendwo da draußen gab es eine Möglichkeit, alles zu haben.

Das Beste allerdings war, dass sie es nicht alleine herausfinden musste.

Was sie finden musste, war eine Möglichkeit, Josiah völlig von den Socken zu hauen, wenn sie es ihm sagte. Denn, hey, einem Typen zu sagen, dass sie ihn für die Ewigkeit wollte, sollte etwas Großes und Mutiges und Erinnerungswürdiges sein, oder?

Aber erst die Spendenaktion.

Positive Energie und aufgeregte Menschen scharten sich in der neuen Heart Falls Tierrettung. Sie hatten eine ganze Menge Medienvertreter dazu geholt, und die Mitglieder der Gemeinde vor Ort waren in voller Zahl angetreten.

Lisa und Josiah standen an der Seite der bescheidenen Bühne, die auf dem Reitplatz errichtet worden war, und machten sich dafür bereit, auf die Plattform zu steigen, um ihr Stück vorzuführen, das die Leute überzeugen sollte, ihre Geldbörsen zu öffnen, und vielleicht auch ihr Zuhause für einen der gesunden, glücklichen und adoptierbereiten Hunde.

Lisa hielt Ollies Leine, obwohl nur eine sehr geringe Wahrscheinlichkeit bestand, dass der Hund weglaufen würde.

Überall waren Dekorationen, darunter Heliumballone in der Form von Bauernhoftieren, Katzen und Hunden.

Josiah legte eine Hand auf ihren Arm, dann schob er ihr ein paar Karten mit Dialogzeilen hin. „Ich habe ein paar Veränderungen vorgenommen. Hier ist dein Drehbuch."

Sie hatte sie ihm bereits abgenommen, bevor ihr klar wurde, was er da sagte. „Aber ich dachte, wir hätten das alles bereits festgelegt."

„Dieses Drehbuch ist besser", beharrte Josiah. Er wedelte mit dem Finger vor ihrem Gesicht. „Keine Improvisation."

Lisa verschränkte die Arme vor der Brust. „*Ich?* Du bist derjenige, der …"

„Bin gleich zurück", warf Josiah über die Schulter, während er hinter die Absperrung auf der rechten Seite eilte.

Sie schaute auf den Stapel mit Karteikarten hinab, nur um festzustellen, dass er mindestens ein Dutzend Gummibänder um den Stapel gewickelt hatte. Er hatte einige davon verdreht und die Richtung geändert, darum würde es nicht leicht werden, sie alle abzunehmen. Sie begann, eines nach dem anderen zu lösen, als Sonora ihr einen Arm um die Taille legte und sie zur Bühne zog.

„Komm schon, Lisa. Es ist Zeit, zu glänzen."

Verflixt sei Josiah, dass er die Regeln in der letzten Minute änderte. Lisa folgte Sonora, lächelte die Gesichter an, die sich ihnen zuwandten, während sie hektisch Gummibänder lockerte und mit Ollies Leine jonglierte. Sie wollte die Gummibänder nicht auf den Boden fallen lassen, wo irgendein Tier sie finden könnte, darum ließ sie eins nach dem anderen auf ihr Handgelenk gleiten.

Während sie arbeitete, war Sonora ans Mikrofon getreten.

„Willkommen. Wir freuen uns so, dass ihr heute kommen konntet. Ihr wisst, dass wir alles, was wir hier in Heart Falls machen, gerne richtig machen. Viele von euch haben Zeit gespendet, um das alles in die Tat umzusetzen, und das wissen wir auf jeden Fall zu schätzen. Aber es geht nicht um uns, oder? Es geht um diese süßen Hunde, die wir gerettet haben. Und all die anderen Tiere, denen wir in Zukunft helfen wollen, wenn ihr uns unterstützt."

Aus der Menge, die vor dem Reitplatz stand, kam tosender Applaus. Einige von ihnen hatten ebenfalls Tiere an der Leine, und die ganze Gruppe war ständig in Bewegung, während die Tiere herumschnüffelten.

Sonora lächelte auf die Kinder in der vordersten Reihe hinab. „Ich glaube, wir müssen es direkt von einem Hund hören, um es mal so zu sagen. Was haltet ihr davon?"

Ein sehr viel begeisterterer Schrei kam auf, die Kinder sprangen auf und ab.

Lisa hatte endlich das letzte Gummiband abgenommen, die Karten glitten frei durch ihre Finger. Gott sei es gedankt. Sie trat zu Sonora, denn es war Zeit, dass sie und Josiah loslegten, als ein Ruf aufkam, Gelächter folgte direkt auf erfreutes Quietschen.

Lisa wirbelte herum, um festzustellen, dass ein menschengroßer Hund sich ihnen auf der Bühne anschloss. Mit langen, braunen Hängeohren und großen braunen Augen wedelte derjenige im Hundekostüm mit den Armen und klatschte über dem Kopf, während die Menge immer gespannter wurde.

Als der Hund sich auf der Bühne drehte und mit dem Schwanz wackelte, bebten die Wände vor Lachen.

Lisa blinzelte verwirrt. Das stand *nicht* auf dem Plan.

Der Hund kam an ihre Seite herübergewackelt, stieß sie mit einem großen, felligen Fäustling sanft in den Arm. „Du bist dran, Liebling", flüsterte er.

Oh. Mein. Gott. „*Josiah?*"

Er machte eine übertriebene Bühnenverbeugung, bevor er sich hinstellte und vehement nickte.

Sie hätte es wissen sollen. Auf gar keinen Fall hätte Ollie jemand anderen so nahekommen lassen, ohne zu reagieren.

Sie hätte ihn noch etwas länger angestarrt, doch Josiah neigte den Kopf in einer Art, die so sehr an Ollie erinnerte, dass sich ihre Hand vor den Mund schlug, um nicht laut loszulachen.

Stattdessen wandte sie sich zur Menge und hob die erste der Karteikarten, vertraute darauf, dass sie ihr helfen würden, da durch zu kommen, ohne das ganze Ereignis zu vermasseln. „Wir sind hier, um Spenden für das Tierheim zu sammeln, welches im Lauf der Jahre einer Menge Tiere helfen wird. Wir sind auch hier, um darüber zu reden, wie Haustiere gleich hier vor Ort die Dinge besser machen. Sehen wir mal, was mit diesem äußerst abenteuerlustigen Hündchen los ist ..."

Sie deutete auf Josiah, wie ihre Karte sie anwies, und beobachtete amüsiert, wie er um die Stufen raste und so tat, als würde er an allem riechen. Er stapfte zurück an ihre Seite und tat so, als würde er an ihr schnuppern, während die Kinder unten an der Bühne vor Freude kreischten.

Als er so tat, als würde er ihr mit der Zunge übers Gesicht schlabbern, kniff Lisa die Augen zusammen und zog eine Grimasse, und ein Kichern ging durch die Menge.

Sie hob die nächste Karteikarte. „Er braucht keine hellen Lichter oder weit entfernten Orte, um glücklich zu sein. Es gibt eine Menge gleich hier im eigenen Hinterhof zu erforschen." Lisa lächelte weiter, aber sie wandte sich an Josiah und senkte die Stimme, weil sie hoffte, das Mikrofon würde es nicht aufnehmen. „Ich werde mich dafür so was von an dir rächen."

Aus dem Nichts zückte Josiah sein eigenes falsches Mikrofon. Er hob es betont, bis es direkt vor seinem übergroßen Hundemaul war.

Alle Kinder beugten sich gespannt vor.

„Wuff."

Lisa hatte auf die nächste Karte geschaut. „Falls irgendwer von euch die Hundesprache nicht kann, übersetze ich für euch. Er hat gesagt, dass dieser Welpe hofft, gleich hier in Heart Falls bleiben zu können. Aber noch wichtiger, er will bei Leuten wohnen, die er liebt. Das wünscht sich jeder Hund am allermeisten."

Josiah hatte das Mikrofon gesenkt und ging an der Vorderseite der Bühne auf und ab. Schaute hierhin und dorthin, als versuche er, den perfekten Menschen zu finden.

Mit einer Hand über den Augenbrauen drehte er sich. Suchte, suchte ...

Die Kinder winkten und deuteten, machten Vorschläge, aber erst als er wieder zu Lisa schaute, passierte etwas.

Josiah warf die Arme in die Luft und sprang, bevor er an ihre Seite lief und mit dem Kopf an sie stieß, die ganze Zeit über wedelte er mit dem Schwanz.

Sie lachte so sehr, dass es schwierig wurde, die Karte zu lesen. „Jeder Hund muss entscheiden, was für ihn wichtig ist, und das ist sehr viel leichter, wenn man es mit jemandem zusammen macht, den man liebt."

Josiah bellte. Nicht nur einmal, sondern ein dutzendmal. Ollie bellte zurück.

Im ganzen Raum breitete sich Gelächter aus.

„Was hat er gesagt?", riefen die Kinder.

„Josiah oder Ollie?", bemerkte irgendein Scherzbold.

Lisa blätterte zur nächsten Karte. Sie las das Ganze rasch, bevor sie zu Josiah aufsah. „Er hat gefragt, ob ich ihn liebe. Denn falls das so wäre, würde er gerne überall mit mir hingehen."

Ein kollektives Seufzen stieg aus der Menge auf.

„Und, tust du das?" Das war natürlich ihre Nichte Sasha. Ganz vorne in der Mitte, Emma an der Seite, ihre Finger ineinander verschränkt. „Liebst du ihn, Tante Lisa?"

Lisa verschränkte die Arme vor der Brust. Die nächste Karteikarte war leer, mit nichts als ???? auf der ganzen Fläche.

Sie wusste, was sie tun würde, aber Josiah hatte es verdient, ein wenig länger zu leiden, weil er sie überrascht hatte. Oder vielmehr, weil er sie schon wieder überrascht hatte *und* ihren großen Auftritt stahl, denn man konnte schon sagen, dass er *ihr* die Socken ausgezogen hatte.

Wenn ihr das als erstes eingefallen wäre, hätte sie es auf jeden Fall so gemacht. Vielleicht allerdings ohne das Hundekostüm.

Lisa wandte sich an die Menge. „Glaubt ihr wirklich, dass ich so etwas vor einem Mann zugeben sollte, der in ein Hundekostüm gekleidet ist?"

Sasha und Emma waren nicht die Einzigen, die heftig den nickten.

Neben ihr zog Josiah den Kopf seines Kostüms ab, schlich

sich herüber, um ihr eine fellige Pfote um die Taille zu legen. „Der Hundeanzug hat das doch für dich und mich perfekt gemacht. Ich weiß, dass du großen braunen Augen und einem Schwanzwedeln nicht widerstehen kannst."

Das Mikrofon war an, aber Lisa machte es nichts aus. „Du Clown."

„Ich *bin* ein Clown. Ich bin aber auch anpassungsfähig und mutig genug, um mich in einem Hundekostüm herzustellen und kundzutun, dass ich dich liebe, Lisa Coleman. Ganz gleich, wo uns das hinbringt oder was wir am Ende machen, ich will mit dir zusammen sein."

„Gehört das schon zur Auktion?", rief jemand von ganz hinten.

Die Menge wandte sich zu demjenigen um, die Finger auf die Lippen gepresst. „*Psssst.*"

Lisa warf einen Blick auf Josiah. Sie warf einen Blick auf die geduldig Wartenden, bevor sie sich zurückdrehte und nickte. „Also gut. Du gewinnst. Ich liebe dich auch."

Josiah hob sie auf und küsste sie, direkt vor allen anderen, und Ollie bellte begeistert. Jubelrufe und Pfiffe ertönten, und als Josiah sie wieder abstellte, fühlte Lisa sich, als würden ihre Füße immer noch über der Bühne schweben.

Er zwinkerte. „Ich glaube, das bedeutet, dass du mir mindestens vierhundert Dollar schuldest, denn du wirst auf jeden Fall Ende des Sommers noch da sein."

„Willst du verdoppeln?"

Ein Lachen entschlüpfte ihm. „Wir spenden es ans Tierheim. Und damit ..." Er wandte sich an das Publikum. „Zeit fürs Geschäft. Wir haben alle möglichen spannenden Sachen zu versteigern, und sobald wir fertig sind, darf ich meine neue Besitzerin nach Hause bringen und feiern, also legen wir los."

Ein weiteres lautes Lachen kam auf, und während sie mit

dem echten Teil des Events weitermachen, wurde Lisa klar, wie sehr sie sich hier zu Hause füllte.

Immer noch unsicher, aber irgendwie war das in Ordnung.

Wenn Josiah bereit war, auf die Bühne zu steigen, während er wie ein großer Hund aussah, und zu gestehen, dass er sie liebte, dachte sie sich, dass es so ziemlich nichts gab, was er nicht tun würde, um sie glücklich zu machen.

Irgendwie würde ihre Beziehung funktionieren, denn sie würde auch ihr Bestes geben, um ihn glücklich zu machen.

Lisa beugte sich nach unten und schnitt die Schnüre von ein paar Ballons durch, die vor der Bühne befestigt waren, um zuzusehen, wie Katzen, Hunde, Schweine und Pferde über die Menge schwebten, begleitet vom Geräusch lauten Jubels.

Es war spät, bis die Auktion vorbei und das letzte Stück Kuchen verdrückt worden war. Sonora gab ihnen beiden eine dicke Umarmung, bevor sie ging. Im Tierheim war es ruhig, während nur der Nachtwächter blieb, als Josiah schließlich Lisa und Ollie nach Hause brachte.

Nach Hause. Was dort sein würde, wo immer sie beide waren.

Sie *drei*, verbesserte er sich, denn es schien, als würde Ollie ein dauerhafter Teil ihrer Welt werden.

Keiner von ihnen sprach viel, bis sie in seinem Zimmer ankamen, Zufriedenheit über den erfolgreichen Abschluss der Auktion bot ihnen genug Adrenalin, um es bis dorthin zu schaffen. Es gab auch Vorfreude, denn es war Zeit, ein paar Dinge sehr deutlich zu machen.

Aber erst …

Josiah deutete betont auf das Bad. „Dusch dich. Mach es dir bequem. Triff mich da hinten, wenn du fertig bist."

Lisa ging bereitwillig, lächelte ihn über die Schulter an, während sie ihre Sporttasche in das Badezimmer brachte, das sich an das große Schlafzimmer anschloss.

Er beeilte sich, sich im Gästebad zu waschen, dann nahm er sich das Essen, um dessen Zubereitung er Zach früher am Tag gebeten hatte. Bis Lisa erschien, gekleidet in einen weichen Flanellschlafanzug und von einem Geruch nach Frühlingstag umgeben, wartete Josiah vor dem Feuer auf sie, das er in Gang gebracht hatte.

Lisa drückte sich zu einer Umarmung mit dem ganzen Körper kurz an ihn, bevor sie aus seinen Armen schlüpfte und sich auf das Tablett mit Sandwiches stürzte. „Tut mir leid, aber ich bin am Verhungern."

Er lachte leise, während er sein eigenes Sandwich mehr oder weniger inhalierte. „Die haben wir uns verdient."

Ollie hatte vor ein paar Augenblicken schon ihr eigenes Fressen fertig verdrückt und schaute sie beide mit großen Hundeaugen an, hoffte verzweifelt auf ein paar Brösel, ganz ohne Zweifel.

Zehn Minuten später lehnten sie sich an die Kissen zurück, die Josiah drapiert hatte, und Lisa gab ein lautes, zufriedenes Seufzen von sich. „Mein Gott, das war lecker."

Josiah bot ihr einen Teller mit Keksen an. „Iss. Du wirst später deine Kraft noch brauchen", warnte er sie.

Lisa knabberte an einem Keks mit Schokoladenstückchen, beäugte ihn erheitert. „Ich liebe dich, Josiah Ryder, aber du verwirrst mich manchmal ganz schön."

„Ich liebe dich auch, und ich habe keine Ahnung, wovon du da redest."

Sie beugte sich zu ihm. „Als ich um ein paar Tage gebeten habe, um nachzudenken, hast du gesagt, du würdest mir nichts ins Gesicht sagen, bei dem ich das Gefühl bekommen könnte, ich würde zu etwas gezwungen."

„Ach, jetzt weiß ich, wovon du redest." Josiah ließ den Arm über den Sitz des Sofas gleiten, um mit ihren Haaren zu spielen.

„Ich sage es noch einmal, damit du es auch sicher hörst. *Ich liebe dich,* aber erklär mir doch noch mal, wie es denn nicht ein kleines bisschen Zwang sein könnte, wenn du mich dazu bringst, es vor der ganzen Stadt auf der Bühne zuzugeben."

„Wenn du nicht bereits herausgefunden hättest, dass du bei mir in Heart Falls bleiben willst, hätte ich es nicht gemacht", versprach Josiah ernst.

Ihr stand der Mund offen. „Ehrlich? Ich meine, Moment – ich meine, wie lange weißt du das denn schon? Ich habe doch noch gar nichts gesagt. Ich meine, das wollte ich, also hast du recht, aber *wie*?"

Josiah nahm ihr Kinn in die Hände, damit er ihr mit dem Daumen über die Unterlippe streichen konnte. „Du hast es nicht in Worten gesagt, Lisa, aber du hast es auf verschiedene Art in den letzten paar Wochen gesagt. Und in den letzten paar Tagen stand es dir in den Augen ..."

Er berührte mit dem Finger ihre Schläfe, ihre Haut seidig sanft unter seiner Liebkosung.

„Du hast da diesen Ausdruck auf dem Gesicht, der so hell leuchtet, wenn du zufrieden und glücklich bist. Ich habe ihn gesehen, wenn du bei deiner Schwester bist. Wenn du mit deinen Nichten hilfst oder Tyler hältst."

„So genau hast du mich beobachtet?" Sie flüsterte, wandte ihr Gesicht zu seiner Hand und schmiegte sich an seine Handfläche. „Das gefällt mir."

„Ich weiß es, denn dasselbe Licht tritt in deine Augen, wenn du mich ansiehst. Wenn du hier an meiner Seite bist. Nicht, wenn du etwas ausheckst oder planst, sondern einfach nur da bist." Er lehnte sich vor und streifte mit seinen Lippen ihre. „Wir gehören zusammen. Den Rest bekommen wir noch raus, das verspreche ich."

Lisa erwischte ihn an der Hand und drückte ihm einen Kuss auf die Handfläche, bevor sie wieder zurückrückte. „Ich wollte es dir heute Abend sagen. Dass ich bei dir sein will, und dass ich in Heart Falls bleiben will. Aber ich will auch reisen, also ja, irgendwie will ich alles."

„Dann machen wir das", versicherte ihr Josiah. „Wir fangen hier in diesem Haus an, wenn das für dich in Ordnung ist, dann müssen wir nur herausfinden, was für Reisen wir unternehmen wollen. Das heißt nicht, dass wir lange weg sein müssen. Teufel, wir können anfangen, indem wir meine Familie besuchen. Sie sind passenderweise über die Welt verstreut."

Sie nickte. „Ich würde sie gern kennenlernen, und das klingt nach einer total guten Idee. Dass man für kurze Zeit mal weg ist und neue Dinge erkundet, während man hier eine heimatliche Basis hat. Ich will eigentlich nicht allzu lange weg sein. Nicht, wenn Tyler so klein ist, und ich nicht die Gelegenheit verpassen möchte, Julia kennenzulernen, während sie hier in Heart Falls ist. Wir haben keine Ahnung, wo sie letztlich hinkommt." Sie rümpfte die Nase. „Es könnte teuer sein, aber wir können das irgendwie lösen. Billigreisen, auf die Flüge sparen."

„Wir können es uns leisten." Josiah zog sie näher an sich. „Zu den Dingen, über die wir noch nicht geredet haben, weil es keinen Grund dazu gab, gehört, dass ich einen Treuhandfonds habe, der jedes Jahr Geld auf mein Konto überweist. Keine Millionen, aber genug."

Völliger Schock trat auf ihr Gesicht. „Einen Treuhandfonds? Hör doch auf. Von wem?"

„Meine Urgroßtante war eine äußerst erfolgreiche Bühnenschauspielerin, die keine eigene unmittelbare Familie hatte. Sie hat das Geld in einem Fonds den Nachkommen ihres Bruders vermacht. Wir sind nun in einem Stadium, wo mein Bruder, meine Schwestern und ich die einzigen sind, die Geld daraus erhalten, und es sieht so aus, als würde das noch eine lange Zeit so bleiben. Also müssen wir uns keine Sorgen über die Finanzierung machen."

Lisa wirkte, als hätte sie Mühe, das gedanklich zu verarbeiten. „Ehrlich."

Er nickte ernst.

Sie runzelte die Stirn. „Aber du lässt Sonora für die Materialien bezahlen. Das hat sie mir gesagt."

Josiah verstand, woher das kam. „Die Klinik wird als Geschäft betrieben. Sie muss sich schon bezahlt machen und von selbst laufen, oder sie läuft nicht. Das war eine Entscheidung, die ich getroffen habe, als ich angefangen habe, nicht, weil es sich nicht lohnt, sich für die Klinik ins Zeug zu legen, sondern weil es die Mühe wert ist. Ich will niemals, dass mein Arbeitsethos nachlässt, weil wir das Geld nicht brauchen."

Sie dachte kurz darüber nach, dann stimmte sie zu.

„Aber nur, um es dir zu versichern, ich hatte immer vor, Finns Spende an das Tierheim zu verdoppeln, anonym." Er hatte sie auf dem Schoß. „Ich bin gerne großzügig. Du darfst das auch sein, aber es hat schon seinen Sinn, für Leistungen zu arbeiten."

„Klingt sinnvoll."

Gerade als er nach ihr griff, um den interessantesten und direkteren Teil des Abends anzugehen, war Lisa damit dran, ihn völlig zu verblüffen.

Sie stahl sich von seinem Schoß und auf den Sessel vor dem Fenster. Die Beine hatte sie hochgezogen und lächelte ihn strahlend an. „Ach, warte. Lass mich mal was für dich fertigmachen."

Einen Augenblick später hatte sie ihr Handy herausgezogen und spielte Musik darauf ab, während sie erwartungsvoll zu ihm aufschaute.

Josiah beäugte sie verwirrt. „Ja?"

„Ich warte", sagte sie.

„Ist mir aufgefallen. Worauf?"

„Deine Magic-Mike-Strip-Show. Du hast gesagt, dazu würde es nur kommen, wenn Schweine fliegen."

Urkomisch. „Heute sind Schweine geflogen? Ich glaube, das ist mir entgangen."

Sie startete etwas auf ihrem Handy und reichte es ihm dann rüber.

Er fluchte. Sie hatte eine Aufnahme der Luftballons gemacht, die über die Menge getrieben waren, bevor er die eigentliche Auktion begonnen hatte. Und dort unter den anderen Tieren ...

Schwebende Schweine.

„Du hast gemogelt", sagte er. „Darum hast du dich freiwillig gemeldet, um für die Auswahl der Raumdeko verantwortlich zu sein."

Sie drückte sich eine Hand auf die Brust, der Mund stand ihr schockiert offen. „*Moi?* Mogeln?" Ihre Miene wurde weicher. „Das muss ich nicht, aber ich sage nur, wenn das etwas ist, was du gerne tun möchtest, würdest du nirgendwo ein aufmerksameres Publikum finden."

Josiah spielte einen leidenden Seufzer vor. Es schien, als hätte sie eine dramatische Ader, die genauso groß war wie seine. Trotzdem, die Freude in ihren Augen war etwas, das er nicht leugnen konnte, und ein Teil seines Theaterhintergrunds machte ihm durchaus Spaß.

Also ...

Er drehte die Musik auf und stellte ihr Handy auf den Tisch zu ihrem Ellbogen, trat langsam weg.

Lisa legte die Hände aneinander und lachte, ihr Lächeln wurde noch größer, während er mit den Hüften wackelte und sich daran versuchte, das Ausziehen seines T-Shirts sexy zu gestalten. Ihr Blick wanderte über seinen Oberkörper, ihre Zunge glitt über ihre Lippen. Sie glänzten, und an ihrer Kehle pochte ein Puls.

Als sie sich auf die Knie aufrichtete und ihr Schlafanzugoberteil wegwarf, wurde die ganze Idee mit dem Strip sehr viel heißer.

Josiah ließ sich Zeit, genoss die Show, die er im Gegenzug bekam, denn als er schließlich seine Unterhose fallen ließ, hatte auch Lisa sich ganz entkleidet.

Sie schloss sich ihm an, völlig vertraut, während sie sich nackt in seinen Armen wiegte.

„Du wirst noch meine besten Moves verpassen, wenn du so dicht dran bist", scherzte Josiah.

„Vertrau mir", erwiderte sie mit einem Keuchen, da er ihre Brust umfasste und dann nach unten glitt, um an ihrem Nippel zu saugen. „Ich muss sie nicht sehen, um sie zu schätzen zu wissen."

Sie liebten sich, anfangs langsam und süß, bis keiner von ihnen sich mehr zurückhalten konnte. Hände und Zähne und Berührung und Druck wurden stärker, bis glühend heiße Lust sein Rückgrat zum Schmelzen brachte, als sie in einem keuchenden wirren Haufen vor dem Feuer zum Abschluss kamen.

Lisa richtete sich auf, um den Kopf auf seine immer noch bebende Brust zu legen. „Ich liebe dich. So sehr."

„Gut", bekam er mit der limitierten Energie heraus, die er noch hatte. Überlegte sich, ob sie sich wirklich den ganzen Weg bis zum Bett bewegen mussten.

Sie lachte leise. „Ja, ich schätze, das ist es."

21

Das Abendessen auf Silver Stone fühlte sich anders an. Nicht nur, weil Lisa die Mahlzeit nicht selbst gekocht hatte, und nicht nur, weil mehr Familie da war als vorher.

Neben ihr waren Josiahs Finger in ihren verschränkt, während er gemütlich mit Caleb plauderte, und das sorgte für den Unterschied.

Ohne in der Unterhaltung innezuhalten, beugte sich Josiah herüber und holte sich ein weiteres frisches Brötchen, das er auf ihren Teller legte, bevor sie ihn unterbrechen und nach einem fragen konnte.

Lisa drückte ihm die Finger, dann befreite sie ihre Hand, um den lockeren Leckerbissen mit Butter zu beschmieren und zu vernichten. Die Tatsache, dass der Mann gelernt hatte, wie er ihre Gedanken las, war gleichzeitig gruselig und erfreulich.

Karen und Julia waren beide am Tisch, und ihr Vater hatte die Stadt noch nicht verlassen. George Coleman schien jede Gelegenheit zu nutzen, um Zeit mit seinen Enkelkindern und seinen Mädchen zu verbringen.

Caleb wirkte auch nicht mehr besorgt, denn Tamara strahlte vor Gesundheit. Sie hatte Lisa beim letzten Mal, als sie hatte helfen wollen, aus der Küche gejagt, und war erst eingebrochen, als alle drei Schwestern – ein erstaunlicher Gedanke ... *drei Schwestern* – verlangt hatten, dass sie Zeit zusammen verbrachten.

Julia lernte, dass es keinen Sinn hatte, zögerlich zu sein, wenn man es mit Geschwistern zu tun hatte.

In einer anderen Richtung strahlten Sasha und Emma, während sie damit prahlten, wie wunderbar ihr kleiner Bruder war. Mit beinahe zwei Monaten veränderte sich Tyler rasch, doch auch wenn Lisa ihn für hinreißend hielt, hatte er noch nicht viel Persönlichkeit.

Laut seinen Schwestern allerdings war dem nicht so.

„Tyler ist echt schlau. Er will, dass ich ihm heute Abend wieder was vorlese. Onkel Walker sagt, dass Tyler eines Tages ein toller Rodeo-Star sein wird, und Onkel Luke sagt, er wird ein toller Reiter. Onkel Dustin sagt, Tyler wird ein großartiger Sänger – Kelli sagt, das liegt daran, dass er echt laut schreien kann." Sasha bekam das alles heraus, ohne auch nur einmal Luft zu holen.

„Auch wenn er manchmal etwas stinkt", gab Emma leise zu, beugte sich dichter an Josiah, während sie redete. „Kann ich nach dem Abendessen mit Ollie spielen, Onkel Josiah?"

Lisa erstarrte und fragte sich, was er mit diesem herausgerutschten Titel anfangen würde. Sie warf Emma den Fehler nicht vor, wo doch alle anderen Männer um sie herum Onkel waren.

Nur dass Josiah sich dichter heranbeugte wie ein Mitverschwörer, und so leise redete, dass Lisa es nicht hören konnte, und was immer er sagte, brachte ihre Nichte zum Kichern.

Über dem Tisch strahlte Tamara, während sie zwischen Lisa und Josiah hin und her schaute.

Es musste getan werden. Lisa streckte ihr die Zunge heraus.

Als Julia sie sah und kicherte, seufzte Karen, wie es nur eine ältere Schwester konnte, und dann brachen alle vier in Gelächter aus.

George schüttelte den Kopf, aber er zwinkerte Caleb zu.

Nach dem Abendessen, während sie den Tisch abräumten, holte Karen tief Luft und ließ ganz nebenbei die Bombe platzen. „Ich habe heute an meiner Bewerbung als Pferdetherapeutin gearbeitet."

„Hör doch auf." Josiah war der erste, der mit seiner üblichen Begeisterung reagierte. „Ich wusste nicht, dass du daran interessiert bist."

„Ich liebe die Arbeit mit Pferden, und das Programm lohnt sich. Es scheint, als sollte ich eine offizielle Ausbildung kriegen, darum ..." Sie warf einen Blick auf ihren Vater. „Dad und ich haben darüber geredet, und er hielt das für eine gute Idee."

Lisa öffnete den Mund, um zu fragen, was zum Teufel los war, als sie sich gerade noch rechtzeitig wieder fing.

Dass sie den Mund wieder zuklappte, ging aber nicht unbemerkt über die Bühne. Josiah legte ihr eine Hand auf die Taille und drückte sie, versprach ihr später Aufmerksamkeit.

George meldete sich zu Wort. „Karen hat hart für Whiskey Creek gearbeitet, und wenn sie etwas Neues versuchen möchte, hat sie die Gelegenheit verdient."

„Es gibt keine Garantie, dass ich dieses Jahr reinkomme", erklärte Karen. „Die letzte Möglichkeit für die Bewerbung ist Ende dieser Woche, und sie verkünden die letzten Plätze innerhalb der nächsten beiden Wochen. Das Gute daran ist also, dass ich nicht lange habe, um vor mich hin zu brüten."

„Du schaffst es", rief Julia begeistert, bevor sie sich mit

einem zögerlichen Lächeln umschaute. „Ich meine, du scheinst zu wissen, was du willst, und ich höre, dass du ein Gespür für Pferde hast, also ... viel Glück?"

Karen legte Julia eine Hand auf die Schulter. „Vielen Dank. Das weiß ich zu schätzen, mehr, als du ahnst."

Alle beeilten sich, ihr alles Gute zu wünschen, darunter auch Lisa, aber etwas in ihr brannte immer noch.

Josiah sagte erst einmal nichts, aber sobald die Unterhaltung sich ein wenig auflöste und sie in kleinere Gruppen zerfielen, zog er ihren Rücken an sich. Er kam mit den Lippen nahe an ihr Ohr, um zu flüstern: „Was ist denn los?"

Sie drehte sich um, tat so, als würde sie sich einer öffentlichen Zurschaustellung ihrer Zuneigung hingeben, stand aber kurz vor dem Knurren. „Alles, was ich getan habe, um den Zusammenschluss der Coleman-Ranch auf die Beine zu stellen? Das habe ich getan, damit Karen dort glücklich sein konnte. Und jetzt will sie gehen?"

„Aaah." Josiah strich mit dem Finger über Lisas Wange. Seine Liebe strahlte so deutlich aus ihm hervor, dass sie den Schmerz in ihr linderte. „Das Gute ist, dass deine Arbeit dafür gesorgt hat, eine bessere Zukunft für deine ganze Familie zu schaffen. Noch besser ist, dass deine Schwester etwas macht, um glücklich zu werden. Oder?"

Ja. Hundertmal, tausendmal ja, als Lisa klar wurde, dass genau das geschah.

Sie küsste ihn rasch, schob das schnell nachlassende kleine Ärgernis zur Seite. „Du bist so klug."

„Deine Genialität färbt auf mich ab. Willst du wetten, dass ich in fünfzig Jahren fast aufgeholt habe?"

Ihre Augen öffneten sich einen Augenblick lang weit. Ihr war es aufgefallen. Seine Anspielung auf die Ewigkeit, und sie lief nicht davon. „Ha, als ob ich noch mal mit dir wetten würde.

Du würdest irgendwas anstellen, damit ich es verdopple, und ich müsste dreihundert Jahre alt werden, damit ich ausbezahlt werde.“

„Ist für mich in Ordnung“, scherzte Josiah, der sie rasch küsste.

Ein zartes Hüsteln erklang vor ihnen.

Emma, die geduldig-ungeduldig wartete und sich auf der Stelle wand wie die typische Achtjährige. Sie warf einen raschen Blick auf Josiah, bevor sie Lisa einen flehenden Blick zuwarf. „Tante Lisa, kann ich mit Ollie spielen? Ich verspreche, dass ich mich gut um sie kümmere.“

„Natürlich kannst du das, meine Liebe, aber du musst sie in der Waschküche lassen, okay?“, sagte Lisa. Die Versuchung flammte auf, und sie beugte sich dichter heran, um ihre Frage flüsternd zu stellen. „Was hat Josiah vorhin gesagt?“

Emma bedeckte ihren Mund, dann ließ sie die Finger leicht auseinander gleiten, um kichernd ihre Antwort zu flüstern. Leise, aber laut genug, dass Josiah mühelos mithörte. „Er sagte, Ollie liebt dich fast so sehr wie er, also muss ich besonders nett zu ihr sein.“

In Lisas Brust schmolz etwas. Ihre Kehle wurde eng, während sie Emma über den Kopf strich, dann schickte sie sie los zur Rückseite des Hauses, um mit Ollie zu kuscheln.

Anschließend hob sie den Blick zu Josiah. „Du machst ...“

Sie schluckte heftig, konnte den Satz nicht beenden.

Josiahs Grinsen wurde breiter. „Ich weiß.“

Ein Lachen löste sich. *„Ärger.“*

„Das auch“, sagte er. Dann hob er sie auf und setzte sie auf seinen Schoß, wo er sie wie verrückt küsste, trotz all der neckenden Anmerkungen, die sofort vom Rest der Familie kamen.

Liebe macht den Unterschied. Liebe und Josiah.

Ende Mai, Heart Falls, eine abgelegene Sackgasse ...

JOSIAH ÖFFNETE DIE NACHRICHT, die er von Lisa erhalten hatte, und lachte einen Augenblick lang darüber, wie problemlos sie in ihre neue Welt eingetaucht war. Sie reisten noch nicht, aber sie hatten Spaß. Vorerst gefiel ihnen das, und sie waren völlig begeistert, dass es funktionierte. Lisa war zu ihm gezogen, etwa zur gleichen Zeit, als Finn und Zach ausgezogen waren, und plötzlich hatte er ein Zuhause, in dem Freunde und Familie vorbeischauten und den Ort mit Lärm und Gelächter füllten.

Aber heute waren es nur er und Lisa.

Er öffnete ihre Nachricht und grinste.

Lisa: Ich brauche nur eine geschätzte Zeit, um einen Countdown zu beginnen. Lies und genieße es!

Kulisse: ein einsamer Abschnitt eines Highways in Alberta. Genauer gesagt, eine Sackgasse, die an Mitchells Ecke vorbeiführt. Wenn du nicht weißt, wo das ist, ruf an, denn ich will da draußen nicht ganz allein rumstehen! :)

Weibliche Hauptrolle: Sie ist eine aufstrebende Country-Sängerin, die unterwegs zu einem Auftritt ist, als ihr Truck eine Panne hat.

Männliche Hauptrolle: Er ist ein zurückgezogener, exzentrischer Milliardär vor Ort, der sie findet, wie sie die

Straße entlanggeht. Sie fühlen sich sofort zueinander hingezogen, und keiner kann die Hände vom anderen lassen.

Er war damit hundertprozentig einverstanden, mit allem. Ihre Szene, ihren Figuren ... dem Schabernack, den sie genießen würden.

Josiah: *Ich habe gehört, die Regisseurin ist sehr fordernd.*

Lisa: *Ist sie. Du legst mal besser dein bestes Benehmen an den Tag.*

Josiah: *Ja, Ma'am. Ich fahre jetzt los. Ich sollte es bis in zehn Minuten auf die Bühne schaffen.*

Lisa: *Hals- und Beinbruch.*

„Du bist eine erstaunliche Frau", tat er laut kund, steckte sein Handy weg. Josiah angelte unter dem Sitz nach der einen Requisite, die er bei sich hatte. Wenn man die Wahrscheinlichkeit bedachte, hatte er sie genau für einen solchen Augenblick versteckt, und nachdem er sie umgelegt hatte, drückte er aufs Gas, dann fuhr er vom Parkplatz und war unterwegs auf dem Highway.

Es war ein wunderschöner Tag. Auch wenn es möglich war, dass es noch einmal schneite, sah es aus, als würden sie eines jener Jahre erleben, in denen der Frühling früh kam und vorhatte, zu bleiben.

Das Gras auf der Seite der Straße war gerade erst leicht grün geworden, aber es war warm – frühlingshaft warm, während die Sonne den Himmel in Pastelltönen bemalte, die Glück verhießen.

Josiah bog in die Sackgasse von der Mitchell-Straße aus ein.

Lisas Truck war an der Seite geparkt, sodass keine neugierigen Fahrer ihn sehen konnten. Während die Straße nach Norden abbog und sich dann nach Westen krümmte, wurde er langsamer, um das Szenario zu genießen, das Lisa geschaffen hatte.

Sie marschierte mitten auf der Straße entlang – eigentlich stolzierte sie schon eher – und Aufregung raste durch ihn hindurch.

Je näher er kam, desto erheiterter wurde er. Lisa sah ganz aus wie ein Country-Rockstar. Eine Gitarre hing über ihrer Schulter, und sie trug einen Cowboyhut und Stiefel mit einem Rock, der kaum als solcher durchging – verdammt, ihm gefiel, dass sie sich an die Details erinnerte.

Aber das Lachen, das aus ihm hervorbrach, lag daran, dass sie Ollie dabei hatte, und in dem Augenblick, in dem der Hund Josiahs Truck hörte, blieb er mitten auf der Straße abrupt stehen. Der Hund warf erst ihm einen Blick zu, dann Lisa, dann wieder zurück zu ihm, als wäre er völlig hin- und hergerissen, in welche Richtung er sollte.

Josiah fuhr an die Straßenseite hinter Lisas Truck.

Lisa drehte sich um, wartete mit einem breiten Grinsen auf dem Gesicht auf ihn, während er nach vorne kam.

Sie beäugte ihn von oben bis unten, ihr Blick blieb an seiner Brust hängen, und der formellen Krawatte, die er schnell noch geknotet hatte, bevor er aus der Kabine gestiegen war.

Wenn überhaupt, dann wurde das Glück auf ihrem Gesicht noch größer. „Hey, Fremder. Bist du gekommen, um mich zu retten?"

„Falls du das brauchst. Vielleicht bist du gekommen, um mich zu retten." Er blieb einen Meter von ihr entfernt stehen und schaute sie bewundernd an. „Ist lange her, dass jemand mir ein Ständchen gehalten hat."

„Und du glaubst, ich wäre jemand, der dir gern dein ... *Ständchen* hält?"

Er grinste. „Ja, bitte."

Sie lachte, kam zu ihm und schob die Gitarre hinter ihren Rücken, damit er sie aufheben konnte, um sie erhitzt zu küssen, bevor er zu seinem Truck zurückkehrte.

Lisa flüsterte, während sie ihm auf die Schulter tippte. „Tut mir leid, dass ich kurz mal aus der Rolle fallen muss, aber ich muss diese Gitarre wegpacken, denn wenn damit etwas passiert, wird mir Walker den Kopf abreißen."

Zu witzig.

Er ließ sie zu Boden, damit sie zu ihrem Truck gehen konnte. Sie holte den Gitarrenkoffer heraus, packte alles sorgfältig weg und legte den Koffer auf den Vordersitz ihres Trucks. In der Zwischenzeit schnappte Josiah sich Ollie und setzte sie hinten auf die Ladefläche seines Trucks, damit sie nicht im Weg war oder ohne Überwachung herumstreunte.

Sie wurden zur gleichen Zeit mit ihren Aufgaben fertig, Lisa wandte sich an ihn, wischte sich die Hände ab.

Josiah hielt inne. „Sind wir bereit für den nächsten Akt?", flüsterte er.

„Ich glaube schon", flüsterte sie zurück. „Tolles Outfit übrigens."

Sie deutete auf seine Krawatte.

„Ich dachte mir, das tragen alle gut angezogenen, zurückgezogenen, exzentrischen Milliardäre dieses Jahr."

Lisa nahm den Stoff in die Faust und nutzte ihn, um ihn zu sich zu ziehen. Sie hob die Stimme erneut, um mit einem sexy Flöten zu sprechen, und war wieder in ihrer Rolle. „Du musst mich später mit zu dir nehmen, damit ich für dich spielen kann. Aber ich fühle mich etwas schüchtern und einsam."

„Ich kann dich aufheitern", versprach er. Josiah presste sie an seinen Truck, und wie immer flammte die Leidenschaft auf.

Zumindest, bis eine nasse Zunge ihm über die Seite seines Gesichts fuhr. Josiah zog sich entsetzt zurück, um festzustellen, dass Ollie begeistert versuchte, auch Lisa mit der Zunge abzuschlabbern. „Ollie. Sitz.“

Niedergeschlagen sprang Ollie vom Geländer des Ladebereichs, wo sie riskant das Gleichgewicht gehalten hatte, und ging wieder zurück auf die Ladefläche, während sie wild mit dem Schwanz wedelte, bis Josiah kam, um sie zu nehmen.

„Wir können sie doch nicht durch die Landschaft laufen lassen, während wir beschäftigt sind“, erklärte er, öffnete die Tür des Trucks und setzte den Hund hinein. Er öffnete das Fenster einen Spalt breit, dann nahm er eine Ansammlung von Decken. Einen Augenblick später hatte er die Tür fest geschlossen und warf den Stoffhaufen hinten in den Truck.

„Werden wir denn beschäftigt sein?“, fragte Lisa unschuldig.

„Das ist eine gute Art, um nicht einsam zu sein“, sagte er.

Josiah lockerte seine Krawatte, bevor er sie hochnahm und sie auf die Heckklappe setzte.

Bald hatten sie Decken ausgebreitet, und er schaute auf das hübscheste Cowgirl hinab, das er je gesehen hatte. „Ich liebe dich“, sagte er an seiner plötzlich engen Kehle vorbei.

Sie packte die Vorderseite seines Hemdes und zog ihn über sich, küsste ihn heftig. Ihre Hände strichen über seine Knöpfe, bevor sie über seine Haut streicheln konnten. „Ich liebe dich auch, du exzentrischer, zurückgezogener Milliardär.“

Josiah lachte. „Ist ein bisschen schnell, um sich zu verlieben, oder?“, neckte er.

Darauf bekam er sofort eine Antwort. Lisa schüttelte den Kopf. „Wenn es stimmt, ist es niemals zu schnell. Wenn man sich darauf freut, eine Ewigkeit zusammen zu verbringen, ist es wichtig, gleich damit anzufangen.“

Sie hatte recht.

Er beugte sich hinab, um sie wieder zu küssen, als ein plötzliches Kratzen hinten am Glas der Fahrerkabine ertönte, dicht gefolgt von einem lang gezogenen Heulen.

Ollie, mit gebrochenem Herzen, weil sie von ihren Menschen getrennt war.

Josiah machte weiter, küsste Lisa begeistert, bis sie ihm die Hände auf die Brust legte und ihn wegdrückte.

Sie wirkte bedauernd: „Tut mir leid. Ich kann *das* nicht machen, wenn sie *das* macht."

Josiah seufzte gespielt, bevor er sie herumwirbelte, bis Lisa aufrecht saß. „Softie", neckte er, dann schlich er sich weg. Er sprang nach unten, um den Hund zu retten.

Lisa stützte die Arme auf den Rand der Ladefläche, lächelte ihn süß an. „Ich liebe dich", wiederholte sie.

Er nahm Ollie hoch und warf sie hinten rein, suchte eine Decke heraus und befahl ihr betont, sich hinzusetzen und zu bleiben.

Dann nahm er Lisa und ließ sie auf seinen Schoß gleiten, lehnte sich an den äußeren Rand der Fahrerkabine und brachte Lisa so dicht heran, dass sie sich auf den nächsten Schritt konzentrierten konnten. „Ich habe noch nie einen Cowgirl-Rockstar geküsst. Ich weiß nicht, ob ich darin gut bin."

Lisa strich mit der Hand über seine Wange. „Das weißt du nie, wenn du es nicht versuchst. Und außerdem haben wir eine Ewigkeit zum Üben."

EPILOG

Ende Mai, Rocky Mountain House. Whiskey Creek Ranch.

Karen Coleman starrte auf den Brief vom Bildungsministerium. Ganz gleich, wie lange sie hinschaute, die Worte verschwanden nicht. „Ich bin drin."

Ihr Vater blickte von der Zeitung auf seinen Schoß auf. „Wo drin?"

Sie wedelte mit dem Umschlag, las aber weiter. „Helton. Therapeutische Ausbildung. O mein Gott, im Oktober fange ich an."

„Schön für dich." George Coleman räusperte sich, während er die Zeitung schloss, um ihr seine volle Aufmerksamkeit zu widmen. „Ich freue mich, dass du deine Flügel ausbreiten etwas Neues probieren kannst."

„Ich bin froh, dass du eine Menge Leute hast, die dir auf der Ranch helfen können." Sie wollte den Brief schon weglegen, als ihr ein Name ins Auge sprang und sie anhielt, um die Anmerkung genauer zu lesen. Und dann noch einmal, denn sie war nicht ganz sicher, was sie da sah.

Von allen Dingen, die sich vorstellen hätte können, stand das nicht auf der Liste der Möglichkeiten.

Sie schaute auf. „Du hast eine Empfehlung geschickt?"

Ihr Vater verzog die Lippen. „Du hattest doch die Papiere auf dem ganzen Tisch ausgebreitet. Da stand drauf, dass du Empfehlungen einschicken sollst, oder nicht?"

„Ja, aber die kommen normalerweise von Lehrern oder Arbeitgebern, nicht aus der Familie."

George zuckte mit den Schultern. „Ist doch nicht deine Schuld, dass du dein ganzes Leben lang für die Familie gearbeitet hast. Du bist gut in dem, was du machst, meine Liebe. Es tut mir nur leid, dass ich so lange gebraucht habe, um mir den Kopf geraderücken zu lassen und es zu sagen, ohne es in ein vergiftetes Kompliment zu verwandeln. Diese Pferdeausbildung ist etwas, was du willst, darum muss ich dir zum Erfolg helfen. Ich habe eine Empfehlung geschrieben und sie in den Umschlag geschmuggelt, bevor du ihn verschlossen hast."

Ihre Kehle wurde eng. Sie hatten immer noch ihre Augenblicke, in denen sie aneinandergerieten, aber seit Julia dazugekommen war, benahm sich George Coleman mehr wie ein Vater als jemals in den zweiunddreißig Jahren zuvor.

„Ich weiß das zu schätzen. Sehr", sagte Karen aufrichtig. „Aber ich will, dass dir klar wird, dass ich das nicht machen würde, falls Whiskey Creek nicht die Hilfe hätte, um weiter zu laufen."

Er wedelte mit der Hand. „Das weiß ich. Wenn du jemals nach Hause kommen willst, wird es hier immer Arbeit für dich geben." Er verzog das Gesicht. „Meine Brüder und Neffen werden mir die Hölle heißmachen, weil ich die beste Reiterin in Alberta gehen lasse."

Sie trat an seine Seite, traf ihn in der Mitte, als er aufstand, um sie in eine warmherzige Umarmung zu nehmen, ihr auf den Rücken zu klopfen, als wäre sie einer von den Jungs.

Er trat zurück und beäugte sie. „Hier ist noch etwas, was ich mir überlegt habe. Geh und verbringe etwas Zeit mit deinen Schwestern."

„Jetzt?"

Ihr Vater zuckte mit den Schultern. „Warum nicht? Du hast nie Urlaub gemacht, und wenn du im Oktober mit dem Programm anfängst, wirst du dann auch keinen kriegen. Eine lange Zeit nicht. Geh nach Heart Falls. Verbring den Sommer dort. Da wirst du eine Gelegenheit bekommen, Zeit mit Julia zu verbringen, wenn sie da ist."

Die nächste Umarmung war impulsiv und perfekt, baute eine stärkere positive Verbindung zwischen ihnen auf als je zuvor. „Das klingt nach einer wunderbaren Idee. Danke, Dad."

Der Vorschlag wurde in die Tat umgesetzt.

Die nächste Woche verging wie im Flug, während sie mit all ihren Schwestern über den unfassbaren Plan redete. Karen kümmerte sich um etwas Arbeit, die sie in der Gegend von Heart Falls erledigen konnte, denn sie konnte sich nicht vorstellen, vier Monate zu haben, ohne etwas zu tun. Sie arrangierte, dass sie ihr Pferd bei Josiah unterstellen konnte, und packte alles ein, was ihrem Vater im Weg sein würde, wenn sie es in Whiskey Creek ließ.

Das schwierigste war, einen Ort zum Wohnen zu finden.

Sie wollte sich nicht auf Silver Stone einquartieren, und Lisa war gerade erst zu Josiah gezogen. Auf gar keinen Fall würde sie sich in diesen Freudentanz einmischen.

Julia bot Karen an, sich ihr anzuschließen, aber sie war in eine Junggesellenwohnung in der Nähe der Feuerwache untergebracht, und das war ein wenig zu intensiv für eine Kennenlernen-Situation.

Das nächste Angebot, das eintraf, war etwas zu verlockend, um zu widerstehen.

Josiah und Lisa holten sie über Lautsprecher ans Handy, um ihr die Einzelheiten zu erzählen.

„Es ist eine kleine Hütte hinter dem Haupthaus. Bis vor kurzer Zeit war es eine Wohnung für die Schwiegereltern, aber das Grundstück hat neue Besitzer. Sie haben vor, alles zu renovieren, angefangen mit dem Haus. Die Hütte ist nicht sonderlich groß, aber die Besitzer wüssten es zu schätzen, wenn jemand drin wohnt", sagte Josiah. „Der Preis stimmt, und ich kann für sie bürgen."

„Ich denke, du sollst doch für *mich* bürgen", scherzte Karen.

„Das auch. Soll ich ihnen sagen, dass du sie nimmst?"

Sie hatte sich auf die Gelegenheit gestürzt, und nur drei Tage später richtete sie sich ein und freute sich auf ihr bevorstehendes Abenteuer.

Es waren nur vier Monate. Das war all die Zeit, die sie hatte, bevor sie weiterziehen würde, aber ein kurzer Aufenthalt in Heart Falls war genau das, was sie brauchte, bevor sie ihr neues Leben anfing.

Das Haus war perfekt – voll eingerichtet. Karen musste nur noch hinfahren und ihren Koffer mitbringen.

Das Gebäude war klein, aber gemütlich, und während sie ihre Dinge im Schlafzimmer verstaute und zurück in die Küche kam, kam dazu ein brandneues Gefühl, das sich um sie legte wie ein Band mit Schleife.

Wann hatte sie jemals schon einen Ort für sich gehabt?

Eigentlich nie. Irgendwie armselig für eine Zweiunddreißigjährige, doch ihr Dad hatte recht gehabt. Sie hatte immer für die Familie gearbeitet. Immer auf der Whiskey Creek Ranch gelebt.

Es war Zeit, etwas Neues anzufangen.

Sie wanderte eine Weile herum, hob Dinge auf und stellte sie wieder ab, nur weil sie es konnte. Mit einem glücklichen Quietschen warf sie sich auf das Sofa und schaute an die Decke.

Eine Zeit ohne Verpflichtungen. Zeit mit ihren Schwestern. Zeit *allein*. Gott, das würde wunderbar werden.

Ein festes Klopfen erklang an der Tür, und Karen sprang auf. Sie schaute durch das Glasfenster an der Seite, um eine große, männliche Gestalt zu sehen, die einen Cowboyhut trug und zurück über die Schulter schaute, als würde sie das Land begutachten.

Vermutlich Josiah. Er hatte gesagt, er würde vorbeikommen und nach ihr sehen, um sicherzustellen, dass sie sich gut eingerichtet hatte.

Sie schwang die Tür auf. „Hey, was ist los?"

Im nächsten Augenblick sprang ihr das Herz in die Kehle, und Adrenalin strömte in ihren Körper, denn es war nicht Josiah oder einer der Stone-Brüder. Es war eine Erinnerung aus ihrer Vergangenheit.

Finn Marlette, lebensgroß. Seine muskulöse Gestalt war von Kopf bis Fuß in brandneuen schwarzen Jeansstoff gekleidet, auf dem Kopf hatte er einen Cowboyhut, und eine vertraute ernste Miene auf dem Gesicht. Das gleiche wie gemeißelt wirkende Kinn, die gleichen strahlenden Augen.

Die gleichen verführerischen, zum Küssen einladenden Lippen.

Er hatte einen Strauß ihrer liebsten Wiesenblumen dabei, den er ihr reichte. „Willkommen in Heart Falls."

Karen trat zurück und schlug ihm die Tür vor der Nase zu.

New York Times-Bestseller-Autorin Vivian Arend präsentiert *Die Colemans aus Heart Falls*. In dieser Reihe dreht sich alles darum, wie man Familie, Freunde und Liebe findet – und sich nicht mit weniger zufriedengibt.

Die Colemans aus Heart Falls
Die ewige Liebe des Cowgirls
Die geheime Liebe des Cowgirls
Die verwegene Liebe des Cowgirls

Vivian lässt derzeit ihre vielen Serien übersetzen. Bitte besuchen Sie deren Website für alle aktuellen Informationen.
www.vivianarend.com/de

ÜBER DIE AUTORIN

Mit über 3 Millionen verkauften Büchern ist Vivian Arend eine *New York Times*- und *USA Today*-Bestsellerautorin von mehr als 70 zeitgenössischen und paranormalen Liebesromanen.

Ihre Bücher lassen sich alle einzeln lesen und haben keine Cliffhanger. Sie sind witzig, aber auch emotional, es gibt heiße Szenen und glückliche Enden. Für Vivian ist das der beste Job der Welt. Sie lebt in British Columbia, Kanada, zusammen mit ihrem langjährigen Mann – der Inspiration für alle Helden ist und ein bereitwilliger Gefährte auf Abenteuern aller Art.

www.vivianarend.com